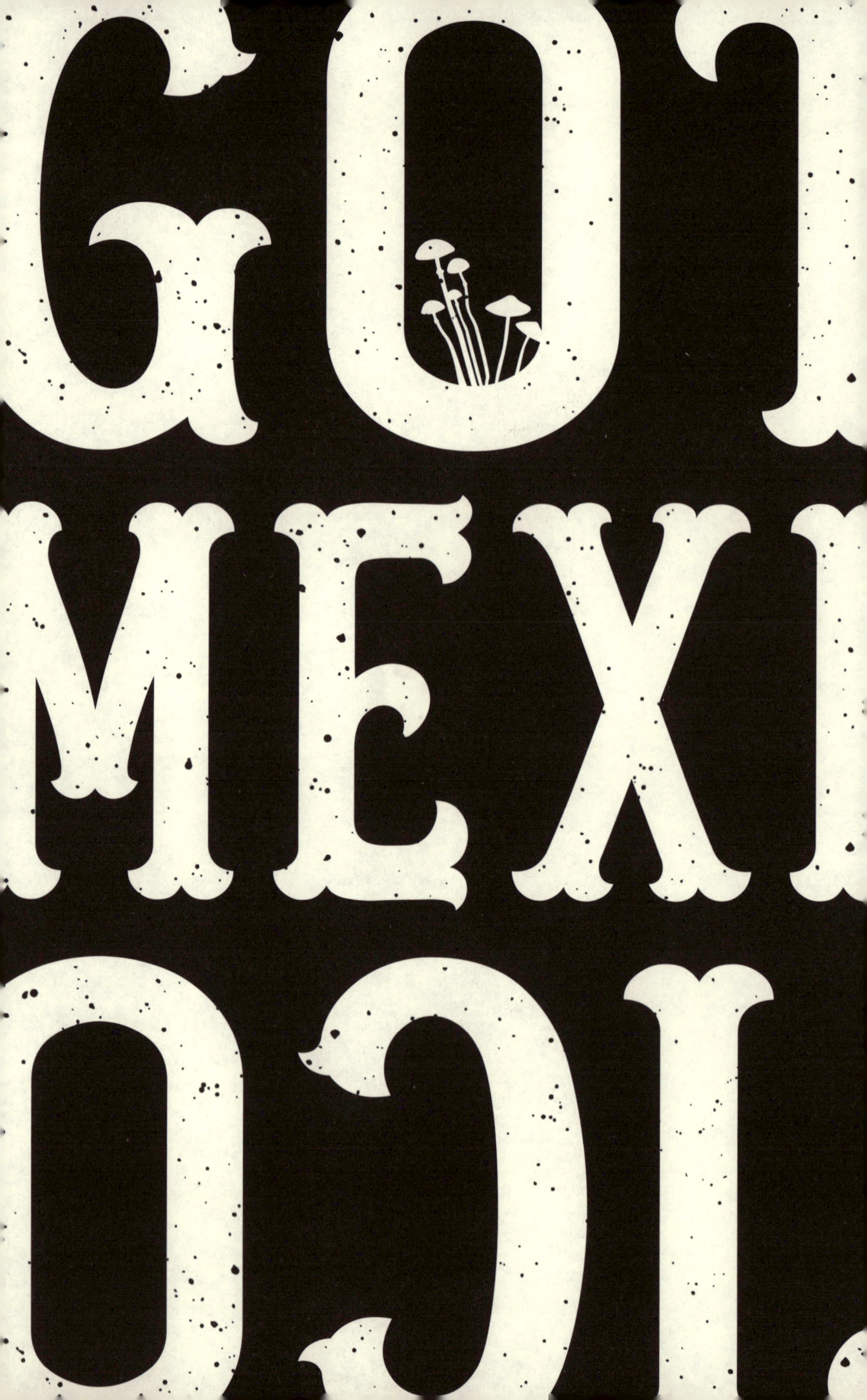

ICO

CANO

LO9

DARKLOVE.

Ilustrações e design de capa: Faceout Studio/Tim Green,
com base em imagens do © Getty Images e © Shutterstock

Tradução para a língua portuguesa
© Marcia Heloisa e Nilsen Silva, 2021

Diretor Editorial
Christiano Menezes

Diretor Comercial
Chico de Assis

Gerente Comercial
Giselle Leitão

Gerente de Marketing Digital
Mike Ribera

Gerentes Editoriais
Bruno Dorigatti
Marcia Heloisa

Editora
Nilsen Silva

Adaptação de capa e Projeto Gráfico
Retina 78

Coordenador de Arte
Arthur Moraes

Designers Assistentes
Aline Martins / Sem Serifa
Eldon Oliveira
Sergio Chaves

Finalização
Sandro Tagliamento

Revisão
Laís Curvão
Retina Conteúdo

Impressão e acabamento
Ipsis Gráfica

DADOS INTERNACIONAIS DE CATALOGAÇÃO NA PUBLICAÇÃO (CIP)
Angélica Ilacqua CRB-8/7057

Moreno-Garcia, Silvia
    Gótico Mexicano / Silvia Moreno-Garcia ; tradução de Marcia Heloisa
e Nilsen Silva. — Rio de Janeiro : DarkSide Books, 2021.
    288 p.

    ISBN: 978-65-5598-083-7
    Título original: Mexican Gothic

    1. Ficção canadense 2. México - História - 1946-1970 - Ficção 3.
Ficção gótica 4. Casas mal-assombradas - Ficção I. Título II. Heloisa,
Marcia III. Silva, Nilsen

21-0797   CDD C813.6

        Índices para catálogo sistemático:

            1. Ficção canadense

[2021]
Todos os direitos desta edição reservados à
DarkSide® Entretenimento LTDA.
Rua General Roca, 935/504 — Tijuca
20521-071 — Rio de Janeiro — RJ — Brasil
www.darksidebooks.com

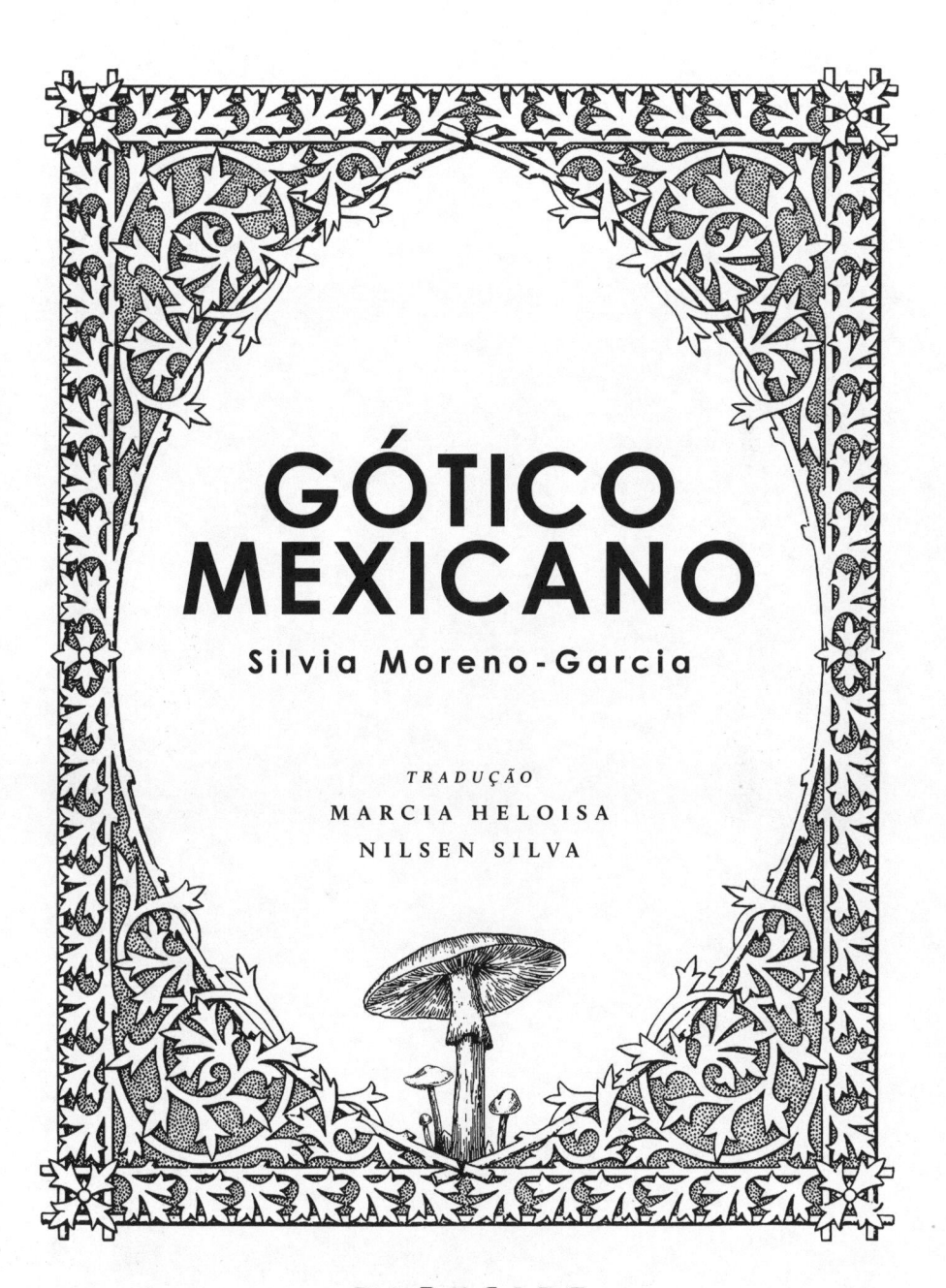

GÓTICO MEXICANO

Silvia Moreno-Garcia

TRADUÇÃO
MARCIA HELOISA
NILSEN SILVA

DARKSIDE

GÓTICO MEXICANO

Silvia Moreno-Garcia

01

As FESTAS NA RESIDÊNCIA DOS TUÑON SEMPRE TERMINAVAM em plena madrugada e, uma vez que os anfitriões gostavam de festas a fantasia, não era incomum ver mulheres de trajes mexicanos, com saias típicas e fitas no cabelo, acompanhadas por arlequins e caubóis. Em vez de esperarem do lado de fora da casa, os motoristas tinham seus próprios esquemas para as noites de festa. Saíam para comer tacos em barracas na rua ou iam visitar alguma criada na vizinhança, um cortejo delicado como um melodrama vitoriano. Alguns se reuniam em rodas de conversa, compartilhando cigarros e histórias. Outros aproveitavam para tirar um cochilo. Afinal, sabiam muito bem que ninguém sairia antes de uma da manhã.

Foi por isso que o casal deixando a festa às dez da noite chamou a atenção. E, o pior, o motorista do rapaz tinha saído para jantar e não foi localizado. O jovem parecia aflito, como se na dúvida de como proceder. Usava uma cabeça de cavalo de papel machê, escolha que lhe parecia ainda mais infeliz agora que teriam de cruzar a cidade carregando aquele estorvo. Noemí lhe dissera que queria ganhar o concurso de fantasias, para destronar Laura Quezada e o namorado, e ele caprichara. O empenho, no entanto, fora em vão: sua acompanhante não usou a fantasia combinada.

Noemí Taboada prometera alugar um traje completo de jóquei, com chicote e tudo. Era para ser uma escolha criativa e um tanto escandalosa, pois ouvira dizer que Laura iria fantasiada de Eva, com uma cobra enrolada no pescoço. Mas, em cima da hora, Noemí mudara de ideia. O traje de jóquei era feio e pinicava a pele. Então, optou por um vestido de baile verde, com flores brancas bordadas, e não se dera o trabalho de comunicar a troca ao rapaz.

"E agora?"

"Daqui a três quarteirões, tem uma avenida movimentada. Podemos pegar um táxi", sugeriu ela a Hugo. "Você tem um cigarro?"

"Cigarro? Nem sei onde coloquei a carteira", respondeu ele, apalpando o paletó. "Você não carrega sempre na bolsa? Se não te conhecesse, acharia que é uma pobretona, sem dinheiro nem para o cigarro."

"É mil vezes melhor quando um cavalheiro oferece a uma dama."

"No momento, não posso te oferecer nem um drops. Será que esqueci a carteira em casa?"

Ela não respondeu. Hugo estava penando para carregar a cabeça de cavalo embaixo do braço. Quase a deixou cair quando alcançaram a avenida. Noemí levantou o braço esguio e fez sinal para um táxi.

Quando já estavam dentro do carro, Hugo conseguiu apoiar a cabeça de cavalo no assento.

"Você podia ter me avisado que eu não precisava trazer isto", resmungou ele, notando o sorriso do motorista e receando que estivesse se divertindo à sua custa.

"Você fica um charme quando está irritado", respondeu ela, abrindo a bolsa para procurar os cigarros.

Hugo parecia um Pedro Infante mais jovem, o que constituía boa parte do seu encanto. Quanto ao restante — personalidade, status social e inteligência —, Noemí ainda não refletira muito sobre o assunto. Quando desejava algo, não parava para questionar e, nos últimos tempos, desejara Hugo, embora fosse provável que o descartasse agora que conquistara seu apreço.

Quando chegaram na casa dela, Hugo se aproximou, segurando sua mão.

"Me dê um beijo de boa noite."

"Estou com pressa, mas posso te dar um pouquinho do meu batom", respondeu ela, passando o cigarro dos seus lábios para os dele. Hugo inclinou-se na janela do táxi e franziu a testa, enquanto Noemí se dirigia para casa a passos rápidos, atravessando o pátio interno em direção ao escritório do pai. Assim como o restante da casa, o cômodo fora decorado em estilo moderno, que refletia a recente boa maré financeira dos moradores. O pai de Noemí nunca fora pobre, mas transformara uma modesta empresa de tingimento químico em uma máquina de fazer dinheiro. Ele sabia o que queria e não tinha pudor de ostentar: cores vibrantes e decoração minimalista. O estofado das poltronas era vermelho vivo e plantas exuberantes acrescentavam toques de verde em cada aposento.

A porta do escritório estava aberta e Noemí entrou sem bater, avançando sem cerimônia com saltos altos que ecoavam no piso de madeira. Tirou uma das orquídeas que enfeitavam seu cabelo e se sentou diante do pai, dando um suspiro e atirando a bolsa no chão. Noemí também sabia o que queria, e ser tirada de uma festa tão cedo não estava entre suas predileções.

O pai fizera um gesto para que entrasse — os saltos altos anunciaram sua chegada sem que precisasse saudá-lo — mas não olhara para ela ainda; estava ocupado, examinando um papel.

"Não acredito que o senhor ligou para a casa dos Tuñon", queixou-se ela enquanto puxava as luvas brancas. "Sei que não morre de amores por Hugo..."

"Não tem nada a ver com Hugo", interrompeu seu pai.

Noemí franziu a testa, segurando uma das luvas na mão direita. "Não?"

Pedira permissão para ir à festa, mas não especificara que iria com Hugo Duarte, e sabia a opinião de seu pai sobre o rapaz. Ele receava que Hugo pedisse sua filha em casamento e que ela aceitasse. Noemí explicara aos pais que não tinha intenção de se casar com Hugo, mas o pai não acreditara.

Noemí, como uma boa socialite, fazia compras no Palacio de Hierro, usava batom Elizabeth Arden, possuía dois casacos de pele caríssimos, falava inglês fluentemente (graças às freiras de Monserrat, a escola particular onde estudara) e deveria dedicar seu tempo a apenas duas ocupações: busca por entretenimento e caça a um marido. Sendo assim, aos olhos do seu pai, qualquer oportunidade de lazer deveria estar vinculada à aquisição de um cônjuge. Achava que ela jamais deveria se divertir apenas pelo prazer da diversão, apenas com o objetivo de arrumar um marido. Não teria problema algum se seu pai gostasse de Hugo, mas ele não passava de um arquiteto recém-formado e era esperado que Noemí arrumasse um partido muito melhor.

"Não, embora queira conversar com a senhorita sobre isso depois", disse ele, deixando Noemí intrigada. Estava dançando com Hugo quando um criado encostara em seu ombro, solicitando que atendesse a um telefonema do sr. Taboada no escritório — o que bagunçara toda sua noite. Imaginara que o pai tivesse descoberto que estava com Hugo e quisesse arrancá-la dos braços do rapaz para lhe censurar. Se não era essa sua intenção, então por que tirá-la da festa?

"Aconteceu algo grave?", indagou, com outro tom de voz. Quando estava irritada, a voz de Noemí ficava mais aguda, mais infantil, bem diferente do tom sóbrio que aperfeiçoara nos últimos anos.

"Não sei. Você não pode repetir o que vou te contar para ninguém. Nem para sua mãe, seu irmão, seus amigos, ninguém. Entendeu?", perguntou seu pai, encarando-a até ela assentir com a cabeça. Recostando-se na cadeira, ele pressionou as mãos unidas no queixo e fez um gesto de concordância. "Há algumas semanas, recebi uma carta da sua prima Catalina. Nessa carta, ela fez acusações estapafúrdias contra o marido. Escrevi a Virgil para tentar entender o cerne da questão.

"Virgil respondeu que Catalina andou se comportando de modo estranho e perturbador, mas que acreditava que ela estava melhorando. Trocamos algumas cartas, e insisti que, se Catalina estava de fato tão perturbada quanto parecia, talvez fosse melhor trazê-la de volta para a Cidade do México, para se consultar com um profissional. Ele se opôs, alegando que não tinha necessidade."

Noemí tirou a outra luva e as apoiou sobre o colo.

"Chegamos, assim, em um impasse. Pensei que ele não fosse ceder, mas hoje à noite recebi um telegrama. Aqui está, pode ler."

Ele apanhou um pedaço de papel na escrivaninha e o entregou a Noemí. Era um convite para que visitasse Catalina. O trem não passava todos os dias na cidade onde moravam, mas havia uma rota às segundas-feiras e mandariam um motorista buscá-la na estação, no horário combinado.

"Quero que vá, Noemí. Virgil comentou que ela tem perguntado por você. Além do mais, acho que é um assunto que uma mulher pode solucionar melhor. É provável que tudo não passe de exageros e problemas conjugais. Sua prima, você sabe, tem uma tendência ao melodrama. Pode estar apenas querendo chamar atenção."

"Nesse caso, o que temos a ver com os problemas conjugais ou o melodrama de Catalina?", perguntou, embora não achasse justo o pai tachar Catalina de dramática. Ela perdera os pais ainda criança, era compreensível que tivesse altos e baixos depois disso.

"A carta de Catalina foi muito estranha. Ela disse que o marido a estava envenenando, disse que tinha visões. Sei que não sou médico, mas isso foi o suficiente para indagar sobre bons psiquiatras aqui na cidade."

"O senhor está com a carta?"

"Sim, aqui."

Noemí teve dificuldade para decifrar as palavras, mais ainda para compreender o sentido das frases. A caligrafia parecia trêmula, desajeitada.

...ele quer me envenenar. Esta casa é podre, decadente, repleta de males e sentimentos cruéis. Tentei me manter sã para me proteger desta podridão, mas não consigo e acabo perdendo a noção de tempo e a coerência dos pensamentos. Por favor. Por favor. Eles são cruéis, perversos e não me deixarão escapar. Eu tranco a porta, mas eles vêm mesmo assim, ouço seus sussurros à noite e tenho muito medo destes mortos inquietos, estes fantasmas, criaturas etéreas. A serpente mordendo a cauda, o solo pestilento sob nossos pés, os rostos falsos, as línguas traiçoeiras, a teia por onde a aranha se move, fazendo vibrar os fios. Eu sou Catalina, Catalina Taboada. CATALINA. Cata, Cata, venha brincar aqui fora. Saudade de Noemí. Rezo para te ver novamente. Você precisa vir me buscar, Noemí. Você precisa me salvar. Por mais que eu queira, não consigo escapar sozinha, estou presa; fios de ferro penetram minha mente, minha pele, estão lá. Nas paredes. Não me largam nem por um instante, então você precisa vir me libertar, romper o elo que me aprisiona, você precisa detê-los. Pelo amor de Deus...

Venha depressa,
Catalina.

Nas margens da carta, sua prima rabiscara palavras, números e desenhara círculos. Era desconcertante.

Quando foi a última vez em que Noemí falara com Catalina? Havia meses, quiçá um ano. O casal viajara para lua de mel em Pachuca, e Catalina ligara para ela. Então, mandara alguns cartões postais, mas depois disso, o contato fora escasso, a despeito dos telegramas com felicitações aos membros da família em seus respectivos aniversários. Deve ter tido também uma carta no Natal, pois ela se lembrava que a prima mandara presentes. Ou teria sido Virgil o autor? De todo modo, fora uma carta impessoal.

Acharam que Catalina estava aproveitando a vida de recém-casada e não sobrava muito tempo para contatar a família. Havia também algo relacionado à falta de telefone na casa nova, o que não era tão incomum no interior, e Catalina não era mesmo muito de escrever. Noemí, atarefada com seus compromissos sociais e com a faculdade, acreditara que, mais cedo ou mais tarde, a prima e o marido iriam à Cidade do México para visitá-los.

A carta em suas mãos era atípica em todos os sentidos. Fora escrita à mão, embora Catalina preferisse a máquina de escrever; era longa, cheia de divagações, ao passo que a escrita da prima era sempre concisa.

"É mesmo bem estranha", admitiu Noemí. Estava preparada para afirmar que o pai estava exagerando ou querendo usar o incidente como um pretexto para afastá-la de Duarte, mas não parecia o caso.

"Estranha é pouco. Agora você vai entender por que escrevi para Virgil pedindo explicações. E por que fiquei tão perplexo quando ele me acusou de ser inconveniente."

"O que exatamente você escreveu?", indagou ela, receando que o pai tivesse sido descortês. Era um homem sisudo e, às vezes, capaz de aborrecer as pessoas com sua rispidez involuntária.

"Saiba que não faço gosto em ter que internar uma sobrinha em um lugar como La Castañeda..."

"O senhor escreveu isso? Que iria internar Catalina no hospício?"

"Mencionei como possibilidade", respondeu ele, pedindo calma com um gesto de mão aberta.

Noemí devolveu a carta.

"Não é a única opção, mas conheço gente que trabalha lá. Pode ser que ela precise de cuidado profissional, coisa que não vai encontrar no interior. E somos os únicos capazes de garantir o bem-estar dela."

"O senhor não confia em Virgil."

O pai deu um muxoxo.

"Sua prima casou-se muito depressa, Noemí, e de forma muito intempestiva. Sou o primeiro a reconhecer que Virgil Doyle parecia encantador, mas não sabemos se é confiável."

Ele tinha razão. O noivado de Catalina fora escandalosamente breve e eles mal tiveram oportunidade de conversar com o noivo. Noemí não sabia nem mesmo ao certo como o casal se conhecera; lembrava-se apenas que, em pouquíssimas semanas, a prima já distribuía os convites do casamento. Até o anúncio, Noemí nem sabia que a prima estava namorando. Se não tivesse sido convidada para ser testemunha do casamento civil, duvidava que sequer saberia que Catalina tinha se casado.

O pai de Noemí não vira com bons olhos o segredo e a pressa. Ele oferecera um café da manhã aos noivos, mas Noemí sabia que ficara ofendido com o comportamento de Catalina. Esse fora outro motivo pelo qual a escassa comunicação da prima com a família não a preocupara. O relacionamento entre eles esfriara. Imaginava que fossem voltar a ficar em bons termos em alguns meses, que em novembro a prima fosse aparecer na Cidade do México para as compras de Natal e todos ficariam contentes. Era apenas questão de tempo.

"O senhor então acredita que ela está falando a verdade e que o marido, de fato, a maltratava", concluiu Noemí, tentando lembrar a impressão que o noivo da prima causara nela. *Bonito* e *educado* foram as palavras que lhe ocorreram, mas eles tinham trocado apenas algumas frases.

"Ela alega, na carta, que não só está sendo envenenada pelo marido, mas também que existem fantasmas vagando pela casa. Agora me diga: isso parece um relato fidedigno?"

O sr. Taboada se levantou e caminhou até a janela, contemplando a paisagem de braços cruzados. O escritório dava para as preciosas buganvílias da mãe de Noemí, uma explosão de cores velada pelas sombras da noite.

"Só sei que Catalina não está bem. Também sei que se ela e Virgil se divorciarem, ele vai ficar sem dinheiro. Quando se casaram, ficou evidente que os recursos financeiros da família dele tinham se esgotado. Porém, estando casados, ele tem acesso à conta bancária dela. Mantê-la em casa seria vantajoso para ele, mesmo ciente de que ela estaria sendo mais bem cuidada na cidade ou aqui conosco."

"O senhor acha que ele é assim tão mercenário? Que colocaria as finanças na frente do bem-estar da esposa?"

"Eu não o conheço, Noemí. Nenhum de nós conhece. Este é o problema. É um estranho. Diz que sua prima está sendo bem cuidada e que está melhorando, mas ela pode estar presa na cama, sendo forçada a viver só de mingau."

"E depois ela que é dramática", comentou Noemí, fitando o arranjo de orquídeas no pulso com um suspiro.

"Sei bem o que é ter um parente doente em casa. Minha mãe sofreu um derrame e ficou de cama por anos a fio. Sei também que nem sempre a família lida bem com isso."

"Então o que o senhor quer que eu faça?", indagou, pousando graciosamente as mãos no colo.

"Quero que avalie a situação. Decida se ela deve ser trazida para a cidade e, se for o caso, tente convencê-lo de que isso é o melhor a ser feito."

"Como vou conseguir fazer isso?"

Ele sorriu. Pai e filha tinham o mesmo sorriso e os mesmos olhos pretos e astutos.

"Você é volúvel. Vive mudando de ideia sobre tudo e todos. Primeiro, queria estudar história, depois teatro, agora, antropologia. Experimentou todos os esportes e não escolheu nenhum. Sai com um rapaz duas vezes e, na terceira, já não atende mais as ligações dele."

"O que isso tem a ver com minha pergunta?"

"Vou chegar lá. Você é volúvel, mas também é teimosa quando encasqueta com alguma coisa. Bem, chegou a hora de usar essa teimosia e esse empenho de forma útil. Você nunca se comprometeu com nada, exceto as aulas de piano."

"E as de inglês", rebateu Noemí, sem se dar o trabalho de negar as outras acusações porque ela, de fato, tinha uma alta rotatividade de admiradores e era capaz de usar quatro roupas diferentes em um único dia.

Mas ninguém é obrigado a decidir a vida aos 22 anos, pensou ela. De nada adiantava lançar mão desse argumento com o pai. Ele assumira os negócios da família quando tinha dezenove anos. Pelos seus parâmetros, a filha estava perdida e sem rumo. Ele a fitou com um olhar severo e ela suspirou.

"Está bem, não me incomodo de visitar Catalina daqui a algumas semanas..."

"Segunda-feira, Noemí. Foi por isso que interrompi sua festa. Precisamos organizar tudo para que possa pegar o primeiro trem para El Triunfo segunda pela manhã."

"Mas e o recital?", indagou a jovem. Era uma desculpa pífia e ambos sabiam disso. Ela fazia aulas de piano desde os sete anos e, duas vezes ao ano, se apresentava em um modesto recital. Tocar um instrumento já não era mais uma necessidade absoluta para as socialites, como fora nos tempos da mãe de Noemí, mas era um passatempo simpático, ainda apreciado em seu círculo social. E, além do mais, ela gostava de piano.

"O recital. Aposto que combinou de ir com Hugo Duarte e não quer que ele vá com outra garota, ou não quer perder a oportunidade de estrear um vestido novo. Azar; a viagem é mais importante."

"Saiba que nem comprei um vestido novo. Ia com a saia que usei na festa da Greta", respondeu Noemí, revelando apenas uma parte da verdade, visto que de fato combinara de ir ao recital com Hugo. "Olha, o recital nem é minha maior preocupação. As aulas na faculdade começam daqui a poucos dias. Não posso sumir, assim, de repente. Serei reprovada", acrescentou.

"Que seja, então. Depois você compensa."

Estava prestes a criticar a leviandade daquela proposta, quando o pai se virou e a olhou com firmeza.

"Noemí, você tem andado para cima e para baixo falando da Universidade Nacional. Se fizer isso por mim, tem minha permissão para se matricular."

Os pais de Noemí haviam permitido que ela frequentasse a Universidade Feminina do México, mas se mostraram relutantes quando ela declarou que gostaria de continuar os estudos após a graduação. Ela queria fazer mestrado em antropologia. Para isso, precisaria se matricular na Nacional. O pai achava que aquilo, além de uma perda de tempo, era perigoso, com todos aqueles rapazes perambulando pelos corredores e enchendo a cabeça das moças com ideias tolas e lascivas.

A mãe de Noemí também não apoiava as ambições modernas da filha. Para ela, as mulheres deviam se ater a um ciclo de vida bem simples, de debutantes a esposas. Continuar os estudos implicaria atrasar esse ciclo, a permanecer uma crisálida dentro do casulo. Discutiram o assunto diversas vezes e sua mãe, muito astuta, declarara que a decisão final seria do pai, que parecia disposto a adiá-la indefinidamente.

A oferta do pai a deixara perplexa, bem como apresentara uma oportunidade inesperada.

"O senhor está falando sério?", perguntou, desconfiada.

"Sim. O assunto requer seriedade. Não quero um divórcio estampado nos jornais, mas também não posso permitir que se aproveitem da nossa família. E é de Catalina que estamos falando", disse com um tom mais suave. "Ela passou por poucas e boas e pode estar precisando de uma presença amiga. Talvez seja tudo que precisa, no fim das contas."

Catalina fora atingida por desgraças em diversas ocasiões. Primeiro, a morte do pai, seguida pelo casamento da mãe com um padrasto que só lhe causava sofrimento. Anos depois, perdera também a mãe e se mudara para a casa de Noemí; àquela altura, o padrasto já tinha ido embora. Apesar da calorosa acolhida dos Taboada, Catalina fora profundamente afetada pela morte de seus pais. Mais tarde, já adulta, sofrera com um noivado desfeito, causa de muita discórdia e ressentimento.

Depois, surgira um rapaz meio desajeitado que cortejara Catalina por longos meses, a quem ela parecia muito afeiçoada. Mas o pai de Noemí o espantou, julgando-o medíocre. Após esse romance interrompido, a prima deve ter aprendido a lição, pois seu relacionamento com Virgil Doyle fora um modelo de discrição. Ou talvez Virgil tenha sido mais ladino, instando Catalina a não revelar o romance até ser tarde demais para que impedissem o casamento.

"Posso avisar que vou ter que me ausentar por uns dias", disse Noemí.

"Ótimo. Vou mandar um telegrama para Virgil informando que você está a caminho. Eu só preciso de discrição e perspicácia. Ele é marido dela e tem direito a tomar decisões em seu nome, mas não podemos ficar aqui de braços cruzados se ele estiver sendo negligente."

"Eu deveria exigir por escrito a sua promessa sobre a universidade."

O sr. Taboada acomodou-se novamente na cadeira da escrivaninha.

"Como se eu fosse faltar com a minha palavra. Agora tire essas flores do cabelo e vá fazer as malas. Imagino que demore um século para decidir quais roupas quer levar. Você está fantasiada de quê, afinal?", indagou visivelmente insatisfeito com o vestido decotado que mostrava os ombros da filha.

"De Primavera."

"Lá faz frio. Se pretende saracotear com esse tipo de roupa, é melhor levar um suéter", disse ele secamente.

Em outra circunstância, Noemí teria retrucado com uma resposta espirituosa, mas permaneceu estranhamente quieta. Ocorreu-lhe, após ter concordado com a empreitada, que não sabia quase nada sobre o lugar para onde ia e as pessoas que moravam lá. Não era um cruzeiro nem uma viagem de lazer. Porém, logo se convenceu de que seu pai a escolhera para uma missão e que sairia vitoriosa dela. Volúvel uma ova! Mostraria que podia ser muito dedicada. Talvez ele passasse a vê-la, depois do seu sucesso — pois não conseguia sequer se imaginar fracassando —, como uma mulher madura e digna de reconhecimento.

GÓTICO MEXICANO

Silvia Moreno-Garcia

02

UANDO NOEMÍ ERA PEQUENA, CATALINA LIA CONTOS DE FADA para ela; a prima sempre mencionava "a floresta", o lugar onde João e Maria espalharam migalhas de pão ou onde Chapeuzinho Vermelho encontrou o Lobo Mau. Tendo crescido na cidade grande, Noemí demorara para entender que florestas eram lugares reais que podiam ser encontrados em um atlas. A família dela passava as férias em Veracruz, na casa à beira-mar de sua avó, onde não havia árvores grandes. Mesmo depois de crescer, Noemí guardava a floresta na memória como uma imagem vista de relance em um livrinho de histórias, com contornos escuros como carvão e respingos vívidos de cor no meio.

Dessa forma, levou um tempo para compreender que estava indo para *o coração* da floresta, já que El Triunfo se situava na base de uma vertiginosa montanha acarpetada por flores silvestres de cores vibrantes e densamente coberta por pinheiros e carvalhos. Noemí avistou um rebanho de ovelhas pastando e cabras enfrentando enormes paredes rochosas. A prata havia contribuído para a riqueza da região, mas a gordura animal ajudara a iluminar as bastas minas. Era tudo muito bonito.

Porém, quanto mais o trem avançava e subia, aproximando-se de El Triunfo, mais a paisagem bucólica se transformava. Ao ver os desfiladeiros profundos que fendiam a terra e as cordilheiras escarpadas que pairavam ameaçadoramente sobre o vale, Noemí mudou de ideia. Riachos encantadores foram substituídos por rios caudalosos que trariam desastre para quem fosse levado por suas correntes. Ao pé da montanha, fazendeiros cuidavam de pomares e de campos de alfafa, mas não havia plantação alguma ali, apenas as cabras escalando as rochas. A terra mantinha suas riquezas na escuridão e não agraciava as árvores com frutos.

O ar ficava mais rarefeito à medida que o trem penava para subir, até que deu um solavanco e parou.

Noemí recolheu as malas. Tinha levado duas e ficara tentada a também incluir seu baú de viagem predileto, mas, por fim, achou que seu tamanho seria um incômodo. Apesar daquela concessão, as malas eram grandes e pesadas.

A estação de trem estava vazia e mal chegava a ser uma estação: estava mais para uma construção solitária e quadrada com uma mulher sonolenta no balcão de bilhetes. Três garotinhos corriam um atrás do outro pela estação, brincando de pega-pega, e ela ofereceu algumas moedas a eles em troca de ajuda para carregar as malas. Eles aceitaram, satisfeitos. Os meninos pareciam desnutridos, e Noemí se perguntou como os habitantes sobreviviam, uma vez que a mina fechara e apenas as cabras ofereciam oportunidade de negócio.

Noemí havia se preparado para o frio da montanha. O elemento inesperado daquela tarde foi o nevoeiro que a recebeu. Ela o observou com curiosidade enquanto ajeitava seu solidéu azul-esverdeado, adornado por uma longa pena amarela, e então espiou a rua para olhar o carro que iria levá-la. Era impossível confundir. O único veículo parado na frente da estação era um carro tão descabidamente grande que a fez pensar nos elegantes astros de cinema de duas ou três décadas atrás — o tipo de automóvel que seu pai teria dirigido na juventude para vangloriar-se da fortuna.

O veículo à sua frente, porém, era uma relíquia emporcalhada cuja pintura precisava de retoque. Portanto, não era o tipo de automóvel que um astro do cinema dirigiria nos dias de hoje; estava mais para uma antiguidade casualmente desempoeirada e arrastada até a rua.

Ela supôs que o motorista estaria nas mesmas condições que o carro e esperou um homem mais velho ao volante, mas um rapaz com mais ou menos a sua idade, de jaqueta de bombazina, surgiu. Ele tinha cabelos claros e era pálido — ela não imaginava que alguém pudesse ser assim *tão* pálido; será que ele já tinha caminhado ao sol alguma vez? —, com olhos impregnados de incerteza e a boca tensionada para formar um sorriso ou dar-lhe as boas-vindas.

Noemí pagou os garotinhos que a ajudaram a levar as malas, deu um passo adiante e estendeu a mão.

"Sou Noemí Taboada. Você veio a pedido do sr. Doyle?"

"Sim, o tio Howard me pediu para buscá-la", respondeu ele, com um aperto de mão frouxo. "Meu nome é Francis. Espero que a viagem tenha sido agradável. Esses são todos os seus pertences, srta. Taboada? Posso levá-los para a senhorita?", perguntou depressa, como se preferisse terminar todas as frases com pontos de interrogação em vez de se comprometer com afirmações.

"Pode me chamar de Noemí. Srta. Taboada parece espalhafatoso demais. Isto é tudo, e sim, uma ajuda seria ótimo."

Ele apanhou a bagagem e a guardou no porta-malas, então contornou o carro e abriu a porta para ela. A cidade, que ela via pela janela, era salpicada por ruas sinuosas, casas coloridas com vasos de flores nas janelas, portas robustas de madeira, escadarias longas, uma igreja e todos os detalhes costumeiros que um guia turístico chamaria de "pitoresco".

Apesar disso, era evidente que El Triunfo não constava em nenhum guia. A cidade tinha a atmosfera bolorenta de um lugar decrépito. As casas eram coloridas, mas boa parte das paredes exibia tinta descascada, portas estavam danificadas, metade das flores nos vasos haviam murchado e a cidade parecia, basicamente, morta.

Aquilo não era tão incomum. Muitos locais prósperos de exploração de minérios, de onde se extraíra prata e ouro durante o período colonial, interromperam as atividades quando a Guerra da Independência do México eclodiu. Mais tarde, os ingleses e franceses foram recebidos pelo Porfiriato[1] e encheram os bolsos com tesouros minerais. Mas a Revolução colocou um ponto final em uma segunda onda de expansão. Havia muitos vilarejos como El Triunfo, onde era possível admirar as belas capelas construídas na época em que o dinheiro e as pessoas eram abundantes; lugares onde a terra jamais verteria riquezas das entranhas novamente.

[1]   Período de 31 anos (1876—1880 e 1884—1911) em que o general e ditador Porfirio Díaz ficou no poder. Embora o país tenha passado por um significativo processo de modernização, o povo mexicano viu serem limitadas suas liberdades políticas e de imprensa. [Nota das tradutoras, de agora em diante N. T.]

Ainda assim, quando muitos outros tinham ido embora há muito tempo, os Doyles permaneciam ali. Noemí pensou que, talvez, eles tivessem aprendido a amar aquele lugar, embora ela não estivesse muito impressionada com a paisagem íngreme e inclemente. Não se parecia em nada com as montanhas que vira em seus livros de infância, onde as árvores eram graciosas e flores cresciam na beira das estradas; não se assemelhava com o lugar encantador onde Catalina dissera que iria morar. Como o carro antigo que esperara Noemí na estação, a cidade agarrava-se ao que restava do esplendor.

Francis dirigiu por uma estrada estreita que subia ainda mais pela montanha, e o ar foi ficando mais denso, a bruma se encorpando. Ela esfregou as mãos.

"É muito longe?", perguntou.

Mais uma vez, Francis parecia incerto:

"Não muito", respondeu devagar, como se estivessem conversando sobre um assunto que exigia uma reflexão cuidadosa. "A estrada não é das melhores, senão iria mais rápido. Já foi, há muito tempo, quando a mina ainda estava funcionando. Todas as estradas da região estavam em ótimas condições, até mesmo perto de High Place."

"High Place?"

"É como chamamos nossa casa. E o cemitério inglês atrás dela."

"É tudo assim tão inglês?", quis saber, sorrindo.

"Sim", disse Francis, segurando o volante com uma força que ela nunca teria imaginado que tivesse, com base em seu fraco aperto de mão.

"É mesmo?", insistiu, esperando que ele continuasse.

"Você vai ver. É tudo muito inglês. Hum, é o que tio Howard queria, um pedacinho da Inglaterra. Ele trouxe até terra europeia para cá."

"Você acha que ele sofria de um caso crônico de nostalgia?"

"Com certeza. E já lhe adianto, não falamos espanhol em High Place. Meu tio-avô não sabe falar uma palavra sequer do idioma, Virgil possui um conhecimento limitadíssimo e minha mãe jamais se atreveria a falar uma frase inteira. A senhorita... fala inglês bem?"

"Faço aulas diariamente desde os seis anos de idade", replicou, passando do espanhol para o inglês. "Sei que não terei dificuldades."

As árvores ficavam cada vez mais rentes e estava escuro sob seus galhos. Noemí não era grande entusiasta da natureza. A última vez que estivera perto de uma floresta tinha sido em uma excursão para

El Desierto de los Leones, quando ela, seu irmão e alguns amigos andaram a cavalo e depois decidiram treinar tiro ao alvo em latinhas. Fora dois, talvez três anos antes. O lugar em que ela estava agora nem se comparava ao outro. Era mais selvagem ali.

Ela se flagrou examinando cautelosamente a altura das árvores e a profundidade dos desfiladeiros. Ambos eram enormes. A neblina se adensou e ela franziu o cenho, temendo que fossem despencar montanha abaixo caso fizessem a curva para o lado errado. Quantos mineiros à procura de prata haviam caído do penhasco? As montanhas ofereciam riquezas minerais e uma morte rápida. Mas Francis parecia confiante, mesmo que lhe faltassem palavras. Noemí em geral não tinha grande predileção por homens tímidos — eles a tiravam do sério —, mas quem se importava? Não é como se ela estivesse lá para visitar Francis ou algum outro membro da família.

"Quem é você, afinal?", perguntou ela em uma tentativa de se distrair dos pensamentos sobre ravinas e carros batendo em árvores.

"Francis."

"Bem, sim, mas você é o primo mais novo de Virgil? Um tio há muito perdido? Um parente excêntrico que preciso conhecer?"

Ela falou com a entonação divertida que gostava, a mesma usada nos coquetéis e, lhe parecia, sempre conquistava as pessoas ao seu redor. Francis respondeu como ela esperava, com um sorriso tímido.

"Primo de primeiro grau. Ele é um pouco mais velho do que eu."

"Nunca consegui entender isso. Primeiro, segundo, terceiro grau. Quem é que consegue acompanhar? Sempre achei que se a pessoa comparecer à minha festa de aniversário somos parentes e pronto. Não há necessidade de resgatar a árvore genealógica."

"Isso com certeza simplifica as coisas", concordou ele. O sorriso agora era largo.

"Você é um primo bacana? Eu detestava meus primos quando eu era pequena. Eles sempre empurravam minha cabeça no bolo nos meus aniversários, mesmo quando eu não queria fazer *la mordida*."

"*La mordida*?"

"Sim. Uma tradição em que você tem que dar uma mordida no bolo antes de cortar, mas alguém enterra sua cabeça nele. Imagino que você não aturou esse tipo de coisa em High Place."

"Não há muitas festas em High Place."

"O nome deve ser uma descrição literal[2]", refletiu Noemí enquanto continuavam subindo. Aquela estrada não terminava nunca? As rodas do carro trituravam galhos caídos.

"Sim."

"Nunca estive em uma casa com nome. Quem faz isso nos dias de hoje?"

"Gostamos de fazer as coisas à moda antiga", murmurou ele.

Noemí encarou o rapaz com ceticismo. Sua mãe teria dito que ele precisava de ferro e um belo bife na dieta. A julgar pelos dedos delgados, ele devia se alimentar feito um passarinho, e seu tom parecia emular sussurros. Virgil parecera muito mais robusto que aquele rapaz, e com muito mais presença. Mais velho também, como Francis havia mencionado. Virgil tinha trinta e poucos anos; ela se esquecera da idade certa.

Passaram por uma pedra ou algum outro obstáculo na estrada. Noemí deixou escapar uma exclamação irritada.

"Desculpe", disse Francis.

"Não foi culpa sua. A estrada é sempre assim?", indagou ela. "É como dirigir dentro de uma tigela cheia de leite."

"Isso não é nada", respondeu Francis, dando uma risadinha. Bem, pelo menos ele estava um pouco mais descontraído.

Então, de repente, eles adentraram uma clareira e chegaram. A casa pareceu saltar da bruma e cumprimentá-los de braços abertos. Era tão estranho! A construção parecia vitoriana, com telhas quebradas, ornamentos elaborados e janelas salientes sujas. Ela nunca tinha visto nada igual; era muito diferente da casa moderna de sua família, dos apartamentos de seus amigos e das casas coloniais com fachadas de *tezontle*[3].

A casa pairava sobre eles como uma gárgula enorme e silenciosa. Se não estivesse tão desgastado, o lugar teria parecido agourento, evocando imagens de fantasmas e casas assombradas, com sarrafos faltando das venezianas, o ébano do alpendre rangendo à medida que eles subiam a escada até a porta, que exibia uma aldrava prateada no formato de um punho que pendia de um círculo.

---

2   Em português, o nome da casa significa Lugar Alto. [N. T.]
3   Rocha de origem vulcânica, tipicamente porosa e avermelhada, muito usada em edificações no México. [N. T.]

É a concha abandonada de um caracol, Noemí refletiu. Pensar em caracóis fez com que ela se lembrasse da infância, de quando brincava no pátio de casa, afastando os vasos de planta para ver os pequeninos tatus-bolinhas se apressarem para se esconder de novo. Ou de quando ela dava cubos de açúcar para as formigas, ignorando as advertências da mãe. E também do gato malhado, tão gentil, que dormia sob a primavera e não se opunha quando as crianças se aproximavam para lhe fazer carinho o tempo todo. Ela não achava que houvesse um gato naquela casa, nem mesmo canários que ela pudesse alimentar pela manhã, chilreando com alegria nas gaiolas.

Francis pegou a chave e abriu a porta pesada. Noemí adentrou o saguão, que imediatamente proporcionou a eles a visão de uma grande escadaria de mogno e carvalho, com um vitral redondo no patamar superior. A janela lançava sombras vermelhas, azuis e amarelas no carpete verde desbotado, e duas esculturas de ninfas — uma ao pé da escada, próxima ao balaústre, e outra perto da janela — pareciam guardiãs silenciosas da casa. A uma curta distância da porta de entrada, era possível ver o contorno oval de um quadro ou espelho no papel de parede, como uma impressão digital solitária na cena do crime. Acima de suas cabeças estava pendurado um lustre com nove braços, cujos cristais haviam ficado opacos com o tempo.

Uma mulher vinha descendo as escadas, deslizando a mão esquerda pelo corrimão. Ela não era uma senhora, embora tivesse mechas grisalhas; seu corpo era ereto e ágil demais para o de uma pessoa de idade. Seu vestido cinza de aspecto severo e a dureza em seus olhos acrescentavam anos que não estavam aparentes em sua pele.

"Mãe, esta é Noemí Taboada", anunciou Francis, galgando as escadas enquanto subia com a bagagem.

Ela o seguiu, sorrindo, e esticou a mão para a mulher, que a olhou como se Noemí segurasse um peixe velho. Em vez de apertar sua mão, a mulher se virou e começou a subir.

"É um prazer conhecê-la", disse, de costas para Noemí. "Meu nome é Florence. Sou sobrinha do sr. Doyle."

Noemí conteve o riso e apertou o passo para acompanhar Florence. "Obrigada."

"Sou encarregada da administração de High Place. Sendo assim, se precisar de algo, deve se dirigir a mim. Gostamos de fazer as coisas de um jeito específico por aqui e esperamos que siga as regras."

"Que regras?", perguntou ela.

Elas passaram ao lado da janela de vitral, e Noemí notou que ela continha uma flor vibrante e estilizada, cujo azul das pétalas fora criado com óxido de cobalto. Ela entendia daquilo. O ramo da pintura, como seu pai dizia, tinha munido a jovem de uma variedade infinita de conhecimento sobre química, que ela ignorava na maioria das vezes, mas que, ainda assim, se alojaram em sua memória como uma canção irritante.

"A regra mais importante é que somos um grupo tranquilo e reservado", disse Florence. "Meu tio, o sr. Howard Doyle, está em idade avançada e passa boa parte do tempo no quarto. Você não deve incomodá-lo. Ademais, sou a responsável por cuidar de sua prima. Ela precisa descansar bastante, então também não deve perturbá-la além do necessário. Não se afaste da casa para perambular sozinha por aí; é fácil se perder, e a região está repleta de desfiladeiros."

"Mais alguma coisa?"

"Não vamos ao centro com frequência. Se tiver algo a fazer por lá, deve conversar comigo primeiro, e providenciarei para que Charles a leve."

"Quem é ele?"

"Um dos empregados. Nossa criadagem é bem enxuta nos dias de hoje: três pessoas. E todas servem a família há muitos anos."

Elas percorreram um corredor acarpetado, decorado por retratos a óleo oblongos e ovais. Os rostos de membros da família Doyle há muito falecidos encararam Noemí através do tempo, mulheres de chapéu trajando vestidos pesados, homens de expressão austera com cartolas e luvas. Uma família que na certa tinha seu próprio brasão. Pálidos, de cabelos claros, como Francis e sua mãe. Um rosto mesclado no outro. Ela não conseguiria diferenciá-los mesmo se prestasse muita atenção.

"Este será o seu quarto", anunciou Florence assim que alcançaram uma porta com maçaneta decorativa de cristal. "Devo alertá-la de que fumar dentro desta casa não é permitido, caso alimente este vício", acrescentou olhando de soslaio para a requintada bolsinha de mão de Noemí, como se pudesse enxergar através dela o maço de cigarros.

Vício, pensou Noemí, lembrando-se das freiras que haviam supervisionado sua educação. Ela aprendera a ser rebelde mesmo enquanto recitava o rosário aos sussurros.

Noemí entrou no quarto e contemplou o antigo baldaquino, que parecia saído diretamente de um romance gótico; havia até cortinados que podiam ser fechados ao redor da estrutura, permitindo um isolamento do mundo. Francis deixou as malas sob uma janela estreita — a extravagância dos vitrais não era reservada aos quartos —, e Florence indicava o armário, que exibia uma pilha de cobertores sobressalentes.

"Estamos no alto da montanha. Faz muito frio aqui", disse ela. "Espero que tenha trazido um suéter."

"Tenho meu *rebozo*[4]."

A mulher abriu um baú ao pé da cama e tirou um punhado de velas e um dos candelabros mais pavorosos que Noemí já tinha visto, todo prateado, com um querubim segurando a base. Então ela fechou a arca e deixou os achados em cima.

"A eletricidade foi instalada em 1909, antes da Revolução. Mas poucas melhorias foram feitas nas últimas quatro décadas. Temos um gerador que produz energia suficiente para a geladeira ou para algumas poucas lâmpadas. Mas está longe de iluminar de forma adequada a casa toda. Portanto, dependemos de velas e lamparinas."

"Eu não faço a menor ideia de como usar uma lamparina", riu Noemí. "Nunca nem acampei direito."

"Até um tolo consegue entender os princípios básicos", retrucou Florence, então emendou, sem permitir que Noemí tivesse a chance de falar: "A caldeira é por vezes temperamental, mas, jovens não devem tomar banhos muito quentes mesmo; um morno servirá para você. Não há lareira neste cômodo, mas encontrará uma grande no andar de baixo. Esqueci alguma coisa, Francis? Não? Muito bem".

A mulher encarou o filho, mas também não deu a ele tempo para responder. Noemí duvidou de que alguém conseguisse dizer uma palavra que fosse com Florence por perto.

"Eu gostaria de falar com Catalina", disse Noemí.

Florence, que na certa pensava que a conversa tinha sido encerrada, já estava com a mão na maçaneta.

---

4 Espécie de xale tradicional e muito versátil. [N. T.]

"Hoje?", perguntou.

"Sim."

"Está quase na hora do remédio. Ela não vai conseguir ficar acordada depois que tomar."

"Quero ficar alguns minutos com ela."

"Mãe, ela veio de muito longe", comentou Francis.

A interpelação dele pareceu pegar a mulher desprevenida. Florence ergueu uma sobrancelha para o rapaz e juntou as mãos.

"Bem, imagino que na cidade vocês tenham uma noção diferente de tempo, correndo para lá e para cá", disse. "Se deseja vê-la imediatamente, é melhor me acompanhar. Francis, por que não vai ver se o tio Howard se juntará a nós para o jantar? Não quero ser surpreendida."

Florence guiou Noemí por outro longo corredor, até que entraram em um quarto com outra cama de dossel, uma penteadeira ornamentada com espelho de três faces e armário espaçoso o suficiente para comportar um pequeno exército. O papel de parede era de um tom diluído de azul com estampa floral. Paisagens pintadas em quadrinhos decoravam as paredes: imagens costeiras de penhascos colossais e praias desertas. Aquela vista não pertencia ao México. Era, provavelmente, a Inglaterra, preservada em quadros a óleo e molduras de prata.

Perto da janela havia uma cadeira, e, sentada nela, estava Catalina. Sua prima olhava para fora e não se moveu quando elas entraram no cômodo. Seu cabelo ruivo estava preso na altura da nuca. Noemí se preparara para cumprimentar uma estranha assolada pela doença, mas Catalina não parecia muito diferente de quando vivia na Cidade do México. Talvez a decoração tivesse intensificado sua aparência sonhadora, nada mais.

"Ela precisa tomar o remédio em cinco minutos", disse Florence, consultando o relógio de pulso.

"Então é o tempo que vou levar."

A mulher mais velha não pareceu muito contente, mas as deixou. Noemí se aproximou da prima, que ainda não tinha olhado na direção dela e estava estranhamente imóvel.

"Catalina? Sou eu, Noemí."

Ela tocou o ombro da outra com delicadeza, e só assim Catalina a encarou. Um sorriso brotou lentamente em seus lábios.

"Noemí, você veio."

Ela parou diante de Catalina, assentindo:

"Sim. Meu pai quis que eu viesse para saber de você. Como se sente? O que há de errado?"

"Sinto-me terrível. Tive febre, Noemí. Contraí tuberculose, mas estou melhorando."

"Você nos escreveu uma carta, lembra? E disse umas coisas estranhas."

"Não me lembro ao certo de tudo que escrevi", respondeu Catalina. "Minha febre estava muito alta."

Catalina era cinco anos mais velha que Noemí. A diferença não era grande, mas suficiente para que Catalina tivesse uma postura maternal quando eram crianças. Noemí se lembrava de passar muitas tardes na companhia da prima, fazendo trabalhos manuais, cortando vestidos para bonecas de papel, indo ao cinema, ouvindo o conto de fada com a roca que ela contava. Era estranho vê-la daquele jeito, apática, dependendo dos outros quando tudo que eles um dia tiveram dependia da prima. Ela não gostava nem um pouco daquilo.

"A carta deixou meu pai extremamente nervoso", continuou Noemí.

"Peço desculpas, minha querida. Não deveria ter escrito. Você provavelmente tinha muitas coisas para fazer na cidade. Seus amigos, suas aulas, e agora está aqui porque eu rabisquei algo sem sentido em um pedaço de papel."

"Não se preocupe com isso. Queria vir e ver você. Não nos vemos há bastante tempo. Para ser sincera, achei que você já teria ido nos visitar."

"Sim", concordou Catalina. "Sim, também pensei que seria assim. Mas é impossível sair desta casa."

Catalina estava melancólica. Seus olhos, que mais pareciam piscinas castanhas de água parada, ficaram ainda mais sem vida. Abriu a boca como se estivesse se preparando para falar, mas nada saiu. Ela respirou fundo, prendeu o ar e então virou a cabeça para tossir.

"Catalina?"

"É hora do remédio", anunciou Florence, entrando a passos firmes no quarto e segurando uma garrafa de vidro e uma colher. "Vamos."

Catalina obedientemente tomou uma colher do medicamento, então Florence a ajudou a subir na cama, cobrindo-a até o queixo.

"Hora de ir", disse Florence. "Ela precisa descansar. Vocês podem conversar amanhã."

Catalina assentiu. Florence levou Noemí de volta ao quarto e lhe deu um pequeno desenho da planta da casa — a cozinha era naquela direção, a biblioteca em outra — e disse que o jantar seria servido às sete. Noemí desfez as malas, guardou as roupas no armário e foi para o banheiro se refrescar. Havia uma banheira antiga ali, um armário e vestígios de mofo no teto. Vários azulejos ao redor da banheira estavam rachados; apesar de tudo, toalhas limpas tinham sido dispostas em um banquinho de três pernas, e o robe que pendia de um gancho parecia recém-lavado.

Ela testou o interruptor, mas a luminária não acendeu. No quarto, não encontrou um abajur sequer com lâmpada, embora houvesse uma saída elétrica. Ela entendeu que Florence não estava brincando quando disse que dependiam de velas e lamparinas.

Noemí abriu a bolsa e vasculhou até encontrar os cigarros. Uma pequena xícara na mesa de cabeceira, decorada com cupidos seminus, serviu de cinzeiro improvisado. Depois de algumas tragadas, foi até a janela, para que Florence não reclamasse do cheiro forte. Mas a janela não abria.

Ela ficou ali, encarando a neblina.

GÓTICO
MEXICANO

Silvia Moreno-Garcia

03

LORENCE FOI BUSCÁ-LA PONTUALMENTE ÀS SETE COM UMA lamparina para iluminar o caminho. Desceram até a sala de jantar, onde imperava um gigantesco lustre, semelhante ao do vestíbulo, que permanecia apagado. Havia uma mesa enorme, que acomodaria mais de dez pessoas, revestida com uma fina toalha de damasco branco e decorada com candelabros. As velas pálidas e compridas fizeram Noemí se lembrar do ambiente das igrejas.

As paredes eram cobertas por cristaleiras abarrotadas com tecidos de renda, porcelanas e, sobretudo, prataria. Taças e pratos ornados com a imponente inicial de seus donos — o triunfante e estilizado D dos Doyle — baixelas e jarros vazios, quiçá outrora reluzentes sob o fulgor das velas, mas agora relegados a um fosco esquecimento.

Florence apontou para uma cadeira, e Noemí se sentou. Francis já estava acomodado, a sua frente, e Florence ocupou o lugar ao lado do filho. Uma criada grisalha entrou na sala e lhes serviu tigelas com sopa aguada. Florence e Francis começaram a comer.

"Seremos só nós três?", perguntou Noemí.

"Sua prima está dormindo. Pode ser que Tio Howard e primo Virgil desçam mais tarde", respondeu Florence.

Noemí ajustou o guardanapo no colo. Tomou a sopa, mas de modo comedido. Não estava acostumada a jantar naquele horário. Comidas pesadas não lhe caíam bem à noite; em casa, costumavam comer um sanduíche leve ou um bolinho com café com leite. Não tinha certeza se aqueles novos hábitos iam lhe fazer bem. *À l'anglaise*, como dizia sua professora de francês. Repitam comigo: *La panure à l'anglaise*. Será que tomavam chá às quatro da tarde, ou seria às cinco? Os pratos foram recolhidos em silêncio e, também em silêncio, foi servido o prato principal: frango com molho branco, cremoso e um tanto repugnante, acompanhado de cogumelos. O vinho servido em sua taça era escuro e muito doce. Ela não gostou do sabor. Noemí empurrou os cogumelos com o garfo, tentando distinguir o conteúdo das sombrias cristaleiras a sua frente.

"É quase tudo de prata, não é?", indagou. "Tudo da mina da família?"

"Sim, daquela época", respondeu Francis, assentindo com a cabeça.

"Quando foi fechada?"

"Houve algumas greves e então..."

Francis ia dizer algo, mas sua mãe levantou a cabeça e lançou um olhar severo para Noemí.

"Não conversamos durante o jantar."

"Nem mesmo para dizer 'me passe o sal'?", perguntou Noemí, bem-humorada, girando o garfo.

"Vejo que se acha muito espirituosa. Não falamos durante o jantar. Esta é a regra. Nesta casa, gostamos de silêncio."

"Ora, Florence, nada impede que conversemos um pouco. Em homenagem a nossa convidada", disse um homem de terno preto, que entrou no aposento apoiando-se no braço de Virgil.

Velho seria um eufemismo para descrevê-lo. Ele era ancestral. Tinha o rosto sulcado de rugas, e apenas ralos fios, escassos e obstinados, ainda revestiam o couro cabeludo. Era pálido ao extremo, como uma criatura subterrânea. Parecia uma lesma. As veias contrastavam com a palidez, numa teia de diáfanos fios arroxeados e azuis.

Noemí observou-o se arrastar até a cabeceira da mesa, onde se acomodou. Virgil sentou à direita do pai, mas devido ao ângulo em que estava sua cadeira, ele permanecia parcialmente encoberto pela penumbra.

A criada não serviu sopa para o velho, apenas lhe trouxe uma taça de vinho. Talvez já tivesse jantado, e desceu apenas para cumprimentar a nova hóspede.

"Senhor, sou Noemí Taboada. Prazer em conhecê-lo."

"Sou Howard Doyle, pai de Virgil. Embora você já deva ter adivinhado."

O velho usava uma gravata antiquada, que ocultava o pescoço sob a dobra do tecido, ornada com um broche redondo de prata. Usava também um anel de âmbar no dedo indicador. Mantinha os olhos fixos em Noemí. Embora o rosto tivesse uma aparência lívida, os olhos exibiam um azul surpreendente, sem o embaçamento característico da catarata e a opacidade típica da velhice; os olhos chamuscavam gélidos em seu rosto decrépito e capturavam a atenção de Noemí. Ele parecia dissecar a jovem com o olhar.

"Você é bem mais morena do que sua prima, srta. Taboada", declarou Howard após examiná-la.

"Como?", indagou ela, julgando ter ouvido errado.

Ele apontou na direção de Noemí.

"Tanto a sua pele quanto seu cabelo. São bem mais escuros do que os de Catalina. Imagino que tenha puxado mais ao sangue indígena do que o francês. Você tem sangue indígena, não tem? A maioria dos mestiços aqui tem."

"A mãe de Catalina era francesa. Meu pai é de Veracruz, e minha mãe de Oaxaca. Sou Mazatec por parte de mãe. Aonde o senhor quer chegar com isso?", perguntou, ríspida.

O velho sorriu. Um sorriso de boca fechada, sem mostrar os dentes. Ela podia imaginar como seriam: amarelados e podres.

Virgil fez um gesto para a criada, que lhe serviu uma taça de vinho. Os outros continuaram a comer, em silêncio. Aquela seria uma conversa só entre os dois.

"Foi apenas um comentário. Agora diga-me, srta. Taboada, assim como o sr. Vasconcelos, acredita que é a obrigação, não, melhor dizendo, o destino dos mexicanos dar origem a uma nova raça, que agregue todas as demais? Uma raça 'cósmica'? Uma raça de bronze? A despeito da pesquisa de Davenport e Steggerda?"

"O senhor se refere ao trabalho deles na Jamaica?"

"Que esplêndido, Catalina tinha razão. Você realmente se interessa por antropologia."

"Sim", respondeu. Não tinha intenção de pronunciar mais do que uma única palavra.

"O que pensa da mistura de indivíduos superiores e inferiores?", prosseguiu, ignorando o desconforto dela.

Noemí sentiu que todos os membros da família a observavam. Sua presença era uma novidade, uma mudança no padrão. Um organismo introduzido em um ambiente estéril. Aguardavam sua resposta, ansiavam por analisar suas palavras. Bem, estava na hora de mostrar que sabia manter a compostura.

Tinha experiência em lidar com homens inconvenientes. Eles não a tiravam do sério. Aprendera, depois de muito transitar em festas e jantares, que demonstrar qualquer reação aos seus comentários rudes só lhes estimulava mais.

"Li certa vez um artigo de Gamio, no qual afirmava que uma seleção natural rigorosa garantiu a sobrevivência do povo indígena deste continente e que os europeus muito se beneficiariam de se misturarem conosco", disse ela, apanhando o garfo e sentindo o toque frio do metal nos dedos. "É uma subversão e tanto da ideia de superior e inferior, não é mesmo?", perguntou em tom que soava inocente, mas um pouco mordaz.

O velho Doyle pareceu satisfeito com a resposta; seu rosto se animou.

"Não fique zangada comigo, srta. Taboada. Não tive a intenção de insultá-la. Seu conterrâneo, Vasconcelos, discorre sobre os mistérios do 'gosto estético' que vai moldar essa raça de bronze, e acho que a senhorita é um excelente exemplar."

"De quê?"

Ele sorriu outra vez, mas agora com lábios entreabertos, revelando os dentes. Ao contrário do que ela imaginara, não eram amarelados, e sim brancos como porcelana, e intactos. No entanto, as gengivas, que ela pôde ver nitidamente, exibiam um doentio tom arroxeado.

"De uma nova beleza, srta. Taboada. O sr. Vasconcelos deixa bem claro que somente pessoas atraentes vão procriar. Beleza atrai beleza e gera beleza também. É uma forma de seleção. Estou lhe fazendo um elogio."

"É um elogio bem estranho", disse ela, contendo a indignação.

"Deveria aceitá-lo, srta. Taboada. Não costumo distribuí-los a torto e a direito. Agora, estou cansado. Vou me recolher, mas esteja certa de que esta foi uma conversa assaz estimulante. Francis, ajude-me."

O jovem ajudou a estátua de cera e eles se retiraram. Florence bebericou o vinho, erguendo com cautela a fina haste da taça e pressionando a borda nos lábios. Pairava novamente na sala um pesado silêncio. Noemí tinha a impressão de que, se apurasse bem os ouvidos, conseguiria distinguir a batida do coração de todos à mesa.

Não entendia como Catalina conseguia suportar aquela casa. A prima sempre fora tão doce, sempre zelara pelos primos menores com prazer. Será que a obrigavam a sentar à mesa em silêncio absoluto, com as cortinas fechadas e somente velas como parca fonte de claridade? Será que o velho tentava puxar assuntos igualmente desagradáveis com ela? Teriam feito Catalina chorar? Na Cidade do México, à mesa do jantar, seu pai gostava de propor charadas e oferecer prêmios para a criança que adivinhasse a resposta.

A criada apareceu para recolher os pratos. Virgil, que parecia nem ter notado a presença de Noemí, finalmente olhou para ela, que também o fitava.

"Suponho que tenha algumas perguntas para mim."

"Sim."

"Vamos até a sala de estar."

Ele apanhou um dos candelabros de prata da mesa e a conduziu pelo corredor até um aposento amplo com uma lareira enorme e uma cornija de nogueira escura, entalhada em formatos de flores. Sobre a lareira, uma natureza-morta retratava frutas, rosas e delicadas videiras. Algumas lamparinas de querosene sobre mesas de ébano também contribuíam para a iluminação do local.

Em um dos cantos da sala, havia dois canapés idênticos de veludo verde desbotado, ao lado de três poltronas. Jarros brancos acumulavam poeira, sugerindo que a sala fora outrora usada para receber visitas e entreter convidados.

Virgil abriu as portas de um aparador com dobradiças de prata e tampo de mármore. Apanhou um decantador com uma rolha esquisita, em formato de flor, e serviu duas taças, entregando uma para Noemí. Acomodou-se então em uma das poltronas imponentes de brocado dourado, próximas à lareira. Noemí o acompanhou.

Como o aposento era mais iluminado, ela pôde vê-lo melhor. Tinham se conhecido no casamento de Catalina, mas o encontro fora breve e um ano se passara desde então. Ela não se lembrava direito dele. Tinha cabelos claros e olhos azuis, como o pai, e o rosto, que parecia esculpido em mármore frio e polido, era feito de pura soberba. Usava um paletó transpassado cinza, com uma padronagem xadrez espinha de peixe, elegante e adequado, embora tivesse dispensado a gravata. O primeiro botão da camisa também estava desabotoado, como se quisesse forjar uma despretensão casual incompatível com sua natureza.

Noemí não sabia ao certo como deveria se comportar perto dele. Os rapazes da sua idade eram fáceis de agradar. Mas Virgil era mais velho que ela. Deveria se portar com mais seriedade e conter seu jeito coquete, para não parecer tola aos seus olhos. Ele podia reinar naquela casa, mas ela também tinha autoridade. Era uma emissária.

Os mensageiros enviados por Kublai Khan pelo seu reino carregavam uma pedra com seu selo real, e quem os maltratasse era condenado à morte. Catalina lhe contara aquela história; gostava de narrar fábulas e contos para Noemí.

Que Virgil compreendesse então que Noemí trazia uma pedra invisível no bolso.

"Foi gentil de sua parte vir tão depressa", disse ele, em tom monocórdio. Cortês, mas frio.

"Não tive opção."

"É mesmo?"

"Meu pai estava preocupado", respondeu ela.

Esta era a pedra de Noemí, embora a insígnia de Virgil estivesse por toda parte naquela casa. Ela era uma Taboada, enviada pelo próprio Leocadio Taboada.

"Como tentei explicar para ele, não há motivo para preocupação."

"Catalina disse que estava com tuberculose. Mas não creio que isso explique a carta que nos enviou."

"Você leu a carta? O que ela escreveu, exatamente?", indagou inclinando-se para a frente. Seu tom de voz continuava impassível, mas sua postura demonstrava interesse.

"Não decorei o que estava escrito. Mas foi o bastante para que meu pai me pedisse para vir vê-los."

"Entendo."

Ele girou entre os dedos a taça, que reluzia à claridade da lareira. Encostou-se novamente na poltrona. Era um homem bonito. Como uma escultura. Seu rosto, no entanto, mais parecia uma máscara mortuária do que de pele e osso.

"Catalina não andou bem. Estava ardendo em febre. Escreveu aquela carta no ápice da doença."

"Quem está tratando dela?"

"Como assim?"

"Alguém deve estar tratando dela. Florence, sua prima, não é?"

"É."

"Bem, sua prima Florence tem lhe dado remédios. Imagino que foram receitados por um médico."

Ele se levantou, apanhou o atiçador de lareira e remexeu as achas incandescentes. Uma faísca escapou pelo ar e pousou em um ladrilho gasto, com uma rachadura no meio.

"Sim, nosso médico. Ele se chama Arthur Cummins. É médico da família há muitos anos. Confiamos plenamente no sr. Cummins."

"Ele não estranhou o comportamento dela? Não lhe pareceu atípico mesmo para tuberculose?"

Virgil sorriu, com expressão de deboche.

"Atípico. Você tem conhecimento médico?"

"Não. Mas se fosse *típico*, meu pai não teria me enviado."

"Ah, sim, seu pai mencionou psiquiatras na primeira oportunidade. Ele só escreve sobre isso, em todas as cartas", disse ele, em tom desdenhoso. Noemí ficou irritada ao ouvi-lo falar de seu pai daquele jeito, como se ele fosse maldoso e injusto.

"Vou ter uma conversa com o médico de Catalina", respondeu Noemí, talvez um pouco mais incisiva do que deveria, pois ele colocou o atiçador no lugar com um gesto ríspido.

"Mais alguma coisa, senhorita?"

"Só estou preocupada com a minha prima", retrucou, cuidando para esboçar um sorriso que demonstrasse que tudo não passava de um problema simples, facilmente solucionável. O sorriso funcionou, pois Virgil assentiu com a cabeça.

"Arthur vem toda semana. Deve passar aqui na quinta-feira, para ver Catalina e meu pai."

"Seu pai também está doente?"

"Meu pai está velho. Sofre com os males que a velhice provoca em todos os homens. Se puder aguardar um pouco, pode conversar com Arthur na quinta-feira."

"Não tenho intenção de partir tão cedo."

"Diga-me: quanto tempo planeja ficar conosco?"

"Não muito, espero. O bastante para descobrir se Catalina precisa de mim. Posso me hospedar na cidade, se for causar incômodo."

"É uma cidade muito pequena. Não tem hotel, nem pensão. Não, pode ficar conosco. Não estou expulsando você. Gostaria apenas que tivesse vindo por outro motivo."

Ela não imaginava que tivesse um hotel na cidade, mas ficaria feliz em se hospedar em outro lugar. A casa era sombria, assim como todos os seus moradores. Não era de se admirar que uma mulher adoecesse num lugar daqueles.

Bebericou o vinho. Era a mesma safra escura que tomara no jantar, doce e intenso.

"O quarto está do seu agrado?", indagou Virgil, em tom um pouco mais caloroso, mais cordial. Afinal, ela talvez não fosse uma adversária.

"Está, sim. É estranho não ter luz elétrica, mas não creio que alguém tenha morrido por falta de uma lâmpada."

"Catalina acha a iluminação a luz de velas romântica."

Quanto a isso, Noemí não tinha dúvidas. Todas aquelas circunstâncias devem ter causado forte impressão na prima: uma velha mansão no topo de uma colina, cercada pela bruma e pelo brilho do luar, como a gravura de um romance gótico. *O Morro dos Ventos Uivantes* e *Jane Eyre* eram o tipo de livro que Catalina gostava. Charnecas e teias de aranha. E castelos, madrastas más que obrigavam princesas a morder maçãs envenenadas, fadas invejosas amaldiçoando donzelas e bruxos que transformavam lindos príncipes em feras. Noemí preferia viver de festa em festa nos fins de semana e dirigir seu conversível.

Talvez, no fim das contas, aquela casa fosse ideal para Catalina. Não teria sido apenas uma febre passageira? Noemí segurou a taça com as duas mãos, correndo um dos dedos na lateral.

"Deixe-me servir outra taça", ofereceu Virgil, bancando o anfitrião atencioso.

Aquele vinho era traiçoeiro. Já estava a deixando sonolenta, com dificuldade de manter os olhos abertos. A mão de Virgil encostou na dela quando ele fez um gesto para servir mais vinho, mas ela negou com a cabeça. Conhecia seus limites e traçava-os com firmeza.

"Não, obrigada", disse ela, apoiando a taça na mesa e se levantando da poltrona, que se mostrara mais confortável do que ela poderia ter imaginado.

"Eu insisto."

Ela sacudiu a cabeça, graciosa, disfarçando a recusa com um truque testado e aprovado.

"Não. Vou declinar, me embrulhar em uma manta e ir para a cama."

A expressão no rosto dele ainda era distante, mas ganhara viço enquanto a observava com atenção. Havia um brilho em seus olhos. Encontrara algo que despertara seu interesse; um dos gestos ou das palavras de Noemí tinha o sabor da novidade. Ela imaginava ter sido sua recusa. Era provável que não estivesse acostumado a ser contrariado. Assim como a maioria dos homens.

"Posso levá-la até seu quarto", ofereceu ele, polido e galante.

Subiram juntos a escada. Virgil carregava uma lâmpada a gás pintada a mão, decorada com videiras, que emanava uma luz esmeralda e tingia as paredes com uma tonalidade singular: as cortinas de veludo pareciam verdes. Em uma de suas histórias, Catalina lhe contara que Kublai Khan executava os inimigos sufocando-os com almofadas de veludo, para não deixar rastros de sangue. Noemí pensou que aquela casa, com aqueles tecidos, tapetes e borlas, poderia sufocar um exército inteiro.

GÓTICO
MEXICANO

Silvia Moreno-Garcia

04

O CAFÉ DA MANHÃ FOI SERVIDO EM UMA BANDEJA. GRAÇAS AOS céus ela não teria que se sentar à mesa para comer com a família naquela manhã. Mas quem sabia o que o futuro lhe reservava? A oportunidade de ficar sozinha tornou o mingau, a torrada e a geleia um pouco mais apetitosos. A bebida disponível era chá, que ela não gostava. Noemí preferia café, puro, e o chá diante dela tinha um leve aroma frutado.

Depois do banho, Noemí passou batom e contornou os olhos com um pequeno lápis preto. Ela sabia que seus olhos grandes e escuros e seus lábios grossos eram grandes atrativos, e sempre tirava o melhor proveito deles. Não se apressou ao vasculhar as próprias roupas e escolheu um vestido roxo de tafetá com saia volumosa e plissada. Era elegante demais para o dia — na virada do ano de 1950, oito meses antes, tinha usado um traje similar —, mas optou pela opulência. Além disso, queria desafiar a melancolia que a cercava. Noemí concluiu que, assim, explorar a casa seria mais divertido.

Sem dúvida, havia muita melancolia. A luz do dia não ajudava muito High Place. Quando percorreu o andar térreo, abrindo uma ou outra porta que rangia, Noemí foi inevitavelmente recebida pela vista assombrosa da mobília coberta por lençóis brancos e cortinas fechadas. Nos cômodos onde incidiam escassos raios de sol, havia partículas de pó dançando no ar. Nos corredores, para cada arandela com lâmpada, três estavam sem. Era evidente que a maior parte da casa não era utilizada.

Ela presumira que os Doyle teriam um piano, mesmo que desafinado, mas não havia nenhum, e ela tampouco encontrou um rádio, nem mesmo um gramofone antigo. Adorava música. Qualquer coisa, de Lara a Ravel[1]. Também gostava de dançar. Era uma pena que ela ficaria sem música ali.

Noemí avançou até adentrar uma biblioteca. Um friso estreito, de madeira, com padronagem de folhas de acanto e dividido por pilastras, circundava o cômodo, forrado por estantes altas e embutidas repletas de livros com lombadas de couro. Ela pegou um livro aleatório e, ao abrir, descobriu que fora destruído pelo mofo e exalava um perfume adocicado de putrefação. Ela o fechou com estalido e o colocou no lugar.

As prateleiras também continham exemplares de revistas antigas, incluindo *Eugenia: Um Registro do Aprimoramento de Raça* e o *Periódico Americano sobre a Eugenia.*

Que apropriado, pensou, lembrando-se das perguntas absurdas de Howard Doyle. Ela se perguntou se ele possuiria um paquímetro para medir o crânio de seus convidados.

Um globo terrestre, com nomes em desuso de países, jazia em um canto esquecido e, perto da janela, viu um busto de mármore de Shakespeare. Um tapete grande e redondo fora colocado no meio do cômodo e quando Noemí olhou para baixo, percebeu que ele tinha a imagem de uma serpente preta mordendo a própria cauda contra um fundo carmesim, com pequenas flores e vinhas ao redor.

Aquele provavelmente era um dos cômodos mais conservados da casa — na certa, um dos mais utilizados, a julgar pela ausência de poeira — e, ainda assim, parecia um pouco desgastado, com cortinas desbotando para um tom feio de verde e uma quantidade considerável de livros arruinados pelo bolor.

---

[1] Agustín Lara (1897—1970), cantor e compositor mexicano, e Maurice Ravel (1875—1937), compositor e pianista francês. [N. T.]

Uma porta na outra extremidade interligava a biblioteca e um grande escritório. Ali dentro, havia três cabeças de veado penduradas na parede e, em um canto, um armário de armas, vazio e com portas de vidro lapidado. Alguém costumava caçar, mas desistiu. Sobre uma escrivaninha de nogueira, ela encontrou mais registros de pesquisa eugenista. Uma página estava marcada:

> A ideia de que mestiços do México herdam os piores traços de seus progenitores é incorreta. Se a particularidade de uma raça inferior os afeta, é devido à falta de modelos sociais apropriados. Seu temperamento impulsivo requer contenção preliminar. Não obstante, os mestiços possuem muitos atributos inerentes magníficos, incluindo a robustez do corpo...

Noemí não mais especulou se Howard Doyle tinha um paquímetro; agora, imaginava quantos ele teria. Talvez estivessem em um dos grandes armários atrás dela, junto da árvore genealógica da família. Havia uma lata de lixo perto da escrivaninha, e Noemí descartou o periódico lá dentro.

Ela saiu em busca da cozinha, uma vez que Florence lhe informou a localização no dia anterior. O lugar era parcamente iluminado, com janelas afuniladas e paredes de tinta descascada. Duas pessoas estavam acomodadas em um longo banco: uma mulher cheia de rugas e um homem que, embora bem mais jovem, tinha cabelos grisalhos. Ele devia ter em torno de cinquenta anos, e era provável que ela estivesse na casa dos setenta. Ambos usavam escovas arredondadas para remover a sujeira dos cogumelos. Quando Noemí entrou no recinto, eles olharam para ela, mas não a cumprimentaram.

"Bom dia", disse. "Não fomos devidamente apresentados ontem. Sou Noemí."

Os dois a encararam em silêncio. Uma porta se abriu e uma mulher, também grisalha, entrou na cozinha carregando um balde. Noemí a reconheceu como a criada que os servira no jantar, que tinha a mesma idade do homem. A criada também não se dirigiu a Noemí e apenas balançou a cabeça, e então a dupla que estava sentada no banco também assentiu antes de voltar a atenção para o trabalho. Será que todos obedeciam àquela política de silêncio em High Place?

"Sou..."

"Estamos trabalhando", atalhou o homem.

Os três criados olharam para baixo, os rostos macilentos indiferentes à presença da vivaz socialite. Talvez Virgil ou Florence tivessem lhes informado que Noemí não era ninguém importante e que não deveriam se preocupar com ela.

Ela mordeu o lábio e saiu pela porta dos fundos que a criada abrira. Como no dia anterior, havia neblina e uma friagem no ar. Noemí se arrependia de não ter escolhido algo mais confortável, um vestido com bolsos onde pudesse levar os seus cigarros e o isqueiro. Ela cobriu os ombros com o *rebozo* vermelho.

"Teve um café da manhã agradável?", perguntou Francis, e ela se virou para encará-lo. Ele também tinha saído pela porta da cozinha, e estava agasalhado com um suéter.

"Sim, ótimo. Como está sendo o seu dia?"

"Bom."

"O que é aquilo?", quis saber ela, apontando para uma estrutura de madeira nas proximidades, encoberta pela névoa.

"É a cabana onde ficam o gerador e o combustível. Atrás dela está a cocheira. Gostaria de dar uma olhada? Quem sabe também visitar o cemitério?"

"Por que não?"

A cocheira parecia um lugar que poderia ter um carro funerário e dois cavalos pretos. Em vez disso, havia dois carros. Um era o automóvel antigo e luxuoso que Francis dirigira; o outro, um modelo mais novo, mas bem mais modesto. Um caminho serpenteante contornava a cocheira, e, rodeados pelas árvores e pela neblina, seguiram por ele até alcançarem um portão de ferro adornado pela imagem da serpente mordendo a própria cauda como ela vira na biblioteca.

Continuaram por um caminho sombreado; ali, as árvores eram tão unidas que apenas uma nesga de luz foi capaz de atravessar os galhos. Noemí conseguia imaginar aquele mesmo cemitério, há muito tempo, em melhores condições, com arbustos e canteiros de flores bem-cuidados. Agora, contudo, era um reino de ervas daninhas e grama alta, e a vegetação ameaçava engolir o lugar inteiro. As lápides estavam cobertas por musgo e cogumelos brotavam rentes aos túmulos. Era uma imagem melancólica. Até mesmo as árvores pareciam lúgubres, embora Noemí não soubesse dizer o porquê. Árvores eram apenas árvores.

Era o cenário, ela pensou, e não os contornos individuais que tornavam o cemitério inglês tão triste. Negligência era uma coisa, mas a negligência somada às sombras das árvores, ao mato crescendo amontoado nas lápides e ao ar gélido, tudo aquilo transformava o que era para ser um conjunto comum de vegetação e túmulos em uma visão extremamente desagradável.

Ela compadeceu-se de cada pessoa enterrada ali, da mesma forma como sentia pena de todos que viviam em High Place. Noemí agachou para olhar uma lápide, depois outra, e franziu o cenho.

"Por que todas essas são de 1888?", perguntou ela.

"A mina das redondezas foi administrada por espanhóis até a independência do México, e então abandonada por muitas décadas porque ninguém achava que prata em abundância podia ser extraída de lá. Mas meu tio-avô Howard foi na contramão", explicou Francis. "Ele importou máquinas inglesas modernas e trouxe um grupo, também inglês, para trabalhar. Ele foi bem-sucedido, mas, alguns anos após a reabertura da mina, houve uma epidemia que matou a maior parte dos trabalhadores ingleses. E eles foram enterrados aqui."

"E depois? O que ele fez? Trouxe mais mão de obra da Inglaterra?"

"Ah... não, não houve necessidade... ele sempre contou com trabalhadores mexicanos também, um grande contingente... mas nem todos foram enterrados aqui. Acho que estão em El Triunfo. Meu tio Howard sabe melhor."

Então era um lugar bem exclusivo. Noemí concluiu que era melhor assim. As famílias dos trabalhadores locais provavelmente desejavam visitar seus entes queridos, deixar flores nos túmulos, o que teria sido impossível naquele lugar tão isolado do centro da cidade.

Eles avançaram até que Noemí parou diante da estátua de mármore de uma mulher em um pedestal, com uma coroa de flores na cabeça. Apontando para a entrada, guardava o pórtico de um mausoléu, cuja fachada era ornamentada por um frontão. Acima dela, o nome *Doyle* estava gravado em letras maiúsculas, com uma frase em latim: *Et Verbum caro factum est.*

"Quem é essa?"

"A estátua foi feita à semelhança da minha tia-avó Agnes, que morreu na epidemia. Todos os Doyle estão enterrados aqui: minha tia-avó, meus avós, meus primos", disse ele, perdendo o fio da meada e mergulhando em um silêncio desconfortável.

A quietude, não apenas do cemitério, mas também da casa, angustiava Noemí. Estava familiarizada com o estrondo dos bondes e automóveis, o trinado dos canários no pátio interno, próximos à bela fonte, o latido dos cães e as melodias que vazavam do rádio enquanto a cozinheira cantarolava ao fogão.

"É tão quieto aqui", comentou ela, balançando a cabeça. "Não gosto disso."

"Do que você gosta?", perguntou ele, curioso.

"Artefatos mesoamericanos, sorvete de *zapote*[2], filmes do Pedro Infante, música, dançar e dirigir", respondeu Noemí, contando nos dedos enquanto listava cada item. Ela também gostava de fazer gracinhas, mas imaginou que ele chegaria àquela conclusão sozinho.

"Infelizmente não há muito que eu possa fazer quanto a isso. Que tipo de carro dirige?"

"O mais belo Buick que você já viu. Um conversível, é óbvio."

"Por que óbvio?"

"É mais divertido dirigir sem a capota. O cabelo fica perfeito como se você fosse uma estrela do cinema. Além disso, ele ajuda a pensar melhor", disse ela, jocosamente passando os dedos pelos cachos. O pai de Noemí certa vez disse que ela se importava demais com a aparência e com festas para levar os estudos a sério, como se uma mulher não fosse capaz de fazer as duas coisas ao mesmo tempo.

"Pensar em quê?"

"Ideias para a minha monografia, quando eu chegar lá", disse ela. "O que fazer no fim de semana, qualquer coisa, na verdade. Penso melhor em movimento."

Francis, que encarava Noemí, baixou os olhos. "Você é bem diferente da sua prima", observou ele.

"Também vai me dizer que sou mais 'morena', tanto meu cabelo quanto a cor da minha pele?"

---

2   Fruta tropical de sabor doce e textura aveludada. [N. T.]

"Não", respondeu ele. "Não quis dizer fisicamente."

"O que quis dizer, então?"

"Acho você encantadora." Uma expressão de pânico fez seu rosto se contorcer. "Não que sua prima não seja. Mas você é encantadora de uma forma especial", explicou depressa.

Se você tivesse visto Catalina antes, pensou ela. Se a tivesse visto na cidade, com um vestido bonito de veludo, percorrendo os cômodos de uma extremidade a outra com aquele sorriso gentil e os olhos apinhados de estrelas. Mas naquele quarto bolorento, com o olhar apático e a doença misteriosa que havia tomado seu corpo... Por outro lado, talvez não fosse assim tão grave. Quem sabe Catalina ainda exibisse seu sorriso doce antes de adoecer e guiasse o marido pela mão até o lado de fora para contar estrelas.

"Você diz isso porque não conheceu minha mãe", respondeu Noemí com leveza, para evitar exprimir seus pensamentos sobre Catalina. "Ela é a mulher mais encantadora do mundo. Perto dela, me sinto cafona e banal."

Ele assentiu:

"Sei como é. Virgil é o herdeiro da família, o futuro brilhante dos Doyle."

"Você tem inveja dele?", perguntou ela.

Francis era muito magro; seu rosto era como o de um santo de gesso assombrado pelo martírio iminente. Os círculos escuros ao redor dos olhos pareciam hematomas em contraste com a pele pálida e faziam Noemí desconfiar de uma enfermidade secreta. Virgil Doyle, em contrapartida, fora esculpido do mármore: exalava vigor onde Francis irradiava fraqueza, e as características de Virgil — as sobrancelhas, as maçãs do rosto, a boca carnuda — eram mais acentuadas e muito mais atraentes.

Não julgaria Francis se a resposta sobre desejar aquela mesma vitalidade fosse "sim".

"Não o invejo por sua facilidade com as palavras, sua aparência nem sua posição social. Mas invejo a oportunidade de ele ir para outros lugares. Meu destino mais distante foi El Triunfo. E só. Já ele, viajou um bocado. Não por muito tempo, porque sempre retorna logo, mas já é um descanso."

Não havia amargura nas palavras de Francis, apenas certa resignação cansada conforme falava.

"Quando meu pai ainda estava vivo, ele me levava ao centro da cidade e eu ficava encarando a estação de trem. Eu tentava entrar de fininho para olhar o letreiro com os horários de partida."

Noemí arrumou o *rebozo*, tentando se aquecer com suas dobras, mas o cemitério era horrivelmente úmido e gelado; ela podia quase jurar que a temperatura estava diminuindo quanto mais se embrenhavam pelo local. Ela estremeceu, e ele notou.

"Sou um idiota", disse tirando o próprio suéter. "Aqui, tome."

"Está tudo bem. É sério, não posso deixar você congelar por minha causa. Vou me aquecer na volta."

"Bem, certo, mas vista, por favor. Juro que não passarei frio."

Noemí vestiu o suéter e enrolou o *rebozo* na cabeça. Pensou que ele fosse apertar o passo agora que estava agasalhada, mas Francis não se apressou. Provavelmente estava habituado à neblina e à frieza sombria das árvores.

"Ontem me perguntou sobre a prata da casa. Você tinha razão, ela veio da nossa mina", disse ele.

"Ela está fechada há muito tempo, não é?"

Catalina dissera algo a respeito; era por isso que o pai de Noemí não tinha se entusiasmado com a união. Virgil parecia um estranho para ele, quem sabe um caça-dotes. Noemí suspeitava de que ele deixara o casamento acontecer pela culpa que sentia por afastar o pretendente anterior: Catalina o havia amado genuinamente.

"Foi durante a Revolução. Uma porção de incidentes ocorreram, uma coisa levou à outra e as atividades cessaram. O ano em que Virgil nasceu, 1915, foi o fim de tudo. As minas foram inundadas."

"Então ele tem trinta e cinco anos", concluiu ela. "E você é muito mais moço."

"Dez anos mais moço", assentiu Francis. "É um intervalo considerável, mas ele foi meu único amigo ao longo da vida."

"Mas você foi para a escola alguma vez?"

"Fomos educados em High Place."

Noemí tentou imaginar a casa ecoando o som de crianças gargalhando, crianças brincando de esconde-esconde, crianças segurando piões e bolas. Mas não conseguiu. A casa não permitiria; teria exigido que saíssem dali já crescidos.

"Posso perguntar uma coisa?", disse ela enquanto contornavam a cocheira e High Place já despontava no campo de visão, a cortina de névoa dissipada. "Por que a insistência em permanecer em silêncio à mesa de jantar?"

"Meu tio-avô Howard é muito velho, muito frágil e muito sensível ao barulho. E o barulho ressoa com facilidade pela casa."

"O quarto dele fica no andar de cima? Não é possível que consiga ouvir as pessoas conversando na sala de jantar."

"O barulho ecoa", afirmou Francis, sério, os olhos fixos na casa ancestral. "De todo modo, a casa é dele, e ele é quem faz as regras."

"E você nunca as quebra."

Ele a encarou, parecendo um pouco perplexo, como se aquela possibilidade jamais tivesse lhe ocorrido. Noemí tinha certeza de que Francis nunca tinha bebido além da conta, chegado tarde demais nem deixado a opinião errada escapar na presença da família.

"Não", respondeu ele, mais uma vez em tom resignado.

Quando entraram na cozinha, Noemí tirou o suéter e o devolveu. Havia apenas uma criada agora, a mais jovem, sentada perto do fogão. Ela não olhou para eles, ocupada demais com seus afazeres até mesmo para um olhar de relance.

"Não, pode ficar", disse Francis, com educação. "Vai manter você aquecida."

"Não posso ficar roubando suas roupas."

"Tenho outros suéteres", insistiu ele.

"Obrigada."

Ele sorriu. Florence apareceu, mais uma vez trajando um vestido azul-marinho e com uma expressão severa no rosto. Ela olhou para Francis, então para Noemí, como se fossem criancinhas e ela estivesse tentando descobrir se eles haviam devorado uma caixa de doces:

"Se puderem me acompanhar para que o almoço seja servido", disse ela.

Daquela vez, eram apenas os três à mesa; o velho e Virgil não apareceram. O almoço foi breve, e Noemí voltou para o quarto depois que os pratos foram retirados. Como a criadagem serviu o jantar em uma bandeja, ela deduziu que comer na sala de jantar na primeira noite de sua estadia fora uma exceção, e que o almoço também tinha sido uma anomalia. Uma lamparina, que colocou na mesa de cabeceira, também tinha sido trazida com a bandeja. Noemí tentou ler o exemplar de *Bruxaria, Oráculos e Magia entre os Azande*[3] que trouxera, mas estava dispersa. O barulho realmente ecoava, refletiu, voltando a atenção para o assoalho que rangia.

Em um canto do quarto, uma pequena quantidade de mofo na parte superior do papel de parede chamou sua atenção. Noemí pensou naqueles papéis de parede verdes, tão queridos pelos vitorianos, que continham arsênico. Verde-paris. E não tinha lido algum livro sobre como fungos microscópicos podiam reagir nos pigmentos do papel, formando gás arsina e contaminando as pessoas no cômodo?

Tinha ouvido falar sobre como os vitorianos mais civilizados se matavam daquele jeito, por causa do fungo que corroía o papel de parede e provocava reações químicas inesperadas. Não se lembrava do nome do fungo — nomes em latim dançaram na ponta de sua língua, *brevicaule* —, mas supôs ter razão. Seu avô era químico e seu pai trabalhava com produção de pigmentos e tinturas, então ela sabia como misturar sulfeto de zinco e sulfato de bário para fazer litopônio e dominava uma miríade de outros pequenos conhecimentos.

Bem, o papel de parede não era verde. Não chegava nem perto; era de um rosa apagado, do tom de rosas desbotadas, com pequenos medalhões amarelos na transversal. Medalhões ou círculos; ao olhar de perto, podia-se pensar que eram coroas de flores. Noemí talvez preferisse o papel de parede verde. Aquele era detestável, e quando fechou os olhos, círculos amarelos valsaram atrás de suas pálpebras, centelhas de luz contra o fundo preto.

3   Obra essencial da antropologia social escrita por Edward Evan Evans-Pritchard (1902—1973), fruto de vinte meses de trabalho de campo e pesquisa etnográfica sobre as práticas de bruxaria entre os Azande, povo do sul do Sudão. [N. T.]

GÓTICO
MEXICANO

Silvia Moreno-Garcia

05

ATALINA ESTAVA SENTADA AO LADO DA JANELA NOVAMENTE naquela manhã. Parecia distante, como da última vez em que Noemí estivera com ela. Noemí lembrou-se de uma gravura de Ofélia que tinham pendurada em casa. Ofélia arrastada pela corrente, rodeada pelos juncos. Tal como Catalina naquela manhã. Mas, mesmo assim, era bom vê-la, sentar-se ao lado dela e atualizar a prima com as novidades sobre as pessoas e os acontecimentos da Cidade do México. Relatou com detalhes uma exposição que tinha visitado havia três semanas, sabendo que era do interesse de Catalina, e, em seguida, imitou alguns amigos em comum com tamanha perfeição que fez a prima abrir um sorriso e depois dar uma risada.

"Você imita tão bem. Ainda está animada com as aulas de teatro?", perguntou Catalina.

"Não. Estou pensando em antropologia. Queria fazer um mestrado. Não parece fantástico?"

"Sempre com uma ideia nova, Noemí. Sempre com um novo objetivo."

Ouvia tal comentário com frequência. Compreendia o ceticismo da família em relação aos seus estudos universitários, uma vez que já mudara de ideia três vezes, mas de uma coisa tinha certeza: queria fazer algo especial. Ainda não descobrira exatamente o quê, embora antropologia lhe parecesse um caminho mais promissor do que as incursões anteriores.

De todo modo, não se aborreceu com as palavras de Catalina, porque não pesavam como as reprimendas de seus pais. Catalina era uma criatura de suspiros e frases delicadas como renda. Era sonhadora e, como tal, acreditava nos sonhos de Noemí.

"E você, o que tem feito? Não pense que não notei que quase não tem escrito. Por acaso está fingindo que mora em uma charneca assolada pelo vento, como em *O Morro dos Ventos Uivantes*?", perguntou Noemí. Catalina lera esse romance tantas vezes que as páginas do livro ficaram gastas.

"Não. É a casa. A casa toma a maior parte do meu tempo", explicou Catalina, estendendo a mão e acariciando as cortinas de veludo.

"Você pensa em fazer uma reforma? Eu entenderia se demolisse e construísse tudo novamente. É um tanto soturna, não acha? E gelada também."

"Úmida. A casa é bem úmida."

"Eu estava tão ocupada tentando não morrer de frio ontem à noite que sequer reparei na umidade."

"Escura e úmida. É sempre escura, úmida e muito fria."

Enquanto Catalina falava, seu sorriso se extinguiu. Os olhos, que vagavam, distantes, de repente encontraram os de Noemí, cortantes como lâmina. Agarrou as mãos da prima e, inclinando-se para ela, sussurrou:

"Preciso que faça um favor para mim, mas não pode contar para ninguém. Quero que me prometa. Promete?"

"Prometo."

"Há uma mulher na cidade. Ela se chama Marta Duval. Ela fez uns remédios para mim, mas acabaram. Você precisa ir até lá, e pedir mais. Entendeu?"

"Sim, claro. Que remédios são esses?"

"Não vem ao caso. O que importa é que você vá até lá. Você vai, não vai? Por favor, diga que sim, e que não vai comentar nada com ninguém."

"Claro, se você quiser."

Catalina assentiu com a cabeça. Estava segurando as mãos de Noemí com tanta força que as unhas feriam a pele delicada dos pulsos da prima.

"Catalina, vou falar com..."

"Shhh. Eles estão ouvindo", interrompeu Catalina, calando-se em seguida, com os olhos luzidios como pedras polidas.

"Quem está ouvindo?", perguntou Noemí, o olhar da prima fixos nela.

Catalina aproximou-se devagar e cochichou em seu ouvido: "Está nas paredes".

"O quê?", indagou Noemí, por reflexo, pois não conseguia raciocinar direito com os olhos vidrados da prima a fitando. Pareciam não enxergar nada; eram como os olhos de uma sonâmbula.

"As paredes falam comigo. Contam-me segredos. Não ouça o que dizem, tape os ouvidos, Noemí. São fantasmas. São reais. Você vai vê-los, mais cedo ou mais tarde."

Catalina soltou a prima, abruptamente, e agarrando a cortina com a mão direita, levantou-se e pôs-se a olhar pela janela. Noemí ia pedir que ela explicasse melhor o que acabara de dizer, mas Florence entrou no quarto.

"O sr. Cummins chegou. Ele precisa examinar Catalina, mas depois pode encontrá-la na sala de estar", anunciou ela.

"Não me incomodo de ficar durante o exame", disse Noemí.

"Mas ele se incomoda", disse Florence, categórica. Noemí poderia ter insistido, mas decidiu sair em vez de provocar uma discussão. Sabia a hora de recuar, e sentia que sua insistência daria ensejo a uma recusa hostil. Se criasse confusão, poderiam até mesmo mandá-la de volta para casa. Fora convidada por eles, mas tinha consciência de que era uma hóspede inconveniente.

À luz do dia, depois que ela abriu as cortinas, a sala de estar parecia bem menos acolhedora do que à noite. Estava gelada, a lenha que aquecera o ambiente na véspera transformara-se em cinzas e, com a luz do dia filtrando pelas janelas, todas as imperfeições jaziam expostas, às claras. Os canapés de veludo desbotados tinham um tom enfermiço de verde, quase bilioso, e o ladrilho envernizado que decorava a lareira estava coberto de rachaduras. Uma pequena pintura a óleo, mostrando um cogumelo de diferentes ângulos, fora ironicamente atacada por mofo: minúsculos pontos pretos arruinavam suas cores e desfiguravam a imagem. Catalina tinha razão sobre a umidade da casa.

Noemí esfregou os pulsos, examinando o local onde Catalina cravara as unhas, e aguardou o médico. Ele demorou bastante e, quando finalmente adentrou a sala de estar, não estava sozinho:

Virgil o acompanhava. Ela estava sentada em um dos canapés verdes; o médico sentou-se no outro, apoiando a maleta de couro preto no chão. Virgil permaneceu de pé.

"Sou Arthur Cummins", disse ele. "Você deve ser a srta. Noemí Taboada."

O médico usava roupas boas, mas que deviam estar há uma ou duas décadas fora de moda. Parecia que todos que circulavam em High Place tinham ficado parados no tempo, mas então ela se lembrou de que, em uma cidade tão pequena, não haveria necessidade de atualizar o guarda-roupa. As roupas de Virgil, porém, pareciam modernas. Ou comprara novas peças em sua última viagem à Cidade do México ou se considerava especial, digno de roupas mais caras. Talvez o dinheiro da mulher o permitisse esbanjar um pouco.

"Sim. Obrigada por arrumar tempo para conversar comigo", agradeceu Noemí.

"Com prazer. Bem, Virgil disse que você gostaria de me fazer algumas perguntas."

"Sim. Eles me disseram que minha prima está com tuberculose."

Antes que pudesse prosseguir, o médico a interrompeu, assentindo com a cabeça.

"Está. Mas não há motivo para preocupação. Estamos dando estreptomicina para acelerar a convalescença, mas o que dizem sobre a 'terapia do repouso' ainda é verdade. A verdadeira cura para esta enfermidade é sono, descanso e boa alimentação."

O médico removeu os óculos, tirou um lenço do bolso e pôs-se a limpar as lentes enquanto falava. "O que se pode fazer é aplicar uma bolsa de gelo na testa, esfregar álcool, essas coisas. Vai passar. Logo, logo, ela estará novinha em folha. Agora, se me dá licença..."

O médico guardou os óculos no bolso do paletó, com a evidente intenção de encerrar a conversa, mas então foi a vez de Noemí interrompê-lo.

"Ainda não. Catalina está muito esquisita. Quando eu era pequena, lembro que minha tia Brigida teve tuberculose e tinha um comportamento muito diferente do de Catalina."

"Nenhum paciente é igual."

"Ela escreveu uma carta esdrúxula para o meu pai, e não parece estar em seu estado normal", disse Noemí, tentando colocar em palavras as suas impressões. "Ela está mudada."

"A tuberculose não muda a pessoa, apenas intensifica traços que o paciente já possui."

"Bem, então há definitivamente algo de errado com Catalina, porque ela nunca foi uma pessoa apática. Ela está com o olhar perdido."

O médico apanhou os óculos e os colocou novamente. Não deve ter gostado do que viu, pois franziu a testa.

"Você não me deixou concluir", resmungou o médico, irritado. Ele a encarava com olhar severo. Noemí apertou os lábios. "Sua prima é uma moça extremamente ansiosa, muito melancólica, e a doença acentuou isso."

"Catalina não é ansiosa."

"Você nega que ela tenha tendência à depressão?"

Noemí lembrou-se do que seu pai lhe dissera, naquela noite no escritório: chamara Catalina de dramática. Mas drama e ansiedade eram coisas completamente diferentes, e a prima jamais ouvira vozes quando estava na Cidade do México, tampouco exibira aquela expressão bizarra.

"Que tendência à depressão?", indagou Noemí.

"Quando a mãe dela morreu, ela ficou bem ausente", disse Virgil. "Tinha períodos de profunda melancolia, chorava no quarto e falava disparates. Agora, piorou."

Virgil, que não abrira a boca até então, escolhera trazer aquele assunto à baila e, não apenas expor Catalina, mas expor com frio distanciamento, como se falasse de uma estranha, e não de sua esposa.

"Bem, como você mesmo disse, a mãe dela tinha morrido", ponderou Noemí. "E isso foi há muitos e muitos anos, quando ela era pequena."

"Talvez você descubra que algumas coisas voltam", insistiu ele.

"Embora tuberculose não seja de modo algum uma sentença de morte, é uma doença desagradável para o paciente", explicou o médico. "O isolamento, os sintomas físicos. Sua prima teve calafrios e suores noturnos; não é uma cena bonita, posso lhe garantir, e a codeína oferece apenas um alívio temporário. Não pode esperar que esteja lépida e fagueira, assando tortas."

"Eu me preocupo com ela. É minha prima, ora essa."

"Entendo, mas se *você* começar a ficar agitada também, não vai ser de grande ajuda, não é mesmo?", disse o médico, balançando a cabeça. "Agora realmente preciso ir. Nos vemos semana que vem, Virgil."

"Doutor", disse ela.

"Não, não, preciso ir", repetiu o médico, como alguém que percebe o motim iminente no navio. Ele cumprimentou Noemí com um aperto de mão, apanhou a maleta e partiu, deixando-a no canapé grotesco, mordendo os lábios, sem saber o que falar. Virgil sentou-se no lugar vago pelo médico, recostando-se, distante. Se havia um homem com gelo nas veias, era ele. Não parecia de carne e osso. Teria mesmo cortejado Catalina? Teria cortejado alguém na vida? Não conseguia imaginá-lo expressando afeto.

"O dr. Cummins é um excelente médico", disse ele, com uma voz indiferente, uma voz que indicava não se importar se Cummins era o melhor ou pior médico do mundo. "O pai dele foi médico da nossa família, e agora é ele quem zela pela nossa saúde. Posso lhe garantir que nunca deixou a desejar."

"Tenho certeza de que é um bom médico."

"Não é o que parece."

Ela deu de ombros, tentando fazer pouco caso, imaginando que se sorrisse e proferisse palavras vagas, ele talvez fosse mais receptivo. Afinal de contas, ele parecia estar tratando a situação de maneira bastante casual.

"Se Catalina está doente, talvez estivesse melhor em um sanatório perto da Cidade do México, onde pudesse receber o tratamento adequado."

"Você não me considera capaz de cuidar da minha esposa?"

"Não disse isso. Mas esta casa é fria e a neblina lá fora não é uma paisagem das mais estimulantes."

"Foi esta a missão que seu pai lhe incumbiu?", perguntou Virgil. "Vir aqui para levar Catalina embora?"

"Não."

"Pois é o que parece", disse ele, ríspido, embora não parecesse zangado. Suas palavras permaneciam frias. "Sei que minha casa não é moderna nem sofisticada. High Place já teve sua época, foi uma verdadeira joia, e a mina produzia tanta prata que podíamos nos dar ao luxo de entupir nossos armários com sedas e veludos, bem como encher nossas taças com os melhores vinhos. Isso tudo ficou no passado.

"Mas sabemos cuidar de pessoas doentes. Meu pai está velho, não tem saúde perfeita, mas cuidamos muito bem dele. Não faria menos pela mulher com quem me casei."

"Mesmo assim. Talvez o que Catalina precise seja de um especialista em outra área. Um psiquiatra..."

Ele gargalhou tão sonoramente que Noemí levou um susto, pois até então estivera bem sério, e a gargalhada soara inoportuna. O riso a desafiara, enquanto ele permanecia encarando-a fixamente.

"Um psiquiatra. E onde pretende encontrá-lo por estas bandas? Acha que pode conjurá-lo, do nada? Há uma clínica pública na cidade com apenas um médico e olhe lá. Não existe a menor possibilidade de achar um psiquiatra aqui. Teria que ir para Pachuca ou talvez até mesmo à Cidade do México para buscá-lo. E duvido muito que viesse."

"Pelo menos o médico da clínica poderia dar uma segunda opinião, ou oferecer outras hipóteses sobre a doença de Catalina."

"Você acha que se o sistema de saúde deste lugar fosse primoroso, meu pai teria trazido seu médico da Inglaterra? A cidade é pobre, e os moradores são rústicos, primitivos. Não é um lugar abarrotado de médicos."

"Eu insisto..."

"Sim, tenho certeza de que vai insistir", disse ele, levantando-se, encarando-a implacavelmente. "Está acostumada a conseguir tudo o que quer, não é mesmo, srta. Taboada? Seu pai faz a sua vontade. Os homens fazem a sua vontade."

Virgil fazia Noemí se lembrar de um rapaz com quem dançara em um baile, no verão anterior. Estavam se divertindo com os passos enérgicos de um *danzón*, até que chegou a hora das baladas. Durante *"Some Enchanted Evening"*, o sujeito a apertou com força e tentou beijá-la. Noemí afastou a cabeça e, quando se virou para olhá-lo, notou uma expressão indisfarçável e cruel de deboche no rosto dele. Olhando para Virgil, percebeu que ele a encarava com o mesmo tipo de escárnio: um olhar amargo, ofensivo.

"O que quer dizer com isso?", perguntou ela, com um toque de desafio na voz.

"Lembro-me de Catalina comentando o quanto você podia ser insistente quando queria que um namoradinho fizesse a sua vontade. Não vou brigar com você. Vá atrás da sua segunda opinião, se conseguir encontrá-la", disse ele, com um tom sinistro e peremptório, antes de sair da sala.

Noemí sentiu um leve prazer em tê-lo espicaçado. Tinha a impressão de que Virgil — assim como o médico — contava que ela fosse aceitar calada o que dissessem.

Naquela noite, sonhou que uma flor dourada brotava das paredes do quarto... mas não era bem uma flor. Tinha gavinhas, mas não parecia uma videira e, ao lado dessa não flor, surgiam centenas de minúsculas formas douradas. *Cogumelos*, pensou, finalmente identificando o formato bulboso. E, enquanto se aproximava da parede, intrigada e atraída pelo brilho, deslizou a mão sobre eles. Os bulbos dourados pareciam virar fumaça, rebentando e bailando no ar, antes de desaparecerem como poeira no chão. Suas mãos ficaram cobertas por essa poeira. Tentou limpá-las, esfregando na camisola, mas a poeira agarrara-se em suas palmas, acumulara-se sob suas unhas. O pó dourado rodopiava ao seu redor, iluminando o quarto, o banhando em uma suave luz amarelada. Quando olhou para cima, notou que se acumulava no teto, cintilando como estrelas em miniatura que também reluziam aos seus pés, sobre o carpete.

Esfregou o pé no chão e a poeira ergueu-se no ar, assentando-se em seguida.

De repente, Noemí sentiu uma presença no quarto. Levantou a cabeça, apertando a camisola, e viu uma silhueta parada na porta. Era uma mulher, trajando um vestido branco de renda, amarelado de tão velho. No lugar do rosto, havia um brilho intenso, do mesmo tom dourado dos cogumelos na parede. O brilho da mulher ficou mais forte, depois diminuiu. Era como observar vagalumes no céu em uma noite de verão.

A parede ao lado de Noemí começou a tremer, pulsando no mesmo ritmo da mulher dourada. Pôde sentir a mesma pulsação nas tábuas de madeira sob os pés; um coração, vivo, senciente. Os filamentos dourados que surgiram junto dos cogumelos cobriram a parede como uma rede, ainda incandescentes. Foi então que percebeu que o vestido da mulher não era de renda, e sim tecido com os mesmos filamentos.

A mulher ergueu a mão enluvada e apontou para Noemí, que teve a impressão de vê-la abrir a boca, mas, como o rosto da mulher era um borrão dourado, nenhuma palavra foi dita.

Até aquele momento, Noemí não estava com medo. Mas perceber que a mulher tentava dizer algo fez com que se enchesse de pavor. Um calafrio percorreu sua espinha, alojando-se na sola dos pés, e Noemí deu um passo para trás, cobrindo a boca com as mãos.

Seus lábios tinham desaparecido, e quando tentou dar outro passo para trás, descobriu que seus pés tinham se fundido com o piso. A mulher dourada avançou em sua direção e, aproximando-se de Noemí, colocou as mãos em seu rosto. Ela emitiu um ruído, como um farfalhar de folhas, pingos de gotas d´água, ou o zumbido de insetos na mais profunda treva, e Noemí queria tapar os ouvidos, mas não tinha mãos.

Noemí abriu os olhos, banhada de suor. Por um instante, esqueceu onde estava, lembrando-se em seguida de que era hóspede em High Place. Tateou em busca do copo d'água que deixara na mesa de cabeceira e quase o derrubou. Bebeu tudo, em fartos goles, e depois olhou ao redor.

O quarto estava mergulhado na penumbra. Nenhum brilho, dourado ou de qualquer outra cor, pespontava a superfície da parede. Não obstante, sentiu um impulso de se levantar e tocá-la, como se para se certificar de que não havia nada estranho espreitando por trás do papel de parede.

GÓTICO
MEXICANO

Silvia Moreno-Garcia

06

MELHOR CHANCE DE NOEMÍ CONSEGUIR UM CARRO ERA Francis. Ela não achava que Florence fosse cooperar, e Virgil tinha ficado bastante irritado depois da conversa do dia anterior. Noemí se lembrou do que Virgil dissera sobre os homens sempre fazerem a vontade dela. Noemí se aborrecia quando as pessoas não a tinham em alta conta. Ela gostava de ser querida. Talvez aquilo explicasse as festas, as risadas frouxas, o cabelo penteado, o sorriso ensaiado. Homens como seu pai podiam ser severos, ou frios como Virgil, mas as mulheres precisavam ser queridas, do contrário, estariam em maus lençóis. Uma mulher que não é querida é considerada uma megera, e uma megera não pode fazer quase nada, pois todas as portas estão fechadas para ela.

Bem, Noemí definitivamente não se sentia querida naquela casa, mas Francis era amigável o suficiente. Ela o encontrou perto da cozinha, mais abatido do que nos dias anteriores, uma figura esbelta de marfim, mas com olhos enérgicos. Ele sorriu. Quando o fazia, não era de se jogar fora. Não como seu primo — Virgil era extremamente atraente —, mas, até aí, Noemí achava que a maioria dos homens não era páreo para ele. Sem dúvida era o que fisgara Catalina. Aquele belo rosto. Talvez o ar misterioso também tivesse feito a prima perder a cabeça.

Uma pobreza gentil, dissera o pai de Noemí. *É isso o que esse homem tem a oferecer.*

E, pelo visto, também uma casa antiga e desconexa onde se está suscetível a pesadelos. Meu Deus, a cidade parecia tão longe.

"Tenho um favor para pedir", disse ela, logo após as amenidades matinais. Quando falou, enroscou o braço no dele com um gesto espontâneo e bem-ensaiado, e eles começaram a caminhar juntos. "Quero pegar emprestado um dos seus carros para ir até a cidade. Gostaria de postar algumas cartas. Meu pai não recebeu notícias de como estou."

"Você precisa que eu a leve até lá?"

"Eu mesma posso me levar até lá."

"Não sei o que Virgil pensaria disso", confessou Francis com uma careta, hesitando.

"Você não precisa contar a ele. Ou acha que não sei dirigir? Se quiser, posso mostrar minha carteira de motorista", retrucou ela, dando de ombros.

Francis correu os dedos pelos cabelos.

"Não é isso. A família tem muitas exigências com os carros."

"E eu sou muito exigente quando se trata de dirigir sozinha. É evidente que não preciso de um acompanhante, e você seria um acompanhante terrível, me parece."

"Por quê?"

"Ninguém nunca ouviu falar de um homem acompanhante. Isso é coisa para tias insuportáveis. Posso emprestar uma das minhas por um fim de semana. Pode me ajudar, por favor? Estou desesperada."

Rindo enquanto ela o conduzia para fora da casa, ele pegou as chaves do carro penduradas em um gancho na cozinha. Lizzie, uma das criadas, estava amassando pão em uma mesa enfarinhada e não deu atenção alguma para Noemí nem para Francis. A criadagem de High Place era quase invisível, como nos contos de fada de Catalina. Tinha sido *A Bela e a Fera*? Criados invisíveis que preparavam as refeições e arrumavam os talheres. Era ridículo. Noemí sabia o nome de todas as pessoas que trabalhavam em sua casa, e elas com certeza não se importavam de conversar. Assim, tinha pedido para que Francis lhe apresentasse todos os criados de High Place, e o rapaz gentilmente a atendera: Lizzie, Mary e Charles. Tal como a porcelana guardada nos armários, eles tinham sido importados da Inglaterra muitas décadas atrás.

Caminharam até a cabana e Francis entregou as chaves do carro para Noemí. "Não vai se perder?", perguntou ele, se recostando na janela do carro e lançando um olhar desconfiado para ela.

"Sei me virar."

Era verdade. Não era nem possível tentar se perder. A estrada ou subia ou descia pela montanha, e para baixo ela foi, para a pequena cidade. Noemí se sentiu muito satisfeita ao volante, e girou a manivela para abrir a janela do carro e desfrutar do ar silvestre. Não era um lugar assim tão terrível, pensou ela, quando você saía da casa. Era a casa que desfigurava o lugar.

Noemí estacionou perto da praça, presumindo que tanto o correio quanto a clínica estariam nas redondezas. Ela estava certa, e logo foi recompensada com a visão de uma construção em tons de verde e branco que anunciava ser a casa de saúde. Dentro havia três cadeiras verdes e vários cartazes informativos sobre doenças. A recepção estava vazia, e, em uma porta fechada, havia uma placa com o nome do médico em letras grandes: *Julio Eusebio Camarillo*.

Ela se sentou, e depois de alguns minutos alguém abriu a porta e uma mulher, segurando a mão de uma criança, saiu. O médico então colocou a cabeça para fora da porta e a meneou para ela.

"Bom dia", cumprimentou ele. "Como posso ajudá-la?"

"Meu nome é Noemí Taboada. O senhor é o dr. Camarillo?"

Ela precisou perguntar, porque o homem parecia bem jovem. Tinha pele muito escura e cabelos curtos partidos ao meio. Seu pequeno bigode não o envelhecia, mas o tornava um pouco ridículo, como uma criança imitando um médico. Ele também não estava de jaleco, e usava um suéter bege e marrom.

"Sou. Entre", convidou ele.

Dentro do consultório, na parede atrás da escrivaninha, ela viu o certificado da UNAM, a Universidade Autônoma do México, com o nome dele escrito em letras elegantes. O lugar também tinha um armário, cujas portas estavam abertas, cheio de frascos de remédio, cotonetes e garrafas. Um agave enorme em um vaso amarelo ficava em um canto.

O médico se sentou à escrivaninha, e Noemí se acomodou em uma cadeira de plástico, que combinava com as que tinha visto no vestíbulo.

"Acho que não nos conhecemos ainda", disse o dr. Camarillo.

"Não sou daqui", respondeu Noemí, colocando a bolsa no colo e se curvando para a frente. "Vim visitar minha prima. Ela está doente e pensei que o senhor poderia atendê-la. Ela tem tuberculose."

"Tuberculose? Em El Triunfo?", repetiu ele, parecendo estupefato. "Nunca ouvi uma coisa dessas."

"Não em El Triunfo, exatamente. Em High Place."

"A casa dos Doyle", disse, parecendo hesitar. "Você é parente deles?"

"Não. Bem, sim. Por casamento. Virgil Doyle é marido da minha prima, Catalina. Eu estava esperando que você pudesse ver como ela está."

O jovem médico pareceu confuso:

"Mas o dr. Cummins não está cuidando do caso? Ele é o médico da família."

"Gostaria de uma segunda opinião", disse ela, e em seguida explicou que Catalina parecia muito estranha e comentou sobre suas suspeitas de que ela precisava consultar um psiquiatra.

O dr. Camarillo a escutou pacientemente. Quando Noemí terminou, ele girava um lápis entre os dedos.

"O problema é que não sei se seria bem-vindo em High Place. Os Doyle sempre tiveram o médico da família. Eles não se misturam com os habitantes da cidade", explicou. "Quando a mina estava em funcionamento e contrataram trabalhadores mexicanos, os mineiros tiveram que morar em um acampamento no cume da montanha. Arthur Cummins, o pai, também cuidou deles. Houve várias epidemias na época em que a mina estava aberta, sabe. Muitos mineiros morreram, e Cummins ficou muito atarefado, mas nunca pediu ajuda local. Não acho que tenham os médicos da cidade em alta conta."

"Que tipo de epidemia?"

Ele bateu a borracha do lápis três vezes no tampo da escrivaninha e disse: "Não ficou claro. Febre alta, muito complicada. As pessoas diziam as coisas mais estranhas, esbravejavam e deliravam, tinham convulsões, atacavam umas às outras. Elas adoeciam e morriam, depois tudo ficava bem, e em alguns anos a doença misteriosa voltava".

"Vi o cemitério inglês", confessou Noemí. "Há muitos túmulos lá."

"E são só os ingleses. Você precisa ver o cemitério da cidade. Dizem que na última epidemia, na época do início da Revolução, os Doyle não se deram o trabalho de dar aos cadáveres um enterro apropriado, apenas os atiraram em um fosso."

"Não pode ser."

"Quem é que sabe?"

A frase carregava uma desaprovação implícita. O médico não disse "Bem, eu acredito", mas não parecia haver motivo para que ele duvidasse.

"Você deve ser de El Triunfo, então, para saber disso tudo."

"Venho de perto o bastante", respondeu. "Minha família vendia material para as pessoas na mina dos Doyle e, quando ela fechou, se mudou para Pachuca. Estudei na Cidade do México, mas voltei. Queria ajudar as pessoas aqui."

"Você pode começar ajudando minha prima, então", sugeriu Noemí. "Posso contar com o senhor para ir até a casa?"

O dr. Camarillo sorriu, mas balançou a cabeça, como se pedisse desculpas: "Já disse a você, vou me meter em problemas com Cummins e os Doyle".

"O que eles podem fazer? Você não é o médico da cidade?"

"A clínica é pública, e o governo cobre os custos dos curativos, do álcool isopropílico e das gazes. Mas El Triunfo é pequena e precisa de ajuda. Boa parte das pessoas são fazendeiros criadores de cabras. Quando os espanhóis controlavam a mina, eles se sustentavam fazendo gordura para os trabalhadores. Agora é diferente. Há uma igreja e um padre muito dedicado aqui, e ele recolhe donativos para os pobres."

"E aposto que os Doyle colocam dinheiro na caixinha de doações dele e que o padre é seu amigo", disse Noemí.

"Cummins coloca as doações na caixa. Os Doyle não se importam com isso. Mas o dinheiro é deles, apesar de tudo. Todo mundo sabe."

Ela não achava que os Doyle tinham muito dinheiro à disposição; a mina estava fechada havia mais de três décadas. Mesmo que o saldo da conta bancária deles fosse modesto, uma quantia, ainda que pequena, poderia fazer diferença em uma cidade isolada como El Triunfo.

O que fazer agora? Noemí ponderou rapidamente e decidiu aproveitar as aulas de teatro que o pai dela julgara um desperdício de dinheiro.

"Então não vai me ajudar. Você tem medo deles! Ah, e aqui estou eu: sem um único amigo neste mundo", lamentou ela, agarrando a bolsa enquanto se levantava devagar, os lábios tremendo de forma dramática. Os homens sempre entravam em pânico quando Noemí fazia aquilo, com receio de que ela chorasse. Sempre tinham tanto medo de lágrimas, de ter que lidar com uma mulher histérica.

Na mesma hora, o médico fez um gesto apaziguador e falou depressa:

"Eu não disse isso."

"E então", insistiu ela, soando esperançosa. Ela lhe endereçou um de seus sorrisos mais encantadores, o sorriso que usava quando precisava convencer um policial a deixar que ela seguisse sem ser multada por excesso de velocidade. "Doutor, seria muito importante para mim se me ajudasse."

"Mesmo que eu vá, não sou psicólogo."

Noemí pegou um lencinho e o segurou com firmeza; era um pequeno lembrete visual de que ela poderia, a qualquer momento, se desmanchar em lágrimas e enxugar os olhos. Ela suspirou.

"Eu poderia ir até a Cidade do México, mas não quero deixar Catalina sozinha, ainda mais se não houver necessidade. Posso estar errada. Você me economizaria uma longa viagem; o trem nem sai todos os dias. Pode me fazer esse pequeno favor? Pode vir?"

Noemí o encarou, e ele devolveu o olhar com uma pequena dose de ceticismo. Ainda assim, Camarillo assentiu:

"Passarei lá na segunda-feira, por volta de meio-dia."

"Obrigada", disse ela, levantando depressa e apertando a mão dele. Então, lembrando-se da outra parte da tarefa, ela fez uma pausa. "Aliás, você conhece alguém chamado Marta Duval?"

"Você está circulando por aí e conversando com todos os especialistas da cidade?"

"Por que diz isso?"

"Ela é a curandeira da região."

"Sabe me dizer onde ela mora? Minha prima quer um remédio feito por ela."

"É mesmo? Bem, acho que faz sentido. Marta faz muitos negócios com as mulheres da cidade. Chá de gordolobo ainda é um remédio popular para tuberculose."

"E ajuda?"

"Funciona para tosse."

O dr. Camarillo se curvou sobre a escrivaninha, desenhou um mapa em seu caderno e o entregou a Noemí. Ela decidiu caminhar até a casa dos Duval, já que ele disse que era perto. Acabou sendo uma boa ideia, porque o caminho até a casa da mulher não teria sido bom se ela fosse de carro, pois era tortuoso, e as ruas, desconexas e cada vez mais caóticas. Noemí precisou pedir informação, mesmo com o mapa.

Ela falou com uma mulher que estava lavando roupa perto da porta da frente e esfregava uma camisa na tábua de lavar desgastada. A mulher deixou o sabão Zote de lado e disse a Noemí que precisava subir mais um pouco. O descaso com a cidade ficava mais evidente à medida que se afastava da praça e da igreja. As casas agora não passavam de casebres de tijolos aparentes e tudo parecia cinzento e empoeirado, com cabras esqueléticas ou galinhas confinadas por cercas bambas. Algumas moradias foram abandonadas, e não tinham mais portas nem janelas. Ela imaginou que os vizinhos tivessem revirado o lugar e pegado madeira, vidro e quaisquer outros materiais em que pudessem pôr as mãos. Francis devia ter escolhido as vias mais pitorescas quando andaram de carro pela cidade, e mesmo assim a impressão de Noemí tinha sido de decadência.

A casa da curandeira era muito pequena e se destacava pela pintura branca e pelo bom estado de conservação. Uma mulher mais velha, com longos cabelos trançados e avental azul, estava sentada em um banquinho de três pernas do lado de fora. Tinha duas tigelas perto de si e descascava amendoins. Em uma das vasilhas deixava as cascas, e na outra estavam os amendoins. A mulher, que cantarolava, não olhou para cima quando Noemí se aproximou.

"Com licença", disse Noemí. "Estou procurando Marta Duval."

A música parou.

"Esses são os sapatos mais bonitos que eu já vi", comentou a mulher. Noemí olhou para o seu par de sapatos pretos e de salto alto.

"Obrigada."

"Não costumo receber muitas pessoas com sapatos bonitos assim."

A mulher abriu mais um amendoim e o jogou na tigela. Então se levantou.

"Sou a Marta", anunciou ela, encarando Noemí com os olhos nebulosos de catarata.

Marta entrou na casa carregando uma vasilha em cada mão. Noemí a seguiu até à pequena cozinha que também servia como sala de jantar. Em uma das paredes havia um retrato do Sagrado Coração e uma estante cheia de estatuetas de gesso de santos, velas e garrafas com ervas. No teto estavam penduradas ervas e flores secas, como lavanda, erva-de-santa-maria e galhos de arruda.

Noemí sabia da existência de curandeiras que faziam todo tipo de remédio, como ervas para curar ressaca e febre, e até mesmo para afastar o mau-olhado, mas Catalina nunca teve a personalidade de quem buscaria aquele tipo de tratamento. O primeiro livro que tinha feito Noemí se interessar por antropologia tinha sido *Bruxaria, Oráculos e Magia entre os Azande*, e quando ela tentou conversar sobre ele com Catalina, a prima não lhe deu ouvidos. Uma simples menção à palavra "bruxaria" a alarmava, e uma curandeira como Duval tinha um vínculo muito próximo ao tema, não só por preparar tônicos mas também por curar o *susto*[1] ao colocar uma cruz feita de ramos de palmeira na cabeça de alguém.

Não, Catalina não era o tipo de pessoa que usaria uma pulseira de *ojo de venado*[2]. Então como tinha ido parar ali, naquela casa, para conversar com Marta Duval?

A velha colocou as tigelas na mesa e puxou uma cadeira. Quando ela se sentou, Noemí ouviu um farfalhar de asas e, sobressaltada, observou enquanto um papagaio voava e se acomodava no ombro de Marta.

"Sente-se", disse a mulher, pegando um amendoim descascado e o entregando para o papagaio. "O que você quer?"

Noemí se sentou no lado oposto da mesa.

"Você preparou um remédio para minha prima, e agora ela precisa de mais."

"Que remédio?"

"Não tenho certeza. O nome dela é Catalina. Você se lembra dela?"

"A garota de High Place."

A mulher deu mais um amendoim para o papagaio, que virou a cabeça e fixou o olhar em Noemí.

"Sim, Catalina. Como você a conhece?"

"Não a conheço. Não muito bem. Sua prima costumava vir à igreja de vez em quando, e ela deve ter conversado com alguém por lá, porque veio me procurar. Disse que precisava de algo para dormir melhor. Ela me visitou algumas vezes. A última vez em a que vi, ela estava agitada, mas não quis me contar o que estava acontecendo. Ela me pediu para postar uma carta para alguém na Cidade do México."

1 Enfermidade popular entre algumas culturas latino-americanas e causada por uma experiência assustadora. Os sintomas (insônia, apatia, tiques musculares involuntários, perda do apetite, nervosismo, entre outros) podem se assimilar aos de ansiedade e depressão. Segundo a crença, a cura tradicional se dá através do ritual de um curandeiro. [N. T.]
2 Amuleto contra o mau-olhado feito com semente de cor amarronzada. [N. T.]

"Por que ela mesma não mandou a carta?"

"Não sei. Ela disse 'Venha na sexta-feira, mas se não nos virmos, poste isto'. Então, fiz o que ela pediu. Como disse, ela não dividia os problemas. Falou que estava tendo pesadelos e tentei ajudá-la."

Pesadelos, pensou Noemí, recordando-se do sonho ruim que ela mesma teve. Não era difícil ter pesadelos em uma casa daquelas. Ela pousou as mãos na bolsa.

"Bem, seja lá o que for que deu a Catalina, funcionou, porque ela quer mais."

"Mais." A mulher suspirou. "Eu disse a ela que nenhum chá será capaz de fazer com que melhore por muito tempo."

"O que isso quer dizer?"

"Aquela família é amaldiçoada", declarou Marta, coçando a cabeça do papagaio, e o pássaro fechou os olhos. "Você não conhece as histórias?"

"Houve uma epidemia", respondeu Noemí, com cuidado, na dúvida se a mulher tinha se referido àquilo.

"Sim, houve doença, muita doença. Mas não foi só isso. A srta. Ruth, ela atirou neles."

"Quem é a srta. Ruth?"

"É uma história conhecida por essas bandas. Posso contar, mas vai lhe custar um pouco."

"Você é uma mercenária. Já vou pagar pelo remédio."

"Precisamos comer. Além disso, é uma história das boas, e ninguém a conhece tão bem quanto eu."

"Então quer dizer que você é curandeira e contadora de histórias."

"Já disse, mocinha. Precisamos comer", ela deu de ombros.

"Muito bem. Vou pagar pela história. Você tem um cinzeiro?", perguntou Noemí, tirando os cigarros e o isqueiro da bolsa.

Marta pegou um copo de estanho e o colocou diante de Noemí. Ela se curvou, apoiando os cotovelos no tampo da mesa, e acendeu o cigarro. Ela ofereceu um à velha, que pegou dois, sorrindo, mas não os acendeu. Em vez disso, os guardou no bolso do avental. Talvez fosse fumá-los depois. Ou quem sabe vendê-los.

"Por onde começar? Ruth, sim. Ruth era a filha do sr. Doyle. A filha querida dele, que vivia no mais puro conforto. Naquela época, eles tinham muitos criados. Vários deles, sempre polindo a prataria e preparando chás. A maior parte da criadagem vinha do vilarejo e viviam na casa, mas, às vezes, vinham para a cidade, para fazer compras e outras coisas. E eles falavam sobre todas as coisas bonitas em High Place e a linda srta. Ruth.

"Ela ia se casar com o primo, Michael, e eles tinham encomendado um vestido em Paris e travessas de marfim para o cabelo. Mas, uma semana antes do casamento, ela atirou no noivo com um rifle, e então na mãe, na tia e no tio. Atirou também no pai, mas ele sobreviveu. E teria atirado em Virgil, seu irmãozinho, mas a srta. Florence se escondeu com ele. Ou talvez Ruth tenha tido piedade."

Noemí não tinha visto uma única arma na casa, mas era provável que tivessem se livrado do rifle. Havia apenas a prataria à mostra, e ela se perguntou, de forma absurda, se as balas que a assassina usara eram de prata.

"Depois de atirar neles, ela pegou o rifle e se matou." A mulher abriu mais um amendoim.

Que história mórbida! E, ainda assim, não tinha acabado. Era apenas uma pausa.

"Há mais informações, não é?"

"Sim."

"Você não vai me contar o restante?"

"Precisamos comer, senhorita."

"Vou pagar."

"Não vai ser pão-dura?"

"Jamais."

Noemí tinha pousado o maço de cigarros na mesa. Marta esticou uma das mãos enrugadas e pegou mais um, e novamente o guardou no avental. Ela sorriu.

"Os criados foram embora depois disso. As pessoas que continuaram em High Place eram membros da família e pessoas de confiança, que trabalhavam lá havia muito tempo. Elas ficaram ali, de forma discreta. Até que um dia a srta. Florence foi vista na estação de trem, pronta para viajar, sendo que nunca tinha botado o pé para fora de casa. Ela voltou casada com um rapaz. Seu nome era Richard.

"Ele não era como os Doyle. Era um homem falante; gostava de ir até a cidade, beber um drinque e bater papo. Tinha vivido em Londres, Nova York e Cidade do México, e tinha alguma coisa nele que fazia você saber que a casa dos Doyle não era o seu lugar preferido. Ele falava bastante, é verdade, até que começou a dizer coisas estranhas."

"Que tipo de coisas?"

"Ele falava sobre fantasmas e espíritos e mau-olhado. O sr. Richard era um homem forte, até não ser mais. Ficou esfarrapado e magro, parou de vir à cidade e sumiu de vista. Eles o encontraram ao pé de uma ravina. Há muitas delas por aqui, você já deve ter notado, e lá estava ele, morto aos vinte e nove anos, deixando um filho."

Francis, pensou Noemí. Francis, pálido, com seu cabelo sedoso e seu sorriso gentil. Ela não tinha ouvido falar nada de seu passado, mas aquele não era o tipo de história sobre a qual alguém gostaria de conversar.

"Tudo parece muito trágico, mas eu não diria que há uma maldição."

"Você diria que é uma coincidência, não é? É, imagino que sim. Mas é fato: tudo que eles tocam, apodrece."

Apodrece. A palavra soava tão desagradável que parecia grudar na língua. Noemí quis roer as unhas, mesmo que nunca tivesse feito aquilo antes. Ela cuidava muito das mãos; unhas malcuidadas não eram para ela. Aquela casa era estranha. Os Doyle e seus criados também eram um grupo estranho. Mas amaldiçoados? Não.

"Não pode ser nada além de uma coincidência", teimou ela, balançando a cabeça.

"Poderia ser."

"Pode fazer o mesmo remédio que preparou para Catalina da última vez?"

"Não é uma tarefa fácil. Preciso reunir os ingredientes, e isso levaria um tempo. E não resolveria o problema. É como eu disse: o problema é aquela casa, aquela casa amaldiçoada. Embarque naquele trem e deixe tudo para trás, foi o que eu falei para sua prima. Pensei que ela fosse me ouvir, mas que relevância eu tenho?"

"É, tenho certeza de que falou. Qual o preço do remédio?", perguntou Noemí.

"Do remédio e das histórias."

"Sim, também."

A mulher falou o valor. Noemí abriu a bolsa e puxou algumas notas. Marta Duval tinha catarata, mas viu as notas com nitidez o suficiente.

"Preciso de uma semana. Volte em sete dias, mas não prometo nada", disse a mulher, estendendo a mão, na qual Noemí depositou as notas. Marta as dobrou e guardou no bolso do avental. "Pode me dar mais um cigarro?", acrescentou ela.

"Muito bem. Espero que goste", disse Noemí, entregando mais um. "São Gauloises."

"Eles não são para mim."

"Então para quem são?"

"São Lucas Evangelista", explicou a mulher, apontando para uma das estatuetas de gesso nas prateleiras.

"Cigarros para o santo?"

"Ele gosta."

"Ele tem um gosto requintado", respondeu Noemí, se perguntando se encontraria uma loja que vendesse qualquer coisa que se assemelhasse a Gauloises na cidade. Ela precisaria reabastecer o estoque em breve.

A mulher sorriu, e Noemí lhe deu mais uma nota. Que diabo. Como ela disse, todos precisavam comer, e só Deus sabia quantos clientes a mulher tinha. Marta pareceu muito satisfeita e sorriu mais ainda.

"Bem, então vou indo. Não deixe São Lucas fumar todos os cigarros de uma vez só."

A mulher riu, e elas saíram da casa. Elas deram um aperto de mãos, e Marta estreitou os olhos.

"Como tem dormido?", quis saber ela.

"Bem."

"Você está com olheiras."

"É o frio lá em cima. Não consigo dormir."

"Espero que seja isso."

Ela se lembrou do sonho estranho, do brilho dourado. Tinha sido um pesadelo horrendo, mas ela não tivera tempo para analisá-lo. Noemí tinha uma amiga que era grande conhecedora de Jung, mas nunca entendera o conceito de "o sonho é o sonhador", tampouco se importara com interpretar seus próprios sonhos. Ela se lembrava agora de algo que Jung tinha escrito: todo mundo carrega uma sombra. E, como uma sombra, as palavras da mulher pairavam sobre Noemí enquanto ela fazia o caminho de volta para High Place.

GÓTICO MEXICANO

Silvia Moreno-Garcia

07

AQUELA NOITE, NOEMÍ FOI MAIS UMA VEZ CONVOCADA PARA a lúgubre mesa de jantar, com a fina toalha de mesa branca e os candelabros. Ao seu redor, reuniam-se os Doyle: Florence, Francis e Virgil. A julgar pela ausência, o patriarca deveria jantar em seus aposentos.

Noemí comeu bem pouco, revolvendo a colher no prato de sopa, com apetite para uma boa conversa, não para comida. Após um breve silêncio, não pôde se conter e deixou escapar uma risadinha. Todos os olhos recaíram sobre ela.

"Precisamos mesmo ficar de boca calada o jantar inteirinho?", indagou. "Não podemos trocar pelo menos umas três ou quatro frases?"

Sua voz suave e cristalina contrastava com a mobília pesada, a cortina pesada e as igualmente pesadas fisionomias ao redor. Não queria aborrecê-los, mas sua natureza descontraída e espontânea pouco se adaptava a tamanha solenidade. Sorriu, esperando que retribuíssem o sorriso, ansiando por um instante de leveza no cárcere daquela gaiola suntuosa.

"Via de regra, não conversamos durante o jantar, como já expliquei. Mas, pelo visto, você parece empenhada em descumprir todas as regras desta casa", disse Florence, dando batidinhas delicadas com o guardanapo na boca, para enxugar os lábios.

"O que quer dizer com isso?"

"Você foi à cidade com um dos nossos carros."

"Precisava enviar umas cartas." Não era mentira; tinha, de fato, escrito uma mensagem breve para a família. Cogitara escrever uma carta para Hugo também, por educação, mas tinha desistido. Não eram oficialmente um casal e receava que, se escrevesse para Hugo, ele pudesse interpretar a carta como sinal de iminente compromisso sério.

"Charles pode levar suas cartas."

"Prefiro postá-las pessoalmente, obrigada."

"A estrada está ruim. O que faria se o carro ficasse atolado na lama?", perguntou Florence.

"Voltaria a pé", respondeu Noemí, repousando a colher. "Não vejo problema algum."

"Imagino que não seja problema para *você*. As montanhas são perigosas."

As palavras não eram explicitamente hostis, mas a reprovação de Florence era palpável, sensível em cada sílaba. Noemí sentiu-se de repente como uma garotinha castigada com a régua e reagiu empinando o queixo e encarando Florence, como fizera tantas vezes com as freiras na escola, em gesto de desafiadora insurreição. Florence, com sua expressão de profundo desânimo, até se parecia um pouco com a Madre Superiora. Noemí tinha a impressão de que, a qualquer momento, ela lhe mandaria pegar o rosário.

"Pensei ter explicado quando chegou. Deve me consultar sobre qualquer assunto relacionado a esta casa, seus moradores e seus bens. Fui bastante clara. Falei que Charles a levaria de carro à cidade e, na ausência de Charles, talvez Francis pudesse dirigir", disse Florence.

"Não achei que..."

"E você andou fumando no quarto. Não adianta negar. Eu avisei que era proibido."

Florence olhou fixamente para Noemí, que a imaginou cheirando os lençóis e buscando vestígios de cinzas em sua caneca. Como um cão de caça no encalço da presa. Noemí estava prestes a contestar, retrucando que fumara apenas duas vezes no quarto e que, em ambas, tentara abrir a janela. Não tinha culpa se estava emperrada e parecia ter sido vedada com pregos.

"É um hábito indecente. Assim como certas moças", acrescentou Florence.

Foi a vez de Noemí encarar Florence. Que ousadia! Antes que pudesse responder, Virgil disse:

"Minha esposa me contou que seu pai é um homem severo", comentou em tom de frio desinteresse. "Que gosta das coisas do jeito dele."

"Sim", respondeu Noemí, fitando Virgil. "Às vezes, sim."

"Florence administra High Place há décadas", prosseguiu Virgil. "Como não recebemos muitas visitas, pode imaginar que ela também goste das coisas do jeito dela. Não considera inaceitável que uma hóspede desobedeça as regras da casa?"

Noemí sentiu-se encurralada; parecia que tinham planejado repreendê-la em conjunto. Imaginou se faziam o mesmo com Catalina. Se, ao sentar para jantar com eles, a prima oferecia alguma sugestão — sobre o cardápio, a decoração, os hábitos rotineiros — e era educadamente silenciada. Se a pobre Catalina, dócil e obediente, era reprimida com semelhante doçura. Noemí, tendo perdido seu já escasso apetite, desistira de puxar conversa e bebericava uma taça do vinho adocicado. Ao fim do jantar, Charles surgiu para informá-los que Howard gostaria de recebê-los em seus aposentos e o grupo subiu a escada como cortesãos indo cumprimentar o rei.

O quarto de Howard era amplo, decorado com a mesma mobília pesada e escura que predominava no restante da casa e com as mesmas grossas cortinas de veludo que impediam a entrada do mais tênue raio de luz. O que mais chamava atenção era a lareira, com uma cornija de madeira entalhada com o que, à primeira vista, pareciam círculos, mas eram as mesmas serpentes devorando a própria cauda que ela vira no cemitério e na biblioteca. Havia um sofá diante da lareira, onde o patriarca estava aboletado, envolto em um manto verde.

Howard parecia ainda mais velho naquela noite. Contemplando-o, Noemí lembrou das múmias que tinha visto nas catacumbas em Guanajuato, dispostas em duas fileiras para apreciação dos turistas. Jaziam eretas, preservadas por uma aberração da natureza, arrancadas de seus sepulcros pela inadimplência do imposto de sepultamento e, então, exibidas ao público. Howard tinha a mesma aparência ressequida e encovada, como se tivesse sido embalsamado e reduzido a um punhado de ossos.

A família adentrou na frente de Noemí. Um por um, todos cumprimentaram o velho com um aperto de mão, dando um passo ao lado em seguida.

"Aí está você. Venha, sente-se comigo", disse o velho, gesticulando na direção de Noemí.

Ela se sentou ao lado de Howard, saudando-o com um sorriso vago e cortês. Florence, Virgil e Francis não se juntaram a eles, acomodando-se em outro sofá e em poltronas na outra extremidade do aposento. Imaginou se ele sempre recebia visitas daquele modo, presenteando um convidado sortudo com a permissão para se sentar ao seu lado e lhe concedendo uma audiência enquanto o restante da família fora colocada temporariamente à margem. Era possível que outrora o cômodo ficasse repleto de parentes e amigos, todos à espera de um gesto de Howard Doyle, solicitando que se sentassem ao seu lado. Afinal, vira fotografias e retratos de muitas pessoas pela casa. As pinturas eram bem antigas; talvez nem todos aqueles ancestrais tivessem morado em High Place, mas, a julgar pelo tamanho do mausoléu, a família era numerosa ou diversos descendentes tinham vivido na casa.

Duas imensas pinturas a óleo sobre a lareira chamaram a atenção de Noemí. As duas exibiam o retrato de uma moça. Ambas eram loiras e tão parecidas que, à primeira vista, Noemí achou que fossem a mesma pessoa. Havia, no entanto, diferenças: uma tinha madeixas loiras acobreadas, a outra, cor de mel, e o rosto da moça à esquerda era um pouco mais rechonchudo. Uma delas usava um anel de âmbar, idêntico ao de Howard.

"São parentes suas?", perguntou ela, intrigada pela semelhança, que imaginava ser o traço dos Doyle.

"Minhas esposas", respondeu Howard. "Agnes faleceu pouco depois de nossa chegada à região. Estava grávida quando foi acometida pela doença."

"Sinto muto."

"Lá se vão muitos anos. Mas ela não foi esquecida. Seu espírito permanece vivo em High Place. E esta, à direita, é minha segunda esposa, Alice. Foi muito fértil. A função da mulher é preservar a linhagem familiar. De nossos filhos, só restou Virgil, mas ela cumpriu seu papel, e muito bem."

Noemí contemplou o semblante pálido de Alice Doyle, o cabelo loiro ondulado descendo pelas costas, com uma rosa entre os dedos da mão direita, e a expressão séria. Agnes, à esquerda, também não parecia muito alegre, segurando um buquê nas mãos e com o anel de âmbar iluminado por um raio de luz. Em seus trajes de seda e renda, ostentavam uma fisionomia de... determinação? Confiança?

"Eram belas, não acha?", perguntou o velho. Parecia orgulhoso, como alguém que recebeu um prêmio na feirinha do condado por um porco ou uma égua.

"Acho. Embora..."

"Embora o quê, minha cara?"

"Nada. É que são muito parecidas."

"Natural. Alice era irmã caçula de Agnes. Ficaram órfãs e na miséria e, por sermos primos, eu as abriguei. Quando vim para cá, Agnes e eu já estávamos casados, e Alice veio conosco."

"Então o senhor se casou com primas duas vezes", comentou Noemí. "E, uma delas, irmã de sua esposa."

"Considera escandaloso? Catarina de Aragão foi casada primeiro com o irmão de Henrique VIII, e a Rainha Vitória e Albert eram primos."

"O senhor se julga um rei, então?"

Inclinando-se para a frente, Howard deu tapinhas leves na mão de Noemí; a pele dele parecia fina como papel e seca. "Não almejo tamanha grandeza", disse ele, sorrindo.

"Não estou escandalizada", rebateu Noemí, educada, sacudindo de leve a cabeça.

"Convivi bem pouco com Agnes", disse Howard, dando de ombros. "Nós nos casamos e, em menos de um ano, tive que organizar seu funeral. A casa nem estava terminada ainda, a mina funcionava há poucos meses. Então os anos se passaram, e Alice cresceu. Não havia bons pretendentes na região, foi uma escolha natural. Diria até predestinada. Este foi seu retrato de casamento. Está vendo ali? A data está bem visível naquela árvore ao fundo: 1895. Um ano maravilhoso. Tivemos tanta prata naquele ano. Um verdadeiro rio."

O pintor havia, de fato, registrado na árvore a data e as iniciais da noiva: AD. O mesmo detalhe podia ser visto no retrato de Agnes, a data em uma coluna de pedra: 1885, AD. Noemí se perguntou se haviam simplesmente tirado o pó do enxoval da primeira noiva e o passado para sua irmã mais nova. Imaginou Alice removendo lençóis e camisolas com monogramas de suas iniciais, encostando um vestido velho no peito enquanto se olhava no espelho. Uma Doyle, para sempre uma Doyle. Não era escandaloso, mas era bem estranho.

"Minhas belas mulheres", disse o velho, fitando os quadros com a mão pousada sobre a de Noemí, acariciando seus dedos. "Você já ouviu falar do mapa da beleza do Dr. Galton? Ele percorreu as Ilhas Britânicas registrando as mulheres que viu. Depois, as catalogou como belas, indiferentes ou repulsivas. A maior concentração de beleza estava em Londres, e a menor, em Aberdeen. Parece um experimento tolo, mas tem sua lógica."

"Voltamos à estética", disse Noemí, desvencilhando delicadamente sua mão da de Howard e ficando de pé para examinar os quadros de perto. A verdade é que o toque dele lhe causava aversão, como o leve odor desagradável que emanava de seu manto. Deveria ser alguma pomada ou remédio que ele havia aplicado.

"Sim, estética. Não podemos considerá-la uma frivolidade. Afinal, Lombroso não estudou rostos como base para a identificação de tipos de criminosos? Nossos corpos ocultam tantos mistérios e contam tantas histórias sem uma única palavra, não é mesmo?"

Noemí olhou para as pinturas, as bocas sisudas, os queixos pontiagudos, os cabelos exuberantes. O que elas comunicavam sem palavras, com os vestidos de noiva, enquanto o pincel deslizava pela tela? Estou feliz, infeliz, indiferente, triste. Quem poderia saber? Era possível criar centenas de narrativas diferentes, mas jamais saberíamos a verdade por trás da aparência.

"Você mencionou Gamio em nossa última conversa", disse Howard, apoiando-se na bengala e levantando-se para ir ter com ela. A tentativa de Noemí de se afastar fora em vão; ele estava novamente ao seu lado, tocando seu braço. "Estava correta. Gamio acredita que a seleção natural impulsionou os nativos deste continente, permitindo que se adaptassem a fatores biológicos e geográficos intoleráveis aos estrangeiros. Ao transportar uma flor, devemos levar o solo em consideração, não é? Gamio estava no caminho certo."

O velho sobrepôs as mãos no punho da bengala e assentiu com a cabeça, olhando as pinturas. Noemí gostaria que alguém abrisse uma das janelas. O quarto era abafado e os outros conversavam aos sussurros. Se é que conversavam. Teriam se calado? Suas vozes pareciam o zumbido de insetos.

"Por que não se casou, srta. Taboada? Já está na idade ideal para o casamento."

"Meu pai se pergunta a mesma coisa", disse Noemí.

"E que desculpas dá a ele? Que está muito ocupada? Que vários rapazes te agradam, mas ainda não encontrou um que tenha realmente a cativado?"

Era bem próximo do que ela de fato dissera, e talvez se ele tivesse proferido as palavras em tom mais leve, ela as tomaria como pilhéria, seguraria o braço dele e daria uma risada. "Sr. Doyle", diria, e teriam conversado sobre os pais dela, sobre como ela vivia às turras com o irmão e os primos, que eram numerosos e vivazes.

Mas as palavras de Howard Doyle foram ásperas e seus olhos reluziram com excitação doentia. Era um olhar quase malicioso. A mão esquálida pousou em uma mecha do cabelo dela, como se fizesse uma gentileza — ele removeu um fiapo que se prendera a um dos fios — mas não havia nada gentil no gesto. Embora decrépito, ainda era alto e incomodava Noemí ter que erguer os olhos para ele, tê-lo curvado sobre ela. Ele parecia um bicho-pau, um inseto em trajes de veludo. Seus lábios se retesaram em um sorriso e ele se debruçou, olhando-a atentamente. Exalava um odor fétido. Ela virou o rosto, pousando a mão sobre a cornija da lareira. Seus olhos encontraram os de Francis, que os observava. Ele parecia um pássaro assustado, um pombo com olhos arregalados de medo. Noemí custava a crer que o jovem fosse parente do homem inseto que a cercava.

"O meu filho lhe mostrou nossa estufa?", indagou Howard, dando um passo para trás. Ao virar-se para as chamas da lareira, seus olhos se despiram da expressão desagradável.

"Não sabia que tinham uma estufa", respondeu ela, um pouco surpresa. Não havia, no entanto, aberto todas as portas da casa, nem vasculhado todos os seus recantos. Após um breve passeio superficial, sequer tivera vontade de explorar High Place. Não era uma casa acolhedora.

"É bem pequena e está em petição de miséria, como quase tudo aqui, mas o teto é revestido de vitrais. Acho que você vai gostar. Virgil, disse a Noemí que você vai levá-la até a estufa", ordenou Howard. No silêncio do quarto, o timbre alto da sua voz soou tão retumbante que a jovem pensou que poderia causar um leve tremor.

Virgil assentiu com a cabeça e, aproveitando a deixa, aproximou-se deles:

"Será um prazer, pai."

"Ótimo", comentou Howard, apertando o ombro de Virgil antes de atravessar o aposento, juntando-se à Florence e Francis, sentando-se na poltrona que Virgil deixara desocupada.

"Meu pai está incomodando você com o que considera o tipo ideal de homens e mulheres?", indagou Virgil, com um sorriso. "A resposta é capciosa: os Doyle são os melhores espécimes, mas tento não deixar que isso me suba à cabeça."

O sorriso pegou Noemí de surpresa, mas, depois de aturar a malícia de Howard, a expressão amistosa de Virgil foi muito bem-vinda.

"Ele estava falando sobre beleza", retrucou ela, com um tom encantador e circunspecto.

"Ah, sim, beleza. Bem, ele já foi um grande apreciador da beleza, embora atualmente mal consiga comer mingau e ficar acordado até às nove."

Ela disfarçou o riso com a mão. Virgil deslizou o dedo no entalhe de serpente, ficando sério de súbito.

"Peço desculpas por aquela noite. Fui rude com você. E hoje cedo Florence te azucrinou por causa do carro. Mas não deve se sentir mal por isso. Não é obrigada a saber todos os nossos hábitos e regras", disse ele.

"Tudo bem."

"Não é fácil, sabe. Meu pai é muito frágil e agora Catalina também adoeceu. Não ando no melhor dos humores, mas não gostaria que achasse que não é bem-vinda em nossa casa. É bem-vinda, sim, e muito."

"Obrigada."

"Sinto que ainda não me perdoou."

Era verdade, mas Noemí ficou aliviada ao constatar que nem todos os Doyle eram taciturnos em tempo integral. Talvez Virgil estivesse sendo sincero e, antes de Catalina adoecer, tivesse até mesmo uma predisposição para o bom humor.

"Ainda não, mas se continuar assim, pode ser que ganhe uns pontos comigo."

"Ah, quer dizer que você marca pontos? Como se fosse um jogo de cartas?"

"Uma garota deve anotar de tudo. Não apenas os nomes de seus pares em cartões de dança", respondeu ela, muito amável.

"Soube que você dança e joga muito bem. Pelo menos, na opinião de Catalina", disse ele, sorrindo para ela.

"E não ficou escandalizado com isso?"

"Sou cheio de surpresas."

"Adoro surpresas, mas só quando vêm decoradas com um belo laço", retrucou e, como ele estava sendo simpático, retribuiu a simpatia com um sorriso.

Virgil, por sua vez, lhe lançou um olhar que parecia dizer: Viu, pode ser que nos tornemos amigos. Ele ofereceu o braço a ela e juntos se aproximaram do restante da família. Após mais alguns minutos de conversa, Howard disse estar muito cansado e todos debandaram para seus aposentos.

<hr />

Naquela noite, Noemí teve um pesadelo estranho e, embora todas as suas noites na casa tenham sido inquietas, o pesadelo foi diferente de todos os sonhos que tivera até então em High Place.

Sonhou que a porta do seu quarto se abria e Howard Doyle adentrava o cômodo, aproximando-se bem devagar. Seus passos pareciam pesados feito chumbo e rangiam o assoalho, provocando tremor nas paredes. Era como se um elefante tivesse entrado no quarto. Ela não conseguia se mexer. Um fio invisível a prendia à cama. Estava de olhos fechados, mas mesmo assim podia vê-lo. Observava-o do alto, como se estivesse no teto, depois do chão, alternando a perspectiva.

Via também a si mesma, adormecida. Viu o velho se aproximar da cama e apalpar as cobertas. A cena se desenrolava diante de seus olhos que, não obstante, permaneciam fechados. Sentiu o toque de Howard no rosto, a ponta da unha do velho correndo pelo pescoço, as mãos magras desabotoando sua camisola. Fazia muito frio e ele a despia.

Sentiu então uma presença, pairando atrás dela como um ar gelado. Inclinando-se em direção ao seu ouvido, a presença sussurrou:

"Abra os olhos", disse uma voz de mulher. Em outro sonho, vira uma mulher dourada, mas esta era a mesma presença. A voz era diferente, mais jovem.

Noemí tinha os olhos cerrados, as mãos inertes na cama, e Howard pairava sobre ela, observando-a enquanto dormia. Vislumbrou seu sorriso no escuro, dentes brancos em uma boca doente e podre.

"Abra os olhos", exortou novamente a voz.

A luz do luar, ou outra fonte de luz qualquer, incidiu sobre o corpo de Howard Doyle, esquálido e semelhante a um inseto, e ela percebeu que não era o velho quem pairava sobre ela na cama, observando seus membros, seus seios, fitando compenetrado seus pelos pubianos. Era Virgil Doyle, que adotara o mesmo sorriso malicioso do pai, ostentando dentes muito brancos e olhando para Noemí como um colecionador examina uma borboleta pregada no veludo.

Apertando a mão na boca de Noemí, ele a empurrou na cama, cujo colchão estava mole. O corpo dela afundou, oscilando como se mergulhado em cera; era como uma cama de cera. Talvez lama, terra. Uma cama de terra.

Um desejo lânguido e nauseante percorreu seu corpo, fazendo com que ondulasse o quadril, sinuosa como uma serpente. Mas foi ele quem deu o bote, enroscando-se nela, colhendo seu suspiro com os lábios. Ela não queria que aquilo acontecesse, não daquele jeito, não com dedos tão firmes cravados em sua pele, mas não conseguia lembrar por que deveria resistir. Não havia saída. Precisava deixar que ele a tomasse, sobre a terra e no escuro, sem preâmbulos nem explicações.

A voz sussurrou mais uma vez. Insistente, martelando em seu ouvido.

"Abra os olhos."

Ela obedeceu. Despertando, descobriu que estava gelada; chutara as cobertas, enrodilhadas nos pés, e empurrara o travesseiro para o chão. A porta do quarto estava trancada. Noemí apertou as mãos contra o peito, sentindo o pulsar descompassado do coração. Correu os dedos pela camisola: todos os botões estavam fechados. Como era de se esperar.

A casa estava mergulhada em silêncio. Não havia ninguém perambulando pelos corredores, nem invadindo quartos para espiar mulheres adormecidas. Ainda assim, Noemí demorou muito para pegar no sono novamente e, ao ouvir rangidos no assoalho ao longo da noite, sentou-se depressa na cama, à espera de passos.

GÓTICO MEXICANO

Silvia Moreno-Garcia

08

OEMÍ FICOU PLANTADA DO LADO DE FORA DA CASA, AGUAR-dando a chegada do médico. Virgil dissera que ela poderia consultar uma segunda opinião, então tinha informado a Florence que o médico iria até lá e que Virgil permitira a visita. Como ela não confiava em nenhum dos Doyle para receber o dr. Camarillo, decidiu ficar de sentinela.

Quando cruzou os braços e começou a bater um dos pés, ela se sentiu como um dos personagens dos contos de fada de Catalina. A donzela que contemplava a paisagem da torre, esperando que o cavaleiro a resgatasse e aniquilasse o dragão. Com certeza o médico seria capaz de fazer um diagnóstico e apresentar uma solução.

Ela sentia necessidade de ser otimista, de ter esperanças, pois High Place abrigava o desalento. A morbidez miserável do lugar deixava Noemí com vontade de combatê-la, mesmo com todas as dificuldades.

O médico foi pontual. Ele estacionou perto de uma árvore e saiu do carro, tirando o chapéu enquanto olhava para a casa. Não havia muita neblina naquele dia, como se a Terra e o céu tivessem clareado para o visitante; aquilo, contudo, fez a casa parecer mais ainda abandonada, desprotegida e exposta. Noemí supôs que a casa de Julio não se parecia nem um pouco com aquela, que era uma das casinhas surradas, ainda que coloridas, da rua principal, com uma varanda pequena, venezianas de madeira e uma cozinha com azulejos antigos.

"Bem, então essa é a famosa High Place", disse o dr. Camarillo. "Já estava na hora de fazer essa visita."

"Você nunca esteve aqui?", perguntou ela.

"Nunca tive motivo para vir. Já passei por onde era o campo de mineração. Ou o que restou dele, pelo menos, quando saí para caçar. Há muitos cervos aqui no alto. Suçuaranas também. É preciso tomar cuidado ao andar por aqui."

"Não sabia disso", respondeu Noemí. Ela se lembrou de que Florence a tinha repreendido antes. Será que ela estava preocupada com os leões da montanha? Ou mais aflita por causa de seu precioso carro?

O médico pegou a maleta e eles entraram na casa. Noemí receava que Florence fosse descer as escadas correndo, pronta para fulminar o dr. Camarillo e a própria jovem com o olhar, mas não havia ninguém na escadaria, e quando chegaram ao quarto de Catalina, a encontraram sozinha.

Catalina parecia razoavelmente disposta, sentada para pegar um pouco de sol, e trajando um vestido azul, simples e bonito. Ela recebeu o médico com um sorriso.

"Bom dia, meu nome é Catalina."

"E eu sou o dr. Camarillo. É um prazer conhecê-la", disse o médico. Catalina estendeu a mão. "Nossa, ele é tão jovem, Noemí! Deve ter quase a sua idade!"

"Você tem quase a minha idade", observou Noemí.

"Que conversa é essa? Você é apenas uma garotinha."

O comentário se pareceu tanto com uma provocação que a Catalina alegre, de tempos idos, teria dito que Noemí se sentia ridícula por ter levado o médico até a casa. Mas então, conforme o tempo foi passando, o fervor de Catalina desvanecia e se transformava em agitação latente. Noemí teve a impressão de que mesmo que tudo parecesse *certo*, havia algo errado acontecendo.

"Diga-me, como tem dormido? Sente calafrios à noite?"

"Não. Já me sinto muito melhor. Estou falando sério, não há a menor necessidade de você estar aqui, estão fazendo um alvoroço por nada. De verdade, por nada", frisou Catalina, e a veemência de suas palavras tinha um entusiasmo forçado. Ela esfregou repetidamente um dedo na aliança de casamento.

Julio apenas assentiu. Ele falava em um tom firme e comedido enquanto tomava notas. "Foi medicada com estreptomicina e ácido para-aminosalicílico?"

"Acho que não", disse Catalina, mas respondeu com tanta pressa que Noemí achou que ela não tinha nem ouvido a pergunta.

"Marta Duval também providenciou um tônico para você? Um chá ou erva?"

Os olhos de Catalina varreram o cômodo rapidamente, e ela perguntou:

"O quê? Por que essa pergunta?"

"Estou tentando descobrir todos os medicamentos que está ingerindo. Presumo que esteve com ela para obter algum tipo de remédio?"

"Não há remédio algum", sussurrou ela.

Catalina disse mais alguma coisa, mas não era uma palavra definida. Ela balbuciou como uma criancinha e de repente agarrou o próprio pescoço, como se estivesse prestes a se esganar, mas o aperto era frouxo. Não, não era um estrangulamento, mas um gesto de defesa, uma mulher que se vigiava, erguendo as mãos para se proteger. O meneio os sobressaltou. Julio quase derrubou o lápis. Catalina parecia um cervo da montanha, pronta para fugir em busca de segurança, e nenhum dos dois soube o que dizer.

"O que foi?", indagou Julio, instantes depois.

"É o barulho", respondeu Catalina, deslizando as mãos pescoço acima e pressionando os lábios com os dedos.

Julio buscou o olhar de Noemí, sentada perto dele.

"Que barulho?", perguntou Noemí.

"Não quero vocês aqui. Estou muito cansada", desconversou Catalina, juntando as mãos, posicionando-as no colo e fechando os olhos, como que para repelir as visitas. "Eu realmente não sei por que precisam ficar aqui, me perturbando, quando eu deveria estar dormindo!"

"Se puder...", começou o médico.

"Não consigo mais falar, estou exausta", insistiu ela, crispando as mãos trêmulas. "É muito exaustivo ficar doente, e ainda pior quando as pessoas dizem que você não deve fazer nada. Não é estranho? É mesmo... é... Estou cansada. Cansada!"

Ela parou de falar, recuperando o fôlego. De súbito, arregalou os olhos, com uma intensidade assustadora. O semblante de uma mulher possuída.

"Há pessoas nas paredes", afirmou Catalina. "Há pessoas e há vozes. Eu as vejo às vezes, as pessoas nas paredes. Elas estão mortas."

Ela esticou as mãos, e Noemí, desamparada, as agarrou, tentando consolar a prima enquanto Catalina sacudia a cabeça e deixava um solucinho escapar. Então falou:

"A coisa vive no cemitério, no cemitério, Noemí. Você precisa olhar no cemitério."

Catalina se levantou bruscamente e foi até a janela, agarrando a cortina com a mão direita e olhando para fora. Sua expressão se suavizou. Era como se um tornado tivesse atingido o lugar e ido embora. Noemí não sabia o que fazer, e o médico aparentava igual perplexidade.

"Sinto muito", disse Catalina. "Não sei o que dizer, sinto muito."

Ela pressionou as mãos na boca mais uma vez e começou a tossir. Florence e Mary, a criada mais velha, entraram no cômodo, carregando uma bandeja com um bule de chá e uma xícara. As mulheres olharam para Noemí e para o dr. Camarillo com desaprovação.

"Vocês vão demorar?", perguntou Florence. "Ela deveria estar descansando."

"Eu já estava de saída", disse o dr. Camarillo, apanhando o chapéu e o bloco de notas, já sabendo que era uma presença indesejada com as poucas palavras de Florence e o modo altivo com que tinha virado a cabeça. Ela sempre dava o assunto por encerrado com a eficiência sutil de um telegrama. "Foi um prazer conhecê-la, Catalina."

Eles saíram do quarto. Permaneceram em silêncio por alguns minutos, ambos esgotados e um pouco atordoados.

"Então, o que acha?", Noemí perguntou, por fim, quando começaram a descer as escadas.

"Para a tuberculose, eu teria que tirar uma radiografia dos pulmões para entender melhor o estado dela, e, a bem da verdade, não sou especialista em tuberculose", disse ele. "E quanto à outra questão, eu avisei você, não sou psiquiatra. E não deveria especular..."

"Vamos lá, desembuche", disse Noemí, exasperada, "você precisa me dizer *alguma coisa*."

Eles pararam ao pé da escada. Julio suspirou e disse:

"Acho que você tem razão, ela precisa de cuidados psiquiátricos. Esse comportamento não foi identificado em nenhum paciente tuberculoso que conheci. Quem sabe você encontra algum especialista em Pachuca que possa tratá-la? Se não puder ir até a Cidade do México."

Noemí não achava que viajariam para lugar algum. Só se ela falasse com Howard e tentasse explicar sua preocupação. Ele era o chefe da família, afinal de contas. No entanto, ela não gostava do homem, ele a irritava, e Virgil poderia pensar que Noemí estava exagerando. Florence com certeza não a ajudaria, mas e Francis?

"Tenho a impressão de que deixei você com um dilema ainda pior que o anterior, não é?", comentou Julio.

"Não", mentiu Noemí. "Não, muito obrigada."

Ela estava desanimada e se sentindo tola por ter esperado mais dele. Julio não era um salvador nem um feiticeiro que poderia reavivar a prima com uma poção mágica. Ela devia ter imaginado.

Ele hesitou, parecendo buscar transmitir mais segurança a ela, e completou:

"Bem, você sabe onde me encontrar se precisar de mais alguma coisa", concluiu. "Faço questão que me procure se precisar."

Noemí concordou enquanto observava ele entrar no carro e partir. Ela se lembrou, sombriamente, de que certos contos de fada terminavam com sangue. Em Cinderela, as irmãs cortavam os próprios pés, e a madrasta da Bela Adormecida foi atirada em um poço cheio de cobras. A imagem específica da última página de um dos livros que Catalina lia de repente percorreu a mente de Noemí em cores vívidas. Serpentes verdes e amarelas, com as caudas despontando do poço enquanto a madrasta era atirada ali dentro.

Noemí se recostou em uma árvore e ficou ali por um tempo, de braços cruzados. Depois voltou para a casa e encontrou Virgil parado na escadaria, com a mão apoiada no corrimão.

"Um homem esteve aqui procurando por você."

"Era o médico da clínica pública. Você disse que ele poderia vir."

"Não estou repreendendo você", explicou, terminando de descer os degraus e parando na frente dela. Virgil parecia um pouco curioso, e ela deduziu que ele queria saber o que o médico tinha dito. Ela também supôs que ele não perguntaria, e Noemí, por sua vez, ainda não queria fazer nenhuma revelação.

"Acha que teria tempo de me mostrar a estufa agora?", perguntou ela, de forma diplomática.

"Com prazer."

A estufa era pequena — quase como um pós-escrito ao fim de uma carta constrangedora. A negligência havia florescido, os painéis de vidro estavam sujos, e muitos deles quebrados. Na época das chuvas, a água entrava com facilidade. As jardineiras estavam cobertas de mofo, mas algumas flores ainda desabrochavam, e quando Noemí olhou para cima, foi cumprimentada pela visão impactante do vitral: um teto de vidro decorado com uma serpente entrelaçada. O corpo do animal era verde, e seus olhos, amarelos. A imagem a impressionou bastante. Tinha sido projetada com perfeição, de modo a quase sair do vidro, com as presas à mostra.

"Oh!", exclamou ela, calcando as pontas dos dedos nos lábios.

"Aconteceu algo?", quis saber Virgil, já se aproximando.

"Não foi nada. Já vi essa cobra pela casa", respondeu Noemí.

"Os ouroboros."

"É um símbolo heráldico?"

"É nosso símbolo, mas não temos um brasão. Embora meu pai tivesse um selo com a imagem."

"O que significa?"

"A cobra come a própria cauda. O infinito, acima e abaixo de nós."

"Bem, sim, mas por que sua família quis esse selo para vocês? Ele está em todos os lugares."

"É mesmo?", disse ele, com indiferença, e deu de ombros.

Noemí virou a cabeça, tentando observar melhor a cabeça da cobra. "Nunca vi um vidro como esse em estufas", admitiu ela. "Era de se esperar um transparente."

"Minha mãe que fez."

"Óxido de cromo. Aposto que é isso que deu a coloração verde. Mas também deve haver óxido de urano na mistura, porque, está vendo? Bem ali, o vidro quase parece brilhar", disse Noemí, apontando para a cabeça da cobra e seus olhos cruéis. "A estufa foi construída aqui ou importada peça a peça da Inglaterra?"

"Eu sei pouco sobre os detalhes da construção."

"Será que Florence sabe?"

"Você é uma criatura cheia de perguntas."

Ela não soube dizer se aquilo era elogio ou crítica.

"A estufa, hmm?", continuou Virgil. "Sei que é velha. Sei que minha mãe a amava mais do que qualquer outra parte da casa."

Ele se aproximou de uma mesa longa, bem no centro da estufa, repleta de plantas amareladas em vasos, e depois caminhou mais para o fundo, onde um canteiro abrigava rosas imaculadas. Com cuidado, deslizou os dedos pelas pétalas.

"Ela podava com cuidado os brotos fracos e imperfeitos, para zelar por cada flor. Mas quando morreu, ninguém deu muita atenção para as plantas, e isto foi o que restou."

"Sinto muito."

Os olhos de Virgil estavam fixos nas rosas, e ele arrancou uma pétala decadente, dizendo:

"Não importa. Não me lembro dela. Era um bebê quando ela morreu."

Alice Doyle, que tinha as mesmas iniciais da irmã. Alice Doyle, loira e pálida, que um dia tinha existido e sido mais do que um quadro na parede, que devia ter rabiscado em um pedaço de papel a serpente que se enrolava acima das cabeças deles. O ritmo de seu corpo escamoso, o formato estreito de seus olhos e a boca horrenda.

"Foi uma morte violenta. Nós, os Doyle, temos um histórico de violência. Mas resistimos", disse. "E foi há muito tempo. Já não importa."

Sua irmã atirou nela, pensou Noemí, incapaz de conceber a cena. Tinha sido um ato tão terrível e monstruoso que não conseguia acreditar que tinha acontecido ali, naquela casa. E que, depois de alguém limpar o sangue, queimar os lençóis sujos e substituir os tapetes, manchados com respingos escarlates terríveis, foi que a vida tinha continuado. Mas como seguir em frente? Aquele sofrimento, aquele horror, certamente não podiam ser apagados.

E, ainda assim, Virgil parecia impassível.

"Quando meu pai conversou com você ontem sobre beleza, também deve ter falado de indivíduos superiores e inferiores", disse Virgil, erguendo a cabeça e olhando atentamente para ela. "E provavelmente mencionou as teorias dele."

"Não sei de quais teorias você está falando", respondeu Noemí.

"Que temos uma natureza pré-estabelecida."

"Uma visão medonha, não é mesmo?", opinou ela.

"Mas você, que é católica, deve acreditar no pecado original."

"Talvez eu seja uma péssima católica. Você não tem como saber."

"Catalina reza o rosário", continuou Virgil. "Ela frequentava a igreja toda semana antes de adoecer. Imagino que fizesse o mesmo em sua cidade."

Na verdade, o tio mais velho de Noemí era padre e se esperava que ela comparecesse à missa, com um vestido preto, adequado e moderno, com a *mantilla*[1] de renda cuidadosamente arrumada. Ela também tinha um rosário pequenino — porque todo mundo tinha — com uma cruz dourada na corrente, que não usava com frequência. Noemí tampouco tinha prestado muita atenção ao pecado original desde os dias em que estivera ocupada com as aulas de catecismo, preparando-se para a primeira comunhão. Agora pensava brevemente sobre a cruz e quase sentiu o ímpeto de tocar o pescoço para sentir a ausência da peça.

"Então você acredita que temos uma natureza pré-estabelecida?"

"Eu já vi o mundo, e isso me fez perceber que algumas pessoas parecem fadadas à imperfeição. Basta caminhar por qualquer cortiço e vai reconhecer os mesmos rostos, as mesmas expressões, as mesmas pessoas. Você não consegue remover as impurezas que eles carregam com produtos de higiene. Há pessoas que são aptas e outras que não são."

"Parece tudo bobagem para mim", disse ela. "Aquele discurso eugenista sempre me deixa enojada. Pessoas que são aptas e outras que não são. Não estamos falando de gatos e cachorros."

"Por que seres humanos não podem ser equivalentes a gatos e cachorros? Somos todos organismos lutando pela sobrevivência, movidos pelo único instinto que importa: a reprodução e a propagação da espécie. Você não gosta de estudar a natureza da humanidade? Não é isso o que um antropólogo faz?"

"Não estou nem um pouco interessada em falar sobre isso."

"Sobre o que quer falar?", perguntou, ele, seco. "Sei que está se coçando para dizer, então diga de uma vez."

Noemí pretendera ser mais discreta, mais charmosa, mas já não havia como desviar do assunto. Virgil a tinha enlaçado na conversa e a estimulava a falar.

"Catalina."

---

1 Echarpe leve, feita de renda ou seda, usada para cobrir a cabeça e os ombros. [N. T.]

"O que tem ela?"

Noemí se recostou na longa mesa e pousou as mãos na superfície cheia de arranhões, então olhou para ele, e falou:

"O médico que veio aqui hoje acha que ela precisa de um psiquiatra."

"Sim, em algum momento ela vai precisar", concordou ele.

"Em algum momento?"

"Tuberculose não é brincadeira. Não posso ficar levando Catalina de um lado para outro. Além disso, com a doença, ela dificilmente seria aceita em um centro psiquiátrico. Então, sim, em algum momento vamos ter que levar em consideração um auxílio psiquiátrico especializado para ela. Mas, por enquanto, Catalina parece bem o suficiente aos cuidados de Arthur."

"Bem o suficiente?", bufou Noemí. "Ela escuta vozes. Diz que há pessoas nas paredes."

"Sim. Estou ciente."

"Você não parece preocupado."

"E você supõe uma porção de coisas, garota."

Virgil cruzou os braços e se afastou. Noemí protestou — um xingamento em espanhol escapou de seus lábios — e foi atrás dele, esbarrando os braços em folhas quebradiças e samambaias mortas. Ele se virou abruptamente e a encarou.

"Ela estava pior antes. Você não a viu três ou quatro semanas atrás. Frágil como uma boneca de porcelana. Mas ela está melhorando."

"Você não tem como saber."

"Arthur sabe. Você pode perguntar a ele", devolveu Virgil, calmo.

"Esse seu médico não me deixaria fazer duas míseras perguntas."

"E esse seu médico, srta. Taboada, pelo que minha esposa me contou, nem barba tem."

"Você falou com ela?"

"Fui vê-la. E foi assim que descobri que você tinha recebido visitas."

Ele estava certo, o doutor era mesmo jovem, mas ela balançou a cabeça e disse:

"O que tem a ver a idade dele?", questionou Noemí.

"Não vou dar ouvidos a um garoto que se formou em medicina há alguns meses."

"Então por que me disse para trazê-lo até aqui?"

Ele a olhou de cima a baixo, e soltou:

"Não disse. Você insistiu. Assim como está insistindo em ter essa conversa extremamente enfadonha."

Virgil fez que ia sair, mas Noemí agarrou o braço dele, forçando-o a se virar e encará-la. Seus olhos eram muito frios e muito azuis, mas uma faixa de luz os iluminou. Eles pareceram dourados por um instante fugaz, mas ele inclinou a cabeça e o brilho desapareceu.

"Bem, então *eu* insisto, não, eu *exijo* que você a leve de volta para a Cidade do México", retorquiu ela. A tentativa de ter uma conversa diplomática tinha falhado e ambos sabiam daquilo, então era melhor que Noemí falasse abertamente, de uma vez por todas. "Esta casa velha, idiota e cheia de rangidos não faz bem a ela. Será que vou precisar..."

"Você não vai me fazer mudar de ideia", atalhou Virgil, "e, para todos os efeitos, ela é minha esposa."

"Ela é minha prima."

Uma das mãos dela ainda estava no braço de Virgil. Ele cuidadosamente segurou os dedos de Noemí, afrouxando-os do aperto na manga da jaqueta, então se deteve por um momento para observar as mãos dela, como se examinasse o comprimento dos dedos ou o formato das unhas.

"Eu sei. E também sei que você não gosta daqui. Se está desesperada para ir embora e ficar longe dessa casa 'cheia de rangidos', fique à vontade."

"Você está me expulsando?"

"Não. Mas você não dita as ordens aqui. Não teremos problemas se você se lembrar disso", alertou ele.

"Você é grosseiro."

"Duvido muito."

"Então é melhor eu ir logo."

Durante toda a conversa, Virgil tinha mantido a voz neutra, o que Noemí achou muito irritante. Ela também desprezava o sorriso enviesado que marcava o rosto dele. Ele era cortês, mas desdenhoso.

"Talvez. Mas não acho que vá. Acho que ficar faz parte da sua natureza. O desvelo está no seu sangue, está na sua família. Sou capaz de respeitar isso."

"Talvez faça parte da minha natureza não desistir."

"Acho que tem razão. Não guarde rancor, Noemí. Verá que esse é o melhor caminho."

"Achei que tivéssemos dado uma trégua", observou ela.

"Isso daria a entender que há uma guerra entre nós. Você pensa assim?"

"Não."

"Então tudo está bem", concluiu Virgil e saiu da estufa.

Ele tinha um jeito enlouquecedor de desviar das palavras dela. Noemí finalmente estava entendendo por que o pai dela tinha ficado tão exasperado com a correspondência de Virgil. Ela conseguia imaginar as cartas que ele escrevia, repletas de distrações que se acumulavam para um nada enlouquecedor.

Ela derrubou um vaso da mesa, que quebrou com estrépito, espalhando terra pelo chão. Noemí logo se arrependeu do gesto. Ela poderia destruir todos os vasos do mundo e não adiantaria nada. Tentando ver se um conserto era possível, Noemí se ajoelhou, pegou os cacos de cerâmica e tentou colocá-los de volta no lugar, mas era impossível.

Que droga, que droga. Com um dos pés, ela empurrou os cacos para baixo da mesa.

É claro que ele tinha razão. Catalina era a esposa dele, e Virgil era a pessoa que podia fazer escolhas por ela. Mulheres mexicanas não podiam nem votar. O que Noemí poderia ter dito? O que ela poderia fazer em uma situação como aquela? Talvez fosse melhor se o pai dela interviesse. Se ele fosse até lá. Um homem exigiria mais respeito. Mas não, era como ela havia dito: não iria desistir.

Muito bem. Então ela precisaria ficar por mais tempo. Se Virgil não pudesse ser persuadido a ajudá-la, talvez o patriarcado repugnante dos Doyle governasse a seu favor. Quem sabe ela seria capaz de arrastar Francis para seu lado do tribunal; ela suspeitava de que sim. Mais do que tudo, ela sentia que ir embora agora seria o equivalente a trair Catalina.

Noemí se levantou, e quando o fez avistou um mosaico no chão. Ela recuou, olhando ao redor, e percebeu que ele circundava a mesa. Era mais um dos símbolos com a cobra. O ouroboros lentamente devorando a si mesmo. O infinito, acima e abaixo deles, como Virgil havia dito.

GÓTICO MEXICANO

Silvia Moreno-Garcia

A TERÇA-FEIRA, NOEMÍ AVENTUROU-SE NO CEMITÉRIO. CATAlina instigara a nova incursão — "Você precisa olhar no cemitério", dissera ela — mas Noemí não tinha esperanças de encontrar nada interessante por lá. Pensou, no entanto, que poderia aproveitar para fumar em paz, entre as sepulturas, já que Florence não tolerava fumaça nem na privacidade do quarto de hóspedes.

A neblina conferia uma aura romântica ao cemitério. Lembrou-se de que Mary Shelley teve encontros furtivos com seu futuro marido em um cemitério; amor clandestino à sombra dos túmulos. Catalina lhe contara essa história, com o mesmo entusiasmo com que falava de *O Morro dos Ventos Uivantes*. Outro favorito da prima era Sir Walter Scott. Sem falar nos filmes: como vibrara com o romance sofrido de *Maria Candelária*[1].

Muitos anos atrás, Catalina ficara noiva do caçula dos Incláns, mas rompera o noivado. Quando Noemí quis saber o motivo, uma vez que ele aparentava ser muito simpático, Catalina respondera que esperava mais do amor. Queria um romance de verdade, sentimentos genuínos. A prima nunca perdera de todo o olhar encantado que tinha pelo mundo quando criança; sua imaginação continuava

[1] Primeiro filme latino a vencer o principal prêmio do festival de Cannes, em 1944. Foi dirigido por Emilio Fernández. [N. T.]

repleta de imagens românticas, como de amantes passionais encontrando-se ao luar. Agora, porém, o olhar de Catalina não exibia qualquer faísca de entusiasmo, embora parecesse perdida em um mundo interior.

Noemí especulava se High Place tinha roubado suas ilusões, ou se estavam mesmo fadadas a se dissipar com o passar dos anos. O casamento dificilmente seria como os romances apaixonados dos livros. Parecia, ao contrário, um péssimo negócio. Os homens eram atenciosos e educados enquanto cortejavam as mulheres, convidando-as para bailes e mandando flores, mas, uma vez casados, o romance murchava. Não se via muitos homens casados enviarem cartas de amor para as esposas. Era por esse motivo que, quando se tratava de admiradores, Noemí tendia a preferir rotatividade à rotina. Receava que ficassem impressionados com seu charme por um tempo, mas perdessem o interesse. Gostava também da emoção da conquista, a satisfação que lhe corria pelas veias quando constatava que um admirador estava apaixonado por ela. Ademais, os rapazes da sua idade eram enfadonhos, sempre relembrando a festa da semana anterior ou planejando a da semana seguinte. Homens fáceis, superficiais. Não obstante, a ideia de um compromisso mais sério a deixava nervosa, pois se via dividida entre duas vontades irreconciliáveis: a de viver uma relação mais profunda e a de continuar como estava. Sonhava com juventude eterna e diversão infinita.

Noemí circulou um pequeno agrupamento de túmulos, com a inscrição de nomes e datas coberta pelo musgo. Encostando-se em uma lápide quebrada, pescou o maço de cigarros no bolso. Identificou um movimento, uma silhueta atrás de uma árvore, encoberta pela neblina.

"Quem está aí?", perguntou ela, torcendo para não ser um leão da montanha. Com a sorte que tinha, era bem provável.

A neblina impedia que enxergasse direito. Apertou os olhos, equilibrando-se na ponta dos pés e franzindo a testa. Ao longe, o vulto parecia ter uma auréola. Amarela ou dourada, como um reflexo fugaz de luz...

A coisa vive no cemitério, dissera Catalina. As palavras não a assustaram. Mas agora, entre sepulcros e munida apenas do maço de cigarros e do isqueiro, sentia-se exposta e vulnerável, questionando o *que* morava no cemitério.

Lesmas, vermes, besouros e nada mais, disse a si mesma, mergulhando a mão no bolso e apertando o isqueiro como um talismã. A silhueta, cinzenta e amorfa, um borrão sombrio em meio à neblina, não se mexeu. Permanecia imóvel. Poderia ser apenas uma estátua. Talvez, por causa da luz, tenha parecido se mexer.

Sim, sem dúvida um truque de luz, assim como o efêmero halo. Noemí afastou-se dos túmulos, ansiosa para voltar por onde tinha vindo e regressar à casa. Ouviu então um farfalhar de folhas e, olhando para trás, viu que o vulto desaparecera. Não era uma estátua.

De repente, ouviu um zumbido desagradável, quase como o de uma colmeia. O som era alto, ruidoso. Na verdade, não exatamente alto, mas audível. Como o efeito do eco em um cômodo vazio, era bastante perceptível.

Vive no cemitério.

Precisava voltar para a casa. Pegar o caminho à sua direita.

A neblina, que parecera fraca e diáfana quando ela abrira o portão, tornara-se densa. Noemí tentava se lembrar se deveria seguir pela direita ou pela esquerda. Não queria correr o risco de pegar o caminho errado e topar com um leão ou despencar ravina abaixo.

Vive no cemitério.

Era à direita, tinha certeza. O zumbido também vinha do lado direito. Abelhas ou vespas. E se fossem, qual seria o problema? Se não mexesse na colmeia para extrair mel, não iriam picá-la.

Mas o ruído era tão desagradável que Noemí tinha vontade de ir na direção oposta. Um zumbido incessante. Talvez fossem moscas. Verdes como esmeraldas, concentradas sobre uma carniça. Carne, vermelha e crua, e Deus do céu, por que imagens como essa lhe ocorriam? Por que permanecia parada, com a mão no bolso e os olhos arregalados, ouvindo aquele som?

Você precisa olhar no cemitério.

Esquerda, vire à esquerda. Em direção à neblina, que parecia ainda mais espessa, grossa como mingau. Foi então que ouviu o estalo de um graveto sob a sola de um sapato e uma voz, agradável e acolhedora na atmosfera gélida do cemitério.

"Veio passear?", perguntou Francis.

Ele vestia uma blusa cinza de gola rolê, com casaco da Marinha e quepe. Tinha uma cesta pendurada no braço direito. Noemí sempre o achara um tanto incorpóreo, mas ali, naquela neblina, parecia sólido e real. Era exatamente o que ela precisava.

"Ai, estou tão feliz em ver você, poderia cobri-lo de beijos", disse animada.

Ele ficou vermelho como uma romã, o que lhe caiu muito mal e, francamente, era um pouco ridículo, visto que era mais velho do que ela, um homem feito. Se alguém ali devia bancar a donzela acanhada, era Noemí. Mas, pensando bem, não havia muitas moças bajulando Francis naquela casa.

Imaginou que se algum dia conseguisse levá-lo a uma festa na Cidade do México, ele ficaria ou em êxtase ou em pânico, sem meio-termo.

"Não sei bem o que fiz para merecer", retrucou ele, a voz baixa e insegura.

"Fez e muito. Não consigo achar o caminho de volta na neblina. Estava aqui rezando para não pegar o rumo errado e despencar de um precipício. Você consegue enxergar alguma coisa? Para que lado fica o portão do cemitério?"

"Claro que consigo", disse. "Não é tão difícil, se prestar atenção. Tem vários tipos de pontos de referência pelo caminho, para que ninguém se perca."

"Parece que desceram um véu diante dos meus olhos", comentou ela. "Acho que tem alguma colmeia aqui perto, fiquei com medo de ser picada. Ouvi um zumbido."

Ele assentiu, olhando para a cesta. Agora que estavam juntos, Noemí tinha recuperado a calma e o fitava com expressão de curiosidade.

"O que tem aí?", indagou, apontando para a cesta.

"Estava colhendo cogumelos."

"Cogumelos? Em um cemitério?"

"Sim. Tem muitos aqui."

"Desde que não os sirva em uma salada, tudo bem", brincou ela.

"Qual seria o problema?"

"Imaginar que crescem sobre os mortos!"

"Mas, de uma forma ou de outra, cogumelos sempre crescem sobre coisas mortas."

"Não posso acreditar que você está vagando na neblina para catar cogumelos de túmulos. Parece mórbido, como se você fosse um ladrão de cadáveres de um romance barato do século XIX."

Catalina teria apreciado o comentário. Talvez tenha passeado catando cogumelos no cemitério também. Ou ficado simplesmente parada naquele lugar, sonhando acordada enquanto o vento bagunçava seu cabelo. Livros, lua cheia, drama.

"Eu?", perguntou.

"Sim, senhor. Aposto que tem um crânio aí dentro dessa cestinha. Você parece um personagem de Horacio Quiroga[2]. Deixe-me ver."

Um guardanapo vermelho cobria a cesta. Ele o removeu para que Noemí inspecionasse os cogumelos. Tinham uma tonalidade alaranjada reluzente e carnuda, com intrincadas dobras, macias como veludo. Ela segurou um dos menores, entre o indicador e o dedão.

"*Cantharellus cibarius.* São deliciosos e não crescem no cemitério, colhi bem longe daqui. Só estava cortando caminho para voltar para casa. Os moradores locais os chamam de duraznillos. Sinta o cheiro."

Noemí aproximou o nariz da cesta:

"Um aroma doce."

"São bonitos também. Há uma ligação importante entre determinadas culturas e cogumelos, sabia? Os índios Zapotec do seu país praticavam odontologia oferecendo cogumelos como anestésicos. E os astecas também reconheceram suas utilidades. Eles os ingeriam para ter visões."

"Teonanácatl", definiu ela. "A carne dos deuses."

"Você entende de cogumelos, então?", disse Francis, com o rosto iluminado.

"Na verdade, não. Aprendi um pouco nas aulas de história. Pensei em ser historiadora, antes de trocar para antropologia. Por enquanto, é esse meu objetivo."

---

2   Escritor uruguaio, Horacio Quiroga (1878—1937) é conhecido por seus contos fantásticos e de terror e frequentemente comparado a Edgar Allan Poe.

"Entendi. Bem, eu adoraria encontrar esses cogumelozinhos pretos que os astecas comiam."

"Ora, ora, você não me parece esse tipo de rapaz", disse Noemí, devolvendo o cogumelo alaranjado.

"Como assim?"

"Supostamente, eles deixam a pessoa inebriada e provocam um poderoso desejo sexual. Pelo menos, é o que dizem os cronistas espanhóis. Você planeja fazer um lanchinho com os cogumelos e depois chamar uma garota para sair?!

"Não, não queria para isso, não", balbuciou Francis, apressadamente.

Noemí gostava de flertar e era boa nisso, mas a julgar pelo rubor que mais uma vez se espalhou pelo rosto de Francis, ele era um novato. Será que fora a algum baile? Não conseguia imaginá-lo indo a uma festa na cidade, ou tentando roubar beijos no escuro do cinema em Pachuca; até mesmo uma ida a Pachuca parecia improvável, pois ele nunca tinha viajado para muito longe de casa. Quem sabe. Talvez o beijasse durante sua estada em High Place e ele decerto ficaria perplexo com o gesto.

No entanto, estava descobrindo que gostava de estar com ele e não queria torturar o rapaz.

"Estou brincando. Minha avó era Mazatec e os Mazatecs ingeriam cogumelos desses em algumas cerimônias. Tem menos a ver com desejo sexual e mais com comunhão. Eles acreditavam que o cogumelo se comunicava com as pessoas. Entendo seu interesse."

"Ah, sim", prosseguiu ele. "O mundo está repleto de tantas coisas extraordinárias, não é? Poderíamos passar a vida inteira percorrendo bosques e florestas e não ainda assim descobriremos um décimo dos segredos da natureza."

A euforia dele chegava a ser engraçada. Noemí não tinha o menor interesse pela natureza, mas em vez de tachar a paixão de Francis de ridícula, considerou tocante a sua empolgação. Ele ganhava vida quando falava do assunto.

"Você gosta de plantas em geral ou seus interesses botânicos se limitam aos cogumelos?"

"Gosto de todas as plantas, já trabalhei com diversas flores, folhas, samambaias... Mas cogumelos são mais interessantes. Faço impressão de esporos e alguns desenhos também", disse ele, satisfeito.

"O que é impressão de esporos?"

"Você coloca as lamelas em uma superfície de papel e elas deixam uma marca. Era muito usada para auxiliar na identificação de cogumelos. E as ilustrações botânicas são lindas. Cores belíssimas. Quem sabe, você talvez..."

"Talvez o quê?", perguntou ela, ao constatar que ele deixara a frase pela metade. Francis apertou o guardanapo vermelho que segurava na mão esquerda.

"Talvez quisesse ver as impressões, um dia desses. Sei que não é um convite dos mais interessantes, mas pode ser uma boa distração quando estiver entediada."

"Quero sim, obrigada", respondeu ela, ajudando o rapaz que parecia ter perdido todo seu vocabulário e fitava o chão em silêncio, como se esperando que a frase correta brotasse do solo. Francis sorriu para ela, ajeitando com cuidado o guardanapo vermelho sobre os cogumelos. Enquanto conversavam, a neblina tinha se dissipado e já era possível distinguir as lápides, as árvores e os arbustos.

"Finalmente não estou mais cega!", exclamou Noemí. "Luz do sol! E ar."

"Sim. Agora dá para voltar sozinha", disse ele, com um toque de decepção na voz enquanto olhava ao redor. "Se bem que poderia me fazer companhia mais um pouco. Se não estiver muito ocupada", acrescentou, cauteloso.

Minutos antes, Noemí estivera ansiosa para sair do cemitério, mas a atmosfera agora estava tranquila e silenciosa. Até mesmo a neblina parecia agradável. Não podia acreditar que sentira tanto medo. Oras, a silhueta que avistara só poderia ser Francis, perambulando pelo bosque em busca de cogumelos.

"Vou aproveitar para fumar", disse ela, acendendo um cigarro com dedos ligeiros. Estendeu o maço para Francis, que fez um gesto negativo com a cabeça.

"Minha mãe quer ter uma conversa com você sobre isso", disse ele, muito sério.

"Para me dizer de novo que fumar é um hábito indecente?", perguntou Noemí, tragando a fumaça e erguendo a cabeça. Gostava daquele gesto. Salientava seu pescoço comprido e elegante, um de seus mais belos traços, e fazia com que se sentisse um pouco como uma estrela de cinema. Hugo Duarte e todos os outros rapazes que a cortejavam na certa consideravam um detalhe encantador.

Era vaidosa, não podia negar. Mas não julgava a vaidade um pecado. No ângulo certo, Noemí se parecia um pouco com Katy Jurado e, é claro, sabia exatamente como acertar esse ângulo. Abandonara, no entanto, as aulas de teatro. Atualmente, queria ser uma Ruth Benedict ou uma Margaret Mead[3].

"Talvez. Alguns hábitos saudáveis são imprescindíveis para a família. Nada de cigarros, nada de café, nada de música alta nem barulho, banhos frios, cortinas fechadas, discurso moderado e..."

"Por quê?"

"É como sempre foi em High Place", respondeu Francis, em tom suave.

"O cemitério parece mais animado", retrucou ela. "Talvez devêssemos encher um cantil com uísque e fazer uma festinha aqui, sob o pinheiro. Vou soprar anéis de fumaça na sua direção e podemos tentar achar os tais cogumelos alucinógenos. E, caso provoquem de fato volúpia incontrolável, não vou ligar nem um pouquinho se você se atirar para cima de mim."

Noemí estava brincando. Qualquer um teria entendido que era apenas uma piada. Seu tom de voz carregava a entonação dramática de uma atriz em uma grande cena. Mas ele não entendeu e, em vez de ficar ruborizado, ficou branco como papel.

Ele sacudiu a cabeça e disse:

"Minha mãe diria que é errado até mesmo insinuar... é errado..."

Ele deixou a frase no ar, mas o sentido estava mais do que claro. Sua expressão era de inconteste desagrado.

Imaginou-o conversando com a mãe, aos sussurros, a palavra *indecente* nos lábios e uma mútua concordância entre os dois. Tipos superiores e inferiores, e Noemí não pertencia à primeira categoria, nem a High Place, e o máximo que podia esperar deles era desgosto e repulsa.

---

3   Katy Jurado (1924—2002) foi uma atriz mexicana que fez sucesso em Hollywood. Ruth Benedict (1887—1948) foi uma antropóloga dos Estados Unidos. Uma de suas obras mais conhecidas é *Padrão de Cultura*. Margareth Mead (1901—1978) foi uma antropóloga dos Estados Unidos.

"Estou pouco me lixando para o que sua mãe acha, Francis", disse Noemí, jogando o cigarro no chão e o apagando com golpes raivosos de salto alto. Apressou o passo. "Vou voltar. Você é maçante demais."

Instantes depois, estacou, e virou-se de braços cruzados.

Ele estava a seguindo, apenas a poucos passos atrás.

Noemí respirou fundo e falou:

"Me deixa em paz. Não preciso que me mostre o caminho."

Inclinando-se para a frente, Francis colheu com muito cuidado um cogumelo que ela, em sua corrida desabalada em direção ao portão do cemitério, pisoteara sem querer. Era branco acetinado e jazia na palma do rapaz, o caule separado do píleo.

"Um anjo destruidor", sussurrou.

"O quê?", indagou ela, confusa.

"É um cogumelo venenoso. Sua impressão é branca e é assim que os distinguimos dos comestíveis."

Ele devolveu o cogumelo ao chão e ficou de pé, limpando a terra que sujara a calça.

"Como devo parecer ridículo aos seus olhos", disse ele, baixinho. "Um bobalhão ridículo, agarrado na saia da mamãe. Não tiro sua razão. Não ouso fazer nada que a desagrade nem que perturbe meu tio-avô Howard. Sobretudo ele."

Francis a encarou e ela percebeu que o desdém em seus olhos não era por ela, e sim por si mesmo. Sentiu-se péssima e lembrou de como Catalina certa vez lhe dissera que ela era capaz de deixar cicatrizes profundas nas pessoas se não controlasse sua língua ferina.

Você é muito inteligente, mas às vezes não pensa, dissera Catalina. Era pura verdade. Lá estava ela, inventando histórias, quando na verdade ele não dissera nada cruel.

"Nada disso. Sinto muito, Francis. A bobalhona aqui sou eu, sou mesmo um bobo da corte", disse Noemí, tentando soar casual e torcendo para que ele percebesse que ela não falara sério, para que pudessem fazer as pazes.

Ele assentiu com a cabeça, mas não parecia muito convencido. Ela estendeu a mão, tocando os dedos do rapaz, sujos de terra por conta dos cogumelos.

"Sinto muito, de verdade", repetiu, com um tom bem sério dessa vez.

Ele a fitou com ar solene e entrelaçou os dedos nos dela, puxando-a como se quisesse trazê-la para perto de si. Mas, no instante seguinte, soltou sua mão depressa e deu um passo para trás, pegando o guardanapo sobre a cesta e o oferecendo a ela.

"Desculpe, sujei sua mão", disse.

"Sim," disse Noemí, contemplando a mão suja de terra. "Acho que sim."

Limpou as mãos no guardanapo e o devolveu. Francis o enfiou no bolso e pousou a cesta no chão.

"É melhor você voltar", disse ele, olhando para o lado. "Ainda tenho que pegar mais cogumelos."

Noemí não sabia se ele estava falando a verdade ou se continuava magoado e queria que ela fosse embora. Não podia culpá-lo se ainda estivesse zangado.

"Está bem. Não deixe que a neblina o devore."

Em poucos minutos, alcançou o portão do cemitério e o abriu. Olhando para trás, viu uma silhueta ao longe. Francis com sua cesta, parcialmente encoberto pela névoa. Sim, o vulto que avistara mais cedo deveria mesmo ter sido ele, embora, no fundo, algo lhe dissesse que não.

Talvez tenha sido outro tipo de anjo destruidor, pensou Noemí, arrependendo-se imediatamente do pensamento macabro. Sério: o que estava acontecendo com ela hoje?

Seguiu a trilha de volta a High Place. Quando entrou na cozinha, deparou-se com Charles varrendo o chão com uma vassoura velha. Cumprimentou-o com um sorriso. Florence apareceu logo em seguida. Usava um vestido cinza, um colar com duas fileiras de pérolas e o cabelo preso em um coque. Ao avistar Noemí, entrelaçou os dedos das mãos.

"Finalmente. Por onde andou? Estava a sua procura", perguntou Florence e franziu a testa, olhando para o chão. "Você está sujando tudo de terra. Tire os sapatos."

"Desculpe", disse Noemí, fitando os sapatos cobertos de terra e pedacinhos de grama. Ela os removeu, segurando-os nas mãos.

"Charles, leve os sapatos para limpar", ordenou Florence.

"Posso limpar, não tem problema."

"Deixe com ele."

Charles apoiou a vassoura em um canto e caminhou na direção de Noemí com as mãos estendidas.

"Senhorita", disse ele, e essa foi a única palavra que proferiu.

"Ah", retrucou Noemí, entregando os calçados. Ele os recolheu, apanhou uma escova na prateleira, sentou-se em um banquinho no canto da cozinha e pôs-se a limpar os sapatos.

"Sua prima estava perguntando por você", disse Florence.

"Ela está bem?", indagou Noemí, imediatamente preocupada.

"Está. Estava apenas entediada e queria conversar com você."

"Posso subir agora mesmo", apressou-se Noemí, os pés envoltos na meia-calça avançando pelo chão frio.

"Não tem necessidade", interpelou Florence. "Ela está cochilando agora."

Noemí já estava no corredor. Voltou-se para Florence, que a seguira, e deu de ombros.

"Você pode ir mais tarde."

"Está bem", concordou Noemí, sentindo-se frustrada e um pouco triste por não ter estado por perto quando Catalina quis sua companhia.

GÓTICO
MEXICANO

Silvia Moreno-Garcia

10

LORENCE OU UMA DAS CRIADAS COSTUMAVAM DEIXAR A BAN-deja do café da manhã no quarto de Noemí. Ela tentava conversar, mas as criadas não diziam nada além de "sim" e "não", de modo seco. Na verdade, sempre que encontrava algum membro da criadagem de High Place — Lizzie ou Charles ou Mary, a mais velha dos empregados —, eles baixavam a cabeça e continuavam andando, como se fingissem que Noemí não existia.

A casa, sempre tão silenciosa e com as cortinas baixas, era como um vestido forrado com chumbo. Tudo era pesado, até mesmo o ar, e um cheiro bafiento pairava nos corredores. O lugar quase parecia um templo, uma igreja, onde se devia falar em sussurros e ajoelhar, e Noemí supôs que os criados, já acostumados com o ambiente, subiam e desciam a escadaria pé ante pé, como freiras relutantes que tinham feito voto de silêncio.

Naquela manhã, contudo, a rotina discreta de Mary ou Florence de bater uma única vez à porta, entrar no quarto e deixar o café da manhã na mesa foi interrompida. Houve três batidas, três pancadas suaves. Ninguém entrou no cômodo, e quando as batidas soaram novamente, Noemí abriu a porta e encontrou Francis segurando a bandeja.

"Bom dia", saudou ele.

Francis a surpreendeu bastante. Ela sorriu.

"Olá. As criadas estão muito ocupadas hoje?"

"Eu me ofereci para ajudar minha mãe com isso, já que ela está ocupada atendendo ao tio Howard. Ele sentiu dores na perna na noite passada e, quando isso acontece, fica com péssimo humor. Onde posso deixar a bandeja?"

"Ali", disse Noemí, dando um passo para o lado e apontando para a mesa.

Com cuidado, Francis depositou a peça. Em seguida, enfiou as mãos nos bolsos e pigarreou.

"Estava me perguntando se estaria interessada em olhar as impressões de esporos das quais falei hoje. Se não tiver nada melhor para fazer, é claro."

Aquela seria uma ótima oportunidade de pedir uma carona para ele, refletiu ela. Bastava um pouco de socialização que Francis com certeza iria fazer o que ela pedisse. Ela precisava ir à cidade.

"Deixe-me conversar com a minha secretária. Tenho uma agenda muito cheia", disse Noemí, com insolência.

Ele sorriu. "Então nos encontramos na biblioteca? Digamos, em uma hora?"

"Muito bem."

⟤⟤⟤⟤

Ir até a biblioteca era quase como um evento social, e Noemí, criatura extrovertida que era, se sentiu revigorada. Ela trocou de roupa e optou por um vestido de passeio com bolinhas, de decote quadrado. Tinha perdido o bolero que combinava, e realmente deveria ter usado luvas brancas com ele, mas iam à biblioteca; não era como se um *faux pas* daquele fosse comentado na coluna social.

Enquanto escovava o cabelo, Noemí se perguntou o que todos estariam fazendo na Cidade do México. Sem dúvida seu irmão ainda estaria se comportando como uma criancinha com o pé quebrado, Roberta provavelmente estaria tentando analisar todo o grupo de amigos, como sempre, e Noemí tinha certeza de que Hugo Duarte já teria encontrado uma nova garota para levar a recitais e festas. O pensamento a incomodou por um instante. Que a verdade fosse dita, Hugo era um ótimo dançarino e uma companhia decente para eventos sociais.

Enquanto descia as escadas, ela se divertiu com a ideia de uma festa em High Place. Não teria música, é claro. A dança teria que acontecer no silêncio, e todos estariam vestidos em tons de cinza e de preto, como se estivessem em um funeral.

Tal qual o segundo andar, o corredor que levava à biblioteca era profusamente decorado com fotografias dos Doyle em vez de pinturas. Porém era difícil observá-las, pois o corredor ficava mergulhado na penumbra. Ela precisaria de uma lanterna ou vela para enxergar qualquer coisa direito. Noemí teve uma ideia: adentrou a biblioteca e o escritório e abriu as cortinas. A luz que se infiltrou no ambiente iluminou uma extensão da parede, permitindo que examinasse as imagens.

Noemí olhou para todos aqueles rostos estranhos que, apesar de tudo, pareciam familiares, como ecos de Florence, Virgil e Francis. Ela reconheceu Alice, fazendo uma pose muito parecida com a que tinha visto no retrato sobre a cornija da lareira de Howard Doyle, e o próprio Howard, mais jovem, com o rosto desprovido de rugas.

Havia uma mulher, as mãos pousadas com firmeza no colo e os cabelos claros presos para cima, que, da moldura, encarava Noemí com um par de olhos grandes. Tinha quase a mesma idade que Noemí, e talvez fosse aquilo, ou o jeito como a boca dela estava comprimida com um ar triste e ofendido, que fez com que Noemí se inclinasse para a fotografia, com os dedos esticados e pairando sobre ela.

"Espero não ter demorado muito", disse Francis enquanto se aproximava, com uma caixa de madeira sob um braço e um livro sob o outro.

"Não, de forma alguma", respondeu Noemí. "Você sabe quem é esta?"

Francis mirou a fotografia que ela examinava e pigarreou:

"Essa é... essa era minha prima Ruth."

"Já ouvi falar dela."

Noemí nunca tinha visto o rosto de um assassino; não tinha o costume de folhear os jornais em busca de histórias criminais. Ela se recordou do que Virgil dissera sobre como algumas pessoas pareciam atadas aos seus próprios vícios e como seus rostos refletiam a natureza interior. Mas a mulher no retrato parecia apenas descontente, não homicida.

"O que você ouviu?", quis saber Francis.

"Que ela matou várias pessoas e depois tirou a própria vida."

Noemí se empertigou e se virou para ele. Com uma expressão distante no rosto, Francis apoiou a caixa no chão.

"Este é o primo dela, Michael."

Francis apontou para o retrato de um rapaz em postura empertigada. A corrente de um relógio de bolso cintilava no peito, o cabelo meticulosamente partido. Segurava um par de luvas na mão esquerda e tinha os olhos quase incolores na fotografia em sépia.

Francis indicou a fotografia de Alice, que parecia Agnes:

"A mãe dela."

A mão dele oscilou entre dois retratos, o de uma mulher com o cabelo claro para cima e o de um homem em uma jaqueta escura, e ele completou:

"Dorothy e Leland. Os tios dela, meus avós."

Ele ficou em silêncio. Não havia mais nada a dizer; a litania dos mortos tinha sido recitada. Michael e Alice, Dorothy, Leland e Ruth, todos descansando naquele mausoléu elegante, os caixões acumulando teias de aranha e poeira. Pensar em uma festa sem música, com roupas de velório, agora parecia extremamente mórbido e apropriado.

"Por que ela fez isso?"

"Eu não tinha nascido quando aconteceu", explicou Francis, depressa, virando a cabeça.

"Sim, mas eles devem ter contado alguma coisa, deve ter..."

"Já disse, eu não tinha nascido. Quem sabe? Este lugar é capaz de enlouquecer qualquer um", devolveu ele, com raiva.

A voz dele soou alta naquele espaço silencioso e cercado pelo papel de parede desbotado e molduras douradas; pareceu ricochetear nas paredes e voltar para eles, arranhando sua pele com a aspereza, quase ribombando. O efeito acústico deixou Noemí sobressaltada, e também pareceu atingir Francis. Ele curvou os ombros, se encolhendo.

"Peço desculpas", disse ele. "Não devia ter erguido a voz. O som se propaga aqui, e fui muito rude."

"Não, eu que estou sendo rude. Consigo entender por que não quer falar sobre um assunto desses."

"Em outra ocasião, talvez eu lhe conte", disse ele.

A voz de Francis agora estava suave como veludo, assim como o silêncio que se estabelecera entre eles. Noemí se perguntou se os tiros tinham estrondeado pela casa do mesmo jeito que a voz de Francis, deixando uma trilha de ecos e, em seguida, o mesmo silêncio polido.

Você tem uma mente diabólica, Noemí, repreendeu a si mesma. *Não é à toa que tem pesadelos horríveis.*

"Sim. Bem, e essas impressões que você trouxe?", perguntou ela, querendo evitar mais morbidez.

Entraram na biblioteca e Francis espalhou sobre a mesa diante de Noemí os tesouros que transportava na caixa. Folhas de papel com manchas marrons, pretas e arroxeadas, que fizeram Noemí se lembrar das imagens do teste de Rorschach que Roberta — a mesma amiga que conhecia os princípios de Jung — tinha lhe mostrado. Aquelas eram mais precisas; não havia um significado subjetivo para ser atribuído. As imagens contavam uma história tão nítida quanto o nome de Noemí escrito em uma lousa.

Ele também mostrou a ela plantas prensadas, adoravelmente dispostas entre as páginas de um livro. Samambaias, rosas e margaridas, secas e catalogadas com uma letra impecável que contrastava e muito com a caligrafia precária de Noemí. A madre superiora, refletiu ela, teria adorado Francis, com seu asseio e espírito organizado.

Ela comentou o fato e disse que as freiras na escola teriam feito um estardalhaço sobre ele.

"Sempre empaquei em 'Creio no Espírito Santo'", disse ela. "Não conseguia elencar os símbolos. Havia a pomba e talvez uma nuvem e água benta, e aí eu esquecia o resto."

"Fogo, que transforma tudo que toca", disse Francis, em auxílio.

"Eu não disse que as freiras iriam adorar você?"

"Tenho certeza de que gostavam de você."

"Não. Todos *dizem* gostar de mim, mas é porque precisam. Ninguém vai afirmar que odeia Noemí Taboada. Seria grosseiro fazer essa declaração enquanto mordisca um canapé. É preciso sussurrar no vestíbulo."

"Então, na Cidade do México, nas festas que frequenta, passa o tempo todo sentindo que as pessoas não gostam de você?"

"Eu passo o tempo bebendo champanhe de qualidade, meu querido", provocou ela.

"É claro que passa," concordou Francis, rindo e se recostando na mesa para ver as impressões. "Sua vida parece ser empolgante."

"Não sei, não. Mas é divertida, no fim das contas."

"E, além de ir a festas, o que você gosta de fazer?"

"Bem, faço faculdade, o que ocupa boa parte do meu dia. Mas você quer saber o que faço nas horas vagas? Gosto de música. Eu geralmente assisto aos concertos da Filarmônica. Chavez, Revueltas, Lara, há tanta música boa para ouvir. Eu até entendo um pouco de piano."

"É mesmo?", perguntou ele, deslumbrado. "É impressionante."

"Eu não toco *com* a Filarmônica."

"Sim, bem, mas ainda parece incrível."

"Não é. É tão chato! Todos esses anos aprendendo escalas e tentando acertar as teclas. Sou uma negação!", exclamou ela, com falsa modéstia. Parecer ávida demais para discutir um assunto era um pouco vulgar.

"Não é. De forma alguma", garantiu Francis, depressa.

"Não era para você dizer isso. Não assim. Você parece sincero demais. Não sabe de nada?", perguntou Noemí.

Ele deu de ombros como se pedisse desculpas, incapaz de ser bem-humorado como ela. Francis era acanhado e um pouco peculiar. E ela gostava dele de um jeito diferente de como gostava dos rapazes arrojados que conhecia, não como Hugo Duarte, de quem gostava mais porque ele dançava bem e se parecia com Pedro Infante. Era um sentimento mais cálido, mais genuíno.

"Agora acha que sou mimada", disse ela, triste, porque na verdade queria que Francis gostasse *dela*, e não do que ela aparentava.

"Nem um pouco", respondeu ele, mais uma vez usando aquela honestidade que desarmava, enquanto se inclinava sobre a mesa e remexia em algumas impressões.

Ela apoiou os cotovelos na mesa e se curvou também, sorrindo, até que seus olhos ficassem na mesma altura dos dele. Eles se entreolharam.

"Vai achar daqui a pouco, porque preciso pedir um favor", continuou ela, ainda com a pergunta que queria fazer em mente.

"Qual?"

"Quero ir à cidade amanhã, mas sua mãe disse que não posso ir de carro. Pensei que talvez pudesse me dar uma carona e me buscar, digamos, algumas horas depois."

"Quer que eu deixe você na cidade?"

"Sim."

Ele desviou o olhar e disse:

"Minha mãe não vai permitir. Vai dizer que você precisa de um acompanhante."

"E *você* vai ser *meu* acompanhante?", perguntou Noemí. "Não sou criança."

"Eu sei."

Francis circundou a mesa devagar, parando perto de Noemí e se inclinando para examinar um dos espécimes de planta em exibição. Os dedos dele roçaram gentilmente em uma samambaia.

"Eles me pediram para ficar de olho em você", revelou ele, em voz baixa. "Dizem que você é imprudente."

"E imagino que você concorde e também ache que eu preciso de uma babá", bufou ela.

"Você pode ser imprudente. Mas acho que posso ignorar o que eles dizem dessa vez", disse ele, quase sussurrando, baixando a cabeça como se estivesse prestes a revelar um segredo. "Vamos sair amanhã cedo, por volta das oito, antes que acordem. E não diga a ninguém que vamos sair."

"Não digo. Obrigada."

"Não é nada", respondeu ele, virando a cabeça para encará-la.

Daquela vez, os olhos dele se demoraram em Noemí por um instante a mais, ariscos. Ele deu um passo para trás e rodeou a mesa novamente, voltando ao lugar de antes. Estava uma pilha de nervos.

Um coração, ferido e sangrando, pensou ela, e a imagem permaneceu em sua mente. O coração anatômico, como nas cartas de Lotería[1], vermelho, com todas as veias e artérias, de um carmesim intenso. O que dizia a carta mesmo? *Não sinta minha falta, querida, voltarei de ônibus.* Sim, ela passara muitas tardes preguiçosas jogando Lotería com os primos, recitando o versinho popular que acompanhava cada carta à medida que eles jogavam e faziam suas apostas.

Não sinta minha falta, querida.

Será que ela encontraria o jogo para comprar na cidade? Talvez fosse um passatempo para Catalina. Seria algo que elas faziam, o que poderia resgatar lembranças de dias mais alegres.

A porta da biblioteca se abriu e Florence entrou, Lizzie em seu encalço com balde e pano de chão. Florence examinou o cômodo com o olhar, assimilando Noemí com frieza e então encarando o filho.

---

[1] Jogo de azar, também conhecido como bingo mexicano, em que cartelas e cartas ilustradas e coloridas substituem as bolas numeradas.

"Mãe. Não me ocorreu que limparia a biblioteca hoje", disse Francis, empertigando-se e enfiando as mãos nos bolsos.

"Você sabe como é, Francis. Se não mantivermos nosso padrão, as coisas podem desmoronar. Enquanto alguns se entregam ao ócio, outros devem cumprir os deveres."

"Sim, é claro", respondeu Francis, começando a recolher seus pertences.

"Seria um prazer cuidar de Catalina enquanto faz a limpeza", ofereceu Noemí.

"Ela está descansando. Mary está com ela. Não precisamos de você."

"Ainda assim, gostaria de ser útil, como pontuou", declarou em desafio. Noemí não iria deixar que Florence reclamasse que ela não fazia nada.

"Venha comigo."

Antes de deixar a biblioteca, Noemí olhou por cima do ombro e sorriu para Francis. As duas entraram a passos pesados na sala de jantar, e Florence gesticulou na direção das cristaleiras cheias de prataria.

"Você estava interessada neles. Talvez possa poli-los."

A prataria dos Doyle era bem impressionante; cada prateleira continha bandejas, jogos de chá, vasilhas e castiçais empoeirados e sem vida por detrás do vidro. Uma pessoa não seria capaz de realizar aquela proeza sozinha, mas Noemí estava decidida a se provar para aquela mulher.

"Se me der um pano e uma cera, posso fazer."

Como a sala de jantar era muito escura, Noemí precisou acender várias lâmpadas e velas para enxergar melhor o que estava fazendo. Então começou a trabalhar de modo meticuloso em cada fresta e curva, deslizando o pano nas trepadeiras e nas flores esmaltadas. Um açucareiro se provou particularmente difícil, mas, no geral, ela deu conta da tarefa.

Quando Florence retornou, várias peças cintilavam sobre a mesa, e Noemí estava polindo com cuidado uma das taças curiosas no formato de cogumelos estilizados. As bases eram decoradas com pequenas folhas e até um besouro. Talvez Francis soubesse dizer se o desenho era inspirado em um tipo de cogumelo e qual seria ele.

Florence ficou ali parada, observando Noemí, e comentou:

"Você é esforçada."

"Como uma abelhinha, quando quero."

Florence se aproximou da mesa, passando os dedos nas peças que Noemí tinha polido. Ela pegou uma das taças e a girou para inspecioná-la. "Imagino que espera ser elogiada. Vai precisar fazer mais do que isso."

"Ganhar o seu respeito? Talvez. Não um elogio."

"Por que precisa do meu respeito?"

"Não preciso."

Florence apoiou a taça na mesa e juntou as mãos, admirando os objetos de forma quase reverente. Noemí tinha que admitir que era bem impressionante olhar para tantas riquezas resplandecentes, embora fosse uma pena que tudo ficasse trancado, acumulando poeira e fadado ao esquecimento. De que adiantava ter montanhas de prata sem usá-las? E as pessoas na cidade tinham tão pouco. Elas não deixavam a prata trancada em cristaleiras.

"Boa parte foi feita com a prata de nossas minas", disse Florence. "Você tem ideia de quanta prata nossa mina produzia? Era de fazer o queixo cair! Meu tio trouxe todo o equipamento, todo o conhecimento para escavá-la da escuridão. O nome Doyle é muito importante. Não acho que compreenda a sorte da sua prima em fazer parte de nossa família agora. Ser um Doyle é ser *alguém*."

Noemí pensou nas fileiras de retratos antigos no corredor, na casa em ruínas com alcovas poeirentas. E o que ela queria dizer com "ser um Doyle é ser alguém"? Então Catalina não era ninguém antes de chegar a High Place? Então Noemí estava limitada a interagir com um bando sem rosto e sem sorte de zé-ninguéns?

Florence na certa reparou no ceticismo no rosto de Noemí e confrontou-a:

"Sobre o que era a conversa com meu filho?", perguntou ela, abruptamente, juntando as mãos mais uma vez. "Antes, na biblioteca. Estavam falando sobre o quê?"

"Impressão de esporos."

"Só isso?"

"Bem, não me lembro de tudo. Mas, sim, impressão de esporos."

"Vocês conversam sobre a cidade, imagino."

"Às vezes."

Se Howard se parecia com um inseto para Noemí, Florence era uma planta carnívora prestes a engolir a mosca. O irmão de Noemí tinha uma dioneia. Ela, quando criança, tinha medo da planta.

"Não fique enchendo a cabeça dele. Isso só vai machucá-lo. Francis é feliz aqui. Ele não precisa ouvir sobre festas, música, bebidas e quaisquer outras frivolidades que você fica contando para ele sobre a vida na Cidade do México."

"Vou me certificar de discutir com ele os assuntos que você aprovar previamente. Quem sabe possamos apagar todas as cidades do globo terrestre e fingir que não existem", retrucou Noemí, porque mesmo intimidada por Florence, não estava disposta a se esconder no cantinho, como uma criança.

"Você é muito insolente", devolveu Florence. "E acha que tem algum tipo de influência apenas pela beleza que meu tio vê em você. Mas isso não é poder. É um ponto fraco."

Florence se inclinou na mesa e pousou os olhos em uma bandeja grande e retangular com a borda repleta de flores entrelaçadas. O rosto de Florence, refletido na superfície de prata, pareceu alongado e deformado. Ela deslizou um dedo pela borda, tocando as flores.

"Quando era mais jovem, pensava que o mundo lá fora estava cheio de promessas e maravilhas. Cheguei a passar um tempo fora e conheci um rapaz galante. Pensei que fosse me levar para longe, que fosse mudar tudo, que fosse me mudar", disse Florence, e seu rosto se suavizou por um ínfimo instante. "Mas é impossível dar as costas para nossa verdadeira natureza. Meu destino é viver e morrer em High Place. Deixe Francis em paz. Ele já aceitou a sorte dele. É mais fácil assim."

Florence cravou os olhos azuis em Noemí e disse:

"Vou guardar a prataria. Não precisamos mais de ajuda por ora", declarou ela, encerrando a conversa de repente.

Noemí voltou para o quarto. Ela pensou em todas as vezes em que Catalina tinha narrado contos de fada. Era uma vez uma princesa que vivia em uma torre, era uma vez um príncipe que salvou a garota na torre. Noemí se sentou na cama e refletiu sobre como alguns feitiços nunca eram quebrados.

GÓTICO
MEXICANO

Silvia Moreno-Garcia

11

NOEMÍ OUVIU UMA PULSAÇÃO, SONORA COMO UM TAMBOR, chamando por ela. O som a despertou.

Pé ante pé, aventurou-se para fora do quarto, em busca da origem do som. Podia senti-lo sob as palmas de sua mão quando as encostava nas paredes; sentia o papel de parede escorregadio, e o chão sob seus pés estava úmido e macio. Uma ferida. Era como caminhar sobre uma grande ferida, que se estendia pelas paredes. O papel de parede descascado revelava órgãos doentes em vez de tijolos e tábuas de madeira. Veias e artérias entupidas com fluidos misteriosos.

Seguiu o pulso do coração e um filamento vermelho no tapete. Como um talho, um corte escarlate, um rastro de sangue. Então, no meio do corredor, viu a mulher parada, olhando para ela.

Ruth, a garota da fotografia. Ruth, com um vestido branco, o cabelo como um halo dourado, o rosto exangue. Uma esguia coluna de alabastro no meio da escuridão. Apontando um rifle, Ruth encarava Noemí.

Puseram-se a caminhar juntas, lado a lado. Seus passos estavam em perfeita sincronia; até mesmo a respiração era idêntica. Ruth afastou uma mecha de cabelo do rosto; Noemí repetiu o gesto.

As paredes ao redor brilhavam, uma tênue fosforescência que, não obstante, as guiava. O tapete sob seus pés estava mole, esponjoso. Noemí notou manchas nas paredes — paredes feitas de carne. Rendilhados de mofo felpudo, como se a casa fosse uma fruta madura.

O pulso do coração batia alucinado.

Bombeava sangue, entre gemidos e tremores, em um som tão intenso que quase ensurdeceu Noemí.

Ruth abriu uma porta. Noemí trincou os dentes, pois haviam descoberto a origem do barulho, o coração pulsante estava lá dentro.

Pela porta aberta, Noemí avistou um homem deitado na cama. Não exatamente um homem; um arremedo de homem, inchado, como alguém afogado que fica boiando na superfície. Em seu corpo lívido, um emaranhado de veias azuladas e tumores brotando das pernas, das mãos, da barriga. Era uma pústula, não um homem: uma pústula viva, arquejante. Seu peito oscilava.

Era inacreditável que estivesse vivo, mas estava, e quando Ruth abriu a porta, ele se sentou na cama e estendeu os braços em sua direção, como se pedisse um abraço. Noemí permaneceu imóvel, mas Ruth aproximou-se da cama.

O homem estendeu as mãos, dedos ávidos e trêmulos, enquanto a moça permanecia aos pés da cama, fitando-o em silêncio.

Ruth ergueu o rifle, e Noemí desviou o rosto. Não queria ver. Mas não pode escapar do estrondo horrendo do tiro, nem do grito abafado do homem, seguido por um gemido gutural.

Deve ter morrido, pensou. *Só pode estar morto.*

Noemí olhou para Ruth que, passando por ela, alcançou o corredor e, mais uma vez, ficou parada com os olhos fixos em sua direção.

"Não me arrependo", disse Ruth que, encostando o rifle no queixo, apertou o gatilho.

O sangue esguichou, formando uma mancha escura na parede. Noemí viu Ruth cair, o corpo encurvado como a haste de uma flor. O suicídio, porém, não abalou Noemí. Sentia que ela fizera a coisa certa; estava aliviada, esboçava até mesmo um sorriso.

Mas o sorriso desapareceu depressa, assim que avistou uma figura parada no fim do corredor, observando-a. Era um borrão dourado, a mulher com o rosto obscuro, avançando na direção de Noemí com o corpo ondulante, líquido, e a boca — embora não tivesse os contornos de uma boca — prestes a soltar um grito terrível. Pronta para devorá-la.

Noemí foi então tomada pelo medo e, aterrorizada, levantou os braços em desespero, tentando se proteger de...

O toque de dedos firmes em seu braço acordou Noemí no susto.

"Noemí", disse Virgil. Ela olhou depressa para trás, fitando-o em seguida, tentando compreender o que acontecera.

Estava parada no meio do corredor, Virgil a sua frente. Ele segurava um comprido lampião a gás, com ornado vidro de um verde leitoso.

Noemí o fitava, emudecida. A criatura dourada estivera ali, mas desaparecera! Em seu lugar, havia apenas Virgil, usando um robe de veludo com bordados de videiras douradas.

Ela estava de camisola. Era parte de um conjunto de camisola e penhoar, mas não usava o penhoar. Seus braços estavam nus. Sentiu-se exposta, estava gelada. Esfregou os braços.

"O que aconteceu?", indagou.

"Noemí", repetiu ele, e o nome dela soou macio como seda em seus lábios. "Você estava dormindo. Não se deve despertar os sonâmbulos. Dizem que podem provocar um choque tremendo na pessoa. Mas fiquei com medo de que acabasse se machucando. Eu te assustei?"

Ela não entendeu a pergunta. Precisou de tempo para compreender o que ele estava dizendo. Balançou a cabeça e disse:

"Não. Não é possível. Isso não me acontece há anos. Desde que eu era pequena."

"Talvez aconteça, sem que você saiba."

"Eu saberia."

"Estava te seguindo há alguns minutos já, ponderando se devia ou não te acordar."

"Eu não estava dormindo."

"Então me enganei, e você estava somente perambulando pela casa no escuro", disse ele, seco.

Deus, como se sentia idiota, no corredor de camisola, olhando para ele boquiaberta. Não queria discutir com Virgil, não adiantaria em nada. Ele tinha razão e, além do mais, queria voltar depressa aos seus aposentos. O corredor estava gelado e escuro; não conseguia enxergar direito. Podiam estar, para todos os efeitos, presos na barriga de um monstro.

No pesadelo, estavam mesmo, não estavam? Não. Uma jaula feita de órgãos humanos. Paredes de carne. Fora o que vira em seu sonho e, mesmo acordada, temia que, se tocasse as paredes, ainda pudesse sentir suas ondulações na palma da mão. Noemí ajeitou o cabelo.

"Está bem. Talvez estivesse mesmo dormindo. Mas..."

Foi então que ouviu o som, um gemido gutural como no sonho, um som discreto, mas inconteste. Sobressaltada, deu um passo para trás, quase esbarrando em Virgil.

"O que foi isso?", perguntou, olhando para o fim do corredor e depois fitando Virgil, amedrontada.

"Meu pai está doente. Uma antiga ferida que nunca cicatrizou totalmente e que lhe causa muita dor. Está tendo uma noite difícil hoje", disse ele, muito composto, aumentando a chama da lamparina. Noemí pôde então distinguir o papel de parede, os desenhos de flores com leves vestígios de mofo na superfície.

Nenhuma veia pulsante sob as paredes.

Verdade: Francis comentara algo semelhante mais cedo, sobre Howard estar doente. Mas como tinha ido parar naquela parte da casa, próxima aos aposentos do velho? Tão longe do seu quarto? Julgava ter dado alguns passos fora do quarto, não ter atravessado a casa.

"Você deveria chamar um médico."

"Como disse, às vezes ele sente dor. Estamos acostumados. O dr. Cummins pode examiná-lo na próxima visita semanal, mas não há nada de errado com o pai, só está velho. Sinto muito que ele tenha te assustado."

E bota velho nisso; os Doyle haviam chegado ao México em 1885. Mesmo se Howard fosse bem jovem na época, já tinham se passado mais de setenta anos. Quantos anos deveria ter? Uns noventa? Quase cem? Já devia ser um homem velho quando Virgil nasceu. Noemí tornou a esfregar as mãos nos braços.

"Tome, deve estar com frio", disse ele, colocando a lamparina no chão para poder desatar o robe.

"Estou bem."

"Vista isso."

Ele despiu o robe, colocando-o sobre os ombros de Noemí. Era enorme; Virgil era muito mais alto do que ela. Em geral, homens altos não a incomodavam, bastava erguer os olhos. Mas não estava se sentindo muito confiante naquele momento, ainda perturbada com aquele pesadelo absurdo. Noemí cruzou os braços e fitou o carpete.

Virgil apanhou a lamparina e disse:

"Vamos, eu te acompanho até o seu quarto."

"Não precisa."

"Precisa, sim. Você pode acabar caindo no escuro e se machucando. Está um verdadeiro breu."

Mais uma vez, ele tinha razão. As poucas arandelas que não estavam queimadas ofereciam uma tênue claridade, mas entre as esparsas lâmpadas, a escuridão era profunda. A lamparina de Virgil emitia uma sinistra luz esverdeada, mas Noemí estava grata a sua iluminação mais potente. Estava convencida de que a casa era assombrada. Nunca fora de acreditar em fantasmas, mas naquela noite, podia jurar de pés juntos que todas as assombrações, demônios e entidades malignas estavam soltas, como nas histórias de Catalina.

Virgil estava quieto. Embora o silêncio da casa fosse perturbador e o rangido das tábuas do assoalho deixasse seu coração aos pulos, era melhor ficar muda do que ter que falar com ele. Não conseguia conversar àquela hora da noite.

Sou mesmo um bebê, pensou ela. Como seu irmão riria da sua cara se a estivesse vendo naquele momento! Podia imaginá-lo, espalhando aos quatro ventos que Noemí agora só faltava acreditar no *el coco*. A lembrança do seu irmão, da família, da Cidade do México, causou-lhe tranquilidade, aquecendo-a mais do que o robe.

Quando alcançaram seu quarto, sentiu-se finalmente segura. Regressara aos seus aposentos, estava tudo bem. Abriu a porta.

"Pode ficar com a lamparina, se quiser", ofereceu Virgil.

"Aí quem vai acabar caindo no escuro e se machucando é você. Espere um instante", disse ela, tateando pelo candelabro ornado com o querubim que deixara ao lado da porta. Apanhou uma caixa de fósforos e acendeu uma vela.

"Faça-se a luz. Viu? Vou ficar bem."

Ela começou a tirar o robe. Virgil a interrompeu, pousando a mão em seu ombro. Ele deslizou os dedos pela ampla lapela do tecido. "Minhas roupas caem muito bem em você", disse ele, com sua voz de seda.

O comentário era um tanto inadequado. À luz do dia, na companhia de outras pessoas, poderia ter soado como um gracejo. Mas à noite, e no tom que ele empregara, soara meio indecente. Noemí, porém, não conseguiu dar nenhuma resposta. *Não seja bobo*, pensou em dizer. Ou então: *Não quero suas roupas*. Mas não disse nada, porque não fora, afinal, um comentário assim tão ofensivo. Não queria começar uma discussão inútil no meio do corredor escuro por causa de umas palavrinhas.

"Boa noite, então", disse ele, soltando a lapela sem nenhuma pressa e dando um passo para trás. Ele segurou a lamparina na altura dos olhos e sorriu para Noemí. Virgil era um homem atraente, com um sorriso sedutor — quase irônico, bem-humorado —, mas havia algo em sua expressão que nem o sorriso era capaz de mascarar. Algo de que ela não gostava. Lembrou-se subitamente do sonho e do homem na cama, com os braços estendidos, e julgou detectar um reflexo áureo nos olhos dele, uma faísca dourada na íris azul. Desviou os olhos depressa, piscando e fitando o chão.

"Não vai me desejar boa noite?", indagou ele, em tom brincalhão. "Nem um 'muito obrigada'? Seria rude de sua parte."

Noemí levantou a cabeça, encarando-o:

"Obrigada", agradeceu.

"Melhor trancar a porta para não sair perambulando pela casa de novo, Noemí."

Ele ajustou a intensidade da chama novamente. Seus olhos estavam azuis, sem nenhum traço dourado, quando lançou um olhar derradeiro para ela e se afastou pelo corredor. Noemí observou até o brilho esverdeado desaparecer, mergulhando a casa na escuridão.

GÓTICO MEXICANO

Silvia Moreno-Garcia

12

RA CURIOSO COMO A LUZ DO DIA ERA CAPAZ DE FAZER NOEMÍ mudar totalmente de ideia. À noite, depois do episódio de sonambulismo, ela foi tomada pelo medo e acabou puxando as cobertas até o queixo. Ao contemplar o céu pela janela, coçando o pulso esquerdo, ela concluiu que o incidente tinha sido constrangedor e prosaico.

O quarto dela, com as cortinas abertas e os raios de sol entrando, parecia deteriorado e deprimente, mas não podia abrigar fantasmas nem monstros. Assombrações e maldições? Que absurdo! Ela abotoou uma blusa bege de mangas compridas, vestiu uma saia de pregas azul-marinho e um par de sapatilhas e desceu muito antes do horário combinado. Entediada, Noemí mais uma vez perambulou pela biblioteca, parando na frente de uma estante repleta de tomos sobre botânica. Imaginou que Francis tinha obtido seus conhecimentos sobre cogumelos daquela forma, vasculhando livros de folhas carcomidas por traças em busca de informação. Ela perpassou a mão nas molduras de prata dos retratos no corredor, sentindo as texturas. Não demorou muito para que Francis descesse.

Ele não estava muito falante, então Noemí apenas fez alguns comentários e remexeu no cigarro, ainda sem querer acendê-lo. Não gostava de fumar de estômago vazio.

Ele encostou o carro perto da igreja, e Noemí imaginou que era onde eles também costumavam deixar Catalina toda semana, quando ela ia à cidade.

"Venho buscar você ao meio-dia", informou ele. "Acha que vai dar tempo?"

"Sim, obrigada", agradeceu ela. Ele assentiu e foi embora.

Noemí foi até a casa da curandeira. A mulher que lavava roupa no outro dia não estava ali fora; o varal estava vazio. A cidade permanecia silenciosa, ainda adormecida. Mas marta Duval estava acordada, enfileirando *tortillas* perto da entrada para que secassem ao sol, sem dúvida para preparar *chilaquiles*[1].

"Bom dia."

"Olá", respondeu a velha mulher, sorrindo. "Você voltou na hora certa."

"Está com o remédio?"

"Estou. Vamos entrar."

Noemí a seguiu até a cozinha e sentou-se à mesa. O papagaio não estava ali. Eram apenas as duas. A mulher limpou as mãos no avental e abriu uma gaveta, então colocou um pequeno frasco diante de Noemí.

"Uma colher de sopa antes de dormir é suficiente. Fiz mais forte desta vez, mas se ela quiser tomar duas colheres, mal não vai fazer."

"E vai ajudá-la a dormir?", perguntou Noemí, segurando o frasco diante dos olhos

"Ajudar, sim. Mas não vai resolver todos os problemas dela."

"Porque a casa é amaldiçoada."

"A família, a casa." Marta Duval deu de ombros. "Não faz diferença, certo? Maldição é maldição."

Noemí apoiou o frasco na mesa e deslizou uma unha na lateral, dizendo:

"Sabe por que Ruth Doyle matou a própria família? Já ouviu algum boato sobre isso?"

"As pessoas escutam todo tipo de coisa. Sim, ouvi. Tem mais cigarros?"

"Se não economizar, vou ficar sem."

"Aposto que iria comprar mais."

[1] Prato leve e frito feito de *tortillas* de milho partidas em pequenos pedaços e cobertas por molho.

"Não acho que seja possível comprar estes aqui", respondeu Noemí. "Seu santo tem um gosto refinado. Onde está o papagaio, aliás?"

Noemí sacou o maço de Gauloises e entregou um cigarro a Marta, que o colocou perto da estatueta do santo.

"Ainda na gaiola, debaixo do cobertor. Vou falar sobre Benito para você. Quer café? Contar histórias sem uma bebida à mão não vale de nada", ofereceu Marta.

"Claro", aceitou Noemí. Ela ainda não estava com fome, mas talvez o café fosse abrir seu apetite. Que estranho. O irmão dela dizia que ela sempre tomava café da manhã como se toda a comida do mundo fosse acabar, e nos últimos dois dias ela mal tinha conseguido beliscar algo logo cedo. Não que estivesse comendo muito à noite também. Noemí se sentia um pouco enjoada. Ou, melhor dizendo, era o prelúdio de uma doença, como quando ela podia sentir que estava prestes a ficar resfriada. Torcia para que não fosse o caso.

Marta Duval colocou a chaleira no fogo e remexeu o conteúdo das gavetas até encontrar uma pequena lata. Quando a água ferveu, ela encheu duas canecas de estanho, colocou a quantidade certa de café e as colocou na mesa. A casa de Marta cheirava fortemente a alecrim, e o aroma se misturou com o do café.

"Gosto de café preto. Quer açúcar no seu?"

"Não é necessário", respondeu Noemí.

A mulher se sentou e colocou as mãos ao redor da caneca.

"Quer a versão curta ou a estendida? Porque, para a longa, vamos precisar voltar bastante. Se quer saber sobre Benito, precisa saber sobre Aurelio. Isto é, se quiser contar a história direito."

"Bem, estou ficando sem cigarros, mas tempo eu tenho de sobra."

A mulher sorriu e bebeu um gole de café. Noemí fez o mesmo.

"Quando a mina foi reaberta, foi um alvoroço. O sr. Doyle tinha seus trabalhadores da Inglaterra, mas não em quantidade suficiente para manter uma mina funcionando. Eles supervisionavam o trabalho e outros trabalhavam na casa que estava construindo, mas não é possível ter uma mina e construir uma casa como High Place com apenas sessenta homens."

"Quem geria a mina antes dele?"

"Espanhóis. Mas isso foi muito antes. Todos se alegraram quando a mina foi reaberta. Significava trabalho para os habitantes, e pessoas de outras regiões de Hidalgo vieram em busca de uma oportunidade de trabalho. Você sabe como isso funciona. Onde há uma mina, há dinheiro, e a cidade cresce. Mas não demorou muito para as reclamações surgirem. O trabalho era duro, mas o sr. Doyle era pior."

"Ele maltratava os trabalhadores?"

"Como animais, diziam eles. Ele era mais brando com os operários da casa. Pelo menos eles não estavam enfiados em um buraco. Mas ele não tinha piedade dos trabalhadores mexicanos nas minas. O sr. Doyle e seu irmão viviam aos berros com os trabalhadores."

Francis tinha mostrado Leland, o irmão de Howard, nas fotografias, mas ela não se lembrava da aparência dele. Não importava muito, já que todos os membros da família pareciam ter aquela fisionomia similar, que ela apelidara de "o traço dos Doyle". Era como o queixo dos Habsburgo de Carlos II, mas não tão preocupante: aquilo se tratava de um caso sério de prognatismo mandibular.

"Ele queria que a casa fosse construída depressa e também queria um jardim, no estilo inglês, com canteiros de rosas. Trouxe até mesmo alguns caixotes cheios de terra da Europa para se assegurar de que as flores vingariam. Então ali estavam eles, trabalhando na casa e tentando extrair prata, quando surgiu uma doença. Ela afetou primeiro os trabalhadores na casa, depois os mineiros, e logo todos estavam com náusea e febre. Doyle conhecia um médico, que trouxe com ele como tinha trazido a terra, mas o tal médico valioso não ajudou muito. Eles morreram. Vários mineiros. Algumas pessoas que trabalhavam na casa também, e até mesmo a esposa de Howard Doyle, mas boa parte dos mineiros morreu."

"Foi quando eles construíram o cemitério inglês", deduziu Noemí.

"Sim. Isso mesmo", assentiu Marta. "Bem, a doença aplacou. Novos operários foram contratados. Pessoas de Hidalgo, sim, mas após ficarem sabendo que havia um inglês com uma mina aqui, ingleses que trabalhavam em outras minas, ou que estavam apenas tentando fazer fortuna, também vieram, atraídos pela prata e um bom lucro. A cidade de Zacatecas é muito conhecida pela prata, mas Hidalgo não fica muito atrás.

"Eles vieram e mais uma vez havia grandes grupos de trabalhadores. A casa já tinha sido construída, e a quantidade de criados era compatível com uma casa grande. Tudo caminhava bem, na medida do possível; Doyle continuava durão, mas pagava dentro do prazo, e os mineiros embolsavam uma pequena quantidade de prata, o *partido*, como sempre foi feito por aqui. Mas, na época em que o sr. Doyle se casou novamente, as coisas pioraram."

Noemí se lembrou do retrato do casamento da segunda esposa de Doyle: 1895. Alice, que se parecia com Agnes. Alice, a irmã caçula. Agora, parando para pensar, era estranho que Agnes tivesse sido eternizada com uma estátua de pedra, enquanto Alice não recebera um tratamento especial. Por outro lado, Howard Doyle dissera que mal a conhecera. Sua segunda esposa fora quem vivera com ele por muitos anos, com quem teve filhos. Será que Howard Doyle gostava dela menos do que sua primeira esposa? Ou a estátua era insignificante, um monumento criado por impulso? Ela tentou lembrar se havia uma placa perto da estátua falando sobre Agnes. Achava que não, mas era possível. Não tinha prestado atenção.

"Houve outra onda da doença. E, por Deus, foi ainda pior. Eles caíam duros, um atrás do outro. Febres e calafrios, e assim foram direto para o leito de morte."

"Foi quando eles foram enterrados em covas coletivas?", quis saber Noemí, lembrando-se do que o dr. Camarillo dissera.

A mulher franziu o cenho:

"Covas coletivas? Não. Os habitantes da cidade, os familiares os levaram para o cemitério. Mas muitos não tinham conhecidos trabalhando nas minas. Quando a pessoa não tinha família na cidade, era enterrada no cemitério inglês. Os mexicanos, no entanto, não ganharam lápides, nem mesmo uma cruz. Acho que é por isso que as pessoas falam sobre covas coletivas. Um buraco no chão sem coroas nem um funeral decente pode muito bem ser uma cova coletiva."

Era um pensamento terrível. Todos aqueles operários sem nome, enterrados às pressas, sem que ninguém jamais soubesse onde e como suas vidas terminaram. Noemí apoiou a caneca de estanho na mesa e coçou o pulso.

"Bem, esse não foi o único problema na mina. Doyle decidiu pôr um fim na tradição de deixar os trabalhadores levarem parte da prata com o ordenado. Havia um homem chamado Aurelio. Ele foi um dos mineiros que não gostaram nem um pouco da mudança, mas, ao contrário dos outros, que só resmungavam para eles mesmos, Aurelio resmungava para os outros."

"O que ele disse?"

"Disse o óbvio. Que o garimpo onde trabalhavam era uma merda. Que o médico que o inglês trouxe com ele nunca curou ninguém e que eles precisavam de um médico bom. Que eles estavam deixando viúvas e órfãos para trás, quase sem dinheiro, e que, além de tudo isso, Doyle queria encher os bolsos ainda mais e que era por isso que tinha tirado o *partido* deles e estava ficando com toda a prata. Então ele pediu para que os mineiros entrassem em greve."

"E eles concordaram?"

"Sim, concordaram. É claro que Doyle pensou que seria fácil intimidá-los até que voltassem a trabalhar. O irmão de Doyle e alguns capangas foram para o campo de mineração munidos de rifles e vociferando ameaças, mas Aurelio e os outros resistiram. Atiraram pedras neles. O irmão de Doyle se safou por um triz. Não demorou muito para que Aurelio fosse encontrado morto. Disseram que foi de causas naturais, mas ninguém acreditou muito. O líder grevista um dia aparece morto? Improvável."

"Mas havia uma epidemia", observou Noemí.

"Sim. Mas as pessoas que viram o corpo disseram que o rosto dele estava com uma aparência péssima. Você já ouviu falar de pessoas que morrem de *susto*? Bem, disseram que ele morreu assim. Que os olhos dele estavam esbugalhados, a boca escancarada, e que ele parecia ter visto o Diabo. Assustou todo mundo e pôs um fim na greve."

Francis tinha comentado alguma coisa sobre greve e o fechamento da mina, mas não passou pela cabeça de Noemí fazer mais perguntas. Talvez ela devesse corrigir o deslize, mas por ora precisava prestar atenção em Marta.

"Você disse que a história de Aurelio tinha a ver com Benito. Quem era ele?"

"Tenha paciência, mocinha, ou vai me fazer perder o fio da meada. Na minha idade, não é fácil lembrar quando ou como as coisas aconteceram", avisou Marta, dando vários goles no café antes de continuar. "Onde eu estava? Ah, sim. A mina continuou funcionando. Doyle tinha se casado novamente e sua nova esposa deu à luz uma menina, a srta. Ruth, e muitos anos depois um garotinho. O irmão de Doyle, Leland, também teve filhos. Um menino e uma menina. O menino ficou noivo da srta. Ruth."

"E lá vão eles beijar as primas novamente", criticou Noemí, perturbada com a conduta. O queixo dos Habsburgo era uma comparação mais adequada do que ela havia pensado, e as coisas não acabaram bem para os Habsburgo.

"Eu acho que não foram tantos beijos assim. Esse foi o problema. É aqui que Benito entra na história. Ele era sobrinho de Aurelio e foi trabalhar na casa. Isso aconteceu anos depois da greve, então meu palpite é que Doyle não se importou muito com o parentesco com Aurelio. Ou um mineiro morto não era nem um pouco importante para ele, ou não sabia. De todo modo, ele trabalhou na casa, como jardineiro. Naquela época os Doyle tinham uma estufa em vez de um jardim.

"Benito tinha muito em comum com seu falecido tio. Era inteligente, engraçado e tinha dificuldade em não se meter em problemas. O tio havia liderado uma greve, e ele fez uma coisa ainda mais terrível: apaixonou-se pela srta. Ruth, e ela se apaixonou por ele."

"Imagino que o pai dela não ficou satisfeito", comentou Noemí.

Ele provavelmente teve a conversa sobre eugenia com a filha. Indivíduos superiores e inferiores. Noemí o visualizou perto da lareira em seu quarto, repreendendo a garota, que encarava o chão. O coitado do Benito nunca teve chance. Mas era curioso que Doyle, tão interessado em eugenia, tivesse insistido em todos aqueles casamentos entre parentes próximos. Talvez estivesse imitando Darwin, que também tinha se casado com alguém da família.

"Dizem que, quando ele descobriu, quase a matou", sussurrou Marta.

Noemí pensou em Howard Doyle enroscando os dedos no pescoço delgado da garota. Dedos fortes, calcando, fazendo pressão, e a jovem incapaz de murmurar uma queixa sequer porque não conseguia respirar. *Papai, não faça isso.* Era uma imagem tão nítida que Noemí precisou fechar os olhos por um instante enquanto agarrava a mesa.

"Você está bem?", perguntou Marta.

"Sim", respondeu Noemí, abrindo os olhos e assentindo para a mulher. "Estou bem. Só um pouco cansada."

Ela levou a caneca até os lábios e bebeu o café. O líquido morno era agradavelmente amargo. Noemí pousou a caneca e disse:

"Por favor, continue", pediu.

"Não há muito mais para ser dito. Ruth foi punida, Benito desapareceu."

"Ele foi morto?"

A velha mulher se inclinou para a frente e fixou os olhos turvos em Noemí, dizendo:

"Pior: sumiu, da noite para o dia. Alguns dizem que fugiu porque tinha medo do que Doyle faria com ele. Outros falam que Doyle foi o responsável pelo desaparecimento.

"Era para Ruth ter se casado naquele verão com Michael, aquele primo dela, e o sumiço de Benito não fez diferença nenhuma. Era o ápice da Revolução, e a confusão significava que a mina operava com um grupo reduzido, mas ainda assim funcionava. Alguém precisava manter as máquinas trabalhando, bombeando água para fora, do contrário tudo inundaria. Chove muito aqui.

"E, lá na casa, alguém tinha que continuar trocando os lençóis e tirando o pó dos móveis, então eu imagino que, se em muitos aspectos as coisas não mudaram por causa de uma guerra, então por que mudariam devido ao desaparecimento de um homem? Howard Doyle encomendou bugigangas para o casamento, agindo como se tudo estivesse no lugar. Mas o desaparecimento de Benito não importava. Bem, pelo visto pareceu importar para Ruth.

"Ninguém sabe ao certo o que aconteceu, mas dizem que ela colocou sonífero na comida deles. Não sei onde conseguiu. Era inteligente, sabia muito sobre plantas e remédios, então é possível que tenha feito a mistura sozinha. Ou talvez seu amante fora comprar. Pode ser que a ideia inicial tenha sido fazer todos dormirem e fugir, mas, após o sumiço de Benito, ela mudou de ideia. Atirou no pai adormecido, por tudo que fez com seu amado."

"Mas não só no pai dela", disse Noemí. "Ela atirou na mãe e nos outros. Se queria vingar seu falecido amante, não teria atirado apenas no pai? O que os outros tinham a ver com aquilo?"

"Ela pode ter pensado que eles também eram culpados. Talvez tivesse enlouquecido. Não temos como saber. Eles são amaldiçoados, já disse, e aquela casa é assombrada. Você é bem tola ou muito corajosa por viver em uma casa assombrada."

Não me arrependo, dissera Ruth no sonho de Noemí. Será que Ruth não tinha sentido remorso ao vagar pela casa e atirado em sua família? Só porque Noemí sonhara com aquilo não significava que tinha acontecido daquela maneira. Afinal, em seu pesadelo, a casa tinha sido distorcida e transformada de um jeito impossível.

Noemí franziu o cenho e olhou para a caneca. Tinha bebido pouco. O estômago dela realmente não estava cooperando naquela manhã.

"O problema é que não há muito o que fazer com fantasmas e assombrações. Você pode até acender uma vela para eles à noite, e eles podem gostar disso. Já ouviu falar do *mal de aire*? Sua mãe já falou sobre isso lá na cidade?"

"Ouvi uma coisa ou outra", respondeu Noemí. "Dizem que ele adoece as pessoas."

"São lugares carregados. Lugares tão perversos que o ar chega a ser denso. Às vezes é a morte de alguém, ou alguma outra coisa, mas o ar pesado entra no corpo e lá fica, consumindo a pessoa. É isso que há de errado com os Doyle de High Place", disse a mulher, encerrando a história.

É como alimentar um animal com ruiva-dos-tintureiros: a planta tinge os ossos de vermelho e mancha as entranhas de um tom carmesim, pensou ela.

Marta Duval se levantou e começou a abrir algumas gavetas. Apanhou uma pulseira de contas e a entregou para Noemí. O adereço era feito de pequenas miçangas, azuis e brancas, e de uma conta maior, azul com o centro preto.

"É contra o mau-olhado."

"Sim, eu sei", disse Noemí, pois já tinha visto aquelas bugigangas antes.

"Use-a, tudo bem? Pode ajudar, não custa nada. Vou pedir aos meus santos para que fiquem de olho em você também."

Noemí abriu a bolsa e guardou o frasco. Então, para não magoar a velha mulher, colocou a pulseira, como sugerido.

"Obrigada."

Ao caminhar de volta para o centro da cidade, Noemí pensou em tudo que tinha descoberto sobre os Doyle e que nada daquilo iria ajudar Catalina. No fim das contas, até mesmo uma assombração, se tida como verdadeira e não fruto de uma imaginação febril, não significava nada. O medo da noite passada tinha se atenuado, e tudo que restava era o gosto amargo da insatisfação.

Noemí enrolou as mangas do cardigã, coçando o pulso novamente. A coceira era insuportável. Notou que havia uma fina faixa de pele avermelhada e em carne viva, como se tivesse se queimado. Ela franziu a testa.

O consultório do dr. Camarillo ficava nas redondezas. Torcendo para que ele não estivesse em atendimento, Noemí decidiu ir até lá. Teve sorte. O médico estava comendo uma *torta*[2] na recepção. Ele não estava de jaleco branco; em vez disso, usava uma jaqueta abotoada de tweed. Quando parou na frente dele, Julio Camarillo rapidamente pousou a *torta* na mesa ao lado e limpou a boca e as mãos no lenço de bolso.

"Dando uma volta?", perguntou ele.

"Algo assim", respondeu Noemí. "Estou interrompendo seu café da manhã?"

"Não chega a ser uma interrupção, já que a *torta* não está muito saborosa. Decidi prepará-la e não deu muito certo. Como está sua prima? Estão buscando um especialista para ela?"

"Infelizmente o marido dela não acha que ela precisa dos cuidados de outro médico. Arthur Cummins é suficiente para eles."

"Acha que ajudaria se eu falasse com ele?"

"Para falar a verdade, acho que só pioraria as coisas", respondeu ela, balançando a cabeça.

"É uma pena. E como você está?"

"Não sei ao certo. Estou com uma alergia", disse Noemí, erguendo o pulso.

O dr. Camarillo a examinou com atenção.

"Estranho", murmurou ele. "Parece que você entrou em contato com uma *mala mujer*, mas essa planta não cresce por aqui. É só tocar nas folhas dela para ficar com dermatite. Você tem alergia a algo?"

"Não. Minha mãe diz que minha saúde é quase indecente. Disse que quando ela era bem jovem todo mundo achava chique ter uma crise de apendicite, e as meninas faziam a dieta da tênia."

"Ela provavelmente estava brincando sobre a tênia", comentou o dr. Camarillo. "Parece uma história inventada."

"Sempre a achei um tanto horrenda. Então estou com alergia a alguma coisa? Alguma planta ou arbusto?"

2 Comida de rua muito popular, a *torta* é um tipo de sanduíche que pode ser servido quente ou frio e recheado com cebolas, ovos, abacate, carnes e queijos.

"Pode ser uma porção de coisas. Vamos lavar a mão e passar uma pomada com ação calmante. Venha", disse ele, convidando Noemí para entrar em seu consultório.

Ela lavou as mãos na pequena pia no canto e Julio aplicou uma pomada de zinco, enfaixou o pulso e orientou Noemí a não coçar a área afetada, para não piorar a alergia. Ele também a aconselhou a trocar o curativo no dia seguinte e aplicar mais pomada.

"A inflamação vai sumir em alguns dias", explicou ele, acompanhando-a até a porta. "Você deve ficar boa em uma semana. Retorne caso não melhore."

"Obrigada", disse ela, guardando a pequena pomada de zinco que o médico lhe dera na bolsa. "Tenho outra pergunta. Você sabe o que poderia fazer com que uma pessoa voltasse a ser sonâmbula?"

"Voltasse?"

"Eu era sonâmbula quando criança, mas não tenho um episódio há séculos. Mas aconteceu ontem à noite."

"Sim, o sonambulismo é mais comum em crianças. Você tem tomado algum medicamento diferente?"

"Não. Já disse. Sou escandalosamente saudável."

"Pode ser ansiedade", sugeriu o médico, abrindo um sorriso fraco.

"Tive um sonho muito estranho quando estava sonâmbula", disse ela. "Não foi igual aos episódios que eu tinha quando criança."

Também tinha sido um sonho extremamente mórbido, e a conversa com Virgil que veio na sequência fizera muito pouco para apaziguá-la. Noemí franziu a testa.

"Parece que mais uma vez falhei em ser útil."

"Não diga isso", respondeu ela depressa.

"Vamos deixar combinado assim: se acontecer de novo, venha me ver. E tome cuidado com esse pulso."

"Claro."

Noemí parou em uma das lojinhas que rodeavam a praça e comprou um maço de cigarros. Não encontrou cartas de *Lotería*, mas comprou um baralho barato. Copas, paus, ouros e espadas para alegrar o dia. Alguém lhe dissera uma vez que era possível prever o futuro com as cartas, mas o que Noemí realmente queria era jogar com os amigos, apostando dinheiro.

O dono da loja contou o troco devagar. Era muito velho, e seus óculos estavam rachados bem no meio. Na entrada da loja, um cachorro de pelagem bege bebia de uma tigela suja. Noemí coçou as orelhas dele ao sair.

Como o correio também ficava na praça, ela mandou uma carta curta para o pai, informando-o da situação em High Place: tinha obtido um segundo parecer, de um médico que afirmou que Catalina precisava de cuidados psiquiátricos. Não comentou que Virgil relutava em deixar qualquer um ver Catalina, para não preocupar o pai. Também não fez qualquer menção aos pesadelos e ao episódio de sonambulismo. Ambos, junto da alergia no pulso, eram marcos desagradáveis de sua jornada, mas não passavam de mero detalhe.

Assim que concluiu as tarefas, parou no meio da praça para observar os pequenos negócios. Não havia uma loja de sorvetes, uma butique de quinquilharias, um coreto para que músicos pudessem tocar suas canções. Algumas vitrines estavam com tapumes, com o dizer *À venda* pintado. A igreja ainda era imponente, mas a visão que restava era bem triste. Um mundo definhado. Será que as coisas eram assim no tempo de Ruth? Ela tinha permissão de visitar a cidade? Ou permanecia trancafiada em High Place?

Noemí voltou para o lugar onde Francis a deixara. Ele chegou alguns minutos depois, quando ela havia se aboletado em um banco de ferro forjado e se preparava para acender um cigarro.

"Você veio rápido", comentou ela.

"Minha mãe não aprova atrasos", respondeu ele, parando na frente dela e tirando o chapéu de feltro com a faixa azul-marinho que tinha colocado mais cedo.

"Disse a ela para onde viemos?"

"Não voltei para a casa. Se tivesse, minha mãe ou Virgil teriam começado a perguntar por que deixei você sozinha."

"Ficou dirigindo por aí?"

"Um pouco. Estacionei à sombra de uma árvore mais adiante e tirei uma soneca. Aconteceu algo?", quis saber Francis, apontando para o pulso enfaixado.

"Uma alergia."

Ela esticou a mão para que ele pudesse ajudá-la a se levantar, e ele o fez. Sem o salto monumental, a cabeça de Noemí mal alcançava os ombros de Francis. Quando se deparava com uma diferença de altura tão significativa, a jovem ficava na ponta dos pés. Seus primos a provocavam e a chamavam de "bailarina" quando isso acontecia. Não Catalina, porque ela era meiga demais para fazer gozações, mas sua prima Marilulu nunca perdia a chance. Por instinto, Noemí se esticou, e o gesto casual deve ter sobressaltado Francis; ele afrouxou a mão que segurava o chapéu, que saiu voando com uma rajada de vento.

"Ah, não!", exclamou Noemí.

Eles correram atrás do chapéu por dois quarteirões até que ela conseguisse recuperá-lo. Com a saia justa e a meia-calça, não foi uma tarefa fácil. O cachorro bege que vira na loja, que se divertia com o espetáculo, latiu para Noemí e correu em círculos ao redor dela. Ela apertou o chapéu sobre o peito.

"Bem, parece que já fiz minha ginástica do dia", riu ela.

Francis também parecia estar se divertindo enquanto observava Noemí com uma leveza pouco habitual. Havia certa tristeza e resignação nele, características um pouco peculiares para sua idade, mas o sol do meio-dia levou embora a melancolia e o fez corar. O lábio superior quase inexistente, as sobrancelhas arqueadas um pouco além da conta, os olhos lânguidos. Apesar de tudo, ela gostava dele.

Ele era peculiar, o que o tornava cativante.

Noemí estendeu o chapéu para o rapaz, e Francis o girou nas mãos com cuidado.

"O quê?", perguntou ele, acanhado, ao sentir o olhar fixo dela.

"Não vai me agradecer por ter recuperado o seu chapéu, meu querido?"

"Obrigado."

"Tolinho", provocou ela, beijando-o na bochecha.

Ela receava que Francis fosse derrubar o chapéu e eles tivessem que sair correndo atrás dele novamente, mas ele conseguiu segurá-lo com firmeza e sorrir enquanto caminhavam até o carro.

"Resolveu os assuntos que precisava aqui na cidade?", perguntou ele.

"Sim. Correio, médico. Também conversei com uma pessoa sobre High Place, sobre o que aconteceu lá. Sabe, Ruth...", disse Noemí. Ela continuava pensando em Ruth. Aquele assassinato de décadas atrás não dizia respeito a ela, mas a verdade é que Noemí queria falar dele. E não havia companhia melhor para fazer isso do que Francis.

Ele bateu o chapéu na perna duas vezes enquanto avançavam.

"O que tem ela?", perguntou o rapaz.

"Ruth queria fugir com o amante. Em vez isso, acabou atirando na família toda. Não entendo por que ela fez isso. Por que não fugiu de High Place? Imagino que poderia apenas ter ido embora."

"É impossível deixar High Place."

"Claro que é possível. Ela era uma mulher adulta."

"Você é mulher. Pode fazer tudo que deseja? Mesmo que contrarie sua família?"

"Tecnicamente eu posso, mesmo que não o faça toda vez", rebateu Noemí, lembrando-se de imediato de como o pai dela abominava escândalos e temia as páginas da coluna social. Será que algum dia ela se rebelaria contra a família?

"Minha mãe deixou High Place e se casou. E depois voltou. Não há escapatória. Ruth sabia disso. Por isso fez o que fez."

"Você parece orgulhoso", comentou Noemí.

Francis colocou o chapéu e lançou um olhar sério para ela.

"Não. Mas, verdade seja dita, Ruth deveria ter ateado fogo em High Place."

Era uma declaração tão perturbadora que Noemí pensou não ter ouvido direito, e teria se convencido de que fora o caso se eles não tivessem voltado para a casa em um silêncio penetrante que só confirmava o que ele dissera. O silêncio pairava entre eles, e Noemí virou o rosto para a janela, com um cigarro apagado nas mãos enquanto a luz penetrava por entre os galhos no veículo.

GÓTICO MEXICANO

Silvia Moreno-Garcia

13

OEMÍ DECIDIU QUE FARIAM UMA MININOITADA DE CASSINO. Era algo que sempre adorara. Ficavam na sala de jantar, todos paramentados com roupas antigas que encontravam nos baús de seus avós, fingindo ser apostadores milionários em Monte Carlo ou Havana. Todas as crianças participavam e, mesmo depois de velhos demais para brincar de faz de conta, os primos Taboada gostavam de se reunir ao redor da mesa, ao som da vitrola, marcando o compasso de uma música animada com os pés enquanto jogavam cartas. Não poderia ser exatamente igual em High Place, uma vez que não tinham discos nem vitrola, mas Noemí estava convencida de que, com algum empenho, era possível reproduzir a essência das noitadas de cassino.

Colocou o baralho em um dos amplos bolsos do suéter e a garrafa no outro. Espiou o quarto de Catalina. A prima estava sozinha, e acordada. Perfeito.

"Tenho uma surpresa para você", disse Noemí.

Catalina estava sentada perto da janela. Virou-se e olhou para Noemí. "Uma surpresa?", perguntou.

"Escolha um bolso, esquerdo ou direito, e receberá seu prêmio", disse Noemí, aproximando-se da prima.

"E se eu escolher o errado?"

O cabelo comprido de Catalina descia pelos ombros. Jamais fora fã de cortes curtos, para alegria de Noemí, que guardava boas lembranças de pentear e fazer tranças nas madeixas lisas e brilhantes da prima quando eram pequenas. Catalina sempre fora muito paciente com ela, deixando que Noemí a tratasse como uma boneca.

"Então não saberá jamais o que tem no outro bolso."

"Boboca", disse Catalina, sorrindo. "Está bem, vou entrar no jogo. O direito."

"*Voilà!*"

Noemí colocou o baralho no colo de Catalina. A prima o abriu, com um sorriso, tirando uma carta.

"Podemos jogar algumas rodadas", disse Noemí. "Até deixo que ganhe a primeira."

"Até parece! Nunca vi criança mais competitiva. E duvido que Florence nos deixe jogar madrugada adentro."

"Mas podemos jogar pelo menos um pouquinho."

"Não tenho dinheiro para apostar e você só joga por dinheiro."

"Você está arrumando desculpas. Não me diga que tem medo da chata de galochas da Florence."

Catalina levantou-se abruptamente e foi até a penteadeira. Inclinando o espelho, apoiou o baralho ao lado de uma escova, enquanto observava seu reflexo.

"Não, de jeito nenhum", respondeu, apanhando a escova e penteando o cabelo.

"Acho bom. Porque tenho outro presente para você, mas não o desperdiçaria com uma medrosa."

Noemí exibiu a garrafa verde. Catalina se virou, com uma expressão de alegria, e apanhou a garrafa com cuidado. "Você conseguiu!"

"Não disse que conseguiria?"

"Querida, obrigada, muito obrigada", agradeceu Catalina, puxando-a para um abraço. "Eu deveria saber que você nunca me abandonaria. Achávamos que monstros e fantasmas estavam circunscritos aos livros, mas eles existem de verdade, sabia?"

A prima soltou Noemí e abriu uma gaveta. Apanhou alguns lenços e um par de luvas brancas antes de encontrar o que buscava: uma colherzinha de prata. Em seguida, serviu uma dose do líquido na colher, com os dedos levemente trêmulos, depois uma segunda e uma terceira. Noemí a interrompeu na quarta dose, tomando a garrafa de suas mãos e a colocando na penteadeira, ao lado da colher.

"Ei, não tome tanto assim. Marta disse que bastava uma colher", admoestou Noemí. "Não quero você roncando por dez horas seguidas antes mesmo de jogarmos uma mísera partida."

"Pode deixar", disse Catalina, com um débil sorriso.

"Posso embaralhar ou você faz questão?"

"Deixe comigo."

Catalina deslizou a mão pelo baralho. De repente, ficou imóvel; suspendeu a mão, os dedos ainda pairando sobre as cartas, como se tivesse virado estátua. Com os olhos castanhos arregalados, cerrou os lábios. Sua aparência estava estranha, como se em transe. Noemí franziu a testa.

"Catalina? Está tudo bem? Quer se sentar?", indagou ela.

Catalina não respondeu. Noemí a segurou com delicadeza pelo braço e tentou conduzi-la até a cama. Catalina não se mexia. Seus dedos estavam crispados, e ela estava com o olhar vidrado, com uma expressão de desvario. Teria sido mais fácil arrastar um elefante. Era impossível fazer com que Catalina saísse do lugar.

"Catalina", disse Noemí. "Não seria melhor..."

Houve um estalo ruidoso — *Deus pai*, Noemí pensou, parece um osso se rompendo — e Catalina começou a tremer. Tremia da cabeça aos pés, o corpo inteiro tomado por espasmos. Quando o tremor se intensificou em violenta convulsão, Catalina apertou a mão contra o ventre, balançou a cabeça e soltou um grito aterrorizante.

Noemí tentou segurá-la, levá-la até a cama, mas Catalina era forte. A despeito de sua aparência frágil, exibia uma força surpreendente. Noemí não conseguiu puxá-la, e acabaram as duas caindo no chão. Catalina abria e fechava a boca em espasmos, erguia e abaixava os braços, sacudia as pernas. Um filete de saliva escorria pelo canto da boca.

"Socorro!", gritou Noemí. "Socorro!"

Noemí estudara com uma menina que sofria de epilepsia e, embora a menina jamais tivesse tido uma crise na escola, ela se lembrava que a colega certa vez lhe contara que andava com um pequeno talo de madeira na bolsa, para colocar na boca caso tivesse uma convulsão.

Vendo que a crise de Catalina se intensificava — parecia impossível, mas o quadro piorava inegavelmente a cada segundo — Noemí apanhou depressa a colher de prata e colocou na boca da prima, para impedir que mordesse a própria língua. Acabou derrubando o baralho, que também estava na penteadeira. As cartas se espalharam pelo chão. O valete de ouros a fitava com um olhar acusador.

Noemí saiu gritando:

"Alguém me ajuda, socorro!"

Será que ninguém a escutara? Avançou pelo corredor batendo nas portas, pedindo ajuda o mais alto que podia. Francis foi o primeiro a aparecer, seguido por Florence logo atrás.

"Catalina está tendo uma convulsão", disse ela.

Voltaram depressa para o quarto. Catalina ainda estava no chão, sacudindo-se em espasmos. Francis correu em sua direção e a colocou sentada, envolvendo-a em seus braços e tentando segurá-la. Noemí estava prestes a ajudá-lo, mas Florence impediu sua passagem.

"Para fora", ordenou ela.

"Eu posso ajudar!"

"Fora daqui, anda", disse, empurrando Noemí para fora do quarto e batendo a porta.

Noemí deu murros furiosos na porta, mas ninguém abriu. Ouvia sussurros e, de tempos em tempos, uma palavra ou outra proferida em voz alta. Pôs-se a andar de um lado para o outro.

Francis surgiu no corredor, fechando depressa a porta do quarto. Noemí correu até ele.

"O que está acontecendo, como ela está?"

"Está deitada. Vou buscar o dr. Cummins."

Caminharam apressadamente em direção à escada, Noemí se esforçando para acompanhar os passos largos de Francis.

"Vou com você."

"Não", respondeu ele.

"Quero fazer alguma coisa."

Ele estacou e balançou a cabeça, tomando as mãos de Noemí. Então disse, em tom carinhoso:

"Se você for comigo, vai ser pior. Espere por mim na sala de estar e, na volta, eu te chamo. Não vou demorar."

"Promete?"

"Prometo."

Ele correu escada abaixo. Noemí desceu em seguida e, quando chegou no andar de baixo, cobriu o rosto com as mãos, os olhos rasos d´água. Quando chegou na sala de estar, as lágrimas escorriam pelo rosto e, sentando-se no chão, apertou as mãos. O relógio marcava a lenta progressão dos minutos. Limpou o nariz na manga do suéter, enxugou as lágrimas. Então, se levantou e ficou à espera.

Francis mentira para ela. Demorou a voltar, e muito. Para piorar, quando finalmente apareceu, estava acompanhado pelo dr. Cummins e Florence. Noemí ao menos tinha tido tempo de sobra para se recompor.

"Como ela está?", perguntou, apressando-se em direção à porta.

"Está dormindo agora. O ataque passou."

"Graças a Deus!", exclamou Noemí, sentando-se em um dos canapés. "Não consigo entender o que aconteceu."

"O que aconteceu foi *isso*", esbravejou Florence, erguendo a garrafa que Noemí buscara com Marta Duval. "Onde foi que você arrumou isso?"

"É um remédio para dormir", explicou Noemí.

"Seu remédio provocou a crise."

"Não, isso não", retrucou Noemí, sacudindo a cabeça. "Foi ela mesma quem pediu."

"Você é médica?", indagou o dr. Cummins. Estava visivelmente irritado. Noemí sentiu sua boca ficando seca.

"Não, mas..."

"Então nem ao menos sabia o que tinha nesta garrafa?"

"Como expliquei, Catalina disse que precisava de remédio para dormir. Ela me pediu. Mas já tomou antes, não pode ter feito mal."

"Pode, sim", retrucou o médico.

"Uma tintura de ópio. Foi isso que você enfiou garganta abaixo na sua prima", acrescentou Florence, apontando um dedo acusatório para Noemí.

"Eu não fiz nada disso!"

"Foi imprudente, muito imprudente", resmungou o dr. Cummins. "O que passou pela sua cabeça, indo atrás de um veneno desses? E depois ainda tentou colocar uma colher na boca de sua prima. Imagino que tenha ouvido aquela tolice de pessoas engolindo a própria língua. Bobagem, tudo bobagem!"

"Eu..."

"Onde foi que conseguiu essa tintura?", indagou Florence. *Não conte para ninguém*, pedira Catalina, então Noemí não respondeu nada, embora a menção de Marta Duval talvez pudesse diminuir o fardo da sua responsabilidade. Segurou firme o assento do canapé, cravando as unhas no estofado.

"Você quase matou Catalina", acusou Florence.

"Jamais faria isso!" exclamou Noemí, com vontade de chorar novamente, mas não podia se permitir o alívio do pranto, não na presença deles. Francis se deslocara para trás do canapé e ela sentiu os dedos dele em sua mão, um toque quase espectral. Foi um gesto reconfortante, que lhe deu coragem para ficar de boca fechada.

"Quem preparou o remédio?", perguntou o médico. Noemí os encarou, ainda segurando firme o assento.

"Você merece uns bons tapas", disse Florence. "Para tirar essa expressão desrespeitosa do seu rosto."

Florence deu um passo à frente. Noemí chegou a pensar que levaria mesmo um tapa. Desvencilhou-se da mão de Francis, prestes a se levantar.

"Ficaria muito grato se pudesse ver o meu pai, dr. Cummins. Essa algazarra o deixou um pouco nervoso", disse Virgil, impassível.

Ele adentrara casualmente na sala, avançando em direção ao aparador. Inspecionou o conteúdo da garrafa como se estivesse sozinho servindo-se de uma bebida, em uma noite como outra qualquer.

"Pois não, claro", disse o médico.

"É melhor que o acompanhem. Quero falar com Noemí à sós."

"Eu prefiro...", Florence começou a dizer.

"Quero ficar à sós com ela", retrucou Virgil, áspero. O timbre acetinado de sua voz se transformara em uma lixa.

Os três deixaram o aposento, com o médico murmurando um "claro, é para já" e Florence o acompanhando em circunspecto silêncio. Francis foi o último a sair, fechando a porta devagar e lançando um olhar aflito para Noemí.

Virgil serviu a bebida, girando o copo e contemplando o líquido antes de se aproximar de Noemí e acomodar-se no canapé. Ao se sentar, a perna dele encostou na dela.

"Catalina uma vez comentou que você era uma criatura muito obstinada, mas acho que só agora percebi quanto", disse ele, apoiando o copo na mesa lateral. "Sua prima é meio fraquinha, mas você tem tutano."

O tom de voz tão jovial deixou Noemí perplexa. Ele agia como se tudo fosse um jogo. Como se ela não estivesse doente de preocupação.

"Mais respeito, por favor", disse ela.

"Acho que quem deveria ter respeito é você. O dono da casa sou eu."

"Sinto muito."

"Não, não sente."

A jovem não conseguia discernir a expressão nos olhos dele. Talvez fosse desdém.

"Sinto, sim! Estava tentando ajudar Catalina", insistiu.

"Uma ajuda bem peculiar. Como ousa continuar perturbando a minha esposa?"

"O que você quer dizer com perturbar? Catalina está feliz com minha presença, ela mesma me disse."

"Trouxe um desconhecido para examiná-la e, agora, lhe deu veneno."

"Pelo amor de Deus", disse ela, levantando-se. Ele a segurou pelo pulso, puxando-a de volta. Era o punho enfaixado e o toque a machucou. Sentiu um breve ardor na pele e franziu o rosto de dor. Ao notar o curativo, ele sorriu, sarcástico.

"Me solta."

"Obra do dr. Camarillo? Assim como a tintura? Foi ele também?"

"Larga o meu braço", ordenou ela. Mas ele não obedeceu; em vez disso, inclinou-se para a frente, aumentando a pressão dos dedos. Noemí achava que Howard parecia um inseto e Florence, uma planta insetívora. Mas Virgil Doyle era carnívoro, no topo da pirâmide alimentar.

"Florence tem razão. Você merece mesmo uns tapas, para aprender a lição", sussurrou ele.

"Se tem alguém que vai levar um tapa aqui, certamente não serei eu."

Ele jogou a cabeça para trás e deu uma gargalhada sonora, tateando a mesa em busca da bebida. Algumas gotas escuras respingaram quando ele ergueu a taça. Noemí levou um susto com aquele riso inesperado, mas ficou aliviada por ele ter finalmente a soltado.

"Você é louco", sentenciou ela, esfregando o pulso machucado.

"*Estou* louco, de preocupação", respondeu ele, baixando a taça. Em vez de apoiá-la na mesinha, ele a largou sem cuidado algum no chão. Não quebrou, apenas rolou pelo carpete. Mas e se tivesse quebrado? Era sua taça. Podia quebrá-la se quisesse. Como tudo naquela casa.

"Você acha que é a única que se preocupa com Catalina?", perguntou ele. "Suponho que sim. Quando ela escreveu para sua família, aposto que vocês pensaram: *'ufa, finalmente poderemos arrancá-la das mãos daquele sujeito desagradável'*. E agora você decerto está pensando: *'eu sabia que ele não prestava'*. Seu pai não aprovou nem um pouco o casamento. Nos bons tempos da mina, teria ficado satisfeitíssimo. Naquela época, eu seria considerado um ótimo partido para Catalina. Ele não me veria como um desclassificado qualquer. Ainda não desceu bem, nem para seu pai nem para você, que Catalina tenha me escolhido. Bem, não um pobre coitado dando o golpe do baú. Sou um Doyle. Espero que se lembre disso."

"Não sei por que você está falando tudo isso."

"Porque você me considera tão inapto que se achou no direito de medicar a minha mulher. Julgou meus cuidados tão abomináveis que resolveu por bem agir pelas minhas costas e dar aquele lixo para ela beber. Você achou que não iríamos perceber? Sabemos tudo que se passa nesta casa."

"Foi ela quem me pediu o remédio. Já falei para sua tia e para o médico, não sabia que teria aquela reação."

"Você sabe muito pouco, mas se comporta como se soubesse tudo. É uma dondoca mimada que colocou a vida da minha esposa em risco", censurou ele, peremptório.

Levantando-se, ele pegou a taça no chão e a devolveu ao aparador. Raiva e vergonha encheram o peito de Noemí. Detestava o modo como ele se dirigia a ela, detestara aquela conversa inteira. No entanto, não havia de fato cometido uma tolice? A reprimenda não era realmente merecida? Sem saber o que dizer, sentiu lágrimas se assomarem aos olhos ao se recordar da expressão da pobre Catalina.

Ele ou percebeu o quanto ela estava abalada ou cansou-se de admoestá-la, pois sua voz pareceu mais branda:

"Você quase me deixou viúvo hoje, Noemí. Perdoe se não estou sendo muito afável esta noite. Acho que vou me deitar. Foi um dia e tanto."

Ele parecia mesmo cansado, visivelmente exausto. Seus olhos azuis reluziam com o brilho rútilo de uma febre súbita. Noemí sentiu-se ainda pior por ter causado tamanha confusão.

"Peço que deixe o tratamento médico de Catalina aos cuidados do dr. Cummins e nunca mais traga tônicos e remédios para esta casa. Está ouvindo?"

"Estou", respondeu ela.

"Pode seguir essa simples instrução?"

Ela fechou os punhos. "Posso", respondeu, sentindo-se uma criança.

Virgil aproximou-se para examiná-la melhor de perto, como se tentasse detectar uma mentira. Não havia, porém, nenhuma desfaçatez. Ela falara a verdade. Não obstante, ele pairava sobre Noemí como um cientista que analisa cada detalhe de um organismo, estudando a expressão do rosto dela, seus lábios cerrados.

"Obrigado. Há muitas coisas que você pode não compreender, Noemí. Mas saiba que o bem-estar de Catalina é de extrema importância para nós. Você fez mal a ela e, ao fazer isso, fez mal a mim."

Noemí desviou o olhar, achando que ele ia embora. Mas Virgil permaneceu ao seu lado. Depois do que pareceu uma eternidade, ele finalmente se afastou e saiu da sala.

GÓTICO
MEXICANO

Silvia Moreno-Garcia

14

E CERTA FORMA, TODOS OS SONHOS PREVEEM ACONTECIMENTOS, alguns com mais clareza do que outros.

Noemí circulou a palavra *sonhos* com o lápis. Gostava de escrever nas margens dos livros; adorava ler textos antropológicos e se abrenhar nos parágrafos abundantes e na floresta de notas de rodapé. Mas não mais. Não conseguia se concentrar. Ela apoiou o queixo nas costas da mão e colocou o lápis na boca.

Passara horas esperando e tentando se ocupar, buscando livros para ler e aperfeiçoando truques para se distrair. Olhou o relógio e suspirou. Era quase cinco da tarde.

Tinha tentado falar com Catalina pela manhã, mas Florence disse que a prima estava descansando. Noemí tentou novamente por volta do meio-dia. Foi rechaçada uma segunda vez, e Florence deixou bem claro que a paciente não poderia receber visitas até o cair da noite.

Por mais que quisesse, Noemí não podia entrar no quarto à força. Não podia. Se tentasse, seria expulsa, além do mais, Virgil tinha razão. Ela havia cometido um erro, e estava envergonhada.

Como ela queria que houvesse um rádio na casa... Precisava de música, de conversas. Noemí se lembrou das festas que frequentava com os amigos, de recostar-se em um piano com um coquetel na mão. Pensou nas aulas na universidade e nos debates acalorados nas cafeterias no centro da cidade. O que lhe restava agora era uma casa silenciosa e um coração tomado de ansiedade.

...e sonhos sobre fantasmas, não registrados neste livro, informam pessoas sobre os acontecimentos entre os mortos.

Ela tirou o lápis da boca e pôs o livro de lado. Ler sobre os Azande não estava ajudando em nada. Não era uma distração. Ela continuava pensando no rosto da prima, em seus membros contorcidos e no acontecimento pavoroso do dia anterior.

Noemí apanhou um suéter — o que Francis lhe dera — e saiu da casa. Pensou em fumar um cigarro, mas foi só ficar sob a sombra da casa que decidiu que precisava se distanciar ainda mais dela. Ela ficava perto demais; era uma presença hostil e gélida, e ela não queria desfilar diante de suas janelas, que mais pareciam olhos ávidos e sem pálpebras. Noemí percorreu o caminho que serpenteava atrás da casa e levava até o cemitério.

Dois, três, quatro passos. Teve a impressão de não avançar muito, até que se viu na frente dos portões de ferro. Entrou. Ela se perdera na neblina antes, mas não parou para pensar no que faria caso aquilo se repetisse.

Na verdade, uma parte dela queria muito se perder.

Catalina. Ela havia magoado Catalina, e agora não tinha como saber o estado da prima. Florence permanecia de boca fechada; Virgil não estava em lugar algum. Não que desejasse muito vê-lo.

Ele tinha agido de modo abominável.

Você quase me deixou viúvo hoje, Noemí.

Ela não teve a intenção. Mas, querendo ou não, que importância tinha? Os fatos é que eram importantes. É o que o pai dela teria dito, e agora Noemí sentia-se duplamente envergonhada. Fora enviada para corrigir uma questão, não para transformar tudo em uma bagunça ainda maior. Estaria Catalina zangada com ela? O que Noemí diria quando se encontrassem? *Desculpe, querida prima, quase envenenei você, mas sua aparência está melhor.*

Noemí vagueou por entre lápides, flores silvestres e musgo, com o rosto abrigado nas dobras do suéter. Viu o mausoléu e, diante dele, a estátua de pedra de Agnes. Noemí perscrutou o rosto e as mãos da estátua, intemperizados e com manchas pretas de fungo.

Ela se perguntou se havia uma placa ou indicação com o nome da falecida, e a encontrou. Noemí não reparara nela na última visita, mas era compreensível: a placa estava escondida por um aglomerado de ervas daninhas. Ela as afastou e tirou a sujeira da placa de bronze. *Agnes Doyle. Mãe. 1885.* Eram as palavras que Howard Doyle tinha escolhido para homenagear sua primeira esposa. Ele dissera que não conhecia Agnes bem, que ela morrera um ano depois do casamento, mas parecia estranho mandar construir uma estátua dela e nem se dar o trabalho de redigir uma ou duas frases sobre sua morte.

A palavra costurada sob o nome da mulher também a incomodava. Mãe. No entanto, até onde Noemí sabia, os filhos de Howard Doyle eram do segundo casamento. Então por que escolher "mãe" como epíteto? Talvez ela estivesse dando importância demais para o assunto. Era possível que dentro do mausoléu, onde jazia o corpo da mulher, houvesse uma placa adequada e uma mensagem adequada sobre a falecida. Ainda assim, era desconcertante de um jeito que ela nem conseguia descrever, como reparar em uma costura torta ou uma manchinha em uma toalha de mesa impecável.

Ela sentou-se aos pés da estátua e, cutucando a relva, ficou imaginando se alguém já tinha colocado flores no mausoléu ou em algum dos túmulos. Seria possível que as famílias de todos os que foram enterrados no cemitério tivessem deixado a região? Boa parte dos ingleses devia ter vindo sozinha, e, portanto, não tinha conhecidos para cuidar de tais coisas. Também havia túmulos sem nome para os trabalhadores locais e, sem lápides, não era possível que recebessem coroas de flores.

Se Catalina morrer, pensou ela, *vai ser enterrada aqui, e seu túmulo passará despercebido.*

Que pensamento terrível. Mas ela própria era terrível, não era? Terrível demais. Noemí largou a folha e respirou fundo. O silêncio no cemitério era absoluto. Nenhum pássaro cantava nas árvores, nenhum inseto batia as asas. Tudo era abafado. Era como se sentar no fundo de um poço, cercada pela terra e pela pedra, isolada do mundo.

O silêncio inclemente foi interrompido pelo som de passos de botas na grama e pelo ruído de um graveto sendo triturado. Ela virou a cabeça e deparou-se com Francis, cujas mãos estavam enfiadas nos bolsos da jaqueta grossa de bombazina. Ele como sempre parecia muito frágil, o rascunho desbotado de um homem. Só em um lugar como aquele — um cemitério com salgueiros esparramados, onde a neblina lambia as pedras — que ele adquiria certa presença. Na cidade, refletiu ela, ele seria estilhaçado pelas buzinas Klaxon e o estrondo dos motores. Porcelana atirada na parede. Mas, frágil ou não, ela gostava de como ele ficava naquela velha jaqueta, com os ombros um pouco encolhidos.

"Imaginei que estaria aqui."

"Veio pegar cogumelos de novo?", perguntou Noemí, pousando as mãos no colo e controlando a voz para evitar que a tensão transparecesse. Ela quase tinha chorado na frente dele na noite passada e não desejava chorar ali.

"Vi você deixando a casa", admitiu ele.

"Precisa de algo?"

"Você está usando meu velho suéter", disse ele.

Não foi bem a resposta que ela esperava. Noemí franziu o cenho: "Quer que eu o devolva?"

"De forma alguma."

Ela enrolou as mangas longas demais e deu de ombros. Em qualquer outra ocasião, ela teria tomado aquilo como uma deixa para fazer gracejos adoráveis. Teria provocado Francis e se divertido ao vê-lo ruborizar. Agora ela cutucava a grama.

Ele sentou-se ao lado dela e disse:

"Não é mesmo culpa sua."

"Você é a única pessoa que pensa assim. Sua mãe nem ao menos me diz se Catalina está acordada, e Virgil quer me esganar. Não me surpreenderia se o seu tio Howard quisesse fazer o mesmo."

"Catalina acordou por um momento, depois voltou a dormir. Tomou uma canja. Vai ficar bem."

"Sim, sei que vai", murmurou Noemí.

"Estou sendo sincero quando digo que não é culpa sua", assegurou ele, tocando o ombro dela. "Por favor, olhe para mim. Não é culpa sua. E não é a primeira vez. Isso já aconteceu."

"O que quer dizer?"

Eles se entreolharam. Era a vez dele de pegar uma folha da relva e girá-la nos dedos.

"Bem, diga. O que quer dizer?", repetiu ela, atirando a folha.

"Ela já tinha ingerido aquela tintura... e teve uma reação antes."

"Você está querendo dizer que ela se intoxicou de propósito e da mesma forma? Ou que ela já tentou se matar? Somos católicos. Isso é pecado. Ela não faria isso. Jamais."

"Não acho que ela quisesse morrer. Toquei no assunto porque você parece pensar que fez isso com ela, e não é o caso. Sua presença não a adoeceu; você não tem culpa alguma. Ela é muito infeliz aqui. Você deveria levá-la embora imediatamente."

"Virgil não me deixou fazer isso antes e com certeza não deixaria agora", retorquiu Noemí. "E, de todo modo, ela está trancada a sete chaves, não está? Não é como se eu pudesse vê-la por um minuto sequer. Sua mãe está furiosa comigo e…"

"Então você deveria ir embora", atalhou ele, com brusquidão.

"Não posso ir!"

Antes de mais nada, Noemí pensou na decepção de seu pai. Ele a tinha enviado como uma embaixadora, para sufocar escândalos e obter respostas, e ela voltaria para casa de mãos abanando. O acordo deles seria anulado — ela nunca obteria o mestrado — e, pior, ela odiava o amargor do fracasso.

Além disso, ela não se atrevia a ir a lugar algum com Catalina naquele estado. E se a prima precisasse dela? Como ela podia machucar Catalina e ir embora? Como poderia deixá-la completamente sozinha, atormentada pela dor?

"Ela faz parte da minha família", disse Noemí. "Devemos sempre apoiar nossa família."

"Mesmo quando não pode ajudá-la?"

"Você não tem como saber disso."

"Este lugar não é para você", assegurou ele.

"Eles pediram para que viesse atrás de mim?", perguntou ela, levantando-se depressa, irritada com a veemência repentina dele. "Está tentando se livrar de mim? Você me detesta tanto assim?"

"Gosto muito de você, e sabe disso", disse ele, deslizando as mãos para o bolso da jaqueta e desviando o olhar.

"Então vai me ajudar e me levar até a cidade agora, não vai?"

"Por que precisa ir até a cidade?"

"Quero descobrir o que havia no tônico que Catalina tomou."

"Não vai ajudar em nada."

"Mesmo que não ajude, ainda quero ir. Vai me levar?"

"Hoje não."

"Então amanhã."

"Depois de amanhã, quem sabe. Ou não."

"Por que não daqui a um mês?", devolveu ela, irritada. "Posso ir andando até a cidade, se não quiser me ajudar."

Noemí quis se afastar a passos pesados, mas só conseguiu tropeçar. Francis ofereceu o braço para que ela se apoiasse e suspirou quando os dedos dela seguraram a manga de sua jaqueta.

"Tenho toda a intenção de ajudar. Estou cansado. Todos estamos. Meu tio Howard está nos mantendo acordados à noite", disse ele, balançando a cabeça.

As bochechas de Francis pareceram mais encovadas, e suas olheiras estavam quase arroxeadas. Mais uma vez ela se sentiu egoísta e terrível. Não pensava em ninguém além de si mesma e nem passara por sua cabeça que as outras pessoas em High Place tivessem seus próprios problemas. Por exemplo, quem diria que Francis era convocado durante a noite para cuidar de seu tio enfermo. Ela conseguia visualizar Florence dando instruções para o filho segurar uma lamparina enquanto ela fazia compressas frias no rosto do velho. Ou talvez outras tarefas fossem designadas ao jovem. Virgil e Francis despindo o corpo frágil e lívido de Howard Doyle, aplicando unguentos e medicações em um quarto fechado que fedia à morte iminente.

Noemí dobrou os dedos, levando-os à boca, e vagamente recordou o pesadelo tenebroso em que o homem pálido tinha estendido os braços para ela.

"Virgil disse que ele tem uma ferida antiga. O que aconteceu?"

"Úlceras que não cicatrizam. Mas isso não vai ser o fim dele. O fim dele nunca vai chegar." Francis deixou uma risada fraca e triste escapar, e seus olhos se fixaram na estátua de Agnes. "Vou levar você à cidade bem cedo amanhã, antes que os outros acordem. Antes do café da manhã, como da última vez. E se quiser levar sua bagagem..."

"Você vai ter que elaborar uma forma mais criativa de me convencer a ir embora", respondeu ela.

Em silêncio, eles começaram a traçar o caminho de volta para os portões de ferro do cemitério. Enquanto caminhavam, Noemí deslizou os dedos pelas lápides geladas. Em dado momento, passaram por um carvalho morto e acinzentado caído no chão, de cujo tronco apodrecido brotavam colônias de cogumelos amarelados. Francis se inclinou e seus dedos tocaram os chapéus lisos, assim como Noemí havia feito com as lápides.

"O que deixou Catalina tão infeliz?", perguntou ela. "Ela estava feliz quando se casou. Ridiculamente feliz, meu pai diria. Virgil é cruel com ela? Na noite passada, quando conversamos, ele foi duro e impiedoso."

"É a casa", sussurrou Francis. Os portões pretos com as cobras estavam próximos. Os *ouroboros* formavam sombras no chão. "Ela não foi feita para abrigar o amor."

"Todo lugar é feito para abrigar o amor", protestou ela.

"Não este lugar. Não nós. Volte duas, três gerações, o máximo que conseguir. Não vai encontrar o amor. Somos incapazes de senti-lo."

Os dedos de Francis se enroscaram nas barras de ferro retorcidas e ele ficou parado por um instante encarando o chão antes de abrir os portões para ela.

Naquela noite, Noemí teve outro sonho peculiar. Não podia dizer que tinha sido um pesadelo, pois se sentira calma. Entorpecida, até.

A casa se metamorfoseara no sonho, mas desta vez não era feita de carne e tendões. Ela caminhou sobre um tapete de musgo. Flores e trepadeiras alongavam-se pelas paredes e cogumelos longos e finos emitiam uma luz amarela que alumbrava o teto e o chão. Era como se a floresta tivesse andado pé ante pé até a casa, no meio da noite, e deixado uma fração de si mesma ali dentro. Noemí desceu a escadaria, e suas mãos passaram levemente pelo corrimão coberto de flores.

No sonho, ela sabia para onde deveria ir. Não havia portões de ferro para recebê-la, mas por que precisava haver? Era uma época antes do cemitério, quando eles estavam construindo um jardim de rosas na encosta da montanha.

Um jardim, mas nenhuma flor ainda crescera. Nada tinha vingado. Era sossegado ali, na fronteira da floresta de pinheiros, a névoa encobrindo as rochas e os arbustos.

Noemí ouviu vozes altas e depois um grito penetrante, mas tudo era tão inerte e tão sereno que ela mesma se acalmou. Mesmo quando os gritos ficaram mais agudos e intensos, ela não sentiu medo.

Ela foi parar em uma clareira, onde avistou uma mulher deitada no chão. Sua barriga estava enorme e distendida; parecia que estava em trabalho de parto, o que explicaria os gritos. Havia várias mulheres ao seu redor, segurando sua mão, tirando o cabelo úmido do rosto, murmurando para ela. Alguns homens seguravam velas; outros, lanternas.

Noemí reparou em uma garotinha sentada em uma cadeira, cujos cabelos loiros estavam amarrados em marias-chiquinhas. Ela segurava um tecido branco, um cueiro. Um homem estava sentado atrás da criança, e tocava seu ombro. Ela viu um anel. Um anel de âmbar.

A cena era um pouco ridícula. Uma mulher ofegante e dando à luz na terra enquanto o homem e a criança estavam acomodados em poltronas com recostos de veludo, como se assistissem a uma apresentação teatral.

O homem tamborilou o indicador no ombro da criança. Uma, duas, três vezes.

Por quanto tempo tinham ficado sentados no escuro? Há quanto tempo o trabalho de parto tinha começado? Não demoraria muito. A hora chegara.

A grávida agarrou a mão de alguém e soltou um gemido longo e baixo. Então Noemí escutou um som molhado, o rumor de carne caindo na terra úmida.

O homem se levantou e se aproximou da mulher, e quando ele se mexeu, as pessoas ao redor dela se afastaram, como se um mar tivesse sido aberto.

Devagar, ele se agachou e cuidadosamente segurou a criança que a mulher tinha parido.

"Morte, assoberbe-se", disse o homem.

Contudo, quando ele ergueu os braços, Noemí viu que não estava segurando bebê nenhum. A mulher dera à luz uma massa cinzenta de carne, quase no formato de um ovo, coberta por uma membrana espessa e viscosa de sangue.

Era um tumor. Morto. Ainda assim, pulsava suavemente. A massa estremeceu, fazendo com que a membrana se rompesse, caindo. A coisa explodiu, lançando uma nuvem de poeira dourada pelo ar, que o homem aspirou. As pessoas que auxiliaram a mulher, as pessoas com as velas e lanternas, e todos os espectadores se aproximaram, erguendo as mãos como se quisessem tocar a poeira dourada, que, lentamente, muito lentamente, caía no chão.

Todos tinham se esquecido da mulher, concentrados na massa que o homem segurava acima da própria cabeça.

Apenas a garotinha deu atenção para a mulher trêmula e exausta no chão. A criança se achegou e pressionou o tecido que tinha nas mãos no rosto da mulher, como se velasse uma noiva. A mulher convulsionou, incapaz de respirar; tentou arranhar a criança, mas estava esgotada, e a criança, corada, segurou com mais afinco. Conforme a mulher tremia e sufocava, o homem repetiu as mesmas palavras.

"Morte vencida", disse ele, erguendo os olhos para Noemí.

Foi só então, quando o homem olhou para ela, que Noemí se lembrou de ter medo, que se lembrou da repulsa e do horror, e desviou o olhar. Sentia gosto metálico de sangue na boca, e um zumbido soava em seus ouvidos.

Quando Noemí acordou, estava parada ao pé da escada. O luar que penetrava a casa pelos vitrais tingia sua camisola branca de tons de amarelo e vermelho. Um relógio badalou as horas e o piso rangeu, e ela descansou a mão no corrimão, ouvindo atentamente.

GÓTICO
MEXICANO

Silvia Moreno-Garcia

15

OEMÍ BATEU À PORTA E ESPEROU POR ALGUNS MINUTOS, mas ninguém atendeu. Ficou parada diante da casa de Marta, puxando ansiosa a alça da bolsa, até entregar os pontos e voltar para perto de Francis, que a observava com curiosidade. Haviam estacionado perto da praça e caminhado juntos, embora ela tivesse dito que ele podia ficar esperando, como da última vez. Mas ele disse que a caminhada lhe faria bem. Noemí se perguntava se na verdade queria vigiá-la.

"Parece que não tem ninguém em casa", disse ela.

"Quer esperar?"

"Não, tenho que passar na clínica."

Ele assentiu e, sem pressa, seguiram para o centro de El Triunfo, onde havia uma estrada de verdade, e não vias enlameadas. Noemí receava também não encontrar o médico, mas assim que alcançaram a entrada da clínica, Julio Camarillo dobrou a esquina.

"Dr. Camarillo", cumprimentou ela.

"Bom dia", respondeu ele. Carregava um saco de papel sob uma das mãos e sua maleta médica na outra. "Vejo que acordaram cedo. Pode segurar isso para mim um instante?"

Francis esticou o braço e pegou a maleta. O dr. Camarillo apanhou um molho de chaves e destrancou a porta, mantendo-a aberta para que pudessem entrar. Foi até o balcão, apoiou o saco de papel e abriu um sorriso.

"Acho que não nos conhecemos oficialmente", disse Julio, "mas já te vi algumas vezes nos correios, com o dr. Cummins. Francis, não é?"

"Sim, sou eu", confirmou o rapaz loiro, assentindo.

"Quando assumi a clínica no inverno, no lugar do dr. Corona, ele chegou a mencionar você e seu pai. Acho que jogavam cartas juntos. Um bom sujeito, o dr. Corona. Mas diga lá, a mão está te incomodando, Noemí? É por isso que veio aqui?"

"Podemos conversar? Você teria um tempinho agora?"

"Claro. Entre", disse o médico.

Noemí o seguiu, entrando no consultório. Virou-se para trás para ver se Francis tinha a intenção de acompanhá-la, mas ele estava sentado em uma das cadeiras da sala de espera, fitando o chão, com as mãos nos bolsos. Se pretendia vigiá-la, não estava fazendo um bom trabalho; se quisesse, poderia entrar e escutar a conversa inteira. Ficou aliviada ao constatar que ele não estava interessado. Noemí fechou a porta e se sentou diante do dr. Camarillo, já acomodado atrás de sua mesa.

"Então, o que houve?"

"Catalina teve uma convulsão", respondeu Noemí.

"Uma convulsão? Ela é epilética?"

"Não. Comprei um tônico, um remédio daquela senhora, Marta Duval. Foi Catalina quem pediu, disse que a ajudaria a dormir. Mas, ao beber o tônico, ela teve uma convulsão. Passei na casa de Marta agora cedo, mas ela não estava lá. Queria saber se você já soube de algum caso parecido na cidade, se alguém já passou mal com algum remédio dela antes."

"Marta deve ter ido para Pachuca visitar a filha, ou então saiu em um de seus passeios para colher ervas. Deve ser por isso que você não a encontrou em casa. Em relação a isso ter acontecido antes, não que eu saiba. Acho que o dr. Corona teria comentado comigo. Arthur Cummins examinou sua prima?"

"Ele disse que o ataque foi provocado por uma tintura de ópio."

O dr. Camarillo girou uma caneta nos dedos e contou:

"Não faz muito tempo, o ópio era usado para *tratar* epilepsia. Como qualquer medicamento, há risco de reação alérgica, mas Marta é bem cuidadosa com essas coisas."

"O dr. Cummins a chamou de charlatã."

Ele sacudiu a cabeça, pousando a caneta na mesa.

"Isso não. Marta é muito procurada por seus remédios e ela ajuda muita gente. Se eu achasse que ela oferece algum risco para a saúde do povoado, não permitiria que a atendesse."

"Mas e se Catalina exagerou na tintura?"

"Uma overdose? Sim, na dosagem errada, seria de fato desastroso. Ela poderia perder os sentidos, vomitar. Mas a questão é: Marta não recomendaria uma tintura de ópio."

"Como assim?"

O dr. Camarillo entrelaçou os dedos, apoiando os cotovelos na mesa.

"Não é o tipo de ajuda médica que ela oferece. Tinturas de ópio podem ser compradas em qualquer farmácia. Marta trabalha com ervas e plantas locais. E não existem papoulas por aqui com a qual pudesse fazer uma tintura."

"Então você acha que foi outra coisa que provocou o ataque?"

"Não posso afirmar com certeza."

Noemí franziu a testa, sem entender direito o que ele estava tentando insinuar. Fora procurá-lo em busca de uma resposta fácil, mas não era assim tão fácil. Nada era fácil ali.

"Lamento não poder ajudar mais. Quer que eu dê uma olhada no seu pulso? Você chegou a trocar o curativo?", perguntou o dr. Camarillo.

"Não. Esqueci completamente."

Sequer abrira o frasco com a pomada de zinco. Julio removeu o curativo e Noemí esperava ver novamente a pele irritada e vermelha. Talvez estivesse pior do que da última vez.

Seu pulso, no entanto, estava completamente curado. Não havia nenhuma irritação na pele. O médico parecia perplexo.

"É uma baita surpresa. Desapareceu por completo", comentou o dr. Camarillo. "Acho que nunca vi nada igual. Normalmente, leva de sete a dez dias, às vezes até mesmo semanas para a pele regenerar. Ora, não tem nem dois dias!"

"Devo ser sortuda", arriscou ela.

"E como", retrucou ele. "Impressionante. Precisa de algo mais? Se não, pode deixar que aviso à Marta que você esteve procurando por ela."

Lembrou-se do sonho estranho e do segundo episódio de sonambulismo. Mas teve a impressão de que o médico também não seria de grande ajuda nesse sentido. Ele tinha razão: não ajudava mesmo em nada. Noemí estava começando a achar que Virgil não mentira ao dizer que Camarillo era muito jovem e inexperiente. Talvez ela estivesse apenas mal-humorada. Estava, de fato, exausta. Sentia como se o nervosismo da véspera finalmente a atingisse.

"Agradeço muitíssimo", respondeu.

<hr />

Noemí esperava voltar aos seus aposentos sem que ninguém notasse sua ausência, mas era pedir demais. Menos de uma hora depois que ela e Francis estacionaram o carro, Florence apareceu em seu quarto. Trazia o almoço em uma bandeja, que repousou na mesa. Não fez nenhum comentário desagradável, mas tinha uma expressão carrancuda no rosto. Era a expressão de um carcereiro pronto para conter um motim na prisão.

"Virgil quer falar com você", anunciou. "Pode terminar de comer e se apresentar em uma hora?"

"Com certeza", respondeu Noemí.

"Ótimo. Virei buscá-la, então."

Ela retornou exatamente uma hora depois, para conduzir Noemí até os aposentos de Virgil. Pararam no corredor, e Florence deu uma única batida à porta. Seu toque na superfície de madeira fora tão suave que Noemí chegou a pensar que ele não as ouvira, mas logo em seguida ele disse, com a voz bastante audível:

"Pode entrar."

Florence girou a maçaneta e abriu a porta para Noemí. Assim que ela entrou, a senhora fechou a porta sem fazer barulho.

A primeira coisa que notou ao entrar no quarto de Virgil, foi um imponente retrato de Howard Doyle, com as mãos juntas, usando um anel de âmbar. Ele parecia fitá-la do fundo do cômodo. A cama de Virgil estava parcialmente encoberta atrás de um biombo de três folhas, ornado com ramos de lilases e rosas. A divisória criava uma área reservada, com um tapete desbotado e duas poltronas gastas.

"Você foi para cidade novamente hoje cedo", disse Virgil. A voz vinha de trás da divisória. "Florence não gosta quando você faz isso. Sai sem avisar."

Ela se aproximou do biombo e notou que, entre as flores e folhas, havia também uma serpente. Estava engenhosamente escondida, os olhos ocultos por detrás de um amontoado de rosas, à espreita como a serpente no Jardim do Éden.

"Pensei que o problema fosse dirigir sozinha até a cidade", retrucou Noemí.

"As estradas são péssimas e as chuvas estão aumentando, dia após dia. Em breve, teremos chuvas torrenciais. Transformam a estrada em um mar de lama. A chuva inundou as minas no ano em que nasci. Perdemos tudo."

"Chove muito mesmo por aqui. E as estradas são de fato péssimas. Mas não ficam obstruídas para passagem."

"Ficarão. A chuva deu uma acalmada, mas logo vai desabar com força total. Pode me passar o robe na poltrona, por gentileza?"

Ela pegou o pesado robe vermelho em uma das poltronas e se aproximou do biombo. Ficou surpresa ao constatar que Virgil não se dera ao trabalho de vestir uma camisa, e a aguardava seminu, muito à vontade. Era mais do que casual; beirava às raias da indecência, e não foi de vergonha que ficou ruborizada.

"Como é que o dr. Cummins vai fazer para chegar aqui? Ele não vem toda semana?", indagou ela, desviando o olhar depressa após entregar o robe. Tentou manter um tom de voz impassível, a despeito do rubor em suas faces. Se a intenção era deixá-la constrangida, precisa mostrar que não perdera a compostura.

"Ele tem uma caminhonete. Você realmente acha que nossos carros aguentam ficar subindo e descendo a montanha?"

"Achei que Francis me avisaria se julgasse arriscado demais."

"Francis", repetiu Virgil. Noemí o fitou enquanto ele prendia o cinto do robe. "Parece que você tem passado mais tempo com ele do que com Catalina."

Estava reprovando o comportamento dela? Não, Noemí detectou uma nuance ligeiramente diferente em seu tom de voz. Estava avaliando, como um joalheiro faria com um diamante, tentando estimar sua pureza, ou um entomologista com as asas de uma borboleta sob um microscópio.

"Tenho passado um tempo razoável com ele."

Virgil sorriu, desgostoso:

"Você é bem cuidadosa com as palavras. Sempre tão equilibrada na minha frente. Imagino como deve se portar na sua cidade, transitando entre festas elegantes e palavras bem medidas. Você acaso remove a sua máscara por lá?"

Ele fez um gesto para que ela se sentasse em uma das poltronas de couro. Ela fez questão de ignorá-lo.

"Que coincidência, achei mesmo que você pudesse me ensinar umas coisinhas sobre máscaras", rebateu Noemí.

"O que quer dizer com isso?"

"Não foi a primeira vez que Catalina passou mal assim. Ela tomou a mesma tintura antes, e teve a mesmíssima reação."

Não pretendia tocar naquele assunto, mas quis observar a reação dele. Ele a avaliara. Agora, era a vez dela.

"Você de fato tem passado muito tempo com Francis", disse Virgil, visivelmente contrariado. "Sim, eu me esqueci de mencionar o episódio anterior."

"Conveniente, não?"

"Por quê? O médico explicou que ela tem tendências depressivas e você não quis acreditar. Se eu dissesse que também tem tendências suicidas..."

"Ela não tem", protestou Noemí.

"Claro, afinal, você sabe de tudo, não é mesmo?", murmurou Virgil. Parecia um pouco entediado e fez um gesto de desdém com a mão, como se espantasse um inseto invisível. Como se a espantasse. Noemí ficou furiosa.

"Você tirou Catalina da cidade e a trouxe para cá, se ela *está* com tendências suicidas, a culpa é *sua*", rebateu. Queria ser cruel e retribuir na mesma moeda. Mas assim que destilou seu veneno, arrependeu-se das palavras, pois pareciam tê-lo atingido em cheio. Fitou-a como se tivesse levado um golpe físico, um instante pleno de dor ou talvez vergonha. "Virgil", disse ela, mas ele balançou a cabeça, a interrompendo:

"Não, você tem razão. A culpa é minha. Catalina se apaixonou por mim pelos motivos errados." Virgil, empertigado em seu assento, olhava fixamente para Noemí, com as mãos apoiadas nos braços da poltrona. "Sente-se, por favor."

Ela não estava disposta a obedecer. Em vez de se sentar, ficou parada atrás da poltrona, inclinando-se sobre o espaldar. Tinha a vaga impressão de que seria mais fácil escapar do quarto se continuasse em pé. Não sabia ao certo por que tal possibilidade lhe passava pela cabeça. Era um pensamento inquietante: imaginar que deveria ficar a postos, prestes a fugir como uma gazela. Concluiu que não gostava de conversar a sós com Virgil nos aposentos dele. Em seu território, sua toca. Desconfiava que Catalina nunca sequer pisara naquele quarto — e, caso tivesse sido convidada, sua permanência deve ter sido breve. Não havia nenhum vestígio da presença de sua prima. A mobília, a pintura herdada do pai, o biombo de madeira, o velho papel de parede com diáfanos traços de mofo, tudo aquilo pertencia a Virgil Doyle. Era o estilo dele, eram as coisas dele. Até mesmo sua aparência física parecia complementar o aposento. O cabelo loiro fazia uma bela composição com o couro escuro, e seu rosto parecia de alabastro quando emoldurado pelas cortinas de veludo vermelho.

"Sua prima tem uma imaginação fértil", disse Virgil. "Acho que viu em mim uma figura trágica, romântica. Um menino que perdeu a mãe ainda muito jovem em uma tragédia sem sentido, cuja família perdeu toda a fortuna nos anos da Revolução, que cresceu com um pai doente em uma mansão caindo aos pedaços no alto das colinas." Era verdade. Aquilo tudo devia ter de fato encantado Catalina. No começo, pelo menos. Virgil era dono de uma eloquência que ela na certa deve ter considerado encantadora e, uma vez em seu ambiente doméstico, a casa circulada pela névoa do lado de fora e os candelabros de prata do lado de dentro, ele deve ter lhe parecido realmente extraordinário. Noemí se perguntou quanto tempo deve ter durado a novidade. Ele sorriu, como se adivinhando a pergunta.

"Na certa viu a casa como um encantador refúgio rústico que, com um pouco de esforço, poderia ficar mais alegre", confessou ele. "Mal sabia ela que meu pai jamais permitiria que mudássemos uma cortina sequer. Existimos para agradá-lo."

Ele se virou para olhar o retrato de Howard Doyle, tamborilando o dedo no braço da poltrona.

"E você gostaria de mudar uma cortina sequer?", perguntou Noemí.

"Gostaria de mudar muitas coisas. Meu pai não pisa fora desta casa há décadas. Para ele, é a visão ideal do mundo e pronto. Eu já vislumbrei o futuro e compreendo nossas limitações."

"Se é assim, se é possível uma mudança..."

"Uma mudança em termos", interrompeu Virgil. "Mas nada radical a ponto de me transformar em algo que não sou. Não é possível modificar a essência. Esse é o problema. A questão é que me parece que Catalina queria outra pessoa, não a mim, feito de carne, osso e defeitos. Demorou pouquíssimo para que ficasse frustrada e sim, é minha culpa mesmo. Não estava à altura de suas expectativas. O que ela viu em mim, não existe de verdade."

Pouquíssimo. Por que Catalina não voltou para casa, então? Mas bastou fazer a pergunta mentalmente para saber a resposta. A família. Todos ficariam estarrecidos, e as páginas das colunas sociais seriam veneno puro. Exatamente como temia o seu pai.

"E o que você viu nela?"

O pai de Noemí estava certo de que tinha sido o dinheiro. Ela não acreditava que ele fosse admitir, mas estava confiante que conseguiria discernir a verdade e ler as entrelinhas. Alcançar a verdade, ainda que velada.

"Meu pai está doente. Na verdade, está à beira da morte. Antes de morrer, queria me ver casado. Queria se certificar de que eu teria esposa e filhos, que nossa linhagem seria perpetuada. Não foi a primeira vez em que me pediu isso, nem a primeira em que acatei seu pedido. Já fui casado antes."

"Não sabia", comentou Noemí, bastante surpresa. "O que aconteceu?"

"Ela era a esposa ideal, aos olhos do meu pai, mas ele esqueceu de me consultar a respeito", disse Virgil, com uma risada. "Na verdade, era filha de Arthur. Desde que éramos pequenos, meu pai tinha metido na cabeça que nos casaríamos. 'Um dia, quando forem casados', eles costumavam nos dizer. Esta insistência não ajudou em nada; pelo contrário, teve o efeito oposto. Nós nos casamos quando fiz vinte e três anos. Ela não gostava de mim, eu me aborrecia com ela. Mesmo assim, acho que teríamos conseguido construir algo sólido, não fossem os abortos. Ela sofreu quatro abortos e isso a destruiu. Ela acabou me abandonando."

"Ela pediu o divórcio?"

"Sim", ele assentiu com a cabeça. "Com o passar do tempo, de forma implícita, percebi que meu pai gostaria que eu me casasse novamente. Fui algumas vezes para Guadalajara e depois para a Cidade do México. Conheci mulheres interessantes e bonitas, que teriam sem dúvida agradado ao meu pai. Mas Catalina foi a única que realmente chamou a minha atenção. Ela era doce. Não é uma característica abundante em High Place. Gostei disso. Gostei de sua ternura, suas ideias românticas. Ela queria um conto de fadas e quis proporcionar isso a ela.

"Depois, é claro, tudo deu errado. Não apenas a doença dela, mas sua solidão, seus acessos de tristeza. Pensei que ela tivesse entendido o que seria viver comigo, e vice-versa. Estava enganado. E aqui estamos nós."

Um conto de fadas. O beijo mágico que desperta a Branca de Neve, a Bela capaz de transformar a Fera. Catalina lera todas aquelas histórias para as primas mais jovens, acentuando cada fala com genuína convicção dramática. Uma atuação e tanto. E eis o resultado dos devaneios sonhadores de Catalina. Eis seu conto de fadas: um casamento artificial que, junto com sua doença e suas tribulações mentais, deveria sobrecarregá-la como um exaustivo fardo.

"Mas se o problema dela é com a casa, você poderia levá-la para outro lugar."

"Meu pai faz questão da nossa presença em High Place."

"Um dia você vai ter que seguir sua vida, não?"

Ele sorriu, e respondeu:

"Minha vida. Não sei se percebeu, mas nenhum de nós pode ter vida própria. Meu pai precisa de mim aqui e, agora com minha esposa doente, é a mesma coisa. Precisamos ficar. Entende a dificuldade da situação?"

Noemí esfregou as mãos. Sim, ela entendia. Não gostava nada, mas entendia. Estava cansada. Sentia como se estivessem andando em círculos. Talvez Francis tivesse razão e fosse melhor mesmo arrumar as malas e ir embora. Mas não, não podia desistir.

Virgil pousou nela seus olhos intensos, azuis como lápis-lazúli.

"Bem, acabamos fugindo do assunto que eu tinha em mente quando te chamei aqui. Queria pedir desculpas pelo que disse na última vez em que conversamos. Eu não estava em um bom momento. Ainda não estou. De todo modo, peço desculpas se te magoei", disse ele, para surpresa de Noemí.

"Obrigada", respondeu ela.

"Espero que possamos nos dar bem. Não há motivos para agirmos como se fôssemos inimigos."

"Sei que não."

"Talvez tenhamos começado com o pé esquerdo. Vamos tentar novamente. Prometo que vou pedir ao dr. Cummins para que comece a sondar psiquiatras em Pachuca, para mantermos essa opção em aberto. Você pode me ajudar a escolher um; podemos escrever juntos para ele."

"Eu gostaria muito."

"Bandeira branca, então?"

"Não estamos em guerra, lembra?"

"Sim, eu sei. Mas, mesmo assim", disse ele, estendendo a mão. Noemí hesitou um instante, então saiu detrás da cadeira e a aceitou. O aperto de Virgil era firme, e sua mão volumosa cobriu por completo a mão pequena e delicada de Noemí.

Pedindo licença, ela se retirou. Estava voltando para o seu quarto quando viu Francis parado diante de uma porta, prestes a abri-la. O barulho de passos fez com que ele estacasse e olhasse para ela. Ele inclinou a cabeça para cumprimentá-la, mas não disse nada.

Talvez Florence tivesse o repreendido por fazer as vontades de Noemí. Talvez também fosse chamado para uma conversa com Virgil, que o diria o mesmo que havia dito para Noemí: parece que você tem passado muito tempo com ela. Noemí imaginou uma discussão em voz baixa. Afinal, Howard não gostava de barulho e até mesmo as brigas deveriam ser aos sussurros.

Ele não vai me ajudar mais, pensou ela ao fitar seu rosto hesitante. *Exauri sua boa vontade.*

"Francis", chamou Noemí.

Ele fingiu não ouvir e, gentilmente, entrou no cômodo e fechou a porta, desaparecendo de sua vista. Foi tragado por um dos muitos aposentos daquela casa, para dentro de uma das barrigas deste monstro.

Noemí encostou a palma da mão na porta, mas mudou de ideia e seguiu andando, ciente de já ter causado problemas demais. Queria consertar as coisas. Decidiu procurar Florence e a encontrou conversando com Lizzie aos sussurros na cozinha.

"Florence, você tem um minutinho?", indagou ela.

"Sua prima está repousando. Se você quer..."

"Não é sobre Catalina."

Florence fez um gesto para a criada, depois virou-se para Noemí e fez sinal para que ela a seguisse. Foram para um cômodo que Noemí ainda não conhecia, onde havia uma máquina de costura antiga sobre uma mesa robusta. Nas prateleiras das estantes, havia cestos de costura e revistas de moda amareladas. Pregos enferrujados e manchas vagas nas paredes indicavam lugares onde outrora havia quadros. Apesar desse detalhe, o quarto estava muito bem arrumado e limpo.

"O que você quer?", perguntou Florence.

"Pedi a Francis que me levasse à cidade hoje de manhã. Sei que você não gosta quando saímos sem te avisar. Queria que soubesse que a culpa é minha. Não fique zangada com ele."

Florence sentou-se em uma ampla poltrona ao lado da mesa, entrelaçou os dedos e encarou Noemí, dizendo:

"Você me acha muito severa, não é? Não, não precisa disfarçar."

"Talvez rígida fosse uma palavra mais precisa", disse Noemí, educada.

"É importante manter um senso de ordem na casa, na vida. Ajuda a determinar nosso lugar no mundo, onde pertencemos. As classificações taxonômicas ajudam a manter cada criatura em seu nicho. Perder isso de vista não é bom, assim como também não devemos esquecer de nossas obrigações. Francis tem deveres, tem tarefas a cumprir. Você o distrai dessas tarefas, faz com que ele descuide de suas obrigações."

"Mas ele não tem tarefas o dia todo."

"Não? Como você sabe? Mesmo que ele tivesse folga, por que haveria de passá-la com você?"

"Não quero tomar o tempo todo dele, mas não vejo problema em..."

"Ele fica tolo quando está com você. Esquece completamente quem deveria ser. E você acha que Howard permitiria que *Francis* ficasse com *você*?" Florence sacudiu a cabeça. "Coitadinho", murmurou ela. "O que você quer, hein? O que quer de nós? Não temos nada para dar."

"Só queria pedir desculpas", disse Noemí.

Florence pressionou a têmpora direita e fechou os olhos.

"Já pediu. Vá, vá."

E, como a criatura infeliz que Florence mencionara, incapaz de distinguir seu lugar e descobrir como encontrá-lo, Noemí sentou-se na escada por algum tempo, fitando a ninfa sobre a coluna e contemplando as partículas de poeira dançando em um raio de luz.

GÓTICO
MEXICANO

Silvia Moreno-Garcia

16

LORENCE NÃO IRIA PERMITIR QUE NOEMÍ FICASSE SOZINHA com Catalina. Uma das criadas, Mary, tinha recebido ordens de ficar de vigia em um canto. Noemí não merecia a confiança de ninguém, nunca mais. Ninguém fizera tal afirmação, mas foi só ela se aproximar da cama da prima para a criada começar a se movimentar pelo cômodo, arrumando as roupas no armário e dobrando um cobertor. Tarefas desnecessárias.

"Pode fazer isso mais tarde, por favor?", pediu a Mary.

"Não há tempo para fazer isso pela manhã", respondeu a criada, no mesmo tom.

"Mary, por favor."

"Não dê atenção a ela", disse Catalina. "Sente-se."

"Ah... Eu... É, não importa", respondeu Noemí, tentando não se aborrecer. Queria manter uma expressão confiante para Catalina. Além do mais, Florence dissera que ela poderia ter meia hora e nada mais na companhia de Catalina, e ela queria aproveitar cada segundo. "Você parece bem melhor."

"Mentirosa", devolveu Catalina, sorrindo.

"Devo afofar seus travesseiros? Entregar seus chinelos para que esta noite você possa dançar como uma das Doze Princesas Bailarinas?"

"Você gostava das ilustrações daquele livro", comentou Catalina, com suavidade.

"É verdade. Admito que o leria agora mesmo, se pudesse."

A criada começou a remexer nas cortinas, ficando de costas para elas, e Catalina lançou um olhar ávido para Noemí.

"Quem sabe possa ler poesia para mim?", pediu a prima. "Meu velho livro de poemas está ali. Sabe que gosto de Sor Juana[1]."

Noemí se lembrava do livro, que avistou na mesa de cabeceira. Como o tomo de contos de fada, era um tesouro conhecido.

"Qual devo ler?", perguntou ela.

"'Homens Tolos'."

Noemí folheou o livro. Ali estavam elas, as páginas desgastadas das quais se lembrava. E havia também um elemento incomum. Um pedaço amarelado de papel dobrado e guardado entre as páginas. Noemí olhou de relance para a prima. Catalina não disse nada; seus lábios estavam comprimidos, mas Noemí viu uma sombra de puro medo em sua expressão. Ela voltou os olhos, de soslaio, para Mary. A mulher ainda estava ocupada com as cortinas. Noemí guardou no bolso o pedaço de papel e começou a leitura. Recitou vários poemas, mantendo a voz neutra, até que Florence surgiu à porta. Carregava uma bandeja de prata, com um bule de chá e xícara do mesmo material, e uma porção de biscoitos em um prato de porcelana.

"É hora de deixar Catalina descansar", determinou ela.

"É claro."

Noemí fechou o livro e, com doçura, despediu-se da prima. Quando chegou ao quarto, reparou que Florence estivera ali. Havia uma bandeja com uma xícara de chá e os mesmos biscoitos servidos a Catalina.

Ela ignorou o chá e fechou a porta. Estava sem apetite e se esquecera de fumar um cigarro. Aquela situação estava tornando tudo azedo para ela.

Noemí desdobrou o pedaço de papel e reconheceu a caligrafia de Catalina em uma margem.

"Isto é prova", dissera ela. Noemí franziu as sobrancelhas e desdobrou a carta uma segunda vez, perguntando-se o que Catalina poderia ter escrito. Seria uma repetição da estranha missiva que enviara ao pai de Noemí? A carta que dera início a tudo.

---

1 Sor Juana Inés de la Cruz (1651—1695), freira e poeta mexicana, considerada um dos grandes nomes da poesia em língua espanhola do século XVII. [N. T.]

A carta, entretanto, não tinha sido escrita pela prima. Era mais antiga, pois o papel estava quebradiço e parecia ter sido arrancada de um caderno. Não fora datada, mas parecia a página de um diário.

Despejo esses pensamentos no papel porque é a única forma de me manter firme em minha decisão. Amanhã posso perder a coragem, mas estas palavras devem me ancorar ao aqui e agora. Ao presente. Ouço as vozes deles constantemente, seus sussurros. Eles brilham à noite. Isso talvez fosse tolerável, este lugar talvez fosse tolerável, se não fosse por ele. Nosso senhor e soberano. Nosso Deus. Um ovo partido e uma cobra surgindo dele, com a boca escancarada. Nosso maior legado, revirado em cartilagem, sangue e raízes, tão profundamente. Deuses não morrem. É o que nos disseram, em que a Mãe acredita. Mas ela não pode me proteger, não pode salvar nenhum de nós. Depende de mim. Mesmo que seja sacrilégio ou mero assassinato, ou ambos. Ele me agrediu quando descobriu a verdade sobre Benito, mas jurei que jamais teria um filho ou satisfaria as vontades dele. Acredito piamente que esta morte não será um pecado. É uma libertação e minha salvação. R.

R, uma única letra como assinatura. Ruth. Poderia ser uma página do diário dela? Noemí não achava que Catalina fosse capaz de forjar uma coisa dessas, mesmo com a semelhança assombrosa à missiva desconexa escrita pela prima. Mas onde Catalina tinha encontrado a carta? A casa era grande e antiga. Ela conseguia imaginar Catalina percorrendo os corredores obscuros. Uma tábua solta do assoalho saindo do lugar, o fragmento elusivo do diário escondido sob a madeira.

Mergulhada no conteúdo da carta, Noemí mordeu o lábio. Ler aquele pedaço de papel com aquelas frases sinistras faria qualquer um acreditar em fantasmas ou maldições, ou ambos. Ela nunca dera muita credibilidade à ideia de que certas coisas se manifestam à noite. Fantasias e caprichos, é o que ela sempre dizia a si mesma. Ao ler *O Ramo de Ouro*[2], concordara com o capítulo sobre a expulsão

---

2   Obra antropológica escrita por sir James George Frazer (1854—1941) que registra relatos, lendas e mitos sobre magia e religião de diversos povos do mundo. [N. T.]

dos males, folheara, com curiosidade, um diário, detalhando as ligações estabelecidas entre fantasmas e doenças em Tonga, e se divertira com uma carta ao editor da revista *Folklore* que detalhava um encontro com um espírito sem cabeça. Ela não tinha o costume de acreditar no sobrenatural.

Isto é prova, dissera Catalina. Mas prova de quê? Noemí largou a carta na mesa e a alisou. Então a releu.

Ligue os pontos, sua tola, disse a si mesma, roendo uma unha. E quais eram os pontos? A prima ouvindo vozes e alegando haver uma presença na casa. Ruth também mencionara as vozes. Noemí não tinha ouvido nada, mas teve pesadelos e episódios de sonambulismo, coisa que não acontecia havia anos.

Alguns diriam que tudo não passava de um caso envolvendo três mulheres tolas e inquietas. Médicos de antigamente as teriam diagnosticado com histeria. Mas Noemí era tudo, menos histérica.

Se as três não estavam histéricas, então tinham entrado em contato com *alguma coisa* dentro da casa. Mas precisava ser algo sobrenatural? Precisava ser uma maldição? Um fantasma? Será que não havia uma resposta mais racional? Ela estava vendo um padrão onde não havia nenhum? Afinal de contas, é o que os humanos fazem: buscam padrões. Ela poderia estar costurando três histórias distintas em uma narrativa.

Noemí desejou ter alguém com quem discutir suas conjecturas; estava a ponto de gastar as solas dos sapatos de tanto andar em círculos pelo quarto. Ela guardou o papel no bolso do suéter, pegou a lamparina e foi ao encontro de Francis. Ele tinha passado os últimos dias evitando a presença dela — Noemí deduziu que Florence também tinha feito o discurso sobre tarefas e deveres para ele —, mas ela não achava que ele bateria a porta na cara dela se fosse vê-lo e, de todo modo, não era como se estivesse indo pedir um favor. Só queria conversar. Encorajada, foi atrás dele.

Ele abriu a porta, e antes que pudesse cumprimentá-la, ela falou:

"Posso entrar? Preciso conversar com você."

"Agora?"

"Só por cinco minutos. Por favor?"

Ele piscou, em dúvida, e pigarreou.

"Sim. Sim, é claro."

As paredes do quarto eram forradas de desenhos coloridos e gravuras de espécimes botânicos. Havia uma porção de borboletas cuidadosamente presas por alfinetes em uma caixa de vidro e cinco adoráveis aquarelas de cogumelos. Em uma pequenina impressão sob cada uma delas, os nomes delas. Noemí viu duas estantes abarrotadas de livros com capas de couro e obras no chão em pilhas organizadas. O cheiro de páginas antigas e da tinta permeava o quarto como o perfume de um buquê exótico.

O quarto de Virgil tinha uma área reservada; não era o caso de Francis. Ela avistou a cama estreita com uma colcha verde-escura e uma cabeceira belamente trabalhada com entalhes de folhas e o onipresente desenho da cobra mordendo a própria cauda. Havia uma escrivaninha combinando, também cheia de livros. Em um canto dela, uma xícara vazia e um prato. Ele provavelmente fazia as refeições ali; a mesa no centro do quarto era inútil.

Conforme se aproximou, ela descobriu o motivo: a mesa estava repleta de papéis e apetrechos de desenho. Seus olhos miraram lápis apontados, frascos de nanquim e penas de caneta-tinteiro. Uma caixa com aquarelas e pincéis acomodados em um pote. Noemí contemplou vários desenhos feitos com carvão, mas outros eram coloridos. Esboços botânicos, todos eles.

"Você é um artista", comentou ela, tocando a margem do desenho de um dente-de-leão enquanto segurava a lamparina com a outra mão.

"Eu desenho", respondeu ele, acanhado. "Infelizmente não tenho nada a oferecer para você. Terminei o chá."

"Detesto o chá que fazem aqui. É horrível", queixou-se ela, observando outro desenho, de uma dália. "Tentei aprender a pintar uma vez. Achei que fazia sentido, sabe? Meu pai trabalha com a produção de pigmentos e tinturas. Mas não tenho talento. Além do mais, prefiro fotografias. Elas capturam o momento."

"Mas a pintura é a exposição constante a algo. Captura a essência do objeto."

"Você também é poeta."

Ele pareceu encabulado.

"Vamos sentar", ofereceu Francis, pegando a lamparina da mão dela e colocando-a na escrivaninha, onde já tinha disposto algumas velas. Outra lamparina, muito parecida com a de Noemí, só que maior, estava apoiada na mesa de cabeceira. O vidro que envolvia a chama era amarelado e envernizava o cômodo com tons de âmbar.

Ele indicou uma grande poltrona coberta por uma manta com estampas de ramalhetes de rosas e, afobado, tirou do caminho alguns livros que tinha deixado ali. Francis pegou a cadeira da escrivaninha e se sentou diante de Noemí, com as mãos postas e um pouco inclinado.

"Você acompanha os negócios da família?", perguntou ele.

"Quando eu era criança, ia para o escritório do meu pai e fingia datilografar relatórios e escrever memorandos. Mas isso já não me interessa mais."

"Não quer fazer parte dos empreendimentos?"

"Meu irmão adora. Mas não vejo por que deveria seguir o ramo das tinturas. Ou pior: não vejo por que me casar com o herdeiro de outra empresa para que possamos fundar uma companhia ainda maior. Acho que quero fazer outra coisa. Posso ter um talento secreto que precisa ser explorado. Você pode estar conversando com uma antropóloga de primeira linha, sabe."

"Não uma pianista, então."

"Não preciso ser uma coisa ou outra", devolveu ela, dando de ombros.

"É verdade."

A poltrona era confortável, e ela apreciou o cômodo. Noemí virou a cabeça para observar as aquarelas de cogumelos.

"São suas também?", perguntou ela.

"Sim, faz alguns anos que as pintei. Não são muito boas."

"São lindas."

"Se você diz", respondeu ele, com certa dignidade, e sorriu.

Ele tinha um rosto sem graça, quase desarmônico. Noemí encantara-se por Hugo Duarte por sua beleza, e gostava de rapazes que tinham certa malícia, que se vestiam bem e que eram hábeis no jogo da sedução. Mas simpatizava com as excentricidades e imperfeições de Francis, a ausência da astúcia de janota combinada com a presença de discreta sagacidade.

Ele estava usando a jaqueta de bombazina de novo, mas, na privacidade do quarto, andava descalço e vestia uma camisa gasta e amarrotada. Era adorável e íntimo vê-lo vestido daquela maneira.

Noemí foi acometida pelo desejo súbito de pender o corpo para a frente e beijá-lo, um desejo que se assemelhava à vontade de acender um fósforo, um sentimento ardente, radiante e açorado. Ainda assim, ela hesitou. Era fácil beijar alguém quando não se importava, mas a situação ficava mais intrincada quando o beijo poderia significar algo.

Ela não quis complicar ainda mais as coisas. Não queria brincar com os sentimentos dele.

"Imagino que não veio aqui para elogiar meus desenhos", disse ele, como se sentisse a hesitação dela.

Ele tinha razão. Não tinha. Noemí pigarreou e balançou a cabeça.

"Já pensou que sua casa pode ser assombrada?", sugeriu.

Francis abriu um sorriso triste e comentou:

"Que coisa estranha para se dizer."

"Sei que é. Mas tenho um bom motivo para a pergunta. E então, já pensou?"

Eles ficaram em silêncio. Francis pôs as mãos nos bolsos, então desviou o olhar para o tapete e franziu o cenho.

"Não vou rir se disser que já viu fantasmas", acrescentou Noemí.

"Fantasmas não existem."

"Mas e se existissem? Já se fez essa pergunta? Não estou falando de fantasmas em lençóis brancos, arrastando correntes. Li um livro sobre o Tibet uma vez. Foi escrito por uma mulher chamada Alexandra David-Neel, que afirmou que pessoas são capazes de criar fantasmas. Que queriam que eles existissem. Do que é mesmo que ela os chamou? Tulpa[3]."

"Parece um conto da carochinha."

"É claro que parece. Mas há um professor na Universidade de Duke, J. B. Rhine, que estuda parapsicologia. Coisas como a telepatia ser uma percepção extrassensorial."

"O que está querendo dizer?", perguntou ele, as palavras impregnadas por cautela.

"Estou dizendo que talvez minha prima seja completamente sã. Talvez haja uma assombração nesta casa, algo que pode ser explicado de forma lógica. Ainda não sei como, mas pode ser que não tenha a ver com parapsicologia. Talvez seja mais como o Chapeleiro Maluco, de *Alice no País das Maravilhas*."

---

3   Entidade ou objeto que, de acordo com crenças tibetanas, pode ser materializado a partir de intensa meditação.

"Como assim?"

"Algumas pessoas afirmavam que os chapeleiros eram propensos ao enlouquecimento quando, na verdade, a loucura era provocada pelos materiais com os quais trabalhavam. Eles inalavam vapor de mercúrio durante a confecção dos chapéus de feltro. É preciso tomar cuidado com a substância até hoje. É possível misturar mercúrio em tintas para controlar o mofo, mas em certas condições os componentes liberam vapores de mercúrio em quantidade suficiente para intoxicar uma pessoa. Um salão apinhado de gente pode enlouquecer e pode ser tudo culpa da tinta."

Francis levantou-se de repente e segurou as mãos dela.

"Não diga mais nada", pediu ele, com a voz baixa, em espanhol. Eles tinham conversado em inglês desde a chegada de Noemí; ela não se lembrava de ter visto Francis dizer uma palavra em espanhol em High Place. Tampouco se recordava de ser tocada por ele. Se tinha acontecido, não fora deliberado. As mãos dele, contudo, aferravam-se aos pulsos dela.

"Acha que sou louca como os chapeleiros?", perguntou ela, também em espanhol.

"Meu Deus, não. Acho você sã e perspicaz. Talvez perspicaz até demais. Por que não me dá ouvidos? Estou falando sério. Vá embora hoje. Vá embora agora. Este lugar não é para você."

"O que você está escondendo de mim?"

Francis a fitou, ainda segurando suas mãos.

"Noemí, não é só porque fantasmas não existem que você não pode ser assombrada. Nem que não deva temer a assombração. Você é destemida demais. Meu pai era igualzinho e pagou por isso."

"Ele despencou de uma ravina", disse ela. "Ou a história não acaba aí?"

"Quem lhe contou isso?"

"Eu perguntei primeiro."

Noemí sentiu uma pontada gelada no coração. Francis se afastou dela com certo desconforto, e foi a vez da moça segurar as mãos dele. Mantê-lo no lugar.

"Fale comigo", insistiu ela. "A história não acaba aí?"

"Ele era um beberrão que quebrou o pescoço e realmente despencou de uma ravina. Precisamos falar sobre isso agora?"

"Sim. Você não conversa sobre nada comigo, nunca."

"Isso não é verdade. Já lhe contei muitas coisas. Se, é claro, você me escutasse", disse ele, arredando as mãos do aperto de Noemí e pousando-as em seus ombros, em um gesto solene.

"Sou toda ouvidos."

Ele emitiu um som de protesto, metade de um suspiro, e ela pensou que ele iria começar a falar. Então um gemido alto ecoou pelo corredor, seguido de mais um. Francis se afastou dela.

A acústica daquela casa era estranha. Noemí se perguntava por que o som se propagava tão bem.

"É o tio Howard. Está com dores de novo", disse Francis, com o rosto contorcido em uma careta como se fosse ele próprio que estivesse agonizando. "Ele não vai aguentar por muito mais tempo."

"Sinto muito. Deve ser difícil."

"Você não faz ideia. Se ao menos ele morresse de uma vez."

Era uma coisa medonha para se dizer. Em contrapartida, ela imaginava como era difícil viver dia após dia naquela casa bolorenta e cheia de rangidos, andando na ponta dos pés para não aborrecer o velho. Que ressentimentos poderiam brotar em um coração jovem ao qual qualquer atenção e amor foram negados? Noemí não conseguia ver amor de nenhum deles por Francis. Nem o tio, nem a mãe. Será que Virgil e Francis tinham sido amigos? Será que olharam um para o outro, ambos extenuados, e admitiram suas insatisfações? Mas Virgil tinha visto o mundo, ainda que fosse para cuidar de suas próprias mágoas. Francis, por outro lado, estava preso à casa.

"Ei", sussurrou ela, estendendo a mão para tocar o braço dele.

"Eu me lembro do meu tio me batendo com aquela bengala quando eu era pequeno", disse Francis, e sua voz saiu em um murmúrio rouco. "'Ensinando-me a ser forte', era o que ele dizia. E eu pensava, Meu Deus, Ruth estava certa. Ela tinha razão. Só que não conseguiu dar cabo dele. E não adianta tentar, mas ela estava certa."

Ele parecia completamente arrasado, e embora estivesse dizendo coisas terríveis, Noemí ficou mais apiedada do que aterrorizada, e não hesitou, mantendo a mão firme no braço dele. Foi Francis quem virou a cabeça, quem se esquivou.

"Tio Howard é um monstro", declarou ele. "Não confie em Howard, não confie em Florence, e não confie em Virgil. É melhor se retirar. Não queria ter que mandar você embora tão depressa, mas é melhor assim."

Eles ficaram em silêncio. Francis manteve a cabeça baixa e a testa franzida.

"Posso ficar mais um tempinho, se quiser", ofereceu ela.

Francis olhou para Noemí e abriu um sorriso fraco.

"Minha mãe vai dar um chilique se encontrar você no meu quarto. E ela deve passar aqui em breve. Quando Howard fica assim, ela precisa que estejamos por perto. Vá dormir, Noemí."

"Como se eu conseguisse", suspirou ela. "Mas posso contar carneirinhos. Acha que vai ajudar?"

Ela deslizou um dedo pela capa de um livro no topo de uma pilha, perto da poltrona onde tinha sentado. Ela não tinha mais nada a dizer e estava apenas adiando a partida, na esperança de que Francis conversasse mais com ela, apesar de suas reservas; torceu para que voltassem ao assunto de fantasias e assombrações que ela tanto queria explorar, mas foi em vão.

Ele tomou a mão dela, afastando-a do livro, e seus olhos encontraram os dela.

"Por favor, Noemí", sussurrou ele. "Não menti quando disse que vão passar aqui para me buscar."

Francis devolveu a lamparina a ela e segurou a porta aberta. Noemí saiu.

Ela olhou por cima do ombro antes de virar no corredor. Ele pareceu meio fantasmagórico, ainda parado na soleira, com o brilho das lamparinas e das velas no quarto iluminando o cabelo loiro como uma chama sobrenatural. Em algumas cidadezinhas poeirentas do país, diziam que bruxas podiam se transformar em bolas de fogo e voar. Era como eles explicavam o fogo-fátuo. Noemí refletiu sobre aquilo, e sua mente trouxe a memória do sonho que tivera com a mulher dourada.

GÓTICO MEXICANO

Silvia Moreno-Garcia

OEMÍ NÃO MENTIRA SOBRE CONTAR CARNEIRINHOS. ESTAVA agitada demais com aqueles pensamentos sobre assombrações e enigmas para pegar no sono. E a lembrança do impulso de se inclinar e dar um beijo em Francis ainda estava viva em sua mente. Decidiu então que o melhor a fazer era tomar um banho.

O banheiro era velho, com diversos azulejos rachados, mas sob a luz da lamparina a óleo a banheira parecia intacta e limpíssima, apesar das desagradáveis manchas de mofo no teto.

Noemí apoiou a lamparina em uma cadeira, ajeitou seu quimono no espaldar e abriu a torneira. Florence havia dito que todos deveriam tomar banho com água morna, mas Noemí não tinha a menor intenção de ficar imersa em uma poça fria de água e, apesar da precariedade do aquecedor, conseguiu esquentar a água a ponto de deixar o banheiro envolto em uma névoa. Se estivesse em casa, teria salpicado óleos perfumados e sais de banho na água, mas não havia nada em High Place. Noemí entrou na banheira e apoiou a cabeça na borda.

High Place não chegava a ser uma casa caindo aos pedaços, mas estava cheia de pequenas imperfeições. Uma casa negligenciada. Sim, era essa a palavra. Negligência. Noemí se perguntava se Catalina talvez pudesse ter tido a chance de cuidar melhor da casa em outras circunstâncias. Parecia improvável. A casa estava tomada por uma ruína arraigada.

Aquele pensamento a deixou perturbada. Ela fechou os olhos.

A torneira pingava na água. Noemí afundou até cobrir toda a cabeça, prendendo a respiração. Mal conseguia se lembrar da última vez em que nadara. Precisava se programar para visitar Veracruz o quanto antes. Ou, melhor ainda, Acapulco. Não conseguia imaginar um local mais diferente de High Place. Sol, praias, coquetéis. Ligaria para Hugo Duarte e sondaria se estava disponível para acompanhá-la.

Ao emergir da água, afastou o cabelo dos olhos quase furiosa. Hugo Duarte. Quem estava querendo enganar? Ultimamente, não pensava nele. A pontada de desejo que a acometera no quarto de Francis era preocupante. Parecia diferente de todas as suas incursões anteriores. Embora não fosse adequado que uma jovem da sua classe social soubesse algo sobre desejo, Noemí tivera a oportunidade de experimentar beijos, abraços e algumas carícias. Não era por medo do pecado que não tinha dormido com nenhum dos homens com que saíra; o que a preocupava era ficar mal falada ou, pior ainda, presa em uma relação. Abrigava diversos medos em seu coração, das coisas mais diversas, mas com Francis, esquecera-se de sentir medo.

Você está ficando frouxa, disse a si mesma. *Ele nem é bonito.*

Deslizou os dedos pelo esterno e contemplou o mofo no teto. Depois, com um suspiro, virou a cabeça.

Foi então que viu. A silhueta na porta. Noemí piscou algumas vezes, julgando se tratar de uma ilusão de ótica. A lâmpada a gás que levara para o banheiro iluminava bem o ambiente, mas não se comparava à claridade de uma lâmpada elétrica. A silhueta deu um passo à frente e ela percebeu que era Virgil, trajando um terno risca-de-giz marinho e gravata, muito à vontade, como se tivesse entrado no banheiro dele e não no dela.

"Aí está você, mocinha", disse ele. "Não precisa falar nada, nem se mexer."

Noemí sentiu um misto de vergonha, surpresa e raiva percorrer seu corpo. Que diabos ele estava fazendo? Estava prestes a gritar com ele. Gritar e se cobrir. Ele merecia uma bofetada. Ela o esbofetearia assim que estivesse vestida.

Mas não conseguiu se mexer. Nenhum som escapou de seus lábios.

Virgil se aproximou, abrindo um sorriso.

Eles te obrigam a fazer coisas, sussurrou uma voz. Noemí a ouvira antes, em algum lugar daquela casa. *Eles te obrigam a fazer coisas.*

A mão de Noemí, pousada na lateral da banheira, crispou-se com muita dificuldade. Ela abriu a boca, mas não emitiu som algum. Queria expulsá-lo dali, mas não conseguia, e aquela incapacidade de se mexer fazia com que tremesse de pânico.

"Você vai ser boazinha, não vai?", perguntou Virgil.

Ele alcançou a banheira e ajoelhou-se para vê-la de perto, sorrindo. Um sorriso oblíquo, malicioso, no rosto perfeitamente esculpido. Ele estava tão próximo que Noemí pôde distinguir partículas douradas em seus olhos.

Ele afrouxou o nó da gravata e a removeu, desabotoando em seguida a camisa.

Ela estava petrificada, como um personagem desavisado de um velho mito. Fora vítima de uma górgona.

"Bem boazinha, assim mesmo. Isso, bem quietinha."

Abra os olhos, disse a voz.

Mas seus olhos já estavam arregalados. Virgil entrelaçou os dedos no cabelo de Noemí, erguendo sua cabeça. Um gesto bruto, desprovido da docilidade que exigia dela. Noemí queria empurrá-lo, mas não conseguia se mexer. Ele cerrou os dedos com força, inclinando-se para beijá-la.

Noemí sentiu o gosto doce dos lábios dele. Resquícios do vinho, talvez. O sabor agradável relaxou seu corpo tenso. Ela soltou a borda da banheira e a voz sussurrante desapareceu. Sentiu o vapor quente da água, o toque dos lábios de Virgil nos seus, as mãos dele acariciando seu corpo. Ele beijou o pescoço dela, descendo até a curva dos seios, onde se deteve para dar uma levíssima mordida. Noemí gemeu, sentindo o toque áspero da barba por fazer de Virgil em sua pele. Inclinou a cabeça para trás e percebeu que não estava mais paralisada.

Ergueu as mãos para tocar o rosto dele, para puxá-lo para mais perto. Não era um invasor. Não era um inimigo. Ao passo que a vontade de gritar ou estapeá-lo desaparecera por completo, o desejo de tocá-lo aumentava a cada instante.

A mão de Virgil desceu pela barriga de Noemí, desaparecendo sob a água, tocando suas coxas. Ela não estava mais tremendo de medo. Era um frêmito de desejo, delicioso e intenso, que parecia se espalhar por seu corpo enquanto ele a tocava com dedos firmes, deixando-a sem fôlego. O corpo dele pesava cálido sobre sua pele. Noemí deixou escapar outro gemido, sentindo os dedos de Virgil se movendo, mas de repente, ouviu mais uma vez:

Abra os olhos, sussurrou a voz, despertando-a do transe. Ela desviou o olhar do rosto de Virgil e voltou a fitar o teto. Foi então que viu que o teto parecia ter derretido.

Viu um ovo, de onde brotava uma haste branca. Uma serpente. Tinha visto aquela imagem antes. Nos aposentos de Francis, poucas horas antes. Nas paredes do quarto. As aquarelas de cogumelos com seus prístinos rótulos; em uma delas, lia-se: "véu universal". Sim, era isso. O ovo perfurado, sem a membrana, o cogumelo brotando do solo como uma serpente. Uma cobra de alabastro, rastejando em arabescos, devorando a própria cauda.

Súbito, a escuridão. A chama da lamparina se extinguira. Noemí não estava mais na banheira. Viu-se embrulhada em um tecido grosso que impedia seus movimentos. Conseguiu desvencilhar-se dele, que deslizou pelos seus ombros como a membrana que ela observara.

Pairava no ar um odor de madeira. Terra úmida e madeira. Ao erguer a mão, sentiu uma superfície dura e uma farpa perfurou sua pele.

Um caixão. Estava enterrada. O tecido era uma mortalha. Mas Noemí não estava morta. Nem um pouco. Abriu a boca para gritar, para avisar que não estava morta, mesmo sabendo que não morreria jamais.

De repente, o zumbido de milhares de abelhas soou ao seu redor e Noemí pôs as mãos para tampar as orelhas. Uma luz dourada ofuscante incidiu sobre ela, trêmula, pairando sobre os pés e subindo corpo acima, até alcançar seu rosto, sufocando-a com sua presença opressora.

Abra os olhos, disse Ruth. Ruth com sangue nas mãos, sangue no rosto, sangue nas unhas manchadas, e as abelhas que zumbiam dentro da sua cabeça ecoavam nos ouvidos de Noemí.

Noemí abriu os olhos, alarmada. A água pingava pelas suas costas e pelos seus dedos e o roupão que vestia não tinha nenhuma faixa; aberto, exibia sua nudez. Estava descalça.

O cômodo estava na penumbra, mas mesmo no escuro pôde perceber que obviamente não estava no seu quarto. A tênue luz de uma lamparina ergueu-se no escuro, como um vagalume, tornando-se mais intensa à medida que dedos ágeis aumentavam a claridade. Virgil Doyle, sentado em sua cama, levantou a lamparina que mantinha em sua cabeceira e a fitou.

"O que está acontecendo?", perguntou ela, colocando a mão na garganta.

Podia falar, graças a Deus. Sua voz voltara, ainda que rouca e trêmula.

"Acho que você sofreu outro ataque de sonambulismo e veio até o meu quarto."

Ela estava ofegante. Tinha a impressão de que correra muito, o que talvez fosse verdade. Tudo era possível. Conseguiu fechar o roupão a duras penas, muito desajeitada.

Virgil atirou as cobertas para o lado, vestiu o robe de veludo e se aproximou dela.

"Você está toda molhada", disse ele.

"Eu estava tomando um banho", murmurou Noemí. "O que você estava fazendo?"

"Dormindo", respondeu ele, dando um passo à frente.

Pensando que ele iria tocá-la, Noemí recuou, quase derrubando o biombo ao seu lado. Ele o aparou com uma das mãos.

"Vou buscar uma toalha. Você deve estar com frio."

"Não muito."

"Que mentira deslavada", disse ele somente, antes de abrir um armário, em busca da toalha.

Noemí não estava disposta a esperar. Queria voltar depressa aos seus aposentos, mesmo que para isso tivesse que atravessar a casa na mais completa escuridão. Mas a noite a deixara atordoada, em um tal estado de ansiedade que não conseguia sequer se mexer. Assim como no sonho, estava petrificada.

"Aqui está", disse ele. Noemí segurou a toalha por um instante, antes de finalmente enxugar o rosto e começar a secar o cabelo. Não fazia ideia de quanto tempo tinha ficado imersa na banheira, nem perambulando pelos corredores.

Virgil desapareceu nas sombras e ela ouviu um tilintar. Logo ele reapareceu, com dois copos na mão.

"Sente-se e tome um gole de vinho", disse ele. "Vai te esquentar um pouco."

"Se me emprestar sua lamparina, saio daqui em dois tempos."

"Tome o vinho, Noemí."

Ele se acomodou na mesma poltrona em que se sentara da outra vez, apoiando a lamparina e a taça de Noemí em uma mesa. Depois, pôs-se a fitá-la, com a taça nas mãos. Noemí se sentou. Deixando a toalha cair no chão, pegou a taça, deu um gole — apenas um, como ele sugerira — e apoiou a taça novamente na mesa.

Sentia-se como se ainda flutuasse em um sonho, embora estivesse desperta. Uma névoa obnubilava seus pensamentos, e a única coisa nítida naquele quarto era o próprio Virgil, com o cabelo levemente despenteado, lançando um olhar penetrante em sua direção. Era evidente que esperava que ela dissesse alguma coisa, e Noemí buscava as palavras certas.

"Você estava no meu sonho", disse ela. Mais para si mesma do que para ele. Queria entender o que tinha visto, o que tinha acontecido.

"Espero que não tenha sido um sonho ruim", retrucou ele, abrindo um sorriso, com uma expressão ardilosa. Era o mesmo sorriso que ela vira no sonho. Ligeiramente malicioso.

O ardor que experimentara de modo tão vívido e prazeroso estava se transformando em uma sensação de náusea, mas o sorriso de Virgil era uma centelha perdida, lembrando-a do quanto desejara o toque dele.

"Você esteve no meu quarto?"

"Acho que estive no seu sonho."

"Parecia bem real."

"E qual foi a sensação?"

"De ter minha privacidade invadida", respondeu ela.

"Eu estava dormindo. Você me acordou. A invasora aqui esta noite é você."

Ela o vira se levantar da cama e pegar seu robe de veludo, mas nem assim estava convencida de sua inocência. No entanto, sabia que era improvável que ele tivesse entrado no banheiro dela, como um íncubo medieval, e sentado sobre ela como se estivessem posando para uma pintura de Fuseli. Ou entrado de mansinho em seus aposentos para agarrá-la à força.

Ela deslizou os dedos pelo pulso, em busca das contas azuis e brancas. Havia tirado a pulseira contra o mau olhado. O pulso estava exposto; ela também, embrulhada no roupão de banho, sentindo as gotículas de água deslizando pela pele.

Ficou de pé e disse:

"Vou voltar para o meu quarto."

"Dizem que não é bom dormir logo depois de se despertar de um episódio de sonambulismo", argumentou ele. "Acho que você deveria tomar mais um pouco de vinho."

"Não, tive uma noite terrível e não quero prolongá-la ainda mais."

"Hmm. Mas se eu não te emprestar a lamparina, você será obrigada a ficar mais um pouco aqui, não é mesmo? A não ser que pretenda encontrar o caminho de volta tateando as paredes. Esta casa é um verdadeiro breu."

"Se não quiser me ajudar, volto tateando as paredes mesmo."

"Achei que estava te ajudando. Eu te ofereci uma toalha para secar o cabelo, uma poltrona para se sentar e uma bebida para acalmar os nervos."

"Não há nada de errado com os meus nervos."

Ele se levantou com a taça na mão, fitando-a como se estivesse achando a situação divertida.

"Com o que você sonhou, afinal?"

Ela não queria ficar ruborizada na frente dele. Ficar vermelha como uma idiota diante de um homem que demonstrava uma hostilidade tão meticulosa contra ela. Mas pensou no toque dos lábios dele, nas mãos dele em suas coxas, como acontecera no sonho, e sentiu um arrepio na espinha. Aquela noite, aquele sonho — uma atmosfera permeada por desejo, perigo, infâmia, e todos os segredos pelos quais seu corpo e sua mente ansiavam em silêncio. O frêmito do despudor, a excitação de estar com Virgil.

Foi impossível conter o rubor.

Virgil sorriu. E, embora fosse impossível, Noemí teve certeza de que ele sabia exatamente o que ela havia sonhado e que estava esperando algum sinal à guisa de um convite. Mas a névoa em sua mente estava se dispersando, e ela se lembrou das palavras que ecoaram em seus ouvidos. Uma única frase. *Abra os olhos.*

Noemí fechou a mão, ferindo a palma com as unhas. Ela sacudiu a cabeça e disse:

"Algo terrível."

Virgil pareceu confuso e, depois, decepcionado. Um esgar de deboche distorceu o seu rosto.

"Talvez preferisse ter entrado sonâmbula no quarto de Francis, não é?"

As palavras a chocaram, mas também lhe deram confiança para encará-lo. Que ousadia a dele! Depois de ter dito que poderiam ser amigos! Mas ela finalmente compreendera tudo. Virgil era um mentiroso inveterado e estava brincando com ela, tentando deixá-la confusa. Quando lhe convinha, portava-se de maneira gentil com ela, mas, no instante seguinte, retirava a amostra de cordialidade que lhe dispensara.

"Vá dormir", disse ela, mas o que gostaria de ter dito era *vá se foder*, e seu tom de voz não disfarçou a intenção. Apanhou a lamparina e saiu, deixando-o no escuro.

Quando chegou a seu quarto, notou que tinha começado a chover. Era uma daquelas chuvas fortes, com pingos que fustigavam o vidro das janelas. Noemí entrou no banheiro e olhou a banheira. A água estava fria, a névoa se dissipara. Ela puxou a tampa do ralo com força.

GÓTICO
MEXICANO

Silvia Moreno-Garcia

18

SONO COMEÇOU AGITADO; NOEMÍ RECEAVA FAZER MAIS PERAM-
bulações enquanto sonâmbula. Mais tarde, porém, conseguiu adormecer.

Ela ouviu um farfalhar de pano no quarto, o rangido do
assoalho, e então, amedrontada, virou-se para olhar a porta, agarrando os lençóis.

Era Florence, usando o colar de pérola e mais um de seus vestidos
escuros e sisudos. Ela tomara a liberdade de entrar no cômodo e carregava uma bandeja prateada.

"O que está fazendo?", perguntou Noemí, tomando assento. Ela
sentiu a boca seca.

"É hora do almoço", explicou Florence.

"O quê?"

Não era possível que fosse tão tarde assim. Noemí se levantou e
abriu as cortinas. A claridade invadiu o quarto. Ainda chovia. A manhã
tinha se passado sem que ela, completamente esgotada, notasse.

Florence apoiou a bandeja e serviu uma xícara de chá para Noemí.

"Ah, não, obrigada", disse Noemí, balançando a cabeça. "Quero ver
Catalina antes de comer."

"Ela acordou e já voltou para a cama", respondeu Florence, baixando
o bule de chá. "A medicação a deixa um tanto sonolenta."

"Sendo assim, pode me avisar quando o médico chegar? Ele virá aqui hoje, não é?"

"Ele não virá."

"Achei que ele vinha toda semana."

"Ainda está chovendo", disse Florence, com indiferença. "Ele não virá aqui com esta chuva."

"Pode chover amanhã também. Afinal de contas, é a temporada de chuvas, não é? Como vai ser então?"

"Daremos um jeito, como sempre fizemos."

Florence tinha respostas resolutas e cortantes para tudo! Parecia que tinha anotado e decorado todas as coisas certas para dizer.

"Por favor, me avise quando minha prima acordar", insistiu Noemí.

"Não sou sua criada, srta. Taboada", devolveu Florence. Sua voz não continha traços de animosidade; era apenas uma constatação.

"Estou bem ciente disso, mas exige que eu não visite Catalina sem avisar e então torna impossível que eu a encontre. O que há de errado com você?", perguntou Noemí. Percebeu que estava sendo extremamente rude, mas queria desfazer a expressão de calmaria de Florence.

"Se tem algum problema com isso, sugiro que converse com Virgil."

Virgil. A última coisa que ela queria fazer era conversar com ele. Noemí cruzou os braços e fitou a mulher. Florence a encarou com frieza, a boca um pouco curvada em zombaria.

"Bom almoço", encerrou ela, e Noemí percebeu ares de superioridade em seu sorriso, como se Florence soubesse que ganhara a discussão.

Noemí pegou a colher para mexer a sopa e bebericou o chá, e logo desistiu de comer. Sentiu uma dor de cabeça se aproximando. Precisava comer, mas teimou em andar pela casa.

Ela vestiu o suéter e foi até o andar inferior. Esperava encontrar alguma coisa? Fantasmas à espreita atrás de alguma porta? Se havia algum, se esquivara dela.

Os cômodos cuja mobília estava coberta por lençóis eram agourentos, assim como a estufa, cheia de plantas murchas. Além de evocar certa melancolia, nada revelaram. Ela buscou refúgio na biblioteca. As cortinas estavam fechadas, e ela as abriu.

Observou o tapete circular com a cobra que avistara em sua primeira visita e o contornou a passos lentos. Uma cobra tinha aparecido em seu sonho. Tinha nascido de um ovo. Não, de um corpo. Se sonhos tinham significado, o que aquele queria dizer?

Bem, sem sombra de dúvida havia elementos sexuais envolvidos, e não era preciso consultar um psicanalista para confirmar. Um trem entrando em um túnel era uma metáfora bastante óbvia graças a Freud, e pelo visto cogumelos fálicos que se insinuavam pelo solo tinham o mesmo significado.

Virgil Doyle, insinuando-se para ela.

Não era uma metáfora; estava ali, às claras.

A lembrança dele com as mãos enrodilhadas no cabelo dela e os lábios nos seus, lhe causou calafrios. Não havia nada de agradável na recordação. Era fria e perturbadora, e ela voltou a atenção para as estantes, buscando entre os tomos, atarantada, por uma leitura.

Noemí escolheu alguns livros aleatórios e voltou para o quarto. Ficou parada perto da janela, contemplando a vista e roendo uma unha, até que percebeu que precisava fumar, pois estava muito nervosa. Pegou os cigarros, o isqueiro e a xícara decorada com cupidos seminus. Após dar uma tragada, acomodou-se na cama.

Ela não tinha se dado o trabalho de ler os títulos dos livros que levara consigo. *Hereditariedade: Leis e Fatos Aplicados ao Aprimoramento Humano*, dizia. O outro, que abordava as mitologias grega e romana, era mais interessante.

Noemí o abriu e viu manchas escuras e discretas de mofo na primeira página. Folheou com cuidado. O interior estava praticamente intacto, com poucas marcas em um ou outro canto. Ela pensou em trechos de Código Morse. A escrita da natureza em papel e couro.

Ela segurou o cigarro na mão esquerda e deixou as cinzas caírem na xícara, apoiada na mesa de cabeceira. Perséfone, com seus cabelos dourados, segundo narrava o livro, fora levada contra a sua vontade por Hades para o submundo. Lá, comeu sementes de romã, o que a acorrentou ao mundo sombrio.

O livro continha uma gravura que ilustrava o instante em que Perséfone fora arrebatada pelo deus. Flores foram espalhadas em seu cabelo, outras caíram no chão; seus seios estavam expostos. Hades, às suas costas, a tinha pegado e segurado com firmeza. Perséfone esticou uma das mãos e desmaiou, com um grito morrendo em seus lábios. Sua expressão era de puro horror. O deus olhava para a frente.

Noemí fechou o livro com um baque e olhou o canto do quarto onde o papel de parede rosado estava manchado por causa do mofo. E, enquanto o observava, o mofo *se mexeu*.

Meu Deus, que tipo de ilusão de ótica era aquela?

Ela se sentou na cama e agarrou as cobertas com uma das mãos enquanto segurava o cigarro com a outra. Noemí se levantou, devagar e sem piscar, e se aproximou da parede. O mofo que se mexia era hipnotizante. Ele se realinhava em estampas ecléticas como em um caleidoscópio, deslocando-se, transformando-se. Em vez de cacos de vidros refletidos por espelhos, era uma loucura orgânica que impelia o mofo a fazer curvas e voltas vertiginosas, criando espirais e guirlandas, dissolvendo-se, então se fundindo novamente.

Era colorido. À primeira vista, parecia preto e cinza, mas quanto mais Noemí observava o mofo, mais ficava evidente que havia um resplendor dourado em certas partes. Dourado, amarelo e âmbar, desvanecendo ou avivando à medida que as imagens se refaziam em uma nova e espantosa combinação de beleza simétrica.

Ela esticou a mão como se fosse tocar a parte da parede encardida pelo mofo. Ele se mexeu de novo, longe da mão dela, arisco. Então logo pareceu mudar de ideia. Pulsou, borbulhando, como betume, e esticou um dedo longo e fino para chamá-la.

Abelhas escondiam-se nas paredes, e Noemí ouviu o zumbido delas enquanto se aproximava, sonolenta, para tentar roçar os lábios no mofo. Seus dedos tocaram as imagens douradas e brilhantes, que exalavam um aroma terroso e orgânico, de chuva, e então revelavam segredos infinitos.

O mofo pulsava no ritmo do seu coração; eles batiam como um, e os lábios dela se entreabriram.

O cigarro esquecido, que ainda segurava, queimou os dedos de Noemí, e ela o soltou com um grito. Ela rapidamente se curvou para pegar o cigarro, atirando-o no cinzeiro improvisado.

Ela se virou para olhar o mofo. Estava completamente parado. O papel de parede continuava velho, sujo e intacto.

Noemí correu até o banheiro e fechou a porta. Agarrou a beirada da pia para não perder o equilíbrio. Seus joelhos estavam prestes a fraquejar, e ela achou, sentindo o pânico crescer, que iria desmaiar.

Abriu a torneira e lavou o rosto com água gelada, recusando-se a desfalecer, mesmo que tivesse que passar a noite toda lutando contra isso. Ela respirou fundo algumas vezes.

"Que droga", sussurrou Noemí, apoiando-se com as duas mãos na pia. O feitiço estonteante estava passando. Mas ela não iria sair dali. Não imediatamente. Até se certificar que... O quê? Que as alucinações tinham cessado? Que não estava enlouquecendo?

Noemí esfregou o pescoço com uma das mãos enquanto examinava a outra. Uma queimadura grande e feia tinha se formado entre o indicador e o dedo do meio, onde o cigarro tinha queimado até a bituca. Teria que providenciar uma pomada.

Ela lavou o rosto mais uma vez e olhou para o espelho, tocando os lábios com as pontas dos dedos.

Uma batida forte à porta a fez pular para trás.

"Você está aí dentro?", perguntou Florence. Antes que Noemí pudesse responder, a mulher abriu a porta.

"Preciso de um minuto", murmurou Noemí.

"Por que está fumando? É proibido."

Noemí ergueu a cabeça com veemência e bufou para a pergunta absurda.

"É mesmo? Pois eu acho que a pergunta mais importante é que merda está acontecendo nesta casa", retrucou ela. Não estava gritando, mas tinha chegado perto.

"Modos! Veja lá como fala comigo, mocinha."

Noemí balançou a cabeça e fechou a torneira.

"Quero ver Catalina imediatamente."

"Não ouse me dar ordens. Virgil chegará a qualquer momento e então vai ver..."

Ela agarrou o braço de Florence.

"Escute..."

"Tire suas mãos de mim!"

Quando Florence tentou se desvencilhar, Noemí a segurou com mais força ainda.

"O que está acontecendo aqui?", perguntou Virgil.

Estava parado no limiar da porta, olhando-as com curiosidade. Trajava o mesmo paletó risca de giz do sonho. Noemí se sobressaltou. Ela provavelmente já o vira com a jaqueta antes, e decerto era por isso que tinha imaginado Virgil com ela, mas não gostou do detalhe. Ele mesclava realidade e fantasia. A visão a enervou o suficiente para fazer com que soltasse Florence.

"Ela está infringindo as regras, como sempre", delatou Florence, cuidadosamente alisando o cabelo ainda impecável, como se o breve confronto pudesse tê-lo despenteado. "É uma garota inconveniente."

"O que está fazendo aqui?", perguntou Noemí, cruzando os braços.

"Você gritou, então vim verificar se estava tudo bem", disse Virgil. "Imagino que Florence esteja aqui pelo mesmo motivo."

"E estou", respondeu ela.

"Eu não gritei."

"Nós ouvimos você", insistiu Florence.

Noemí com certeza não tinha gritado. Houve barulho, mas era o zumbido das abelhas. É claro que as abelhas não existiam, mas isso não significava que ela havia gritado. Ela saberia se fosse o caso. O cigarro tinha queimado sua mão, mas ela não tinha feito tanto barulho e...

Ambos a encaravam.

"Quero ver minha prima. Agora. Juro por Deus que ou vocês me deixam ver Catalina agora ou vou arrombar aquela porta", exigiu ela.

Virgil deu de ombros.

"Não precisa fazer nada disso. Venha."

Ela os seguiu. Em dado momento, Virgil olhou para ela sobre o ombro e sorriu. Noemí esfregou o pulso e desviou o olhar. Quando adentraram o quarto de Catalina, ela ficou surpresa ao ver a prima acordada. Mary também estava lá. Ao que tudo indicava, seria uma reunião em grupo.

"Noemí, o que houve?", perguntou Catalina com um livro na mão.

"Queria ver como você está."

"Igual a ontem. Basicamente descansando. Parece que virei a Bela Adormecida."

Bela Adormecida, Branca de Neve. Noemí não se importava com nada daquilo. Mas Catalina exibia o sorriso gentil de sempre.

"Parece cansada. Algum problema?", perguntou a prima.

Noemí hesitou e balançou a cabeça, respondendo:

"Não é nada. Quer que eu leia para você?", ofereceu ela.

"Eu estava prestes a tomar uma xícara de chá. Aceita?"

"Não."

Noemí não sabia ao certo o que esperava encontrar, mas não era Catalina de bom humor e a criada arrumando as flores mirradas da estufa em um vaso. A visão pareceu artificial, ainda que tudo estivesse no lugar. Ela se voltou para a prima, tentando identificar o menor vestígio de desconforto em sua expressão.

"Sério, Noemí. Você está agindo estranho. Está ficando resfriada?", perguntou Catalina.

"Estou ótima. Vou deixar você tomar seu chá em paz", disse Noemí, incapaz de falar algo mais com os outros ali presentes. Não que parecessem muito interessados na interação.

Ela saiu do quarto. Virgil fez o mesmo, fechando a porta. Eles se entreolharam.

"Satisfeita?", quis saber ele.

"Mais calma. Por ora", respondeu Noemí, lacônica. Ela queria voltar sozinha para o quarto, mas Virgil estava indo na mesma direção, claramente a fim de dar continuidade à conversa e nem um pouco incomodado com a concisão dela.

"E eu que achei que você nunca se acalmaria."

"O que quer dizer com isso?", retrucou ela.

"Você fez da sua missão encontrar defeitos ao seu redor."

"Defeitos? Não. Respostas. E digo mais, as respostas são muito significativas."

"São mesmo?"

"Vi essa coisa medonha se mexendo..."

"Ontem à noite ou agora?"

"Agora. E na noite passada também", murmurou ela, levando uma das mãos à testa.

Noemí percebeu que teria que olhar para o papel de parede horrendo com a pavorosa mancha preta se voltasse para o quarto. Ainda não estava pronta. Ela mudou de rota, dando uma guinada rápida na direção da escadaria. Sempre podia contar com um esconderijo na sala de visitas. Era o cômodo mais confortável da casa.

"Se está tendo pesadelos, posso aproveitar a próxima visita do médico e pedir um medicamento."

Ela apertou o passo, tentando aumentar a distância entre eles.

"Não vai adiantar nada, já que eu não estava sonhando."

"Como assim? Mas você teve um episódio de sonambulismo."

Ela se virou. Estavam na escada, e Virgil tinha parado três degraus acima.

"Foi diferente. Hoje eu estava acordada. Hoje..."

"Tudo parece bem confuso", interrompeu ele.

"É porque você não está me deixando falar."

"Você está muito cansada", disse ele, com desdém, começando a descer os degraus.

Noemí fez o mesmo, na tentativa de manter o espaço entre ambos.

"Foi isso que disse a ela? Que ela está muito cansada? Ela acreditou em você?"

No instante seguinte, Virgil alcançou e ultrapassou Noemí, descendo os últimos degraus para o andar inferior. Ele se virou para encará-la.

"Acho melhor encerrarmos por aqui. Você está agitada."

"Não quero encerrar coisa nenhuma", retorquiu ela.

"Não?"

Virgil resvalou uma das mãos no ombro da escultura de ninfa que segurava o balaústre. Uma fagulha sórdida dançou em seus olhos. Ou Noemí estava imaginando coisas? Aquele "não?" dito de forma tão casual tinha um significado implícito, assim como o sorriso que brotava em seus lábios?

Ela terminou de descer os degraus, lançando um olhar desafiador para Virgil. Mas a coragem de Noemí se esvaiu quando ele se inclinou, parecendo prestes a deslizar a mão no ombro *dela*.

A boca de Virgil tinha um gosto estranho no sonho, como fruta madura, e ele, com o paletó risca de giz, pairava sobre ela, despindo-se, entrando na banheira e tocando Noemí, enquanto ela, por sua vez, envolvia-o com os braços. A memória era permeada por desejo, mas também por uma terrível humilhação.

Você vai ser boazinha, não vai? Foi o que ele disse. E agora eles estavam ali, acordados, e Noemí percebeu que Virgil seria capaz de proferir as mesmas palavras para ela na vida real. Que não se incomodaria nem um pouco em dizer, com malícia, aquela frase, que suas mãos fortes conseguiam encontrá-la tanto de dia quanto à noite.

Ela estava com medo do que aconteceria se ele a tocasse, de como ela reagiria.

"Quero ir embora de High Place. Pode pedir a alguém para me levar até a cidade?", disse ela, depressa.

"Você está muito impulsiva hoje", comentou ele. "Por que quer nos deixar?"

"Não tenho que ficar dando explicações."

Ela voltaria. É claro que sim. E, mesmo que não fosse embora, se pudesse apenas ir até a estação de trem e escrever para o pai, tudo ficaria bem. O mundo parecia desmoronar ao seu redor, transformando-se em uma grande desordem onde sonhos vazavam para as horas em que ela estava desperta. Se conseguisse sair e conversar com o dr. Camarillo sobre as experiências estranhas que estava tendo em High Place, talvez se sentisse mais como ela mesma novamente. Camarillo talvez pudesse ajudar a descobrir o que estava acontecendo, ou o que ela podia fazer. Ar. Noemí precisava tomar um pouco de ar.

"É claro que não. Mas não podemos trazê-la de volta com toda essa chuva. Já lhe disse como as estradas são perigosas."

Ela podia ver os pingos de chuva se esparramarem nos vitrais do patamar superior.

"Então voltarei a pé."

"Vai arrastar a mala na lama? Pretende usá-la como um barco e sair remando? Não seja tola", criticou ele. "A chuva deve parar hoje. Podemos tentar ir amanhã cedo. Alguma objeção?"

Agora que ele tinha concordado em levá-la até a cidade, Noemí conseguiu respirar e distender as mãos retesadas. Ela assentiu.

"Se de fato vai nos deixar amanhã, precisa jantar conosco uma última vez", disse Virgil, retirando a mão da ninfa e olhando para o corredor, na direção da sala de jantar.

"Está bem. E vou querer conversar com Catalina também."

"É claro. Algo mais?", perguntou ele.

"Não", respondeu Noemí. "Nada."

Não era mentira, mas ela ainda evitou olhar para ele, e por um instante ela permaneceu imóvel, sem saber se ele poderia continuar seguindo-a conforme ela se dirigia para a sala de visitas. Ficar ali, contudo, não traria nada de bom.

Ela começou a andar.

"Noemí?", disse ele.

Ela se deteve e o encarou.

"Por favor, não torne a fumar. Incomoda a todos nós", pediu Virgil.

"Não se preocupe", respondeu Noemí e, ao se lembrar da queimadura de cigarro, examinou os próprios dedos. Mas a marca avermelhada e em carne viva tinha sumido sem deixar vestígios.

Ela ergueu a outra mão, pensando que podia ter se confundido. Não havia nada ali também. Noemí dobrou os dedos e andou apressadamente, andando a passos pesados até a sala de visitas. Pensou ter ouvido Virgil soltar uma risadinha, mas não teve como saber. Ela não tinha como saber de nada.

GÓTICO
MEXICANO

Silvia Moreno-Garcia

19

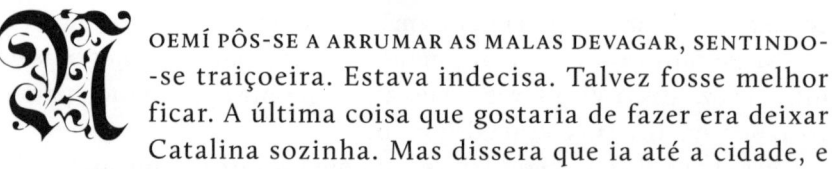

OEMÍ PÔS-SE A ARRUMAR AS MALAS DEVAGAR, SENTINDO--se traiçoeira. Estava indecisa. Talvez fosse melhor ficar. A última coisa que gostaria de fazer era deixar Catalina sozinha. Mas dissera que ia até a cidade, e era vital que refrescasse a cabeça. Tinha decidido que não voltaria para a Cidade do México. Iria para Pachuca, de onde escreveria ao pai e encontraria um bom médico disposto a acompanhá-la de volta a High Place. Os Doyle ficariam relutantes em permitir isso, mas era melhor do que nada.

Munida de coragem e com um plano de ação, terminou de fazer as malas e se dirigiu para o jantar. Como era sua última noite em High Place e não queria parecer abatida e derrotada, decidiu usar um vestido de festa. Era um vestido bege de tule rendado com detalhes metálicos dourados, uma faixa amarela na cintura e um corpete perfeitamente ajustado. A saia não era evasê como ela costumava usar, mas o traje caía muitíssimo bem e era perfeito para um jantar formal.

Ao que parecia, os Doyle tinham tido a mesma ideia, tratando a ocasião como uma comemoração especial. A mesa estava coberta pela toalha de linho branco e adornada com o candelabro de prata e inúmeras velas acesas. Em consideração à partida de Noemí, a proibição de conversarem à mesa havia sido suspensa, embora naquela noite, ela talvez tivesse preferido o silêncio. Ainda estava com os nervos à flor da pele após a alucinação que tivera e não conseguia compreender o que causara o bizarro episódio.

Estava começando a ficar com dor de cabeça. A culpa devia ser do vinho. Era forte, embora muito doce, e tinha um ressaibo intenso.

A companhia também não era das melhores. Precisava fingir cordialidade por mais um pouco, mas sua paciência estava no limite. Virgil Doyle era um tirano e Florence não ficava atrás.

Relanceou na direção de Francis. Ao seu lado, estava o membro da família Doyle de quem ela gostava. Pobre Francis. Parecia um pouco triste naquela noite. Ela se perguntou se ele a levaria até a cidade na manhã seguinte. Esperava que sim; teriam tempo para uma conversa em particular. Será que tomaria conta de Catalina por ela? Precisava pedir sua ajuda.

Francis devolveu o olhar, de soslaio. Uma palavra sussurrada estava prestes a escapar de seus lábios entreabertos, mas foi interrompido por Virgil, que disse em voz alta:

"Depois da refeição, naturalmente subiremos todos juntos."

Noemí ergueu a cabeça e olhou para Virgil.

"Não entendi", disse ela.

"Meu pai espera nossa visita depois do jantar. Quer se despedir de você. Não vai se incomodar em ir até os aposentos dele, não é mesmo?"

"Jamais cogitaria ir embora sem me despedir", respondeu ela.

"E, mesmo assim, há poucas horas você insistiu com bastante insistência em ir embora para a cidade a pé", espicaçou Virgil. Havia um tom mordaz em suas palavras.

Concluíra que, assim como gostava de Francis, não conseguia suportar Virgil. Ele era áspero e desagradável e, sob um verniz de civilidade artificial, ela sabia que podia ser monstruoso. Detestava sobretudo o modo como ele a estava encarando naquele momento, exatamente como já fizera outras vezes, com um sorriso diabólico nos lábios e os olhos fixos nela com uma crueza que lhe causava um ímpeto de cobrir o rosto.

No sonho, na banheira, tivera a mesma sensação. Houvera, no entanto, outra sensação percorrendo seu corpo — agradável, mas ao mesmo tempo terrível, como quando tinha uma cárie e não conseguia evitar de passar a língua pelo dente. Um anseio ofegante, feroz, doentio. Era um pensamento constrangedor para se ter à mesa de jantar, sentada bem de frente para ele, e Noemí olhou para baixo. Ali estava um homem capaz de conhecer segredos, de adivinhar desejos recônditos. Precisava se controlar para não fazer contato visual com ele. Fez-se um longo silêncio entre todos. A criada entrou e começou a recolher os pratos.

"Talvez você tenha dificuldade para chegar até a cidade amanhã de manhã", disse Florence, após a criada ter servido mais vinho junto com as sobremesas. "As estradas estarão em péssimas condições."

"Sim, as enchentes", concordou Noemí. "Foi assim que perderam a mina?"

"Há muitos anos", respondeu Florence, fazendo um gesto *blasé* com a mão. "Virgil ainda era bebê."

Virgil confirmou com a cabeça.

"Houve uma inundação. De todo modo, já não havia trabalho na mina nesta época. Com a Revolução, não conseguíamos mais quem trabalhasse aqui. Estavam todos lutando, de um lado ou de outro. Em uma mina assim, é preciso um afluxo constante de operários."

"E não conseguiram atraí-los de volta, depois da Revolução? Foram todos embora de vez?", indagou Noemí.

"Foram e, de mais a mais, não podíamos mais contratar ninguém. Com meu pai doente por tanto tempo, não tinha como fiscalizar o trabalho. Mas isso está prestes a mudar."

"Como?"

"Catalina não comentou? Queremos abrir a mina novamente."

"Mas está fechada há tanto tempo... Pensei que estivessem com dificuldades financeiras", argumentou Noemí.

"Catalina decidiu investir na mina."

"Você não comentou nada disso antes."

"Esqueci completamente."

Ele falou de forma tão casual que era quase possível acreditar que dizia a verdade. Mas Noemí apostava que ele tinha ficado calado pois estava ciente da conclusão que ela tiraria de tudo aquilo: que Catalina seria usada como um cofrinho muito manso.

Se estava revelando seus planos agora, era porque queria irritá-la um pouco, dardejando em sua direção o mesmo sorriso cortante com o qual já a ferira outras vezes. Queria se gabar. Ela estava indo embora, afinal de contas, então não faria mal contar vantagem.

"E é prudente fazer isso?", questionou ela. "Com sua esposa doente?"

"Não vejo em que a reabertura da mina possa agravar sua saúde."

"Acho falta de sensibilidade."

"Há muito que estamos apenas sobrevivendo em High Place, Noemí. Tempo demais. Está na hora de crescermos novamente. A planta precisa de claridade, precisamos encontrar nosso lugar ao sol. Você pode achar que é falta de sensibilidade minha. Eu acho natural. E, no fim das contas, foi você mesma quem estava falando comigo sobre mudanças no outro dia."

Era só o que faltava, que ele a responsabilizasse pelo projeto. Noemí arrastou a cadeira para trás.

"Acho melhor ir me despedir do seu pai. Estou cansada."

Virgil segurou a taça pela haste e ergueu uma sobrancelha para ela. "Acho que não faz mal pularmos a sobremesa."

"Virgil, ainda está muito cedo", protestou Francis.

Eram as primeiras palavras que ele pronunciava naquela noite, mas tanto Virgil quanto Florence viraram a cabeça em sua direção abruptamente, como se estivesse dizendo coisas ofensivas a noite inteira. Noemí imaginou que ele não devia estar autorizado a dar opiniões. Não ficou surpresa.

"Pois eu acho que está na hora certa", retrucou Virgil.

Ficaram de pé. Florence tomou a dianteira, apanhando a lamparina que estava sobre o aparador. A casa estava especialmente gélida naquela noite, e Noemí cruzou os braços sobre o peito, torcendo para que Howard não se alongasse muito na conversa. Por Deus, esperava que não. Não via a hora de se enfiar sob as cobertas e pegar no sono o mais depressa possível, para poder acordar bem cedo e correr logo para o maldito carro. Florence abriu a porta para o quarto de Howard e Noemí a seguiu. A lareira estava acesa e as cortinas abertas ao redor da vultuosa cama. Havia um odor desagradável no ar. Pungente. Como o de uma fruta madura. Noemí franziu a testa.

"Chegamos", anunciou Florence, apoiando a lamparina no console da lareira. "Trouxemos sua visita."

Florence se aproximou da cama e se pôs a abrir as cortinas. Noemí forçou um sorriso de educação, preparando-se para a visão de Howard Doyle bem acomodado debaixo das cobertas ou talvez reclinado sobre os travesseiros em seu robe verde.

Não esperava se deparar com ele deitado sobre o cobertor, completamente nu. A pele dele ostentava uma lividez medonha e suas veias de um azul intenso, espalhadas por todo o corpo, formavam um contraste grotesco com sua palidez. Mas isso não era o pior. Uma de suas pernas exibia um inchaço tenebroso, encrustado com vários furúnculos enormes e escurecidos.

Não fazia ideia do que poderiam ser. Não podiam ser tumores, isso não, pois pulsavam com vigor e sua abundância contrastava com o corpo emaciado, a pele rija contra os ossos, com exceção da perna de onde brotavam as erupções, como cracas no casco de um navio.

Era uma cena pavorosa, e Noemí julgou estar diante de um cadáver, já sujeito à ruína da putrefação, mas ele estava *vivo*. Seu peito oscilava com a respiração.

"Você precisa se aproximar mais", sussurrou Virgil no ouvido dela, puxando-a com firmeza pelo braço.

O choque a impedira de se mexer, mas ao sentir o toque de Virgil, tentou se desvencilhar dele e correr até a porta. Ele a puxou de volta, com uma violência capaz de arrebentar seus ossos. Noemí gemeu de dor, mas não desistiu de lutar.

"Anda, me ajuda aqui", disse Virgil, olhando para Francis.

"Me solta!", gritou ela.

Francis não se mexeu, mas Florence segurou o braço livre de Noemí e ajudou Virgil a arrastá-la até a cama. Debatendo-se, ela conseguiu derrubar a mesa de cabeceira, tombando um urinol de porcelana que se esfacelou ao cair no chão.

"De joelhos", ordenou Virgil.

"Não", revidou Noemí.

Eles a colocaram de joelhos à força e ela pôde sentir os dedos de Virgil afundando-se na sua pele enquanto ele colocava a mão em sua nuca.

Howard Doyle virou a cabeça e olhou para ela. Seus lábios estavam tão inchados quanto a perna, cobertos de abscessos pretos, e um líquido escuro escorria pelo seu queixo, manchando os lençóis. O mau cheiro que pairava no quarto vinha dali e, de perto, o fedor era tão terrível que Noemí achou que fosse vomitar.

"Meu Deus", murmurou ela, tentando se levantar, mas a mão de Virgil pesava como uma faixa de aço em volta do seu pescoço, a empurrando cada vez mais em direção do velho.

Howard se ergueu na cama, virando-se com o braço esticado. Estendendo a mão cadavérica, mergulhou os dedos no cabelo de Noemí e puxou o rosto dela para junto do seu.

Àquela proximidade desagradavelmente íntima, ela pôde ver claramente a cor dos olhos dele. Não eram azuis. A cor estava diluída por um áureo brilho intenso, como partículas de ouro fundido.

Howard Doyle sorriu para Noemí, exibindo os dentes manchados — manchados de preto — e então pressionou seus lábios nos lábios dela. Noemí sentiu a língua dele em sua boca e a saliva do velho desceu queimando pela garganta, enquanto ele pressionava seu rosto no dela e Virgil a mantinha firme no lugar.

Após longos e angustiantes minutos, ele a soltou e Noemí conseguiu respirar, desviando a cabeça.

Ela fechou os olhos.

Sentia-se lânguida, com os pensamentos embaralhados. Sonolenta. *Meu Deus do céu*, pensou ela, *Meu Deus, preciso me levantar, fugir daqui.* A frase se repetia em sua cabeça.

Olhando ao redor, apertou os olhos para tentar enxergar melhor e viu que estava em uma caverna. Havia outras pessoas com ela. Um homem bebia uma taça. O líquido asqueroso queimou sua boca e ele quase desmaiou, mas os outros riram e tocaram seus ombros de maneira amistosa. *Não haviam sido assim tão simpáticos quando ele chegara por aquelas bandas, um estrangeiro de terras distantes. Eram ariscos, e tinham motivo para desconfiança.*

O homem tinha cabelo claro e olhos azuis. Ele se parecia com Howard, com Virgil. O formato do queixo, o nariz. Mas tanto suas roupas e sapatos quanto seus trejeitos e dos demais homens na caverna indicavam outra época.

Quando foi que isso aconteceu?, pensou Noemí. Mas estava tonta e o som do mar a distraía. Acaso a caverna ficava perto do mar? O ambiente era escuro; um dos homens tinha uma lanterna, mas a claridade era insuficiente. Os outros continuaram fazendo troça, mas dois homens ajudaram o loiro a se levantar. Ele estava trôpego.

O homem não estava passando bem, mas não era culpa deles. Estava doente havia muito tempo. O médico dissera que não tinha cura. Não havia esperança, mas Doyle não desistira. *Doyle.* Sim, era ele. Ela estava na caverna com Doyle.

Doyle estava morrendo e, em seu desespero, chegara até ali em busca de um remédio para aqueles para quem não havia mais remédio. Em vez de uma peregrinação para um lugar santo, ele fora parar naquela caverna maldita.

Eles não tinham gostado dele, mas aquelas pessoas eram pobres e ele andava com uma bolsa cheia de prata. Temia que cortassem sua garganta e roubassem a prata, mas havia outra saída? Tudo que podia fazer era acenar a promessa de que haveria mais prata se cumprissem a parte deles no trato.

Dinheiro não era tudo, é claro. Estava ciente disso. Eles o reconheciam como naturalmente superior. Era a força do hábito, imaginou ele. As palavras "meu senhor" escapavam de seus lábios, embora fossem apenas mineiros.

No canto da caverna, Noemí avistou uma mulher. Seu cabelo era viscoso, seu rosto pálido e sem atrativos. Com a mão esquálida, segurava um xale em volta dos ombros e olhava com interesse para Doyle. Havia também um padre, um homem velho que cuidava do altar do deus daquelas pessoas. No fim, aquele *era* um lugar santo, por mais estranho que parecesse. Em vez de velas, o rústico altar era iluminado pelos fungos que pendiam das paredes da caverna. Sobre ele, havia uma bacia e uma pilha de velhos ossos.

Doyle pensou que se ele morresse, seus ossos seriam acrescentados àquela pilha. Mas não estava com medo. Já estava mesmo à beira da morte.

Noemí esfregou os dedos nas têmporas. Sentia uma terrível enxaqueca se aproximando. Semicerrou os olhos, e o ambiente oscilou como uma chama. Tentou se concentrar em algo e fixou seu olhar em Doyle.

Doyle. Ela o vira avançando trôpego, com o rosto abatido pela doença, mas agora ele exibia uma aparência tão saudável que ela quase o confundiu com outra pessoa. Sua vitalidade fora restaurada e esperavam que regressasse o quanto antes à casa. Mas ele permanecia no mesmo lugar, deslizando a mão nas costas nuas de uma mulher. Haviam se casado, de acordo com os costumes dela. Noemí sentiu o asco que Doyle experimentava ao tocar a mulher, mas conservava um sorriso no rosto. Sabia que precisava disfarçar.

Precisava deles. Precisava ser aceito, se entrosar com aquela gente rústica. Somente assim descobriria seus segredos. Vida eterna! À disposição. Os idiotas não sabiam disso. Usavam os fungos para curar feridas e manter a saúde, mas desconheciam seus poderes. Ele vira sua força e o que não testemunhara, deixara a cargo de sua imaginação: a evidência estava no padre a quem obedeciam cegamente. Havia um mundo de possibilidades!

Aquela mulher não serviria aos seus propósitos. Ele soubera desde o início. Mas Doyle tinha duas irmãs que aguardavam sua volta, e nelas jazia sua esperança. Estava no sangue, no sangue dele, dissera o padre. E, se estava no sangue dele, poderia ser transmitido para o sangue delas também.

Noemí pressionou a testa com os dedos. A dor de cabeça estava piorando, sua visão ficava mais embaçada a cada instante.

Doyle. Ele era astuto. Nunca deixara de ser, até mesmo quando seu corpo estava deteriorado, sua mente se mantinha afiada. Agora que o corpo fora revigorado, experimentava uma ânsia vibrante.

O padre reconhecera sua força e atestara em um sussurro que ele poderia ser o futuro da congregação, que precisavam de um homem como ele. O sacerdote estava velho e temia o tempo que estava por vir, preocupava-se com seu pequeno rebanho na caverna, composto de gente acanhada. A vida deles se resumia a revirar escombros, arrastando-se na imundície. Haviam fugido para a caverna em busca de segurança e sobrevivido até então, mas o mundo estava mudando.

O padre estava certo. Certo até demais, talvez. Doyle de fato imaginava uma mudança profunda.

Pulmões repletos de água, o padre tombado no chão. Que morte simples!

Depois, caos, violência e fumaça. Fogo, chamas ardentes. Os moradores da caverna a julgavam praticamente uma fortaleza. Durante a enchente, ficara isolada e só era possível alcançá-la de barco, o que a tornara um esconderijo acolhedor e seguro. Não tinham muito, mas a caverna era só deles.

Enfrentara o grupo sozinho, mas matara o padre e agora exercia domínio sobre todos. Tornara-se sagrado. Eram obrigados a ficar de joelhos enquanto ele atirava suas trouxas e seus pertences no fogo. A caverna estava repleta de fumaça.

Havia um barco. Ele empurrou a mulher para dentro do barco. Ela obedeceu, atordoada e com medo. Enquanto ele remava, ela o encarava. Doyle desviou o olhar.

Não a considerava atraente antes, mas agora ela estava terrivelmente feia, com a barriga crescida e olhos baços. Mas precisava dela. Ela cumpriria seu objetivo.

Então, Noemí não estava mais com *ele*, como estivera até aquele instante, próxima como uma sombra. Estava com outra pessoa, uma mulher de cabelos longos e soltos que dizia à outra moça:

"Ele mudou", sussurrou ela. "Não percebe? Seus olhos estão diferentes."

A outra moça, que usava uma trança, balançou a cabeça.

Noemí fez o mesmo gesto. O irmão delas partira em uma longa viagem e regressara havia pouco. Havia muitas perguntas a serem feitas, mas ele não as deixava falar. A mulher de cabelos soltos achava que algum horror recaíra sobre ele, que estava possuído por algum mal. A de trança sabia que, no fundo, ele sempre fora assim.

Há muito que temo este mal. Ele sempre me assustou.

Noemí olhou para suas próprias mãos e fitou seu pulso, tomado por uma coceira insuportável. Antes que pudesse coçar, surgiram pústulas e gavinhas em sua pele. Seu corpo aveludado germinava. Píleos carnudos e brancos seccionavam medula e músculos, e quando ela abriu a boca, escorreu um líquido dourado e preto, como um rio a manchar o chão.

Sentiu um toque no ombro e um sussurro no ouvido.

"Abra os olhos", disse Noemí, por reflexo. Sua boca estava cheia de sangue e ela cuspiu os dentes.

GÓTICO MEXICANO

Silvia Moreno-Garcia

20

ESPIRE. APENAS RESPIRE", DISSE ELE.

Ele era uma voz. Noemí não o enxergava bem por causa da dor que embaçava seus olhos, e as lágrimas só atrapalhavam. Ele segurava o cabelo dela para trás enquanto Noemí vomitava, então a ajudou a se levantar. Salpicos pretos e dourados dançavam sob suas pálpebras quando ela cerrou os olhos. Nunca tinha se sentido tão enjoada.

"Vou morrer", grunhiu ela.

"Não vai", assegurou ele.

Ela já não tinha batido as botas? Achava que sim. Havia sangue e bile em sua boca.

Noemí fitou o homem. Teve a sensação de que já o conhecia, mas não conseguia se lembrar do nome dele. Estava com problemas para raciocinar, para se lembrar das coisas, para desembaraçar os pensamentos uns dos outros. Outras memórias. Quem era ela?

Doyle, ela tinha sido Doyle, e Doyle tinha matado e queimado todas aquelas pessoas.

A cobra mordia a própria cauda.

O homem jovem e magro a guiou para fora do banheiro e a fez beber um pouco de água.

Noemí se deitou na cama e virou a cabeça. Francis acomodou-se em uma cadeira perto dela e passou a enxugar o suor que brotava de sua testa. Francis, sim. E ela era Noemí Taboada, e estava em High Place. Tudo veio à tona, o horror ao qual fora submetida, o corpo inchado de Howard Doyle e o cuspe dele em sua boca.

Ela recuou. Francis ficou paralisado e então entregou-lhe o lenço que estava segurando. Noemí o pegou e segurou apertado.

"O que vocês fizeram comigo?", perguntou ela. Falar era dolorido. A garganta dela estava toda arranhada. Ela se lembrou da imundície que tinha entrado em sua boca e sentiu vontade de sair correndo para o banheiro outra vez, para vomitar as tripas.

"Precisa se levantar?", perguntou Francis, prontamente erguendo uma das mãos para ajudá-la.

"Não", respondeu ela, sabendo que não conseguiria chegar até o banheiro sozinha, mas ao mesmo tempo evitando o toque dele.

Ele enfiou as mãos nos bolsos da jaqueta. A jaqueta de bombazina que ela achava que o favorecia. O cretino. Ela se arrependeu de todas as coisas gentis que já tinha pensado sobre ele.

"Tenho explicações para dar", disse Francis, baixinho.

"Como diabos você pretende explicar aquilo?! Howard... ele... você... *como?*"

Meu Deus. Não havia palavras para descrever o horror de tudo aquilo. A bile preta em sua boca, a visão que tivera.

"Vou contar a história para você, depois poderá me fazer perguntas. Acho que vai ser mais fácil assim", sugeriu ele.

Noemí não queria falar. Não achou que seria capaz de falar muito, mesmo que tentasse. Era melhor deixar que Francis tomasse a dianteira, ainda que estivesse com vontade de estapeá-lo. Estava tão cansada, tão enjoada...

"Imagino que agora você percebeu que não somos como os outros, e que esta casa não é como as outras. Há muito tempo, Howard descobriu um tipo de fungo que é capaz de prolongar a vida humana consideravelmente. Pode curar doenças. Mantém a pessoa saudável."

"Eu vi isso. Eu o vi", murmurou ela.

"É mesmo?", respondeu Francis. "Então acredito que tenha entrado na caligem. Até onde você foi?"

Ela o encarou. Francis estava deixando Noemí ainda mais confusa. Ele balançou a cabeça.

"O fungo cresce sob a casa e se espalha até o cemitério. Está nas paredes. Como uma enorme teia de aranha. Podemos preservar lembranças e pensamentos nessa teia, eles ficam presos como moscas que vão de encontro a uma teia de verdade. Chamamos esse repositório de pensamentos e memórias de caligem."

"Como isso é possível?"

"Fungos podem estabelecer relações de simbiose com plantas hospedeiras. Micorrizas. Bem, acabamos descobrindo que eles também podem se associar com humanos. As micorrizas desta casa criam a caligem."

"Vocês conseguem reviver memórias ancestrais por causa de um fungo?"

"Sim. Só que algumas delas não são memórias completas; obtém-se apenas ecos, e elas são todas embaralhadas."

Como se não conseguisse sintonizar em uma estação de rádio, pensou ela. Noemí buscou com os olhos o canto deteriorado pelo mofo preto.

"Vi e sonhei coisas muito estranhas. Está querendo me dizer que a casa é a responsável por isso tudo? E isso é porque existem fungos crescendo dentro dela?"

"Sim."

"E por que ele faria isso comigo?"

"Pode não ter sido intencional. Acho que faz parte da natureza dele."

Todas aquelas malditas visões tinham sido assustadoras. Qualquer que fosse a natureza daquela *coisa*, Noemí era incapaz de entendê-la. Um pesadelo. Só podia ser. Um pesadelo em carne e osso, com pecados e segredos malignos amarrados.

"Então eu estava certa sobre sua casa ser amaldiçoada. E minha prima não perdeu o juízo, ela só viu essa tal de caligem."

Francis concordou, e Noemí soltou uma risadinha. Não foi à toa que Francis ficara tão agitado com a sugestão de Noemí sobre haver uma explicação racional para o comportamento peculiar de Catalina e toda aquela conversa sobre fantasmas. Não que ela fosse adivinhar que tudo tinha a ver com cogumelos.

Ela olhou para a lamparina acesa na mesa de cabeceira e percebeu que não fazia ideia de quanto tempo havia se passado. Por quanto tempo ela ficara na caligem? Talvez fossem horas ou dias. Ela já não ouvia mais o tamborilar da chuva.

"O que Howard Doyle fez comigo?", perguntou ela.

"O fungo está nas paredes da casa e também no ar. Você o respira sem nem perceber. Ele lentamente vai afetando você. E se entrar em contato com o organismo de outras maneiras, o efeito pode se intensificar."

"O que ele *fez*?", repetiu Noemí.

"A maioria das pessoas que entra em contato com o fungo acaba morrendo. Foi o que aconteceu com os trabalhadores das minas. O fungo os matou, alguns mais depressa do que outros. Mas é claro que nem todos fenecem. Alguns são mais resistentes. E se não morrerem, o fungo ainda pode afligir suas mentes."

"Foi o que aconteceu com Catalina?"

"Às vezes com menos intensidade, às vezes com mais. O fungo pode apagar a identidade de uma pessoa. Nossos criados... você deve ter percebido que eles não falam muito. Sobraram poucos. É quase como se a mente deles tivesse sido extraída."

"Isso é impossível."

Francis balançou a cabeça.

"Já conheceu um alcoólatra? A dependência afeta o cérebro deles, da mesma forma que o fungo."

"Está querendo dizer que é isso o que vai acontecer com Catalina? Comigo?"

"Não!", respondeu Francis, depressa. "Não, não. Eles são um caso à parte. O tio Howard diz que eles são seus servos, e que os mineiros eram adubo. Mas você pode estabelecer uma relação de simbiose com o fungo. Nada disso vai acontecer com você."

"E o que *vai* acontecer comigo?"

Francis mantinha as mãos enfiadas nos bolsos, mas estava inquieto. Era evidente, pois ficava esticando e dobrando os dedos e não desviava o olhar da manta na cama dela.

"Já falei sobre a caligem. Mas não contei sobre nossa linhagem. Somos especiais. O fungo forma um elo conosco sem ser nocivo. Ele pode até nos tornar imortais. Howard viveu muitas vidas em muitos corpos diferentes. Ele transfere a consciência dele para a caligem, e então, a partir da caligem, pode viver novamente, no corpo de um de seus filhos."

"Ele se apossa dos próprios filhos?", perguntou Noemí.

"Não... ele se torna... eles se tornam Howard... eles se tornam uma nova pessoa. Apenas os filhos, só funciona dentro da linhagem. E há muitas gerações a linhagem foi mantida intacta para garantir que todos fôssemos capazes de interagir com o fungo, que todos pudéssemos manter essa relação de simbiose. Sem pessoas de fora."

"Incesto. Ele se casou com duas irmãs, e queria que Ruth se casasse com o primo, e antes disso ele deve ter... as irmãs dele", disse Noemí, recordando-se da visão. As duas moças. "Ele tinha duas irmãs. Meu Deus, ele teve filhos com elas."

"Sim."

O traço dos Doyle. Todas as pessoas naqueles retratos.

"Há quanto tempo isso vem acontecendo?", quis saber Noemí. "Quantos anos ele tem? Quantas gerações?"

"Não sei. Trezentos anos, talvez mais."

"Trezentos anos. Casando-se com integrantes da família, tendo filhos com elas, então transferindo a mente dele para os corpos deles. Como em um ciclo. E vocês todos... deixam isso acontecer?"

"Não temos escolha. Ele é um deus."

"Claro que têm escolha! E aquele canalha nojento não é um deus!"

Francis a encarou. Tinha retirado as mãos dos bolsos e estava com elas postas. Parecia cansado. Ele lentamente ergueu uma das mãos, tocou a testa e balançou a cabeça.

"Para nós, ele é", disse ele. "E ele quer que você seja parte da família."

"Então é por isso que ele despejou aquela gosma preta na minha garganta."

"Temiam que você fosse embora. Não podiam deixar isso acontecer. E agora você não vai poder mais ir a lugar nenhum."

"Não quero fazer parte da sua família desgraçada, Francis", praguejou ela. "E acredite em mim quando digo que vou embora e..."

"A casa não vai deixar você ir. Meu pai, acho que não cheguei a contar a você sobre ele, não é?"

Noemí estava com o olhar fixo nas manchas pretas na parede, no mofo no canto do quarto, mas virou a cabeça devagar para encará-lo. Francis tirara um pequeno retrato do bolso. Parecia ser o que ele segurava com firmeza. A fotografia miúda que ele guardava no bolso da jaqueta.

"Richard", sussurrou Francis, deixando que ela observasse a fotografia em preto e branco de um homem. "O nome dele era Richard."

Os contornos acentuados do rosto lívido de Francis fizeram Noemí se lembrar de Virgil Doyle. Agora, no entanto, ela podia ver os traços do pai: o queixo pontudo e a testa grande.

"Ruth fez bastante estrago. Não estou me referindo só às pessoas que matou, mas ela também feriu Howard gravemente. Nenhum homem *normal* sobreviveria a um tiro daqueles, não do jeito que tudo aconteceu. Ele sobreviveu. Mas sua influência, seu poder, diminuiu. É por isso que perdemos os trabalhadores."

"Eles foram hipnotizados? Como os três criados?"

"Não. Não foi bem assim. Ele não tinha como manipular todas aquelas pessoas de uma só vez. Foi um cabo de guerra mais sutil. Mas eles foram afetados. A casa, o fungo, acometeu os mineiros. Era uma névoa que podia entorpecer os sentidos quando ele precisava."

"E seu pai?", perguntou Noemí, devolvendo o retrato a ele. Francis o guardou de volta no bolso.

"Howard começou a se curar lentamente depois do tiro. Tinha sido difícil para as gerações mais recentes da família terem filhos. Quando minha mãe ficou maior de idade, Howard tentou... mas era velho demais, fraco demais, para conseguir engravidá-la. E havia outros problemas também."

A sobrinha. Ele tentou ter um filho com a sobrinha, conjecturou Noemí, e a imagem fugaz daquela coisa medonha e despida pairando sobre uma mulher, fazendo pressão com seu corpo emaciado em Florence, provocou-lhe ânsia de vômito de novo. Noemí segurou o lenço sobre a boca.

"Noemí?", perguntou Francis.

"Que problemas?", respondeu ela, exortando-o a falar.

"Dinheiro. Os trabalhadores que restavam decidiram partir quando Howard já não mais podia controlá-los, e não sobrou ninguém para cuidar da mina, de modo que ela inundou. Sem capital entrando e com a Revolução nos depauperando, eles precisavam de dinheiro e filhos. Do contrário, o que aconteceria com a linhagem? Minha mãe encontrou meu pai e achou que ele daria para o gasto. Ele tinha pouco dinheiro. Não era uma grande fortuna, mas bastou para nos sustentar, e ela achou que ele poderia engravidá-la. Ele veio viver aqui, em High Place. Eu nasci. Um garoto. O plano era que ele desse mais filhos a ela, meninas.

"A caligem o afetou. Ele achou que estava enlouquecendo. Quis ir embora, mas não podia. Não conseguia ir muito longe. Por fim, atirou-se da ravina. Se relutar, ela vai ferir. Vai doer", alertou Francis. "Mas, se obedecê-la, se formar um elo com ela, se concordar em entrar para a família, não terá problemas."

"Catalina resiste, não é?"

"Sim", admitiu Francis. "Mas também é porque ela não é... ela não é tão compatível quanto..."

Noemí balançou a cabeça.

"O que faz você pensar que vou ceder com mais facilidade do que ela?"

"Você é compatível. Virgil escolheu Catalina porque sabia que ela seria compatível, mas quando você chegou, ficou claro que era uma candidata mais apropriada do que ela. Acho que eles esperavam que você fosse mais tolerante."

"Esperavam que eu aceitasse me juntar à sua família. Que eu aceitasse o que mais? Dar o meu dinheiro? Ter filhos?"

"Sim. Sim, ambas as coisas."

"Vocês são um bando de monstros. E você! Eu confiei em você."

Ele olhou atentamente para Noemí, com a boca tremendo. Parecia a ponto de chorar. Ver que Francis era quem estava cedendo e à beira das lágrimas a enfureceu. *Não se atreva*, pensou ela.

"Eu sinto muito."

"Sente muito? Seu canalha maldito!", gritou Noemí, e apesar de ainda sentir o corpo latejando de dor, ela se levantou.

"É verdade. Não queria que nada disso tivesse acontecido", disse ele, afastando a cadeira e ficando de pé também.

"Então me ajude! Tire-me daqui!"

"Não posso."

Ela o socou. Não foi dos melhores, e no instante em que o esmurrou, achou que ia desabar. O golpe consumiu todas as suas forças, e Noemí de repente sentiu como se não tivesse mais ossos. Se ele não a tivesse segurado, ela com certeza teria caído e batido a cabeça. Ainda assim, tentou se desvencilhar dele.

"Solte", exigiu Noemí, mas sua voz saiu abafada pelas dobras da jaqueta dele. Ela não conseguia erguer a cabeça.

"Você precisa descansar. Vou pensar em uma solução, mas você precisa descansar", sussurrou ele.

"Vá para o inferno!"

Ele a colocou de novo na cama, com cuidado, puxando as cobertas. Ela quis mandá-lo para o inferno uma última vez, mas sentiu os olhos se fecharem, e no canto no quarto o mofo pulsava como um coração, esticando-se, fazendo o papel de parede ondular. O piso também oscilou, tremelicando como a pele de um ser vivo.

Uma cobra enorme surgiu por entre as tábuas do assoalho, preta e escorregadia, e serpenteou pelas cobertas. Noemí observou enquanto ela tocava suas pernas, a pele fria contra a sua febril, mas não se moveu, com receio de que ela desse o bote. Na pele da cobra havia milhares de brotos pequeninos, que pulsavam e tremulavam e liberavam esporos.

É mais um sonho, pensou ela. *É a caligem, e a caligem não é real.*

Mas ela não queria ver aquilo, não queria, e finalmente mexeu as pernas, tentando chutar a cobra para longe. Quando tocou o bicho, a pele se abriu, esbranquiçada e morta, a carcaça de uma cobra assolada pela decomposição. Vida fervilhava no cadáver lívido, e crescia mofo em toda a sua superfície.

Et Verbum caro factum est, disse a cobra.

Estava nos joelhos dela. O cômodo era gélido e feito de pedra. E escuro; não havia janelas. Eles tinham espalhado velas em um altar, mas o lugar continuava sombrio. O altar era mais elaborado do que o que Noemí vira na caverna. A mesa fora coberta por um veludo vermelho e um candelabro de prata. Mas ainda estava escuro, úmido e frio.

Howard Doyle tinha colocado tapeçaria também. Vermelhas e pretas, com as imagens dos *ouroboros*. Ostentação. Doyle sabia que ostentação fazia parte do jogo. E ali estava ele, Doyle, em trajes escarlates. Ao lado dele estava a mulher da caverna, grávida, parecendo doente.

Et Verbum caro factum est, repetiu a cobra, sussurrando segredos em seus ouvidos. O réptil sumiu, mas ela ainda conseguia ouvi-lo. Tinha uma voz peculiar e rouca, e Noemí não fazia ideia do que dizia.

Duas mulheres a ajudavam a se acomodar em um tablado, a se deitar ao pé do altar. Duas mulheres loiras. Noemí já as tinha visto antes. As irmãs. E também tinha visto o ritual. No cemitério. A mulher dando à luz no cemitério.

Nascimento. A criança chorou, e Doyle a tomou nos braços. E então ela soube.

Et Verbum caro factum est.

Noemí sabia o que não tinha visto muito bem em sonhos anteriores, e não queria ver agora, mas ali estava. A faca e a criança. Ela fechou os olhos, mas mesmo por detrás das pálpebras ela viu tudo, carmesim e preto e a criança dilacerada e eles estavam *comendo* o menino.

Carne dos deuses.

Eles ergueram as mãos, e Doyle depositou nacos de carne e pedaços de osso nas mãos deles, e eles mastigaram sua carne pálida.

Já tinham feito isso antes, na caverna. Mas eram os padres que tinham oferecido a própria carne ao morrerem. Doyle tinha aprimorado o ritual. O engenhoso Doyle, versado, que lera uma porção de livros de teologia, biologia e medicina à procura de respostas, e agora as encontrara.

Os olhos de Noemí ainda estavam fechados, assim como os da mulher. Eles passaram um pano no rosto dela, e Noemí achou que iriam matá-la, cortar seu corpo e devorá-lo. Mas tinha se enganado. Eles embrulharam o corpo. Embrulharam com firmeza, e havia um poço perto do altar, e eles a atiraram ali dentro, ainda *viva*.

Ela não está morta, Noemí disse a eles. Mas não importava. Era uma lembrança.

Foi necessário, sempre é. O fungo iria irromper do corpo dela, galgar o solo, entrelaçar-se nas paredes, estender-se até as fundações do edifício. E a caligem precisava de uma mente. Precisava dela. A caligem vivia. Estava viva de mais de uma maneira; em seu âmago apodrecido jazia o cadáver de uma mulher, com membros retorcidos e cabelo quebradiço. E o corpo abriu a boca, gritando dentro da terra, e de seus lábios secos emergiu o cogumelo pálido.

O padre teria se sacrificado: parte de seu corpo teria sido devorada, e a outra, enterrada. A vida surgindo dos restos, e a congregação vinculada a ele. Finalmente firmando um elo com seu deus. Mas Doyle não era tolo a ponto de se oferecer em sacrifício.

Doyle poderia ser um deus sem ter que obedecer àquelas regras arcaicas e tolas.

Doyle era um deus.

Doyle existia, persistia.

Doyle sempre permanece.

Monstros. Monstrum, ah, é isso que você pensa de mim, Noemí?

"Já viu o suficiente, garota curiosa?", perguntou Doyle.

Ele estava jogando cartas em um canto do quarto dela. Noemí observou suas mãos enrugadas, o anel de âmbar no dedo indicador faiscando sob a luz das velas conforme ele embaralhava as cartas. Ele ergueu a cabeça para olhar para ela. Noemí devolveu o olhar. Era o Doyle de agora. Howard Doyle, curvado e com dificuldade para respirar. Ele colocou três cartas na mesa, virando uma de cada vez com cuidado. Um cavaleiro com uma espada e um valete segurando uma moeda. Ela podia ver, através da camisa fina dele, os furúnculos pretos pontilhando suas costas.

"Por que está me mostrando isso?", questionou Noemí.

"A casa está mostrando. A casa ama você. Está gostando de nossa hospitalidade? Gostaria de jogar comigo?", perguntou ele.

"Não."

"Que pena", disse Doyle, revelando a terceira carta: uma taça vazia. "Você vai mudar de ideia no final. Você já é como nós, já faz parte da família. Só não sabe disso ainda."

"Você não me assusta com esses sonhos e ilusões, seu monstro de merda. Nada disso é real, e você nunca vai me manter cativa aqui."

"Acha mesmo isso?", devolveu ele, e os furúnculos ondularam em suas costas. Um filete de líquido preto, tão preto quanto tinta, pingou no chão bem embaixo dele. "Posso obrigar você a fazer o que eu quiser."

Ele cortou uma das pústulas que infestavam suas mãos com uma unha comprida e a espremeu sobre uma taça de prata — que parecia o cálice da carta de baralho que ele segurava —, enchendo o copo com um líquido asqueroso.

"Beba um pouco", disse ele, e por um segundo ela se sentiu compelida a dar um passo adiante e tomar um gole, até que a repulsa e o alarme paralisaram seus membros.

Ele sorriu. Estava tentando mostrar a ela seu poder; ele era o soberano até mesmo nos sonhos.

"Vou matar você assim que acordar. Só preciso de uma chance", ameaçou Noemí.

Ela se atirou para cima dele, afundando os dedos em sua carne, torcendo o pescoço fino. Era como pergaminho, e a pele rasgou sob seu toque, revelando músculos e vasos sanguíneos. Ele sorriu para ela, com o sorriso animalesco de Virgil. Ele era Virgil. Noemí apertou com mais força, e então ele a estava empurrando, premendo o polegar nos lábios e dentes dela.

Francis lançou um olhar arregalado de angústia para ela, baixando a mão. Noemí o soltou e deu um passo para trás. Francis abriu a boca para argumentar e uma centena de vermes saiu rastejando dali de dentro.

Vermes, caules, a cobra na grama se ergueu e se enrolou no pescoço de Noemí.

Você é nossa, goste ou não. Você nos pertence e é como nós.

Ela tentou arrancar a cobra, mas o réptil a envolveu com mais força, apertando sua carne. Escancarou a boca, pronta para devorá-la. Noemí cravou as unhas no bicho, que sussurrou:

"*Et Verbum caro factum est.*"

Mas a voz de uma mulher também disse:

"Abra os olhos."

Preciso me lembrar disso, pensou Noemí. *Devo me lembrar de abrir os olhos.*

GÓTICO
MEXICANO

Silvia Moreno-Garcia

21

MANHECER. NUNCA UMA VISÃO TÃO BANAL FEZ COM QUE SE sentisse tão grata, e os raios de sol que despontavam lá fora encheram seu coração de alegria. Noemí abriu as cortinas e encostou as mãos na janela.

Tentou abrir a porta. Estava, como já era de se esperar, trancada.

Haviam deixado uma bandeja com comida para ela. O chá estava frio, mas mesmo quente não ousaria se arriscar, temendo o que pudessem ter colocado na bebida. Hesitou até mesmo diante da torrada. Mordiscou um pouquinho da fatia de pão e bebeu água da torneira.

Porém, se o fungo estava no ar, fazia alguma diferença? Estava inalando o fungo, quisesse ou não. A porta do armário estava aberta e ela reparou que haviam esvaziado sua mala e pendurado todos seus vestidos de volta nos cabides.

Fazia frio, então colocou seu vestido xadrez de mangas compridas com gola e punhos brancos. Era bem quentinho, embora não gostasse muito de xadrez. Sequer se lembrava porque tinha colocado aquele vestido na mala, mas estava feliz por ter decidido levá-lo.

Depois de pentear o cabelo e calçar os sapatos, Noemí tentou novamente abrir a janela, mas sem sucesso. A porta também continuava trancada. Junto com a comida, haviam deixado apenas uma colher, o que não adiantava em nada. Estava justamente ponderando se deveria usá-la para tentar abrir a porta, quando ouviu a chave girando na fechadura e Florence surgiu na sua frente. Como sempre, parecia irritada ao ver Noemí. Naquele dia, porém, o sentimento era recíproco.

"Por acaso pretende morrer de inanição?", perguntou ela, relanceando para a bandeja praticamente intacta ao lado da porta.

"Fiquei sem apetite depois do que aconteceu", respondeu Noemí, secamente.

"Precisa se alimentar. Bem, Virgil quer te ver. Está esperando na biblioteca. Venha."

Noemí a seguiu pelos corredores e pela escada. Florence não falou com ela e Noemí, por sua vez, fez questão de andar sempre dois passos atrás até alcançarem o andar inferior. Quando perto da biblioteca, apressou-se na frente dela e correu até a porta da frente. Pensou que estivesse trancada, mas a maçaneta girou e a porta se abriu revelando a manhã enevoada. A bruma estava bastante espessa, mas não importava. Ela saiu correndo porta afora.

A vegetação fustigou seu corpo e seu vestido ficou preso em algo. Ouviu o som do tecido rasgando, mas agarrou a saia e continuou correndo. Uma chuva fina molhava seu cabelo. Mesmo sob uma tempestade, com trovões, relâmpagos e granizo, ela não teria parado de correr.

Foi, no entanto, obrigada a parar. Perdeu o fôlego de repente e não conseguia mais respirar direito, nem mesmo tentando se acalmar e inspirando fundo. Sentiu como se houvesse dedos comprimindo sua garganta e, sem ar, tropeçou em uma árvore. Os galhos arranharam sua testa e ela gemeu, tocando a pele e sentindo sangue na ponta dos dedos.

Precisava avançar com mais calma, enxergar melhor o caminho, mas a névoa estava densa e ela continuava com dificuldade para respirar. Escorregou, caindo no chão, e perdeu um sapato, que desapareceu de uma hora para outra.

Noemí tentou se levantar, mas a pressão implacável na garganta tirou-lhe as forças. Conseguiu ficar de joelhos. Tateou às cegas pelo sapato perdido, mas acabou desistindo. Não importava mais. Tirou o outro sapato. Ia continuar descalça mesmo. Segurou o sapato que restava nas mãos, tentando raciocinar. Tudo ao seu redor estava envolto na névoa. Árvores, arbustos, a casa. Não fazia ideia de qual direção deveria escolher. Ouviu ruídos na folhagem e teve certeza de que tinha alguém em seu encalço.

Não conseguia respirar, sua garganta queimava. Ofegante, tentou puxar ar para dentro dos pulmões. Enfiando os dedos na terra úmida, conseguiu levantar-se com muito esforço. Quatro, cinco, seis passos antes de cair novamente, de joelhos.

Era tarde demais. Uma figura alta e escura surgiu entre a névoa e se inclinou sobre ela. Noemí ergueu as mãos, tentando afastá-la, mas era inútil. O homem a suspendeu em seus braços com a facilidade de quem pega uma boneca de pano e ela sacudiu a cabeça.

Golpeou-o às cegas com o sapato e ele gemeu, com raiva, soltando-a na lama. Noemí preparou-se para se arrastar para longe de seu agressor, mas não o ferira gravemente, então ele logo se recuperou e a tomou em seus braços.

Estava sendo levada de volta para casa e não podia sequer protestar; sentia como se, no combate, sua garganta tivesse sido comprimida e agora estava afônica. Para piorar a situação, percebeu que estavam muitíssimo perto da casa e que, na verdade, avançara poucos metros antes de sucumbir no chão.

Viu o alpendre e a entrada principal e virou-se para ver quem a carregava à força.

Virgil. Ele abriu a porta e pôs-se a subir as escadas com ela em seus braços. O vitral da janela redonda no topo da escadaria exibia uma serpente vermelha. Não reparara antes, mas agora a imagem estava nítida: a cobra devorando a própria cauda.

Virgil seguiu em direção aos aposentos dela, levando-a até o banheiro. Colocou-a com cuidado na banheira e Noemí levou um susto quando ele abriu a torneira e a água começou a subir.

"Tire a roupa e se lave", ordenou ele.

Não sentia mais falta de ar. Era como se tivessem desligado um interruptor. Mas ainda estava com o coração aos pulos e fitava o homem com lábios entreabertos, as mãos agarrando com firmeza as bordas da banheira.

"Vai pegar um resfriado", disse ele, estendendo a mão como se fosse abrir o primeiro botão do seu vestido.

Noemí afastou a mão dele com um tapa, apertando a gola do vestido.

"Não!", gritou ela, percebendo que sentia dor ao proferir qualquer som e até mesmo aquela única palavra feriria sua língua.

Ele deixou escapar uma risadinha, achando graça.

"A culpa é toda sua, Noemí. Foi você quem inventou de sair rolando pela lama, na chuva, e agora precisa se lavar. Então, acho bom tirar essa roupa antes que eu seja obrigado a fazer isso por você", disse ele.

Não havia tom de ameaça em sua voz; ele parecia bem calmo, mas seu rosto o traía com uma crescente animosidade.

Noemí abriu os botões com os dedos trêmulos e retirou o vestido, embolando o tecido e o jogando no chão. Vestia apenas suas roupas de baixo. Pensou que Virgil fosse se contentar, afinal já era humilhação o bastante, mas ele se encostou na parede e a encarou, inclinando a cabeça para o lado.

"E aí?", disse ele. "Você continua imunda. Tire tudo e se lave. Seu cabelo está nojento."

"Assim que você sair do banheiro."

Ele apanhou o banquinho e se sentou, muito blasé.

"Não vou a lugar algum."

"Não vou ficar nua na sua frente."

Virgil se aproximou dela, sussurrando em tom de conluio:

"Posso fazer com que tire essas roupas. Não vai me custar um minuto, mas vai doer. Ou você pode tirar tudo sozinha, como uma boa menina."

Ele estava falando sério. Noemí se sentia tonta e a água estava quente demais, mas tirou suas roupas íntimas e as jogou no canto do banheiro. Apanhou o sabonete em cima da saboneteira de porcelana e começou a esfregar na cabeça, nos braços, nas mãos. Fez tudo depressa, enxaguando-se em seguida.

Virgil fechara a torneira e apoiara o cotovelo esquerdo na beira da banheira. Pelo menos estava olhando para o chão e não para ela, aparentemente satisfeito em admirar os azulejos. Ele esfregou os dedos em um machucado na boca.

"Você me cortou com seu sapato", reclamou ele.

Havia um filete de sangue nos lábios dele e Noemí ficou contente por ter conseguido pelo menos feri-lo.

"É por isso que você está me torturando?"

"Torturando? Só quero garantir que você não desmaie na banheira. Seria uma pena se acabasse se afogando durante o banho."

"Você poderia ter ficado do lado de fora da porta, seu tarado", disse ela, afastando uma mecha úmida de cabelo do rosto.

"Poderia. Mas não seria tão divertido", retrucou ele. Noemí acharia o sorriso dele encantador se tivessem se conhecido em uma festa, mas era o esgar de um predador. Teve vontade de bater nele novamente, em nome de sua prima.

A torneira estava pingando. Plá, plá, plá. Era o único som no banheiro. Ela levantou a mão, apontando para algo atrás dele.

"Pode me passar o roupão agora."

Ele não respondeu.

"Eu disse que pode me passar o roupão agora."

Ele mergulhou a mão na água e a apoiou na perna dela. Noemí se afastou, revirando-se na banheira e derramando água no chão. O instinto dela era se levantar, pular da banheira e sair correndo. Mas ele estava bloqueando a saída — deliberadamente. A banheira cheia de água parecia uma espécie de escudo, e ela se protegeu puxando os joelhos contra o peito.

"Saia daqui", declarou ela, tentando soar mais firme do que amedrontada.

"Ué? Ficou acanhada de repente?", indagou ele. "Da última vez em que estivemos aqui não foi assim."

"Foi um sonho", gaguejou ela.

"Não quer dizer que não tenha sido real."

Ela piscou, incrédula, e abriu a boca para contestar. Virgil se inclinou para a frente e colocou a mão na nuca de Noemí. Ela estremeceu e tentou se desvencilhar, mas ele a agarrou pelo cabelo e puxou a cabeça dela com força. Ele fizera a mesma coisa no sonho, ou um gesto parecido. Puxara sua cabeça e a beijara — e assim despertara seu desejo.

Noemí tentou desviar a cabeça.

"Virgil", disse Francis, em voz alta. Estava parado na porta, com as mãos fechadas em punho.

Virgil virou-se para o primo.

"Eu", respondeu ele, sisudo.

"O dr. Cummins está aqui. Ele está aguardando Noemí."

Virgil suspirou fundo e soltou Noemí.

"Bem, acho que vamos ter que continuar nossa conversa depois", declarou ele, saindo do banheiro.

Ela não esperava que ele a soltasse e sentiu um alívio tão profundo que colocou as mãos na boca, ofegante.

"O dr. Cummins quer te examinar. Precisa de ajuda para sair da banheira?", perguntou Francis, em tom gentil.

Ela balançou a cabeça em negativa. Estava com rosto afogueado, ruborizada de vergonha.

Francis apanhou uma toalha em uma pilha na prateleira e a passou para ela, sem dizer uma única palavra. Ela ergueu os olhos e aceitou a toalha.

"Vou aguardar no quarto", disse Francis.

Ele saiu do banheiro e fechou a porta. Noemí se enxugou e vestiu o roupão.

Quando ela saiu do banheiro, o dr. Cummins estava ao lado da cama e, com um gesto, pediu que ela se sentasse. Ele mediu o pulso de Noemí, verificou os batimentos cardíacos, depois abriu um frasco de álcool e embebeu um chumaço de algodão. Em seguida, pressionou o algodão na têmpora de Noemí. Ela se esquecera completamente do arranhão e fez uma careta quando sentiu o álcool.

"Como ela está?", indagou Francis. Ele estava parado na porta, com uma expressão preocupada.

"Ela vai ficar bem. Foram apenas alguns arranhões. Não precisa nem de curativo. Mas isso não deveria ter acontecido. Pensei que já tivesse explicado a situação", disse o médico. "E se ela tivesse machucado o rosto, Howard ficaria muito aborrecido."

"Não se zangue com ele. Francis de fato me explicou que estou em uma casa cheia de monstros incestuosos e seus aduladores", retrucou Noemí.

O dr. Cummins estacou e franziu a testa.

"Bem se vê que não perdeu seu modo encantador de se dirigir aos mais velhos. Um copo de água, Francis", solicitou o médico, ainda deslizando o algodão pela testa de Noemí. "A moça está desidratada."

"Deixa que eu faço isso", disse ela, apanhando o algodão e pressionando na pele.

O médico deu de ombros e guardou o estetoscópio em sua maleta preta.

"Francis deveria ter conversado com você, mas acho que não explicou as coisas direito ontem à noite. Você não pode sair desta casa, srta. Taboada. Ninguém pode. A casa não permite. Se tentar fugir, sofrerá outro ataque como este."

"Como é possível uma casa fazer isso?"

"É possível. Isto que importa."

Francis se aproximou da cama com um copo de água. Noemí tomou alguns goles, observando atentamente os dois homens. Notou algo no rosto de Cummins; um detalhe que lhe escapara, mas que agora lhe parecia óbvio.

"Você é parente deles, não é? Você também é um Doyle."

"Parente distante, por isso que moro na cidade, cuidando dos assuntos da família", admitiu o médico.

Parente distante. Era uma piada. Não parecia haver nenhuma distância na árvore genealógica da família Doyle. Nenhuma ramificação. Virgil lhe dissera que havia se casado com a filha do dr. Cummins, o que significava que haviam tentado diminuir a "distância" entre eles.

Ele quer que você faça parte da família, Francis lhe dissera.

Noemí segurou o copo com as duas mãos.

"Você precisa comer algo. Francis, traga a bandeja", ordenou o médico.

"Perdi o apetite."

"Não seja tola. Francis, a bandeja."

"O chá está quente? Adoraria atirar uma xícara de chá escaldante na cara do bom doutor", disse ela, em tom casual.

O médico tirou os óculos e pôs-se a limpá-lo com um lenço, com a testa franzida.

"Bem, ao que parece, você hoje está disposta a ser intratável. Não me surpreendo. As mulheres podem ser terrivelmente instáveis."

"A sua filha também era intratável?", indagou Noemí. O médico levantou a cabeça, perplexo, e a encarou. Ela o atingira em cheio. "Você ofereceu sua própria filha para eles."

"Não sei do que você está falando", murmurou ele.

"Virgil disse que ela fugiu, mas não é verdade. Ninguém consegue escapar deste lugar, você mesmo disse. A casa não a teria deixado ir embora. Ela está morta, não é? Ele a matou?"

Noemí e o médico se entreolharam. Ele se levantou, contrariado, tirou o copo das mãos dela e o colocou na mesa de cabeceira.

"Deixe-me falar com ela, à sós", pediu Francis ao médico.

O dr. Cummins segurou Francis pelo braço e lançou um olhar sisudo para Noemí.

"Sim. Tente colocar juízo na cabeça dela. Ele não vai tolerar esse tipo de comportamento, você sabe disso."

Antes de sair do quarto, o médico estacou aos pés da cama, segurando a maleta com firmeza, e se dirigiu a Noemí.

"A minha filha morreu no parto, se quer saber. Não pôde dar à família o filho que eles queriam. Howard acha que você e Catalina serão mais fortes. Sangue diferente. Veremos."

Ele saiu, fechando a porta.

Francis apanhou a bandeja de prata e a levou até a cama. Noemí segurou as cobertas.

"Você realmente precisa comer", ponderou ele.

"A comida está envenenada?", indagou ela.

Ele se inclinou e, ao colocar a bandeja no colo dela, cochichou no seu ouvido, em espanhol.

"Sim, tanto a comida quanto o chá que eles te servem são adulterados com alguma coisa. Mas os ovos, não. Pode comer. Eu te diria."

"O que...?"

"Em espanhol", advertiu Francis. "Ele pode ouvir, pelas paredes, pela casa, mas não fala espanhol. Não vai entender nada. Fale baixo e coma alguma coisa, sério. Você está desidratada e vomitou muito na noite passada."

Noemí o encarou. Bem devagar, pegou a colher e deu uma batidinha na casca do ovo, sem desviar os olhos de Francis.

"Eu quero te ajudar", disse ele, "mas é difícil. Você viu o que a casa é capaz de fazer."

"Capaz de nos manter presos aqui dentro, ao que parece. É verdade que não vou conseguir sair?"

"Ela pode te induzir a fazer certas coisas e impedir de fazer outras."

"Controla nossa mente?"

"De certa forma. É mais rudimentar do que isso. Desencadeia alguns instintos."

"Eu não estava conseguindo respirar."

"Eu sei."

Noemí foi beliscando o ovo, aos pouquinhos. Quando terminou, Francis apontou para a torrada, acenando com a cabeça, mas fez um gesto negativo para a geleia.

"Deve haver uma maneira de sair daqui."

"Talvez", respondeu ele, tirando um pequeno frasco do bolso e o mostrando a ela. "Reconhece?"

"É o remédio que dei a minha prima. Como foi parar com você?"

"O dr. Cummins mandou que me livrasse dele depois daquele episódio, mas não o fiz. O fungo está no ar, e minha mãe é encarregada de garantir que também esteja em sua comida. É assim que, aos poucos, ele exerce efeito sobre você. Mas é muito sensível a determinados fatores. Não resiste a muita luz, nem certos odores."

"Meus cigarros", disse ela, estalando os dedos. "O cheiro irrita a casa. E essa tintura deve irritá-la também."

A curandeira da cidade sabia disso? Ou foi uma coincidência fortuita? Catalina descobrira que a tintura tinha um efeito sobre a casa, isso era certo. Acidental ou intencional, sua prima descobrira a chave, mesmo que impedida de girá-la.

"Mais do que isso", disse Francis. "Interfere nela. Quando você usa essa tintura, a casa, o fungo perdem um pouco do poder que têm sobre você."

"Como você sabe disso?"

"Catalina. Ela tentou fugir, mas Virgil e Arthur a alcançaram e a trouxeram de volta. Encontraram o remédio que ela andava tomando e concluíram que estava afetando o controle da casa sobre ela, então o descartaram. Mas não perceberam que isso já estava acontecendo havia algum tempo e que sua prima conseguira pedir a alguém na cidade para postar uma carta para ela."

Catalina, menina esperta. Conseguira criar um mecanismo de segurança e convocara ajuda. Infelizmente, agora Noemí, a pretensa salvadora, também estava presa.

Ela estendeu a mão para o frasco, mas ele segurou a mão dela e balançou a cabeça, dizendo:

"Lembra o que aconteceu com sua prima? Se exagerar na dose, vai acabar tendo uma convulsão."

"Então não serve para nada."

"Serve, e muito. É só beber um pouco de cada vez. O dr. Cummins não está aqui à toa. Meu tio-avô Howard está à beira da morte. É um processo inevitável. O fungo pode prolongar a vida, mas não transforma ninguém em imortal. Seu corpo perecerá em breve, e ele começará a transmigração, tomando posse do corpo de Virgil. Quando isso acontecer, quando ele morrer, todos estarão distraídos. Estarão ocupados em torno de ambos. E a casa ficará enfraquecida."

"Quando isso vai acontecer?"

"Não deve demorar muito", respondeu Francis. "Você viu Howard."

Noemí não queria lembrar o que tinha visto. Parou de comer o ovo que estava mordiscando e franziu a testa.

"Ele quer que você se torne parte da família. Finja cooperar, tenha paciência, e eu vou tirá-la daqui. Existem túneis que levam ao cemitério e acho que consigo esconder suprimentos neles."

"O que exatamente você quer dizer com 'cooperar'?", perguntou Noemí, ao notar que Francis estava evitando fitá-la nos olhos.

Ela segurou o queixo dele com a mão, obrigando-o a olhar para ela. Francis ficou imóvel, prendendo a respiração.

"Ele quer que você se case comigo. Que tenha filhos comigo. Que seja uma de nós", disse o rapaz, finalmente.

"E se eu disser não? O que acontece?"

"Ele vai dar um jeito de conseguir o que quer."

"Vai roubar minha consciência, como fez com os criados? Ou simplesmente me estuprar?", indagou ela.

"Não vai chegar a este ponto", murmurou Francis.

"Por quê?"

"Porque ele gosta de controlar as pessoas de outras maneiras. Seria rústico demais. Ele deixou meu pai ir para a cidade por anos a fio, deixou Catalina ir à igreja. Deixou até mesmo Virgil e minha mãe se afastarem da cidade e arrumarem seus respectivos cônjuges. Ele sabe que, para que as pessoas obedeçam à sua vontade e cumpram suas ordens, elas devam acatar de bom grado, caso contrário, é muito cansativo."

"E ele não pode controlá-los o tempo todo", especulou Noemí. "Afinal, Ruth se armou com um rifle e Catalina tentou me dizer a verdade."

"Exato. E Catalina não contou quem lhe deu o tônico, não importa o quanto Howard tenha tentado arrancar essa informação dela."

Além disso, os mineiros tinham organizado uma greve. Por mais que Howard Doyle gostasse de acreditar que era um deus, não podia obrigar que todos se submetessem a ele o tempo todo. Mesmo assim, em décadas passadas, deve ter conseguido manipular sutilmente um bom número de pessoas e, quando isso não era o bastante, ele os matava ou fazia com que desaparecessem, como fizera com Benito.

"Um confronto direto não vai funcionar", disse Francis.

Noemí examinou a faca de manteiga e soube que ele estava certo. O que ela poderia fazer? Mesmo resistindo, sua situação continuaria sendo a mesma, quiçá até pior.

"Se eu concordar em continuar com esse teatro, você precisa dar um jeito de ajudar Catalina a fugir também."

Francis não respondeu, mas pela testa franzida, ela percebeu que ele não estava gostando nada da ideia de ter que ajudar duas pessoas a escapar.

"Não posso deixá-la para trás", explicou ela, tocando a mão dele que ainda segurava o frasco. "Você precisa dar a tintura a ela também, precisa ajudá-la a se libertar."

"Está bem, está bem. Fale baixo."

Ela soltou a mão dele e baixou a voz:

"Você deve prometer com sua vida."

"Prometo. Agora, vamos tentar?", perguntou ele, tirando a rolha de vidro do frasco. "Vai te deixar um pouco sonolenta, mas você certamente precisa descansar."

"Virgil consegue ver meus sonhos", murmurou ela, pressionando os dedos contra a boca por um momento. "Não vai ficar sabendo, se pode ver meus sonhos? Será que não vai saber o que eu estou pensando?"

"Não são bem sonhos. É a caligem. Mas tome cuidado quando estiver lá."

"Não sei se posso confiar em você", disse ela. "Por que me ajudaria?"

Em múltiplos detalhes, Francis era diferente do primo, com mãos magras e lábios finos, frágil e vulnerável, ao passo que Virgil era uma potência sólida. Ele era jovem e pálido, infectado com bondade. Mas como ter certeza de que tudo não passava de um disfarce, se também não podia agir com implacável indiferença. Afinal de contas, nada naquele lugar era o que parecia. Havia inúmeros segredos.

Noemí levou a mão à nuca, o lugar onde os dedos de Virgil tinham mergulhado em seu cabelo.

Francis girou a rolha de vidro. Um raio de luz perdido, filtrado através das cortinas, incidiu sobre o frasco; um prisma minúsculo, formando um arco-íris na beira da cama.

"Há um fungo nas cigarras. *Massospora cicadina*. Lembro-me de ler um artigo de jornal sobre sua aparência: o fungo brota ao longo do abdômen da cigarra. Transforma-o em uma massa de pó amarelo. O jornal relatou que as cigarras, gravemente infectadas, continuavam 'cantando' enquanto seu corpo era consumido por dentro. Cantando, chamando por um companheiro, meia morta. Consegue imaginar?", perguntou Francis. "Você tem razão, eu tenho uma escolha. Não quero terminar a minha vida cantando, fingindo que está tudo bem."

Ele parou de brincar com a rolha de vidro e olhou para ela.

"Você fingiu bem até agora."

Ela olhou para ele, e ele retribuiu o olhar, muito sério.

"Sim", disse ele. "Mas agora que você está aqui, não consigo mais."

Ela o observou, em silêncio, enquanto ele servia uma quantidade mínima de líquido em uma colher. Noemí tomou a tintura. Era amargo. Ele ofereceu-lhe o guardanapo que tinha sido colocado no prato e Noemí limpou a boca.

"Deixe-me levar isso", disse Francis, guardando o frasco de volta no bolso e pegando a bandeja. Ela tocou o braço dele, e ele estacou.

"Obrigada."

"Não me agradeça", respondeu. "Eu deveria ter falado antes, mas sou um covarde."

Ela encostou a cabeça no travesseiro e se permitiu pegar no sono. Mais tarde — não sabia precisar quanto tempo depois —, ouviu um ruído de tecido e se sentou na cama. Ruth Doyle estava ao pé de sua cama, olhando para o chão.

Não, não era Ruth. Uma lembrança? Um fantasma? Também não era bem um fantasma. Percebeu então que o que ela andava vendo, a voz que sussurrava para ela, instando-a a abrir os olhos, era a mente de Ruth, que ainda morava na caligem, nas fendas e paredes cobertas de mofo. Devia haver outras mentes, fragmentos de pessoas, escondidas sob o papel de parede, mas nenhuma tão sólida nem tangível quanto Ruth. Exceto, talvez, por aquela presença dourada que ela ainda não conseguia identificar, a quem não conseguia sequer identificar como uma pessoa. Não parecia uma pessoa. Não como Ruth.

"Você consegue me ouvir?", indagou ela. "Ou você é como as ranhuras em um disco de vinil?"

Ela não sentia medo da moça. Era uma jovem, sofrida e abandonada. A presença dela não era maligna, apenas ansiosa.

"Eu não me arrependo", disse Ruth.

"Meu nome é Noemí. Eu já vi você antes, mas não sei se consegue me entender."

"Não me arrependo."

Noemí não achava que a moça pudesse lhe oferecer mais do que aquelas palavras escassas, mas de repente Ruth levantou a cabeça e a fitou.

"Mamãe não pode, nem vai protegê-la. Ninguém vai protegê-la."

Mamãe está morta, pensou Noemí. *Você a matou.*

Duvidava, no entanto, que fizesse algum sentido lembrar um cadáver, há muito enterrado, dessas coisas. Noemí estendeu a mão, tocando o ombro da moça. Ela parecia real sob seus dedos.

"Você precisa matá-lo. Papai nunca vai deixá-la ir. Esse foi o meu erro. Não fiz certo." A moça sacudiu a cabeça.

"Como você deveria ter feito, então?", perguntou Noemí.

"Não fiz certo. Ele é um deus! Ele é um deus!"

A moça começou a soluçar e tampou a boca com as mãos, balançando para a frente e para trás. Noemí tentou abraçá-la, mas Ruth se jogou no chão e ficou em posição fetal, com as mãos ainda cobrindo a boca. Noemí ajoelhou-se ao lado dela.

"Não chore, Ruth", disse ela, e enquanto falava, o corpo de Ruth ficou cinza, manchas brancas de mofo se alastraram pelo rosto e pelas mãos, e a moça chorou, lágrimas pretas deslizando pelo rosto, bile escorrendo pela boca e pelo nariz.

Ruth começou a se arranhar com as unhas, soltando um grito rouco. Noemí encolheu-se para trás, batendo na cama. A moça estava se contorcendo; arranhava o chão, as unhas fissurando a madeira, enterrando farpas nas palmas das mãos.

Noemí cerrou os dentes de medo e teve vontade de chorar também, mas então se lembrou das palavras, do mantra.

"Abra os olhos", disse Noemí.

E Noemí obedeceu. Abriu os olhos, o quarto estava escuro. Estava sozinha. Lá fora, chovia novamente. Ela se levantou e abriu a cortina. O som distante do trovão era perturbador. Onde estava sua pulseira? A pulseira contra o mau-olhado. Não adiantaria grande coisa, àquela altura. Dentro da gaveta da mesa de cabeceira, encontrou seu maço de cigarros e o isqueiro; ainda estavam lá.

Noemí apertou o isqueiro, vendo brotar a chama, e então o fechou, devolvendo-o para a gaveta.

GÓTICO MEXICANO

Silvia Moreno-Garcia

22

FRANCIS VOLTOU PARA VÊ-LA NA MANHÃ SEGUINTE, MINIS-trando mais uma pequena quantidade de tintura e indicando o que era seguro comer. Quando anoiteceu, voltou com uma bandeja de comida e disse a Noemí que, após o jantar, eles tinham sido convocados para falar com Virgil, que esperava por eles no escritório.

Estava muito escuro, mesmo com Francis empunhando a lamparina, para que Noemí pudesse observar os retratos pendurados na parede que levava à biblioteca. Ela desejou ter podido parar para ver a foto de Ruth. Foi um ímpeto que brotou da curiosidade e da empatia. Ruth tinha sido prisioneira, assim como ela.

Quando Francis abriu a porta do escritório, o odor desagradável de livros mofados a acometeu. Era curioso que Noemí tivesse se acostumado com ele e mal o notara nos últimos dias. Ela se perguntou se aquilo significava que a tintura estava fazendo efeito.

Virgil estava sentado à mesa. A iluminação suave no cômodo com painéis deixou seu rosto lívido, como se tivesse sido drenado de todo o sangue; ele parecia uma pintura de Caravaggio. Seu corpo estava inerte; um animal selvagem se camuflando. Os dedos estavam entrelaçados e, quando Virgil os viu, curvou-se para cumprimentá-los, sorrindo.

"Você está com uma aparência melhor", comentou Virgil. Noemí sentou-se diante dele, ao lado de Francis, respondendo à pergunta com um olhar silencioso. "Pedi para que viesse porque precisamos esclarecer certas coisas. Francis disse que você entende a situação e que está disposta a cooperar", continuou Virgil.

"Se quer dizer que eu compreendi que não posso ir embora desta casa medonha, é verdade, ficou muito claro."

"Não precisa ficar tão contrariada, Noemí. É uma casa um tanto adorável, uma vez que passa a conhecer você. Acho que a questão é se você está determinada a ser um incômodo ou se vai se juntar a família de boa vontade."

Nas paredes, as três cabeças de veado projetavam sombras longas.

"Seu conceito de 'boa vontade' é fascinante", retorquiu Noemí. "Você por acaso está me dando alguma escolha? Não. Decidi continuar viva, se é isso que gostaria de saber. Não pretendo acabar em um poço, como aqueles pobres mineiros."

"Não os atiramos em um poço. Todos foram enterrados no cemitério. E eles precisavam morrer. O solo precisa se tornar fértil."

"Com cadáveres. Adubo, certo?"

"Eles teriam morrido de qualquer forma. Não passavam de uma porção de camponeses subnutridos e piolhentos."

"Sua primeira esposa também era uma camponesa piolhenta? Você também a usou para tornar o solo mais fértil?", retrucou Noemí. Ela se perguntou se o retrato da mulher estava pendurado do lado de fora, com as fotografias dos outros Doyle. Uma jovem infeliz de queixo empinado, tentando sorrir para a câmera.

Virgil deu de ombros.

"Não. Mas ela continuava inadequada, e não é como se eu sentisse saudades dela."

"Muito encantador da sua parte."

"Você não vai conseguir fazer com que eu me sinta culpado, Noemí. Os fortes sobrevivem, os fracos ficam para trás. Acho você muito forte", afirmou ele. "E que belo rosto você tem. Pele escura, olhos escuros. É uma grande inovação."

Carne escura, pensou. Nada além de carne. Ela era o equivalente a um bife que o açougueiro inspecionava e embrulhava em papel manteiga. Uma presença exótica para atiçá-los e dar água na boca.

Virgil se levantou, contornando a mesa e se postando atrás deles, com as mãos firmemente apoiadas nos respaldos das cadeiras.

"Minha família, como você bem deve saber, tem se esforçado para manter a linhagem pura. Nossa reprodução seletiva nos permitiu transmitir as características mais desejáveis. Nossa compatibilidade com os fungos desta casa é o resultado desse cuidado. Mas há um pequeno problema", explicou Virgil, e começou a rondá-los, olhando para a mesa e brincando com um lápis. "Você sabia que castanheiras que crescem sozinhas são estéreis? Elas precisam da polinização cruzada de outra árvore. Parece acontecer a mesma coisa conosco. Minha mãe teve dois filhos com meu pai, mas deu à luz muitos natimortos. E a história se repete no passado. Natimortos, mortes ainda no berço. Antes de Agnes, meu pai teve duas outras esposas, e nenhuma delas era capaz de fazer o que precisava ser feito.

"Às vezes é preciso injetar sangue novo na mistura, por assim dizer. É claro que meu pai sempre foi muito teimoso em relação a esse assunto, insistindo que não deveríamos nos misturar com a ralé."

"Tipos superiores e inferiores, afinal de contas", comentou Noemí, secamente.

Virgil sorriu.

"Exatamente. O velho até trouxe terra inglesa para garantir que as condições daqui fossem como as da Inglaterra; não queria depender de ninguém. Mas do jeito que as coisas se desenrolaram, tornou-se uma necessidade. Uma questão de sobrevivência."

"E então veio Richard", disse Noemí. "E depois Catalina."

"Sim. Mas, se eu tivesse visto você antes, acho que teria feito uma escolha diferente. Você é saudável e jovem, e a caligem gosta de você."

"E o fato de eu ter dinheiro também não é um grande problema."

"Bem, isso com certeza é um pré-requisito. Essa Revolução imbecil acabou com nossa fortuna. Precisamos recuperá-la. Sobrevivência, como eu disse."

"Acho que você está querendo dizer 'assassinato'. Vocês mataram todos aqueles mineiros. Deixaram que adoecessem, não disseram o que estava acontecendo. Esse seu médico os deixou morrer. E devem ter assassinado o amante de Ruth também. Pelo menos ela deu o troco depois."

"Você não está sendo muito cortês, Noemí", queixou-se ele, com os olhos atados aos dela. Então, soando irritado, se voltou para Francis. "Pensei que tivesse apaziguado a situação."

"Noemí não vai tentar ir embora de novo", garantiu Francis, deslizando a mão sobre a dela.

"Esse é um bom começo. O próximo passo, Noemí, é escrever uma carta ao seu pai, explicando que ficará aqui até o Natal, para fazer companhia a Catalina. No Natal, vai anunciar que se casou e que pretende morar conosco."

"Meu pai não vai gostar nem um pouco disso."

"Então você terá que escrever mais algumas cartas, para aplacar as preocupações dele", concluiu Virgil, com suavidade. "Agora, que tal começar a escrever a primeira?"

"Agora?"

"Sim. Venha aqui", disse ele, dando um tapinha na cadeira de onde tinha se levantado.

Noemí hesitou, mas se acomodou no lugar que ele oferecera. Uma folha de papel e uma caneta tinham sido separadas. Noemí encarou os apetrechos, mas não os pegou.

"Pode começar", exortou Virgil.

"Não sei o que dizer."

"Escreva uma mensagem convincente. Ninguém aqui gostaria que seu pai nos visitasse e ficasse acamado por causa de uma doença estranha, não é?"

"Você não seria capaz...", sussurrou ela.

Virgil se curvou e apertou o ombro de Noemí com força.

"Há espaço de sobra no mausoléu e, como você bem pontuou, nosso médico não é muito bom curando mazelas."

Noemí desvencilhou-se da mão de Virgil e começou a escrever. Ele se afastou.

Ela continuou rabiscando até que, por fim, assinou a carta. Quando terminou, Virgil tornou a se postar ao lado dela e leu a mensagem, assentindo.

"Satisfeito?", perguntou Francis. "Noemí fez a parte dela."

"A parte dela está bem longe de acabar", murmurou Virgil. "Florence está vasculhando os cômodos da casa, tentando encontrar o vestido de noiva de Ruth. Teremos uma cerimônia de casamento."

"Por quê?", perguntou Noemí, com a boca seca.

"Howard não abre mão desses detalhes. Cerimônias. Ele adora."

"E onde pretendem encontrar um padre?"

"Meu pai pode atuar como juiz de paz. Ele já fez isso antes."

"Então é isso? Vou me casar na Igreja Incestuosa do Cogumelo Sagrado?", debochou Noemí. "Duvido que isso seja válido."

"Não se preocupe. É claro que iremos arrastá-la até o magistrado em algum momento."

"*Arrastar* de fato é a palavra certa."

Virgil arremessou a carta na mesa, e Noemí se sobressaltou, estremecendo. O gesto fez com que se lembrasse da força que ele tinha. Virgil a carregara para dentro da casa como se ela fosse leve tal qual uma pluma. Sua mão, apoiada na mesa, era grande, capaz de causar danos tremendos.

"Você deveria se considerar uma garota de sorte. Eu disse a meu pai que Francis poderia muito bem amarrá-la na cama e trepar com você hoje à noite, sem mais preâmbulos, mas ele acha que seria inadequado. Você é uma dama, afinal de contas. Eu discordo. Damas não são libertinas e, como nós dois bem sabemos, não é como se você fosse um cordeirinho inocente."

"Eu não faço ideia..."

"Ah, você com certeza tem *algumas* ideias."

Os dedos de Virgil resvalaram o cabelo dela. Um toque sutil, que espalhou arrepios pelo corpo de Noemí, uma sensação obscura e deliciosa que corria em suas veias, como acontecia quando ela bebia champanhe muito depressa. Como em seus sonhos. Ela desejou cravar os dentes no ombro de Virgil e morder com força. Uma pontada indômita de desejo e ódio.

Noemí deu um pulo e colocou a cadeira entre ela e Virgil.

"Não faça isso!"

"Fazer o quê?"

"Pare com isso", exigiu Francis, correndo para o lado dela. Ele agarrou a mão de Noemí, acalmando-a e lembrando-a com uma olhadela de que eles tinham um plano. Então, dirigindo-se a Virgil, falou com a voz firme: "Ela é minha noiva. Você precisa tratá-la com mais respeito".

Virgil não se deixou abalar pelas palavras do primo, e seu sorriso pequeno e mordaz se alargou, prestes a se transformar em um esgar. Ela estava certa de que ele iria revidar, mas se surpreendeu quando o viu erguer as mãos em uma rendição súbita e teatral.

"Bem, parece que você virou homem pela primeira vez na vida. Certo", comentou Virgil. "Serei respeitoso. Mas ela precisa tomar mais cuidado com o que diz e se pôr em seu devido lugar."

"Ela vai fazer isso. Venha", disse Francis, guiando Noemí às pressas para longe do escritório. Ele estava segurando a lamparina, e sombras bruxulearam e oscilaram com o movimento repentino da fonte de luz.

Uma vez lá fora, Francis se virou para ela.

"Você está bem?", sussurrou ele, falando em espanhol.

Ela não respondeu. Noemí o conduziu pelo corredor até uma das salas empoeiradas, que não eram nunca utilizadas, onde poltronas e sofás estavam cobertos por lençóis brancos. Um espelho enorme, que ia do chão até o teto, exibia o reflexo deles; a parte superior era ornada com entalhes sofisticados de frutas e flores, além da cobra onipresente, que estava sempre à espreita em cada canto da casa. Noemí parou para observar a cobra, e Francis quase trombou nela, sussurrando um pedido de desculpas.

"Você disse que iria comprar suprimentos para nós", disse ela, com os olhos fixos nos adornos ao redor do espelho e na cobra temível. "Mas e as armas?"

"Armas?"

"Sim. Fuzis e pistolas?"

"Não temos rifles aqui, não depois de tudo que aconteceu com Ruth. Tio Howard tem uma arma no quarto, mas não tenho como pegá-la."

"Você precisa fazer alguma coisa!"

Noemí se assustou ao detectar sua própria veemência. Viu o reflexo ansioso de seu rosto no espelho e se virou, perturbada. Sentiu as mãos tremendo e buscou apoio nas costas de uma poltrona para manter o equilíbrio.

"Noemí? Você está bem?"

"Não me sinto segura."

"Sei que..."

"É um truque. Não compreendo os jogos mentais de vocês, mas sei que não sou a mesma quando Virgil está por perto", disse Noemí, as mãos tremendo com angústia ao afastar o cabelo do rosto. "Não ultimamente. Magnético. Foi essa a palavra que Catalina usou para descrevê-lo. Bem, não é de se admirar. Mas não é apenas charme, não é? Você disse que a casa pode instigar uma pessoa a fazer certas coisas..."

Ela perdeu o fio da meada. Virgil trouxera à tona o que havia de pior em Noemí. Ela não gostava nem um pouco dele, mas ele despertava sentimentos perversos nela. Freud falava sobre as chamadas pulsões de morte: um impulso que faz com que alguém parado à beira de um penhasco de repente queira saltar dele. Sem dúvida aquele antigo conceito estava em ação, e Virgil revolvia um subconsciente desconhecido, brincando com ela.

Noemí se perguntou se o mesmo acontecia com as cigarras que Francis mencionara. Entoando canções de acasalamento enquanto eram consumidas pelas entranhas, os órgãos virando pó enquanto se balançavam entre si. Talvez zumbindo ainda mais alto, como a sombra da morte criando um frenesi de desejo em seus pequenos corpos, incitando-as em direção à própria destruição.

Virgil imbuía Noemí de uma combinação de violência e carnalidade, mas também de um deleite inebriante. A alegria da crueldade e uma decadência sombria e aveludada cujo sabor ela sentira não havia muito tempo. Ela defrontava-se com sua versão mais gananciosa e impulsiva.

"Nada vai acontecer com você", garantiu Francis, pousando a lamparina sobre uma mesa coberta por um tecido branco.

"Você não tem como fazer essa promessa."

"Nada vai acontecer enquanto eu estiver ao seu lado."

"Você não pode ficar ao meu lado o tempo todo. Você não estava lá quando Virgil me agarrou no banheiro", apontou ela.

Francis trincou o maxilar quase imperceptivelmente, transido de vergonha e raiva, o rosto enrubescendo com intensidade. Tinha perdido a bravura. Queria ser um salvador para Noemí mas não podia. Ela cruzou os braços e baixou a cabeça.

"Deve existir uma arma em algum lugar. Por favor, Francis", insistiu ela.

"Minha navalha, talvez. Se for fazer com que se sinta mais segura, pode ficar com ela."

"Vai fazer."

"Então é sua", disse ele, e ela sentiu verdade em suas palavras.

Noemí percebeu que era um gesto simples, que não resolveria seus problemas. Ruth empunhara um rifle e mesmo assim não tinha sido capaz de se salvar. Se Noemí estivesse diante de uma pulsão de morte, de um defeito de sua mente avultado ou distorcido pela casa, nenhuma arma comum poderia protegê-la. Ainda assim, apreciou o desvelo dele em ajudá-la.

"Obrigada."

"Não é nada. Espero que não se importe com a presença de homens barbudos, já que, como está com minha navalha, não poderei me barbear", disse ele, tentando fazer uma piada e aliviar a tensão.

"Um pouco de barba por fazer nunca machucou ninguém", respondeu ela, sustentando o tom de voz de Francis.

Ele sorriu, e o gesto, assim como sua voz, era genuíno. Tudo em High Place era deturpado e sórdido, mas Francis tinha sido capaz de desabrochar, vívido e consciente, como uma planta estranha que vai parar no canteiro errado.

"Você é mesmo meu amigo, não é?", perguntou ela. Noemí não tinha acreditado muito, esperando, de certa forma, cair numa armadilha. Com Francis, no entanto, já não achava que seria o caso.

"Acho que você já sabe a resposta", respondeu ele, com gentileza.

"É meio complicado discernir realidade da ficção neste lugar."

"Eu sei."

Eles se entreolharam em silêncio. Noemí começou a vagar pela sala, deslizando os dedos nos móveis cobertos, sentindo os ornatos entalhados na madeira, revolvendo a poeira acumulada nos lençóis. Ela ergueu a cabeça e viu Francis olhando para ela, com as mãos nos bolsos. Noemí puxou um dos lençóis brancos, revelando um sofá estofado em azul, e aboletou-se ali, sentando-se com as pernas dobradas.

Francis ocupou o espaço ao lado dela. O espelho que dominava a sala estava bem diante deles, maculado pelo tempo de modo a distorcer seus reflexos, transformando-os em fantasmas.

"Com quem você aprendeu a falar espanhol?", quis saber Noemí.

"Meu pai me ensinou. Ele gostava de aprender coisas novas, de aprender idiomas. Ele foi meu tutor; até tentou dar aulas a Virgil por um tempo, mas ele não se interessava. Depois que ele morreu, auxiliei Arthur com documentos e afazeres. Como ele também fala espanhol, consegui praticar. Sempre imaginei que, algum dia, tomaria o lugar de Arthur."

"Realizando serviços pela cidade como intermediário da família."

"Foi o que me restou."

"Você não tem nenhum outro desejo além de servir a família?"

"Quando era mais jovem, sonhava em ir embora. Mas era um somho típico de criança, como pensar que um dia você pode fazer parte de uma trupe circense. Não parei para pensar muito sobre isso nos últimos tempos. Não via motivo. Depois do que aconteceu com meu pai, pensei que se mesmo ele, dono de uma personalidade mais marcante que a minha, audacioso como era, não podia fazer nada além de ceder aos caprichos de High Place, que chance eu teria?"

Enquanto falava, Francis sacou do bolso da jaqueta o pequeno retrato que Noemí tinha visto antes. Ela se curvou, observando-o com mais atenção do que antes. Fazia parte de um medalhão esmaltado; um lado era pintado de azul e enfeitado com lírios-do-vale dourados. Com uma unha, ela traçou o contorno de uma flor.

"Seu pai sabia sobre a caligem?"

"Antes de vir para High Place, você quer dizer? Não. Ele se casou com a minha mãe, e ela o trouxe para cá, mas obviamente não falou nada. Ele ficou alheio por um tempo. Quando descobriu tudo, era tarde demais, e acabou aceitando ficar."

"O mesmo acordo que me ofereceram, eu imagino", comentou Noemí. "A oportunidade de fazer parte da família. Não que ele tivesse muita escolha."

"Eu acredito que ele a amava. Ele me amou. Não sei."

Noemí devolveu o medalhão a Francis, que o guardou de novo no bolso.

"Vai mesmo haver uma cerimônia de casamento? Com vestido de noiva e tudo?", perguntou ela.

Noemí pensou nas fileiras de fotografias nos corredores, eternizando cada geração. E nos retratos de noiva no quarto de Howard. Se pudessem, teriam pintado o retrato de Catalina no mesmo estilo. Assim como teriam pintado o retrato de Noemí. As telas seriam penduradas lado a lado sobre a cornija de uma lareira. Também haveria uma foto dos recém-casados, vestidos em seda fina e veludo.

O espelho refletiu o vislumbre nebuloso de como seria o retrato de casamento, Noemí e Francis sentados ali, com expressões solenes no rosto.

"É a tradição. Antigamente, teriam organizado um grande banquete, e cada convidado teria presenteado você com prata. A mineração sempre foi o nosso negócio, e tudo começou com a prata."

"Na Inglaterra?"

"Sim."

"E então vocês vieram para cá em busca de mais."

"A prata tinha acabado lá. Prata, estanho e nossa sorte também. E as pessoas na Inglaterra começaram a desconfiar de que tínhamos algo a ver com as coisas estranhas que estavam acontecendo. Howard pensou que nos fariam menos perguntas aqui, que ele seria capaz de fazer o que bem entendesse. E estava certo."

"Quantos trabalhadores morreram?"

"É impossível saber."

"Você já se fez essa pergunta?"

"Sim", sussurrou ele, com a voz embebida em humilhação.

A casa tinha sido construída sobre ossos. E ninguém notara tal atrocidade. Filas e mais filas de pessoas que entravam na casa, na mina, e nunca mais saíam. Elas jamais seriam veladas, jamais seriam encontradas. A cobra não mordia a própria cauda; ela devorava tudo que estava ao seu redor, voraz e insaciável.

Noemí relanceou o olhar para as presas da cobra que contornavam o espelho, então virou o rosto e apoiou o queixo no ombro de Francis. E assim eles ficaram sentados por um longo tempo, ela escura e ele pálido, um contraste peculiar entre os lençóis brancos como a neve. Ao redor deles, como uma vinheta, a escuridão da casa eclipsava as bordas.

GÓTICO
MEXICANO

Silvia Moreno-Garcia

23

GORA QUE NÃO HAVIA MAIS MOTIVOS PARA FINGIMENTO, deixaram que Noemí conversasse com Catalina sem que uma criada ficasse de sentinela vigiando. Quem a acompanhava era Francis. Imagina que os viam como uma unidade. Dois organismos simbióticos, amarrados juntos. Ou então, carcereiro e prisioneira. Fosse qual fosse o motivo, estava contente pela oportunidade de falar com sua prima e puxou uma cadeira para se aproximar da cabeceira da cama onde Catalina estava repousando. Francis estava do outro lado do quarto, olhando pela janela e oferecendo tácita privacidade às primas, que conversavam em sussurros.

"Sinto muito por não ter acreditado em você quando li sua carta", desculpou-se Noemí. "Devia saber que estava falando a verdade."

"Você não tinha como saber", retrucou Catalina.

"Mesmo assim, se eu tivesse simplesmente arrancado você daqui, apesar dos protestos deles, não estaríamos agora nesta situação."

"Eles não teriam permitido. Noemí, você ter vindo já bastou. Sua presença aqui me faz um bem enorme. É como naquelas histórias que eu costumava ler: como se você tivesse quebrado um feitiço."

Era mais provável que fosse efeito da tintura que Francis estava lhe dando, mas Noemí assentiu com a cabeça e segurou as mãos da prima. Como gostaria que fosse verdade! Os contos de fada que Catalina compartilhara com ela quando eram crianças tinham sempre finais felizes. Os vilões eram punidos, a ordem restaurada. O príncipe escalava a torre e resgatava a princesa. Até mesmo os detalhes macabros, como os pés cortados das irmãs postiças malvadas, eram esquecidos quando Catalina decretava que todos viveriam felizes para sempre.

Catalina não podia recitar aquelas palavras mágicas — felizes para sempre —, e Noemí tinha que acreditar que a fuga que haviam planejado não passava de uma fábula. Esperança era a única arma que tinham.

"Ele sabe que tem algo errado", disse Catalina de repente, piscando devagar.

Noemí ficou perturbada.

"Ele quem?"

Catalina apertou os lábios. Não era a primeira vez que aquilo acontecia, que ela se calava de repente, de modo dramático, e parecia perder o fio da meada. Por mais que Catalina quisesse dizer que estava melhorando, ainda não voltara ao normal. Noemí colocou uma mecha solta de cabelo atrás da orelha da prima.

"Catalina? O que houve?"

Catalina balançou a cabeça e deitou-se na cama, dando as costas para a prima. Noemí tocou o ombro dela, mas Catalina empurrou sua mão. Francis se aproximou da cama.

"Acho que ela está cansada", disse ele. "Melhor voltarmos para o seu quarto. Minha mãe queria que você experimentasse o tal vestido."

Esquecera-se completamente do vestido. Era a última coisa em sua mente naquele momento. Como não criara nenhuma expectativa, qualquer modelo teria servido. Não obstante, ficou surpresa ao vê-lo sobre a cama e contemplou-o com inquietação. Não queria sequer tocá-lo.

O vestido era de chiffon de seda e cetim, a gola alta adornada com renda *guipure* e uma longa fileira de minúsculos botões de madrepérola nas costas. Ficara guardado em uma caixa empoeirada por muitos e muitos anos e era de se esperar que as traças tivessem feito um bom repasto, mas embora o tecido estivesse um pouco amarelado, permanecia intacto.

Não era um vestido feio. Não foi este o motivo de sua repulsa. O problema é que parecia representar as aspirações juvenis de outra moça, de uma moça morta. Talvez duas. Teria a primeira esposa de Virgil usado aquele vestido também?

A associação que lhe ocorreu foi com a pele descartada de uma cobra. Howard também descartaria sua pele para adentrar em um novo corpo, como uma lâmina penetrando a pele. *Ouroboros.*

"Você precisa experimentar, para que possamos fazer os ajustes", disse Florence.

"Eu tenho bons vestidos. Aquele de tafetá roxo..."

Florence permanecia empertigada, com o queixo erguido e as mãos entrelaçadas na altura do peito.

"A renda da gola, está vendo? Foi removida de um vestido mais antigo e acrescentada no modelo final. E os botões também vieram de outro vestido. Suas filhas também vão usar o mesmo vestido. É assim que deve ser feito."

Inclinando-se devagar, Noemí reparou que havia um rasgo na cintura e uns buracos no corpete. A perfeição do vestido era enganosa.

Ela apanhou o vestido e se dirigiu ao banheiro. Depois de se trocar, regressou ao quarto, onde o olhar crítico de Florence a aguardava. Ela tirou medidas, marcou ajustes com alfinetes, uns centímetros aqui, outros acolá. Florence resmungou umas palavras para Mary e a criada abriu outra caixa empoeirada, de onde saíram um par de sapatos e um véu. O véu estava em um estado bem mais lamentável do que o vestido. O passar dos anos o tingira com uma coloração marfim, e a bela padronagem florida na barra estava manchada de mofo. Os sapatos também estavam em petição de miséria e, ademais, eram maiores que os pés de Noemí.

"Dá para o gasto", sentenciou Florence. "Assim como você", acrescentou, com desdém.

"Se não me acha adequada, talvez pudesse gentilmente pedir ao seu tio para desistir deste casamento."

"Sua criatura tola. Você acha que ele iria desistir? Agora que seu apetite foi aguçado?", disse ela, tocando uma mecha do cabelo de Noemí.

Virgil também tocara em seu cabelo, mas o gesto tinha outro significado. Florence estava a inspecionando.

"Aptidão, segundo ele. Plasma germinativo e a qualidade da corrente sanguínea." Ela largou o cabelo de Noemí e a encarou duramente. "É o desejo comum de todos os homens. Ele apenas deseja possuí-la, como uma borboleta em sua coleção. Mais uma bela jovem."

Mary estava guardando o véu em silêncio, dobrando-o como se fosse um tesouro precioso e não um trapo manchado e puído.

"Sabe Deus que tipo de traço degenerativo corre em suas veias. Uma estrangeira, membro de uma raça desarmônica", disse Florence, atirando os sapatos manchados na cama. "Mas devemos aceitar. A palavra dele é uma ordem."

"*Et Verbum caro factum est*", disse Noemí, sem pensar, lembrando-se da frase. Ele era senhor, padre e pai, e todos eram seus filhos e acólitos, obedecendo-o cegamente.

"Bem. Pelo menos, você está aprendendo", respondeu Florence, com um sorriso vago.

Noemí não respondeu. Trancou-se no banheiro novamente e tirou o vestido. Colocou suas roupas de volta e ficou aliviada quando as mulheres devolveram o vestido para a caixa e foram embora sem dizer uma palavra.

Vestiu o grosso suéter que Francis lhe dera de presente e enfiou a mão no bolso, sentindo o isqueiro e o maço abarrotado de cigarros que guardava junto dele. Tocar aqueles objetos faziam com que se sentisse mais segura; eles a lembravam do seu lar. Com a névoa lá fora obscurecendo a paisagem, confinada entre as paredes de High Place, era fácil esquecer que vinha de uma cidade completamente diferente e que, um dia, voltaria a vê-la.

Francis foi encontrá-la um pouco mais tarde. Levou uma bandeja com o jantar e a navalha embrulhada em um lenço. Noemí brincou que era um péssimo presente de casamento, e ele riu. Sentaram-se lado a lado no chão enquanto ela jantava, com a bandeja no colo. Ele fez mais algumas observações sarcásticas, e ela sorriu.

Um gemido longínquo e sinistro espantou a alegria dos dois. O som parecia propagar um calafrio pela casa. Ouviram mais alguns gemidos, depois silêncio. Não era a primeira vez que Noemí ouvia Howard gemer, mas parecia especialmente intenso naquela noite.

"A transmigração precisa acontecer logo", disse Francis, como se lendo a indagação nos olhos dela. "O corpo dele está ruindo. Nunca se recuperou totalmente desde o dia em que Ruth atirou nele; o estrago foi grande."

"Por que ele não transmigrou antes? Quando foi baleado, por exemplo?", indagou ela.

"Não pôde. Não tinha um corpo novo que pudesse habitar. Ele precisa de um corpo adulto. O cérebro precisa se desenvolver até um ponto específico. Vinte e quatro, vinte e cinco anos, é a idade ideal para a transmigração. Virgil ainda era um bebê na época. Florence era uma menina e, mesmo que fosse mais velha, ele jamais se transmigraria para o corpo de uma mulher. Então foi obrigado a esperar, e seu corpo se restaurou o quanto pôde, para ter uma aparência mínima de saúde."

"Mas poderia ter se transmigrado assim que Virgil completou a idade, em vez de permanecer velho tanto tempo."

"Está tudo interligado. A casa, os fungos que se espalham por ela, as pessoas. Um ataque à família é um ataque aos fungos. Ruth danificou a estrutura da nossa existência. Howard não estava se regenerando sozinho, tudo estava se regenerando junto com ele. Mas agora está forte o bastante e pode morrer, seu corpo vai se frutificar e dar início a um novo ciclo."

Ela pensou na casa formando tecido cicatricial, respirando lentamente, o sangue pulsando entre as tábuas do assoalho. Lembrou-se de um dos seus sonhos, no qual as paredes pareciam latejar.

"E é por isso que eu não vou com você", prosseguiu Francis, girando um garfo entre os dedos, antes de colocá-lo de volta na bandeja, prestes a sair. "Estamos todos interligados e, se eu fugir, eles vão ficar sabendo e talvez nos sigam e nos encontrem com facilidade."

"Mas você não pode ficar aqui. O que eles vão fazer com você?"

"Provavelmente nada. Se fizerem, não é mais problema seu", sentenciou. Ele apanhou a bandeja. "Deixe-me levar isso e..."

"Você só pode estar brincando", retrucou ela, puxando a bandeja de volta e a colocando no chão.

Ele deu de ombros.

"Estou armazenando um farnel para vocês. Catalina tentou fugir, mas estava mal preparada. Duas lamparinas, uma bússola, um mapa, talvez um par de agasalhos para que caminhem até a cidade sem congelar. Você tem que pensar em você e na sua prima. Não em mim. Eu não importo. No fim das contas, este aqui é o único mundo que conheci."

"Madeira, vidro e um teto não constituem um mundo", retrucou ela. "Você não é uma orquídea em uma estufa. Não vou deixar você para trás. Junte suas impressões, seu livro favorito, ou o que mais você quiser, você vem conosco."

"Aqui não é o seu lugar, Noemí. Mas é o meu. O que eu faria lá fora?", perguntou ele.

"O que você quisesse."

"Mas essa é uma ideia enganadora. Você acertou quando disse que eu fui criado como uma orquídea. Cuidadosamente manufaturado, cultivado. Sou mesmo como uma orquídea. Acostumado a um determinado clima, uma determinada quantidade de luz e calor. Fui talhado para um fim específico. Um peixe não consegue respirar fora da água. Meu lugar é aqui, com a família."

"Você não é uma orquídea, nem um peixe."

"Meu pai tentou escapar e você viu no que deu", retrucou ele. "Minha mãe e Virgil também acabaram voltando."

Ele riu com desânimo, e ela sabia que ele realmente não se importaria em ficar para trás, um mártir cefalóforo em frio mármore com poeira se acumulando em seus ombros, que permitiria que a casa o devorasse dócil e lentamente.

"Você vem comigo."

"Mas..."

"Assunto encerrado! Você não quer sair deste lugar?", insistiu ela.

Francis estava com os ombros encurvados e parecia prestes a sair correndo porta afora a qualquer momento, mas deu um suspiro trêmulo.

"Pelo amor de Deus, será que você é assim tão cega?", retorquiu ele, a voz baixa e angustiada. "Quero ir com você, para onde quer que vá. Para a maldita Antártica, mesmo que perca meus dedos congelados, não importa! Mas a tintura pode cortar a *sua* ligação com a casa, não a minha. Já vivo assim há muito tempo. Ruth tentou mudar as coisas, tentou matar Howard para poder escapar. Não funcionou. A estratégia do meu pai também não. Não há saída."

As palavras de Francis faziam muito sentido. Mas, mesmo assim, ela se recusava a desistir. Será que todos naquela casa eram borboletas capturadas em um vidro para serem presas com um alfinete depois?

"Olha só", disse ela. "Basta me seguir. Serei seu flautista."

"Os que seguem o flautista não terminam bem."

"Esqueci qual é o conto de fadas", disse Noemí, irritada. "Mas basta me seguir, mesmo assim."

"Noemí..."

Ela ergueu a mão e tocou o rosto dele, deslizando os dedos pelo maxilar.

Ele a fitou, em silêncio, mexendo os lábios sem proferir som algum, tomando coragem. Então a segurou, puxando-a para perto de si com um toque gentil. Acariciou as costas dela com a mão espalmada e ela encostou o rosto em seu peito.

A casa estava silenciosa, um silêncio perturbador para Noemí, pois parecia que todas as tábuas do assoalho que normalmente rangiam estavam mudas, os relógios de parede cessaram seu tique-taque e até mesmo a chuva se chocava contra a vidraça sem fazer barulho. Era como se um animal estivesse de tocaia, prestes a atacá-los.

"Eles estão ouvindo, não estão?", sussurrou ela. Não podiam compreender o que diziam, pois estavam falando em espanhol. Mas, mesmo assim, era inquietante.

"Estão", confirmou ele.

Ela podia sentir que Francis também estava com medo. No silêncio, o coração dele batia forte em seu ouvido. Alguns instantes depois, ela levantou a cabeça e olhou para ele. Francis colocou o dedo indicador nos lábios, levantando-se e se afastando dela. Noemí se perguntou se, além de ouvir o que diziam, a casa também podia vê-los.

A caligem, trêmula e expectante, como a teia de uma aranha. O movimento mais sutil poderia denunciar a presença deles e a aranha poderia atacar. Era um pensamento tenebroso e, no entanto, ela cogitara a possibilidade de adentrar aquele espaço frio e desconhecido voluntariamente, coisa que nunca fizera antes.

A caligem a aterrorizava.

Mas Ruth existia na caligem, afinal, e queria falar com ela novamente. Não sabia ao certo como conseguiria fazer isso. Depois que Francis saiu, Noemí ficou deitada na cama, escutando sua própria respiração, e tentou visualizar o rosto da moça tal como a tinha visto no retrato.

Acabou pegando no sono e sonhando. Estavam no cemitério, ela e Ruth, caminhando entre as lápides. A névoa pairava espessa ao redor delas e, Ruth carregava uma lamparina, que emitia um pálido brilho amarelado. Estacaram na entrada do mausoléu. Ruth levantou a lamparina e elas ergueram os olhos para contemplarem a estátua de Agnes. A lamparina não fornecia iluminação suficiente, e a estátua permanecia envolta na penumbra.

"Esta é nossa mãe", disse Ruth. "Ela dorme."

Não a sua mãe, pensou Noemí, pois Agnes morrera jovem, assim como seu bebê.

"Nosso pai é um monstro que surge à noite, rondando a casa. Ouvimos seus passos do lado de fora da porta", disse Ruth, suspendendo ainda mais a lamparina. A luz alterou o padrão de luz e sombra, obscurecendo as mãos da estátua e seu corpo, mas iluminando seu rosto. Olhos cegos e lábios firmemente cerrados.

"Seu pai não pode mais lhe fazer nenhum mal", disse Noemí. Havia pelo menos aquele consolo, imaginou ela. Fantasmas não poderiam ser torturados.

Mas Ruth fez uma careta.

"Ele sempre pode nos fazer mal. Não há descanso. Ele não vai parar jamais."

Ruth virou a lamparina para Noemí, que fechou os olhos e levantou a mão para protegê-los da claridade.

"Jamais, nunca, jamais. Eu já vi você. Acho que te conheço."

A conversa era fragmentada, mas ainda assim mais coerente do que qualquer outra interação que Noemí já tivera tido com Ruth. Na verdade, era a primeira vez em que tinha a impressão de estar falando com uma pessoa de verdade e não uma vaga cópia. Mas era isso que ela era, não é mesmo? A cópia esmaecida de um original há muito destruído. Ruth não tinha culpa por se comunicar em frases desconexas, aos sussurros, nem por levantar e abaixar a lamparina repetidamente, como uma boneca de corda.

"Sim, você me viu na casa", disse Noemí, interrompendo o movimento de Ruth com um toque gentil em seu braço. "Preciso te fazer uma pergunta e espero que possa me dar uma resposta. Qual é a intensidade do vínculo da casa com sua família? É possível para um Doyle partir e não voltar nunca mais?", indagou ela, pois não parara de pensar nas palavras de Francis.

Ruth inclinou a cabeça e olhou para Noemí.

"Papai é muito poderoso. Ele percebeu que havia algo errado e mandou minha mãe para tentar me impedir... e os outros, os outros também. Tentei manter minha cabeça no lugar. Anotei meu plano no papel, me concentrei em cada palavra."

A página do diário. Seria um recurso mnemônico? Seria a chave para a caligem? Uma forma de tapeá-la? Manter o foco em comandos e instruções e deixar que guiassem seus passos?

"Ruth, um Doyle pode deixar esta casa?"

Ruth parara de ouvi-la; seus olhos estavam vidrados. Noemí estava parada na sua frente.

"Você pensou em fugir, não foi? Com Benito?"

Ruth piscou e assentiu com a cabeça.

"Pensei", sussurrou ela. "Talvez você consiga. Eu achei que fosse conseguir. Mas é uma compulsão. Está no sangue."

Como as cigarras que Francis mencionara. *Eu o levo nas costas se for preciso*, pensou ela, cada vez mais decidida, embora as palavras de Ruth estivessem longe de lhe oferecer o incentivo que ela buscava. Havia ao menos uma possibilidade de arrancá-lo das garras de Howard Doyle e daquela casa nociva.

"Está escuro aqui, não está?", perguntou Ruth, olhando para o céu. Não havia estrelas, nem luar. Apenas neblina e trevas. "Tome", disse Ruth, entregando a lamparina para Noemí.

Noemí aceitou, fechando os dedos na alça de metal. Ruth sentou-se aos pés da estátua, tocando sua base e a contemplando. Acomodou-se como se estivesse prestes a tirar um cochilo em um leito de névoa e grama.

"Lembre-se de abrir os olhos", disse-lhe Ruth.

"Abra os olhos", sussurrou Noemí.

Ao fazê-lo, virando-se para a janela, viu que o sol havia se posto. Estava na hora do seu casamento.

GÓTICO
MEXICANO

Silvia Moreno-Garcia

24

FARSA DO CASAMENTO ACONTECEU ÀS AVESSAS. PRIMEIRO foi realizado o banquete, depois deu-se a cerimônia. Eles se reuniram na sala de jantar. Francis e Noemí sentaram-se lado a lado, de frente para Florence e Catalina, e Virgil na cabeceira da mesa. Nem Howard nem o dr. Cummins estavam presentes.

Os criados tinham acendido uma porção de velas e arranjado os pratos sobre a toalha de mesa de damasco branco. Grandes vasos de vidro turquesa ostentavam flores silvestres. Os pratos e os copos eram de prata naquela noite, e embora tivessem sido polidos à perfeição, pareciam muito antigos, mais antigos do que a prataria que Noemí havia limpado. Talvez tivessem sido usados em banquetes cerca de quatrocentos anos antes. Até mais, quem sabe. Como tesouros do cofre da família cuidadosamente guardados em caixotes, assim como a terra escura que Howard tinha encomendado para que pudessem tentar reconstruir o mundo onde reinaram como soberanos.

À direita de Noemí, Francis estava sentado de fraque cinza transpassado, colete branco e gravata de um tom escuro também de cinza. Ela se perguntou se a roupa pertencera ao noivo de Ruth ou se era uma relíquia de outro parente. Para Noemí, encontraram um véu em algum baú. Era um véu *voilette*, feito de tule branco e que cobria sua testa, preso por travessas e grampos.

Noemí não comeu e optou por beber apenas água; ficou em silêncio, e os outros fizeram o mesmo. A regra mágica do silêncio tinha sido restabelecida, e o rumorejo das mãos manuseando os guardanapos era a única interrupção. Noemí olhou na direção de Catalina, e sua prima olhou para ela.

A cena fez com que se lembrasse de uma ilustração em um dos livros de contos de fada de sua infância, quando uma fada do mal surgiu no meio do banquete de casamento. Noemí pensou na mesa repleta de carnes e tortas, nas mulheres usando adereços de cabeça volumosos e nos homens em casacas com mangas enormes. Ela tocou a taça de prata e mais uma vez se perguntou quanto tempo tinha e se Howard havia nascido trezentos, quatrocentos, quinhentos anos antes e tinha andado de gibão e culote. Ela o vira em um sonho, mas o sonho tinha sido vago, ou adquirido contornos mais indefinidos nos dias que se sucederam. Quantas vezes ele tinha morrido e adquirido um novo corpo? Ela fitou Virgil, que, erguendo a taça, sustentou seu olhar. Noemí encarou o próprio prato.

O relógio anunciou a hora, e essa foi a deixa. Eles se levantaram. Francis pegou a mão de Noemí e eles subiram juntos a escadaria, uma pequena procissão de casamento serpeando até o quarto de Howard. Ela sabia, por instinto, que era para lá que rumavam, mas ainda assim recuou na entrada e segurou a mão de Francis com tanta força que na certa o machucou. Ele sussurrou no ouvido dela.

"Estamos juntos", disse ele.

Eles entraram e logo ela sentiu a fedentina de comida azeda e viu Howard ainda deitado na cama, com os lábios pretos e cheios de pústulas; daquela vez, porém, ele estava sob as cobertas, com o dr. Cummins ao seu lado. Em uma igreja, haveria cheiro de incenso. Ali, era o perfume da putrefação.

Howard avistou Noemí e sorriu.

"Você está linda, minha querida", elogiou ele. "Uma das noivas mais bonitas que já vi."

Ela tentou calcular quantas noivas tinham sido. *Mais uma bela jovem para a coleção*, dissera Florence.

"A lealdade à família é recompensada. A impertinência, punida. Lembre-se disso e será muito feliz", continuou o velho. "E agora, bem aqui, vocês dois devem se casar. Venham."

Cummins se afastou, e Francis e Noemí tomaram seu lugar perto da cama. Howard começou a falar em latim. Noemí não entendeu nada, mas em dado momento Francis ficou de joelhos, e ela o imitou. A ensaiada reverência ao pai tinha um significado. *Repetição*, pensou Noemí. *Percorrendo o mesmo caminho repetidamente. Em círculos.*

Howard entregou uma caixa envernizada a Francis, que a abriu. Dois minúsculos pedaços de cogumelo, secos e amarelados, estavam apoiados em uma almofada de veludo.

"Vocês precisam comer", explicou Howard.

Noemí segurou um pedacinho de cogumelo na mão, e Francis fez o mesmo. Ela relutava em colocá-lo na boca, com receio de inibir ou reduzir o efeito da tintura que estava secretamente absorvendo. Além disso, a origem do cogumelo a inquietava. Tinha sido coletado no terreno próximo à casa ou viera do cemitério crivado de cadáveres? Ou então tinha crescido sobre a carne de Howard e fora colhido com dedos afoitos, deixando para trás um filete de sangue de quando o caule foi cortado?

Francis tocou o pulso de Noemí, incentivando-a a alimentá-lo com o cogumelo, e então foi a vez dela, e logo Francis depositou o cogumelo em sua boca. Parecia uma estranha paródia da hóstia da comunhão, e o pensamento quase a fez desatar a rir nervosamente.

Noemí engoliu depressa. O cogumelo não tinha gosto, mas a taça de vinho que Francis pressionou em seus lábios era tão doce que ela ficou enjoada, embora tivesse tomado um gole pequeno. O aroma invadiu seus sentidos, misturando-se com o outro cheiro que permeava o quarto, o miasma de doença e deterioração.

"Posso te beijar?", perguntou Francis, e ela balançou a cabeça em concordância.

Francis inclinou-se para ela. Foi um beijo delicado, quase imperceptível, como uma teia de aranha. Ele então se levantou e ofereceu a mão para Noemí, para que ela se levantasse sem dificuldade.

"Vamos instruir o jovem casal", disse Howard, "para que sejam generosos."

Eles haviam trocado apenas algumas palavras durante a cerimônia e, ao que tudo indicava, o casamento tinha acabado. Virgil fez um gesto para que Francis o seguisse, enquanto Florence conduzia Noemí para fora do cômodo, até o quarto dela. Na ausência de Noemí, um dos criados enfeitara o lugar. Flores foram colocadas em mais vasos grandes, um buquê amarrado com uma fita velha estava sobre a cama, e muitas velas longas tinham sido acesas. Um arremedo de romantismo. O cheiro era de uma primavera perdida no tempo, de flores e cera.

"Que história é essa de instrução?", perguntou Noemí.

"As noivas da família Doyle são meninas decentes, recatadas e modestas. O que acontece entre um homem e uma mulher é um grande mistério para elas."

Noemí não acreditou muito naquilo. Howard tinha sido um homem libidinoso, e Virgil não ficava muito atrás. Podiam ter se tolhido até certo ponto, mas não totalmente.

"Sei dizer o nome de todas as partes do corpo", respondeu Noemí.

"Então se sairá bem." Florence ergueu as mãos para ajudar Noemí a tirar o véu, mas ela afastou a mão da mulher, mesmo que se sentisse um pouco cambaleante e a ajuda pudesse ter vindo a calhar.

"Consigo me virar. Pode ir."

Florence cruzou os braços, olhou fixo para Noemí e saiu.

Graças a Deus, pensou Noemí.

Noemí entrou no banheiro e se olhou no espelho, tirando grampos e travessas e jogando o pedaço de tule no chão. Tinha esfriado. Ela voltou para o quarto e vestiu um suéter de que gostava. Sentiu o isqueiro duro e frio ao enfiar as mãos nos bolsos.

Ficou meio tonta. Não era de todo desagradável, nada parecido com o que acontecera na última vez em que tinha estado no quarto de Howard. Era efeito do álcool, embora só tivesse bebido aquele gole durante a cerimônia.

No canto da sala, Noemí notou a mesma mancha no papel de parede que a assustara. Não estava se movendo agora, mas ela viu pontinhos dourados dançando no canto. Quando cerrou os olhos, no entanto, ficou óbvio que os salpicos dourados estavam em seus olhos, como se ela tivesse passado tempo demais encarando uma lâmpada.

De olhos ainda fechados, Noemí se sentou na cama e se perguntou onde Francis estava, o que os outros diziam para ele e se ele também sentia alfinetadas na espinha.

Ela vislumbrou um casamento diferente, uma noiva diferente, com uma guirlanda de pérolas. *Na manhã do enlace, ela ganhou um pequeno baú de casamento de prata, e ali dentro havia fitas, joias* coloridas e um colar com contas de coral. A mão de Howard na dela, o anel de âmbar, e ela não queria nada daquilo, mas tinha que... Isso era... Ela era Agnes ou Alice? Noemí não sabia dizer. Alice, provavelmente, porque a jovem pensou na irmã.

Irmã.

Noemí se lembrou de Catalina e abriu olhos, fixos no teto. Desejou que pudessem conversar. Trocar uma única palavra que fosse, para acalmar os nervos.

Ela esfregou a mão na boca. Estava bem mais quente no quarto, que sempre parecia coberto por geada. Ela virou a cabeça e viu Virgil parado ao lado da cama.

Por um instante, pensou ter se enganado. Achou que era Francis e que estava vendo coisas, ou então podia ser a caligem, confundindo-a mais uma vez. Afinal de contas, por que Virgil estaria em seu quarto? Mas então ele arreganhou um sorriso, ao passo que Francis jamais sorriria para ela daquele jeito. Seu olhar, fincado nela, estava tomado por malícia.

Ela ficou de pé, pronta para fugir, mas tropeçou, e ele a pegou em dois movimentos rápidos, agarrando seu braço.

"Noemí, aqui estamos nós de novo", disse ele.

Seu aperto era firme, e ela sabia que não poderia reagir usando apenas a força física. Ela respirou fundo.

"Onde está Francis?"

"Ocupado levando sermão. Você achou que não iríamos descobrir?", perguntou Virgil, colocando a mão no bolso e mostrando a ela o frasco de vidro com a tintura. "Não teria funcionado, de todo jeito. Como está se sentindo?"

"Bêbada. Você nos envenenou?"

Ele guardou o frasco de volta no bolso.

"Não. Foi um pequeno presente de casamento, um pequeno afrodisíaco. É uma pena que Francis não vai poder aproveitar."

Ocorreu a Noemí que havia uma navalha escondida debaixo do colchão. Poderia ser útil. Se ela conseguisse pegá-la. Mas a mão de Virgil ainda estava em seu braço, dando um aperto de ferro, e quando ela tentou afastá-lo, ele não permitiu.

"Eu me casei com Francis."

"Ele não está aqui."

"Mas seu pai..."

"Ele também não está aqui. Que coisa, eles estão todos ocupados agora", constatou ele inclinando a cabeça. "Francis não passa de um garotinho inexperiente, mas eu sei o que estou fazendo. Sei o que você quer."

"Você não sabe de nada", sussurrou ela.

"Você sonha comigo e vem me procurar em seus sonhos", disse ele. "A vida te deixa entediada, Noemí. Você gosta de flertar com o perigo, mas de onde você vem eles a envolvem com gaze para evitar que se quebre. Mas você gostaria de romper essas amarras, não é? Você faz joguinhos com as pessoas e deseja que alguém tenha coragem de brincar com você."

Não era uma pergunta. Virgil não esperava uma resposta, e logo sua boca estava sobre a dela. Noemí o mordeu, mas não foi uma tentativa de impedi-lo, e ele sabia disso. Virgil tinha razão; ela gostava de fazer joguinhos, gostava de flertar, provocar e dançar, eles eram cuidadosos com ela porque era uma Taboada, e, às vezes, uma espiral de escuridão cingia seu coração e Noemí sentia vontade de atacar, como um felino.

Porém, mesmo ao admitir isso, mesmo que Noemí soubesse que aquilo tudo fazia parte dela, também sabia que não era *ela*.

Noemí pareceu ter falado em voz alta sem perceber, porque Virgil riu.

"Claro que é você. Está ao meu alcance, mas é você."

"Não."

"Você me quer, é comigo que você fantasia. Nós nos entendemos, não é? Nós nos conhecemos, a fundo. Sob o verniz das maneiras, tudo que você faz é *desejar*."

Ela o estapeou. Não adiantou muito. Houve uma breve pausa, então Virgil pegou o rosto dela e virou para ele, deslizando o polegar pelo seu pescoço. A luxúria, intensa e inebriante, fez Noemí ofegar de prazer ruinoso.

O mofo no canto da sala se remexia e retorcia. Os dedos de Virgil apertavam com força a pele de Noemí, puxando-a com veemência para perto dele. O mofo exibia estrias douradas, e Virgil tentava levantar a saia dela, forçando-a contra a cama, tocando-a entre as pernas. O gesto a apavorou.

"Espere!", gritou Noemí enquanto ele a prensava, destemido e impaciente.

"Nada disso, sua assanhada."

"O vestido!" Ele franziu a testa, incomodado, mas Noemí tornou a falar, querendo ganhar tempo. "É melhor você me ajudar a tirar o vestido."

Aquilo pareceu animá-lo, e Virgil abriu um sorriso radiante. Ela conseguiu se levantar, e ele tirou o suéter dela, jogando-o na cama, e afastou o cabelo da nuca de Noemí enquanto ela pensava, freneticamente, em uma maneira de escapar do...

Ela viu de esguelha que o mofo, com listras douradas, havia se espalhado pela parede e agora pingava no chão. Ele refratou e se alterou, e uma estampa de triângulos transformou-se em diamantes e depois em espirais. Noemí assentiu, com a sensação de que uma grande mão estivesse calcada em seu rosto, sufocando-a em silêncio.

Ela nunca deixaria aquela casa. Era uma loucura ela sequer ter acreditado em algo diferente. Ter desejado partir tinha sido um erro. E Noemí desejava fazer parte daquilo, desejava se unir com a estranha maquinaria e as veias e os músculos e a medula de High Place. Ela desejava se unir a Virgil.

Desejo.

Ele tinha desabotoado a parte superior do vestido. Noemí podia ter partido há muito tempo. Deveria ter ido embora logo no começo, quando o primeiro formigamento de inquietação percorreu seu corpo, mas sentir uma excitação com tudo aquilo. Uma maldição, talvez uma assombração. Ela até mesmo se empolgara para contar a Francis. Uma assombração, um mistério para desvendar.

E, o tempo inteiro, ela sentia aquela atração doentia. E por que não? Por que não?

Por que não? Desejo.

O corpo de Noemí agora parecia muito quente, e o mofo gotejou, formando uma poça preta no canto. A visão fez Noemí se lembrar da bile preta que Howard tinha cuspido em sua garganta, e a memória provocou uma onda de repugnância. Sentiu um gosto azedo na boca e pensou em Catalina, Ruth e Agnes e nas coisas terríveis que eles tinham feito a elas, coisas que, agora, fariam com ela.

Noemí se virou, não mais querendo encarar o mofo cintilante e mutante, e empurrou Virgil com toda a força que conseguiu reunir. Ele tropeçou no baú ao pé da cama e caiu. Sem demora, ela se ajoelhou ao lado da cama e esticou um braço por baixo do colchão, e seus dedos desajeitados agarraram a navalha que tinha escondido lá.

Noemí segurou a navalha com firmeza e olhou para Virgil, estatelado. Tinha batido a cabeça e seus olhos estavam cerrados. Um golpe de sorte, até que enfim. Noemí respirou devagar e se curvou ao lado do corpo, colocando a mão no bolso de Virgil para pegar a tintura. Encontrou o frasco, abriu e bebeu um pouco, enxugando a boca com as costas da mão.

O efeito foi claro e imediato. Noemí sentiu náusea, suas mãos tremeram, e o frasco escorregou de seus dedos, espatifando-se no chão. Ofegando, buscou apoio na cabeceira da cama. *Meu Deus*. Ela pensou que fosse desmaiar. Mordeu a mão com força para despertar. Funcionou.

As poças pretas de mofo acumuladas no chão recuavam, e a névoa em sua mente estava evaporando. Noemí vestiu o suéter e guardou no bolso a navalha e o isqueiro.

Olhou para Virgil ainda estirado no chão e pensou em enfiar a navalha em seu crânio, mas suas mãos tremiam de novo. Noemí tinha que sair daquele lugar e se afastar dele. Precisava ir atrás de Catalina. Não havia tempo a perder.

GÓTICO
MEXICANO

Silvia Moreno-Garcia

25

OEMÍ CORREU PELO CORREDOR ESCURO, APOIANDO A MÃO na parede para se equilibrar. As luzes que estavam funcionando pareciam espectrais e fracas, acendendo e apagando em seguida, mas ela sabia o caminho de cor.

Depressa, depressa, repetiu para si mesma.

Ela receava que o quarto da prima estivesse trancado, mas quando girou a maçaneta, a porta se abriu.

Catalina estava sentada na cama com uma camisola branca, mas não estava só. Mary lhe fazia companhia, com os olhos fixos no chão.

"Catalina, estamos indo embora", disse Noemí, estendendo uma das mãos na direção da prima enquanto empunhava a navalha na outra.

Catalina não se moveu; sequer reconhecia Noemí, tinha o olhar perdido.

"Catalina", repetiu ela. A jovem não se mexeu.

Noemí mordeu o lábio e entrou, mantendo os olhos fixos na criada sentada no canto do quarto, segurando a navalha com a mão trêmula.

"Pelo amor de Deus, Catalina, acorde", suplicou ela.

Mas quem ergueu a cabeça foi a criada, focando seus olhos dourados em Noemí. Ela avançou em direção a ela, empurrando-a contra a penteadeira e apertando as mãos no pescoço de Noemí. Foi um ataque tão surpreendente — a força da mulher parecia impensável para alguém daquela idade —, que Noemí deixou cair a navalha. Vários objetos sobre a penteadeira oscilaram e caíram no chão: vidros de perfume, um pente e uma foto de Catalina em uma moldura prateada. A criada aumentou a pressão, obrigando Noemí a dar um passo para trás. Sentia as mãos em sua garganta apertando firme e a madeira em suas costas. Tentou pegar algo, qualquer coisa que pudesse servir como arma, mas seus dedos não encontraram nada adequado, puxando uma toalhinha rendada de crochê e derrubando um jarro de porcelana, que rolou no chão e rachou.

"Nossa", disse a criada. Não soava como a voz da mulher. Era um som estranho, áspero. Era a voz da casa, a voz de alguém ou algo, reproduzida por aquelas cordas vocais.

Noemí tentou afrouxar os dedos em seu pescoço, mas as mãos da criada eram como garras. Ofegante, tudo o que Noemí conseguiu fazer foi puxar o cabelo da mulher, o que não adiantou nada.

"Nossa", repetiu Mary, cerrando os dentes como um animal selvagem. Noemí mal conseguia enxergar, tão intensa era a dor. Seus olhos lacrimejaram, sua garganta parecia em chamas.

Súbito, a mulher foi arrancada à força, e Noemí conseguiu respirar, inspirando profundamente, desesperada por fôlego enquanto apoiava a mão na cômoda.

Francis entrara no quarto e afastara a criada de Noemí, mas agora a mulher o atacava com suas garras, sua boca arreganhada para emitir um som grotesco. Empurrou-o no chão, com as mãos em volta do pescoço dele, inclinando-se como uma ave de rapina ávida para devorar um pedaço de carniça.

Noemí pegou a navalha e se aproximou deles.

"Pare!", gritou, atraindo a atenção da mulher, que se virou, pronta para afundar as mãos em seu pescoço novamente e esmagar sua traqueia.

Noemí experimentou um terror vertiginoso, puro e avassalador, e deslizou a navalha na garganta da mulher. Uma, duas, três vezes, lâmina contra a carne, e a criada não soltou um grito sequer. Tombou em silêncio, com o rosto no chão. O sangue escorria pelos dedos de Noemí, e Francis levantou a cabeça e a fitou, aturdido. Ficando de pé, precipitou-se em sua direção.

"Você se machucou?"

Ela esfregou o pescoço com a mão livre e olhou para a mulher morta no chão. Devia estar morta. Noemí não ousou virar o corpo para olhar o rosto dela, mas uma poça de sangue se expandia sob a criada. O coração de Noemí batia com uma força violenta e trovejante, e o sangue escorria, sujando o belo vestido e manchando seus dedos. Ela deslizou a navalha no bolso e secou as lágrimas dos olhos.

"Noemí?" Francis estava na frente dela, bloqueando sua visão, e ela ergueu os olhos para fitar seu rosto pálido.

"Onde você estava?", perguntou, crispando os dedos furiosamente nas lapelas do paletó dele. Queria bater em Francis por não ter ficado com ela, por deixá-la sozinha.

"Trancado no meu quarto", explicou ele. "Precisei escapar. Estava a sua procura."

"Você não está mentindo? Você não me abandonou?"

"Não! Por favor, você está ferida?"

Ela deu uma risadinha. Uma risada macabra, já que combatera um estuprador e escapara de ser asfixiada até a morte.

"Noemí", disse ele. Parecia preocupado. E deveria estar mesmo. Todos eles deveriam estar preocupadíssimos. Ela o soltou. "Temos que sair daqui."

Virou-se para Catalina. Sua prima ainda estava sentada na cama. Não tinha se mexido, exceto para tampar a boca aberta. Seus olhos estavam fixos no corpo da criada. Noemí puxou as cobertas e agarrou a mão da prima.

"Vamos", disse ela, mas como Catalina não se movia, virou-se para Francis, cujo paletó estava agora manchado com as sangrentas impressões digitais. "O que aconteceu com ela?"

"Eles devem tê-la drogado novamente. Sem a tintura..."

Noemí segurou o rosto da prima e falou com firmeza:

"Estamos indo embora."

Catalina não esboçou reação. Não estava sequer olhando para Noemí. Seus olhos estavam vidrados. Noemí viu um par de chinelos perto da cama e os apanhou, colocando-os nos pés de Catalina. Depois, puxou a jovem pelo braço, arrastando-a para fora da cama. Catalina a seguiu, dócil.

Apressaram-se pelo corredor. De camisola branca, Catalina parecia uma segunda noiva. *Duas noivas fantasmas*, pensou Noemí.

À frente delas, uma sombra emergiu da escuridão, arremetendo contra as duas e assustando Noemí.

"Pare", ordenou Florence. Seu rosto estava muito composto. Sua voz não parecia aflita. Trazia uma arma na mão, casual, como se fosse algo rotineiro.

Elas a obedeceram. Noemí tinha a navalha, mas mesmo enquanto crispava os dedos em seu cabo de madeira, estava certa de que não tinha muita chance. Florence estava apontando a arma diretamente para ela.

"Largue a navalha", disse Florence.

A mão de Noemí estava tremendo, e o sangue deixava o cabo escorregadio, difícil de segurar, mas ela a ergueu mesmo assim. Ao seu lado, Catalina tremia também.

"Você não pode me obrigar."

"Largue", repetiu Florence.

Sua voz extraordinariamente calma não traía nenhuma emoção, mas em seus olhos frios, Noemí podia ver assassinato feroz. Mesmo assim, ela não largou a navalha até que a mulher mudou de alvo, apontando para Catalina. A ameaça era clara, não havia necessidade de anunciar em voz alta.

Noemí capitulou e largou a arma.

"Virem-se e comecem a andar", ordenou Florence.

Elas obedeceram. Refizeram seus passos até alcançarem o quarto de Howard com a lareira e as pinturas gêmeas de suas esposas. O velho estava deitado na cama, como antes, e o dr. Cummins, sentado à sua cabeceira. A maleta do médico estava aberta, pousada em uma mesa lateral. Ele apanhou um bisturi de dentro dela e pinçou alguns furúnculos nos lábios de Howard, lacerando uma película fina que parecia cobrir sua boca.

O recurso deve ter aliviado a dor do velho, pois Howard suspirou. O dr. Cummins apoiou o bisturi ao lado da maleta, enxugou a testa dele com as costas da mão e deixou escapar um grunhido.

"Ainda bem que você chegou", disse ele, contornando a cama. "O processo acelerou. Ele não consegue mais respirar direito. Precisamos começar."

"Foi ela", justificou Florence, "e a confusão que causou. Mary está morta."

Howard apoiava-se em uma quantidade expressiva de travesseiros. Estava de boca aberta, emitindo um chiado enquanto ele agarrava as cobertas com as mãos crispadas. Sua pele parecia cera, as veias muito escuras, formando um contraste acentuado com a palidez. Bile preta escorria pelo queixo.

O dr. Cummins ergueu a mão, apontando para Francis.

"Você, venha aqui", disse ao rapaz. "Onde está Virgil?"

"Está ferido. Senti a dor dele mais cedo", disse Florence.

"Não há tempo para buscá-lo. A transmigração deve ocorrer agora", disse o médico, mergulhando as mãos em uma pequena bacia com água para lavá-las. "Francis está aqui, e isso é o que importa."

"Você está enganado", interrompeu Noemí, balançando a cabeça. "Não era para ser ele."

"Claro que era", disse Florence. Seu semblante era calmo e circunspecto.

Então Noemí compreendeu. Por que Howard abriria mão de seu filho, seu favorito? Fazia sentido que escolhesse o rapaz com quem pouco se importava, cuja mente poderia ser apagada sem remorso. Era esse, então, o plano deles o tempo todo? Infiltrar Howard na pele de Francis na calada da noite e, em seguida, fazer com que se enfiasse de mansinho na cama de Noemí? Um impostor. Ela não perceberia de cara e, talvez, eles pensassem que depois não faria diferença. Que ela ficaria contente, tendo se afeiçoado ao invólucro de Francis.

"Mas você não pode permitir isso", Noemí murmurou.

Francis avançava resignado em direção ao médico. Noemí tentou segurar seu braço, mas Florence a interceptou e a puxou em direção a uma poltrona de veludo preto, forçando-a a se sentar. Catalina vagou pelo quarto parecendo perdida, parou ao pé da cama, andou um pouco mais e, por fim, assentou-se à cabeceira.

"Poderia ter sido tudo fácil e tranquilo", disse Florence, encarando Noemí. "Você poderia estar calmamente sentada em seu quarto, mas teve que provocar um tumulto."

"Virgil tentou me estuprar", disse Noemí. "Ele tentou me estuprar, e eu deveria ter aproveitado a oportunidade para matá-lo."

"Calada", ordenou Florence, enojada. As coisas não eram ditas às claras em High Place, nem mesmo agora.

Noemí fez menção de se levantar, mas Florence apontou a arma para ela. Ela sentou-se novamente, agarrando os braços da poltrona. Francis alcançara a cabeceira de Howard e estava falando com o médico, um diálogo em voz baixa.

"Ele é seu filho", sussurrou Noemí.

"É um corpo", respondeu Florence, com o rosto impassível.

Um corpo, isso que todos eram para eles. Os corpos dos mineiros no cemitério, os corpos das mulheres que pariram seus filhos e os corpos daqueles filhos que eram simplesmente a pele fresca da cobra. E ali, na cama, estava o único corpo que importava. O pai.

O dr. Cummins colocou a mão no ombro de Francis, empurrando-o para baixo. Francis caiu de joelhos e juntou as mãos, penitente.

"Abaixe a cabeça, vamos orar", ordenou Florence.

Noemí não obedeceu de imediato, então Florence golpeou sua cabeça, com força. Ela parecia ter bastante prática. A violência do golpe fez surgir pontinhos pretos diante dos olhos de Noemí. Ela se perguntou se também teriam dado tais golpes em Ruth, ensinando-a a ser obediente.

Noemí juntou as mãos.

Do outro lado da cama, Catalina, ainda calada, imitava-as, também juntando as mãos. Não parecia angustiada. Seu rosto era imutável.

"*Et Verbum caro factum est*", disse Howard, com a voz rouca e baixa, seu anel âmbar reluzindo quando ele suspendeu a mão no ar.

Howard recitou uma série de palavras que Noemí não compreendeu, mas logo se deu conta de que o entendimento não era necessário. Obediência, aceitação, era o que ele exigia. O velho sentia prazer em testemunhar aquela submissão.

Renuncie a si mesmo, fora o que ele exigira no sonho. Era o que importava naquele momento. Havia um componente físico para o processo, mas também um mental. A rendição precisava ser concedida. Talvez houvesse até mesmo, de fato, alguma gratificação em tudo aquilo.

Renuncie a si mesmo.

Noemí ergueu os olhos. Francis estava sussurrando, movendo os lábios suavemente. O dr. Cummins, Florence e Howard também sussurravam, em uníssono. Este sussurro soava, de forma estranha, como uma única voz. Como se todas as vozes tivessem se aglutinado em uma só boca e fosse somente aquela boca que falava, cada vez mais alto, crescendo como a subida da maré.

O zumbido que Noemí ouvira antes recomeçou, também ficando mais alto. Parecia que centenas de abelhas estavam escondidas sob o assoalho e as paredes.

Howard levantou as mãos, como se para reter a cabeça de Francis entre elas. Noemí lembrou-se do beijo que o velho lhe dera. Mas a cena de agora seria pior. O corpo de Howard estava coberto de furúnculos, e ele exalava mau cheiro, estava à beira da morte. Ele morreria, infiltrando-se em um novo corpo, e Francis deixaria de existir. Um ciclo perverso. Filhos devorados ainda bebês, filhos devorados já adultos. Filhos eram apenas alimento. Alimento para um deus cruel.

Catalina, de mansinho, tinha se aproximado da cama. Seus movimentos passaram despercebidos. Estavam todos de cabeça baixa, afinal; todos, exceto Noemí.

Foi então que ela viu. Catalina tinha apanhado o bisturi do médico e estava olhando o instrumento, como se em um devaneio, como se nem reconhecesse o objeto em suas mãos, ainda capturada em um estado vago e soporífico.

De repente, sua expressão mudou. Foi acometida por um lampejo assustador de consciência e, em seguida, uma faísca de raiva. Noemí não sabia que Catalina poderia ser capaz de nutrir tanta ira. Era ódio puro, e fez Noemí ofegar. Por fim, Howard notou que havia algo errado e virou a cabeça e sentiu o bisturi atingir em seu rosto.

O golpe foi feroz, atingindo um olho.

Catalina se transformou em uma mênade, desferindo golpes frenéticos — o bisturi atingiu o pescoço, a orelha, o ombro — que formaram um rio de pus preto e sangue escuro, manchando as cobertas. Howard gritou e tremeu como se uma corrente elétrica percorresse seu corpo, e os outros na sala ecoaram seu grito, os corpos em convulsão. O médico, Florence, Francis, todos caíram no chão, transidos de dor e agonia.

Catalina recuou, soltando o bisturi e caminhando devagar em direção à porta, onde permaneceu, contemplando a cena.

Noemí pôs-se de pé prontamente e correu para o lado de Francis. Somente o branco em seus olhos era visível. Ela agarrou os ombros dele e tentou erguê-lo para que ficasse sentado.

"Vamos!", instou ela, dando-lhe uma enérgica bofetada. "Ande, vamos!"

Embora atordoado, ele se levantou e segurou a mão dela, tentando acompanhá-la enquanto atravessavam o aposento. De repente, porém, a mão de Florence arranhou a perna de Noemí, fazendo com que tropeçasse e perdesse o equilíbrio. Francis caiu junto com ela.

Noemí tentou se levantar de novo, mas Florence agarrava seu tornozelo com força. Noemí viu a arma no chão e tentou alcançá-la. Florence, percebendo isso, pulou sobre ela como um animal selvagem, e quando os dedos de Noemí se fecharam sobre a arma, a mão de Florence agarrou a mão de Noemí, prendendo-a com um aperto tão forte que Noemí gritou ao ouvir o som bárbaro e implacável de seus ossos se partindo.

A dor era atroz e seus olhos ficaram marejados enquanto Florence arrancou a arma de sua mão inutilizada.

"Você não pode nos deixar", disse Florence. "Jamais."

Florence apontou a arma para ela, e Noemí soube que a intenção era matá-la, não apenas feri-la, pois o rosto da mulher estava ávido, a boca retorcida em um rosnado feroz.

Limpariam a casa depois, pensou ela. Um pensamento louco, mas foi o que lhe ocorreu, que eles lavariam o chão e a roupa de cama, removeriam todo o sangue e a descartariam em uma cova no cemitério sem ao menos uma cruz, como haviam feito com tantos outros.

Noemí levantou a mão machucada, tentando se proteger, mas sem sucesso. Era impossível desviar de uma bala à queima-roupa.

"Não!", gritou Francis.

Ele saltou em direção à mãe e ambos colidiram contra a poltrona de veludo preto onde Noemí estivera sentada, derrubando-a. ouviu-se o disparo da arma. Um som estrondoso. Noemí protegeu as orelhas e contorceu o rosto.

Ela prendeu a respiração. Francis estava preso sob o corpo de sua mãe. Do ângulo de onde estava sentada, Noemí não podia ver quem tinha sido baleado, até que Francis empurrou Florence para longe e se levantou, com a arma na mão. As lágrimas cintilavam em seus olhos e ele tremia, mas não era um tremor semelhante aos espasmos monstruosos que tinham enfraquecido seu corpo.

No chão, o corpo de Florence jazia imóvel.

Ele avançou trôpego na direção de Noemí e balançou a cabeça, combalido. Talvez quisesse dizer algo, se entregar à plenitude da dor. Mas um gemido fez com que os dois virassem a cabeça para a cama, enquanto Howard estendia as mãos em sua direção. Tinha perdido um olho e os talhos do bisturi haviam arruinado seu rosto. Mas o outro olho permaneceu aberto, monstruoso e dourado, a encará-los. Ele cuspiu uma mistura de sangue e muco preto.

"Você é meu. Seu corpo é meu", protestou ele.

Ele estendeu as mãos, como garras, ordenando que Francis se aproximasse da cama, e o rapaz deu um passo em sua direção. Noemí soube naquele instante que a compulsão era maior do que a vontade, e que Francis fora doutrinado a obedecer. Havia uma força que não podia ser ignorada. Imaginara, até então, que Ruth cometera suicídio; horrorizada com o que havia feito, atirara em si mesma.

Não me arrependo, dissera ela, afinal. Mas Noemí agora compreendia que provavelmente Howard a levara a tomar aquela atitude. Ele incitara Ruth a virar o rifle para si mesma, em uma derradeira tentativa de sobreviver. Os Doyle eram bem capazes disso.

Podiam manipular desejos, como Virgil fizera com Noemí.

Ela concluiu que Ruth tinha sido assassinada.

Agora Francis avançava na direção do velho, levando Howard a abrir um sorriso.

"Venha aqui", disse ele.

É o momento certo, pensou Noemí. *Quando a árvore amadurece, deve-se arrancar o fruto.*

Era assim que funcionava. Howard estava tirando seu anel âmbar do dedo e o oferecendo a Francis, para que este o colocasse. Um símbolo. De respeito, transferência, aquiescência.

"Francis!", gritou Noemí, mas ele não olhou para ela.

O dr. Cummins estava gemendo. Ele ficaria de pé a qualquer momento. Howard os fitava com aquele único olho dourado, e Noemí precisava que Francis se virasse e saísse. Precisava que ele saísse de lá imediatamente, pois as paredes estavam começando a pulsar ao seu redor, vivas, oscilando como uma fera à espreita, e o som das abelhas retornara.

O movimento enlouquecedor de milhares de pequenas asas.

Noemí saltou para a frente e enterrou as unhas no ombro de Francis. Ele se virou e olhou para ela, seus olhos tremiam, prestes a girar.

"Francis!"

"Garoto!", gritou Howard. A voz dele não deveria ter soado tão retumbante. Ela reverberou das paredes, a madeira gemendo e a voz ecoando enquanto as abelhas zumbiam, batendo suas asas na escuridão.

Garoto, garoto, garoto.

Está no sangue, Ruth tinha dito — mas é possível extrair um tumor.

Francis afrouxou os dedos em volta da arma e Noemí arrancou-a de sua mão sem dificuldade. Já atirara antes, em uma viagem para El Desierto de los Leones. Seu irmão montara alguns alvos e os amigos aplaudiram a mira precisa de Noemí. Depois, alegres, saíram todos para cavalgar. Ela se lembrava bem das instruções.

Noemí ergueu a arma e atirou duas vezes em Howard. Algo aconteceu com Francis. Ele piscou e fitou Noemí, boquiaberto. Então ela puxou o gatilho mais uma vez, mas não tinha mais munição.

Howard começou a convulsionar, aos gritos. Certa vez, quando a família de Noemí tinha ido passar as férias no litoral, prepararam um guisado, e ela se lembrava de sua avó cortando a cabeça de um peixe enorme com um único golpe certeiro. O peixe era escorregadio e resistente e, mesmo depois de ter a cabeça cortada, ele se contorceu e tentou escapar. Howard fez com que ela se lembrasse daquele peixe, seu corpo ondulando em intensos espasmos, tão violentos que sacudiam até mesmo a cama.

Noemí soltou a arma, pegou Francis pela mão e o tirou do quarto. Catalina estava de pé no corredor, com as duas mãos pressionadas na boca, observando a criatura na cama, que se debatia, aos gritos, morrendo. Noemí não ousou olhar para trás.

GÓTICO
MEXICANO

Silvia Moreno-Garcia

26

ELES PARARAM DE CORRER QUANDO CHEGARAM AO TOPO DA escadaria. Lizzie e Charles, os outros dois criados de High Place, estavam parados alguns degraus abaixo, observando-os. Eles tremiam, as cabeças pendendo para um lado, as mãos se abrindo e fechando, as bocas formando um esgar austero. Era como observar um par de brinquedos de corda quebrados. Noemí imaginou que os últimos acontecimentos tinham afetado todos os membros da família. No entanto, não os tinham destruído, já que os dois criados se encontravam ali, com os olhos cravados neles.

"O que há de errado com eles?", sussurrou Noemí.

"Howard não consegue mais controlá-los. Estão presos. Por ora. Podemos tentar passar por eles, mas a porta de entrada deve estar trancada. As chaves estão com a minha mãe."

"Não vamos voltar para buscar chave alguma", decretou Noemí. Ela também não queria passar por aqueles dois e não revisitaria o quarto de Howard para vasculhar os bolsos de um cadáver.

Catalina se moveu para se aproximar de Noemí, então mirou os membros da criadagem e balançou a cabeça. A prima também não parecia muito ávida para descer a escadaria.

"Há outra saída", informou Francis. "Podemos ir pelas escadas dos fundos."

Ele se apressou por um corredor, e as duas o seguiram.

"Aqui", disse ele, abrindo uma porta.

As escadas dos fundos eram estreitas, e a iluminação, precária, com apenas algumas arandelas com lâmpadas que os guiariam até o andar inferior. Com uma das mãos, Noemí pegou o isqueiro do bolso e o ergueu; com a outra, segurava o corrimão.

À medida que desciam, Noemí sentiu que o corrimão parecia estar escorregadio como uma enguia. Estava vivo, respirava e subia, e ela baixou o isqueiro e olhou para o corrimão. Sua mão ferida latejava o mesmo ritmo da casa.

"Não é real", alertou Francis.

"Mas você consegue ver?", perguntou Noemí.

"É a caligem. Ela quer nos fazer acreditar nas coisas. Vá, depressa."

Ela caminhou mais rápido e alcançou o fim da escada. Catalina foi andando bem atrás dela, seguida por Francis, parecendo sem fôlego.

"Você está bem?", perguntou Noemí.

"Não muito", respondeu ele. "Precisamos continuar. Mais adiante vai parecer que atingimos um beco sem saída; há uma despensa e, dentro dela, um armário pintado de amarelo. Poderemos arrastá-lo para o lado."

Ela se deparou com uma porta e, bem atrás dela, a despensa que ele havia mencionado. O chão era de pedra e havia ganchos para pendurar carne. Noemí viu uma lâmpada com uma longa corrente pendurada do teto. Ela deu um puxão na corrente, iluminando o pequeno espaço. Todas as prateleiras estavam vazias. Se aquele lugar tivesse armazenado comida, tinha sido muito tempo atrás, pois havia manchas escuras de bolor nas paredes, do chão ao teto, que o tornaria impróprio para tal uso.

Ela avistou o armário amarelo. A parte superior era arcada, e ele tinha duas portas envidraçadas e duas gavetas grandes na parte inferior, com marcas e arranhões na superfície. Tinha sido forrado com um tecido amarelo que combinava com seu exterior.

"Temos que empurrá-lo para a esquerda", explicou Francis. "Há uma bolsa bem no fundo do armário." Ele ainda soava como se tentasse recuperar o fôlego.

Noemí se abaixou, abriu a última gaveta e encontrou uma bolsa de lona marrom. Catalina abriu o zíper para ela. Dentro da bolsa, encontraram uma lamparina, uma bússola e dois suéteres. Era o farnel inacabado de Francis. Teria de servir.

"Vamos empurrar para a esquerda?", perguntou Noemí, guardando a bússola no bolso.

Francis concordou.

"Mas antes precisamos bloquear a entrada", disse ele, indicando a porta por onde tinham entrado.

"Podemos usar aquela estante", sugeriu ela.

Catalina e Francis começaram a arrastar uma frágil estante de madeira até a porta. Não era a barricada perfeita, mas serviu.

Quando estavam escondidos em segurança na saleta, Noemí entregou um suéter a Catalina e outro a Francis, pois sem dúvida estaria frio do lado de fora. Então chegou a hora de lidar com o armário. Parecia pesado, mas eles foram capazes de arrastá-lo para o lado com menos esforço do que tinham precisado para mover a estante. Estavam diante de uma porta escura e desgastada.

"Ela leva ao masoléu da família", disse Francis. "Então só precisamos descer a montanha até a cidade."

"Não quero ir", sussurrou Catalina. Ela não tinha falado nada até então, e o som de sua voz sobressaltou Noemí. Catalina apontou para a porta. "Os mortos dormem lá. Não quero ir. Escutem."

Noemí ouviu um gemido profundo. Parecia fazer o teto acima deles estremecer, e a lâmpada piscou, o cabo oscilando minimamente. Noemí sentiu um calafrio na espinha.

"O que foi isso?", perguntou ela.

Francis olhou para cima e suspirou.

"Howard está vivo."

"Nós atiramos nele", disse Noemí. "Ele está morto..."

"Não", atalhou Francis, balançando a cabeça. "Ele está enfraquecido, com dor e com raiva. Ele não está morto. A casa inteira está sentindo dor."

"Estou com medo", admitiu Catalina, baixinho.

Noemí se virou para a prima e a abraçou com força.

"Em breve estaremos bem longe daqui, está me ouvindo?"

"Acho que sim", murmurou Catalina.

Noemí se agachou para pegar a lamparina. Acendê-la se provou ser uma tarefa complicada, já que estava com a mão ferida, mas ela passou o isqueiro a Francis, que a ajudou.

Com cuidado, ele recolocou a cúpula de vidro na lamparina, olhando de relance para a mão que Noemí agora apertava contra o peito.

"Quer que eu segure?", ofereceu ele.

"Não, eu consigo", respondeu ela, porque tinha quebrado apenas dois dedos da mão esquerda, não os dois braços, e também porque carregar a lamparina fazia com que se sentisse mais segura.

Com a fonte de luz acesa, ela se virou para a prima. Catalina balançou a cabeça em anuência, e Noemí sorriu. Francis girou a maçaneta. Um longo túnel se estendia diante deles. Noemí tinha imaginado algo bem rudimentar, algo que os mineiros poderiam ter esculpido grosseiramente.

Estava enganada.

As paredes tinham sido decoradas por ladrilhos amarelos, e sobre esses ladrilhos foram pintados padrões florais e trepadeiras verdes e onduladas. Nas paredes, ela viu graciosas arandelas de prata no formato de cobras. As bocas abertas teriam sustentado velas de cera em uma realidade em que não estivessem manchadas e cobertas de poeira.

No chão e nas paredes, Noemí notou cogumelos pequeninos e amarelados brotando das rachaduras da pedra. O lugar era frio e úmido, e sem dúvida as condições subterrâneas eram bastante propícias para eles, pois à medida que avançavam os cogumelos pareciam se multiplicar, formando pequenos aglomerados.

Conforme a quantidade de cogumelos aumentava, Noemí começou a notar outra coisa: uma luminescência suave.

"Não estou vendo coisas, estou?", perguntou a Francis. "Eles estão acesos."

"Sim. Estão."

"É tão bizarro."

"Não é tão incomum assim. Cogumelos-do-mel e cogumelos ostra-amarga também brilham. As pessoas chamam de fogo-fátuo. Mas o brilho dele é esverdeado."

"Esses são os cogumelos que ele encontrou na caverna", comentou Noemí, olhando para o teto. Era como observar dezenas de estrelinhas. "Imortalidade. Nisso aqui."

Francis ergueu a mão, agarrando uma das arandelas de prata como se para manter o equilíbrio e olhou para o chão. Então deslizou os dedos trêmulos pelos cabelos e suspirou.

"O que houve?", perguntou Noemí.

"É a casa. Está aborrecida e com dor. Acaba me afetando também."

"Consegue continuar andando?"

"Acho que sim", respondeu ele. "Não tenho certeza. Se eu desmaiar..."

"Podemos parar um pouco."

"Não, estou bem", recusou Francis.

"Apoie-se em mim. Vamos."

"Você está ferida."

"Você também."

Ele hesitou, mas apoiou a mão no ombro dela, e eles caminharam juntos, com Catalina na dianteira. Os cogumelos continuaram a se multiplicar e crescer, e o brilho tênue agora vinha do teto e das paredes.

Catalina parou abruptamente. Noemí, que quase trombou nela, segurou a lamparina com mais força.

"O que aconteceu?"

Catalina ergueu a mão, apontando para o espaço à frente. Noemí entendeu por que a prima tinha parado. A passagem, agora mais larga, desembocava em uma porta dupla, feita de madeira maciça e escura. Na porta, viram o entalhe de uma cobra prateada que mordia a própria cauda, formando um círculo perfeito, e duas grandes aldravas, círculos idênticos de prata que pendiam das bocas de duas cobras. Seus olhos eram âmbar.

"A porta dupla leva a uma câmara que fica sob o mausoléu", explicou Francis. "Precisamos entrar e subir."

Francis testou uma das aldravas. A porta era pesada, mas cedeu depois de um forte puxão, e Noemí entrou com a lamparina erguida. Deu quatro passos e baixou a luz. Não havia necessidade de alumiar o caminho.

A câmara estava repleta de cogumelos de vários tamanhos, uma tapeçaria viva e orgânica que enfeitava as paredes. Eles cresciam nas paredes, do chão ao teto, como colônias de cracas no casco de um antigo navio encalhado, e brilhavam, propiciando ao grande recinto uma fonte de luz constante, mais forte do que velas ou tochas. Era a luz de um sol moribundo.

À direita da câmara, um portão de metal fora poupado do crescimento dos cogumelos, assim como o lustre, que exibia serpentes de metal enroladas e tocos de velas. O chão de pedra também não continha quase nenhum dos cogumelos exuberantes, e apenas alguns poucos apareciam entre ladrilhos soltos. Era fácil ver o mosaico gigantesco que decorava o local. Era uma cobra preta, que mordia ferozmente a própria cauda. Seus olhos brilhavam e, ao redor do réptil, havia um padrão de trepadeiras e flores. Parecia o *ouroboro* que Noemí vira na estufa. Aquele ali, contudo, era maior, mais magnífico, e o fulgor dos cogumelos lhe atribuía uma aparência agourenta.

A câmara estava vazia, exceto por uma mesa posicionada sobre um tablado de pedra e coberta por um pano amarelo. Sobre ela havia uma taça e uma caixa, ambas de prata. Atrás da mesa, uma cortina longa e esvoaçante, também feita de seda amarela, servia de pano de fundo. Talvez fosse uma cortina escondendo uma porta.

"O portão vai dar no mausoléu", disse Francis. "Vamos."

Através do portão, Noemí viu degraus de pedra. Em vez de tentar abri-lo, caminhou até o tablado de pedra, franzindo o cenho. Ela apoiou a lamparina no chão e deslizou a mão sobre a mesa, levantando a tampa da caixa. Dentro dela, encontrou uma faca com um cabo cravejado de pedras preciosas e a ergueu.

"Eu já vi isso", murmurou ela, "em meus sonhos."

Francis e Catalina, que tinham entrado a passos lentos na câmara, olhavam para ela.

"Ele matou crianças com isso", continuou Noemí.

"Ele fez muitas coisas", respondeu Francis.

"Canibalismo ocasional."

"Uma comunhão. Os filhos da família nascem infectados com o fungo, e ingerir a carne deles significa consumir o fungo. A ingestão do fungo nos torna mais fortes e, por sua vez, forma um elo mais íntimo com a caligem. Formamos um elo com Howard."

Francis estremeceu de súbito e se curvou. Noemí achou que ele estava prestes a vomitar, mas continuou ali, imóvel, apertando a barriga. Ela largou a faca na mesa e desceu o tablado, parando ao lado dele.

"Você está bem?", perguntou ela.

"É dolorido", arfou ele. "Ela está sofrendo."

"Quem?"

"Ela está falando."

Noemí de repente ouviu um som. Tinha estado ali o tempo todo, mas não dera atenção a ele. Era muito baixo, quase inaudível, e seria fácil pensar que não passava de um truque da imaginação dela. Era um zumbido, mas um pouco diferente. O zumbido que ela ouvira em outras ocasiões; daquela vez, no entanto, parecia mais alto.

Não olhe.

Noemí se virou. O zumbido parecia vir do tablado, e ela caminhou até ele. Quando se aproximou, o som ficou mais penetrante.

Vinha de algum lugar atrás da cortina amarela. Noemí esticou a mão.

"Não faça isso", suplicou Catalina. "Você não vai querer ver."

Tocou a cortina com a ponta os dedos, e o zumbido se transformou na colisão de mil insetos frenéticos contra o vidro, o som de um enxame preso dentro de sua cabeça, tão forte que Noemí quase sentiu a vibração cortando o ar. Ela ergueu a cabeça.

Não olhe.

Abelhas pareciam se agitar bem na ponta de seus dedos, o ar ganhou vida com as asas invisíveis, e ela quis, por instinto, recuar, dar as costas e proteger os olhos, mas agarrou o tecido e puxou-o para o lado com tanta força que quase o rasgou.

Noemí olhou diretamente para o rosto da morte.

Era a boca aberta de uma mulher que gritava, presa no tempo. Uma múmia, com dentes pendurados e pele amarelada. As roupas nas quais fora enterrada muito tempo atrás tinham virado pó, e ela estava vestida com um traje diferente: os cogumelos escondiam sua nudez. Eles brotavam do tronco e da barriga, cresciam ao longo dos braços e das pernas, agrupavam-se ao redor da cabeça, formando uma coroa, um halo dourado e brilhante. Os cogumelos a mantinham de pé, prendendo-a à parede, como uma Virgem monstruosa em uma catedral de micélio.

E era essa coisa, morta e enterrada por anos e anos, que zumbia, que emitia aquele som terrível. Noemí estava diante do brilho dourado que vira em seus sonhos, da criatura aterrorizante que vivia nas paredes da casa. A coisa, que usava um anel de âmbar, estendeu a mão. Então Noemí a reconheceu.

"Agnes", disse Noemí.

E o zumbido terrível e cortante fez Noemí ver, fez Noemí *saber*.

Olhe.

A pressão do pano em seu rosto, sufocando-a, até que ela perdeu a consciência e acordou em um caixão. Arquejou, assustada, porque apesar de estar preparada para isso, apesar de saber o que iria acontecer, estava com medo. Ela empurrou a tampa do caixão, repetidas vezes, e as lascas perfuraram sua pele, e ela gritou, tentou escapar, mas o caixão não cedeu. Noemí gritou sem parar, mas ninguém veio socorrê-la. Ninguém viria. Era assim que as coisas deveriam ser.

Olhe.

Ele precisava dela. Precisava de sua mente. O fungo não tinha uma. Não formava pensamentos reais, não tinha uma consciência. Lembranças tênues, como o perfume dissipado de rosas. Mesmo a canibalização dos restos mortais dos padres não poderia trazer a verdadeira imortalidade; aquilo só fazia aumentar a potência dos cogumelos, criava um elo sutil entre as pessoas ali presentes. Unia, mas não perpetuava, e os próprios cogumelos podiam curar e prolongar a vida, mas não concediam a imortalidade.

Doyle, por outro lado, o engenhoso Doyle, com seus conhecimentos em ciência e alquimia, com seu fascínio por processos biológicos, tinha sido o único capaz de entender todas as possibilidades.

Uma mente.

O fungo precisava de uma mente humana que atuasse como um recipiente para as memórias, que pudesse proporcionar maior controle. O fungo e a mente humana, fundidos, eram como cera, e Howard era como um sinete, e ele se infiltrara em novos corpos como um sinete sobre o papel.

Olhe.

Os padres tinham conseguido transmitir lembranças perdidas de um para o outro através dos cogumelos, através da linhagem de seu povo, mas eram imprecisas e aleatórias. Um Doyle sistematizado. E ele precisava de pessoas como Agnes.

A esposa dele. Seus parentes.

Mas já não havia mais Agnes. Agnes era a caligem e a caligem era Agnes, e Howard Doyle, se morresse naquele exato instante, ainda existiria na caligem, pois havia criado cera e um sinete e papel.

E ela sentia dor. Estava em agonia. A caligem. Agnes. Os cogumelos. A casa, pesada com a decomposição, com gavinhas escondidas estendendo-se pelas paredes, alimentando-se de todo tipo de matéria morta.

Ele está machucado. Estamos feridos. Olhe, olhe, olhe. Olhe!

O zumbido tinha adquirido uma entonação exagerada; ressoava tão alto que Noemí cobriu os ouvidos e gritou, e uma voz berrou dentro de sua cabeça.

Francis a agarrou pelos ombros e a virou.

"Não olhe para ela", alertou ele. "Nunca devemos olhar para ela."

O zumbido cessou de repente. Ela levantou a cabeça e primeiro olhou para Catalina, que encarava o chão, e depois, horrorizada, para Francis.

Um soluço ficou preso em sua garganta.

"Eles a enterraram viva", disse Noemí. "Eles a enterraram viva e ela morreu, e o fungo brotou de seu corpo e... meu Deus do céu... não é mais uma mente humana... ele a refez. Ele a refez."

Ela ofegava. O zumbido cessou, mas a mulher ainda estava lá. Noemí virou a cabeça, tentada a olhar mais uma vez para aquele crânio horrível, mas Francis segurou seu queixo com a mão.

"Não, não, olhe para mim. Fique aqui comigo."

Noemí respirou fundo, sentindo-se como uma mergulhadora que voltava à superfície. Ela e Francis se entreolharam.

"Ela é a caligem. Você sabia?"

"Só Howard e Virgil vêm aqui", respondeu Francis, tremendo.

"Mas você sabia!"

Todos os fantasmas eram Agnes. Ou melhor, todos os fantasmas viviam dentro de Agnes. Não, também não era bem aquilo. O que um dia tinha sido Agnes se tornara a caligem, e dentro da caligem viviam fantasmas. Era enlouquecedor. Não era uma assombração. Era uma possessão, mas nem isso, era algo que Noemí não conseguia descrever. A criação de uma vida após a morte fornecida a partir da medula, dos ossos e dos neurônios de uma mulher feita de caules e esporos.

"Ruth também sabia, mas não havia nada que pudéssemos fazer. Ela nos mantém aqui, ela é a maneira que Howard encontrou de controlar tudo. Não podemos ir embora. Eles não deixam, nunca."

Francis transpirava. Ele escorregou, caindo de joelhos, segurando os braços de Noemí.

"O que houve? Você precisa ficar em pé", disse ela, também ficando de joelhos e tocando o rosto dele.

"Ele tem razão. Ele não pode sair. Nem você, aliás."

Foi Virgil quem falou, abrindo o portão de metal. Ele veio caminhando. Muito despreocupadamente. Talvez fosse uma alucinação. Quem sabe nem ao menos estivesse lá. Noemí olhou para ele. *Não pode ser*, pensou ela.

"O quê?", disse ele, dando de ombros e deixando o portão se fechar com um clangor. Ele estava ali. Não era uma alucinação. Em vez de segui-los pelo túnel, Virgil tomou o caminho da superfície, atravessando o cemitério e descendo os degraus do mausoléu.

"Pobre menina. Você realmente foi pega de surpresa. Não achou que tinha mesmo me matado, não é? Também não achou que eu carregava aquela tintura no bolso por acaso, achou? Deixei você ficar com ela, deixei que fugisse do nosso controle por alguns momentos. Deixei você suscitar esse caos."

Ela engoliu em seco. Ao lado dela, Francis ainda tiritava.

"Por quê?"

"E não é óbvio? Para que você pudesse machucar o meu pai. Eu não conseguiria. E muito menos Francis. O velho se certificou de que nenhum de nós fosse capaz de levantar a mão contra ele. Você viu como ele forçou Ruth a se matar. Quando descobri o que Francis pretendia fazer, pensei: esta é a minha chance. Deixe a garota escapar, vamos ver o que ela pode fazer, essa forasteira que ainda não está sujeita às nossas regras, que ainda tem forças para resistir. E agora ele está morrendo. Está sentindo? Hmm? O corpo dele está se desintegrando."

"Tem certeza de que isso é bom para você?", questionou Noemí. "Se você o machuca, machuca a caligem, e, além disso, mesmo se o corpo dele morrer, Howard ainda existirá na caligem. A mente dele..."

"Ele está enfraquecido. Eu controlo a caligem agora", retorquiu Virgil, enraivecido. "Quando ele morrer, será para sempre. Não vou permitir que ele encontre um novo corpo. Mudança. É o que você queria, não é? No fim das contas, queremos as mesmas coisas."

Virgil parou ao lado de Catalina e olhou para ela com um sorriso malicioso.

"Aí está você, minha querida esposa. Obrigado por colaborar com a diversão da noite", disse ele, apertando o braço dela com dissimulada afeição. Catalina estremeceu, mas não saiu do lugar.

"Não toque nela", advertiu Noemí, levantando-se e pegando a faca na caixa de prata.

"Não se intrometa. Ela é minha esposa."

Noemí empunhou a faca.

"É bom você..."

"É bom você largar essa faca", atalhou Virgil.

Jamais, pensou ela, mas sua mão tremia e um impulso terrível percorria seu corpo, forçando-a a obedecer.

"Eu bebi a tintura. Você não pode me controlar."

"É curioso", disse Virgil, soltando Catalina e olhando para Noemí. "Você fugiu do nosso controle lá atrás. Mas a tintura não parece fazer efeito por muito tempo, e ao andar pela casa e descer até esta câmara, você foi exposta à influência da caligem novamente. Vocês estão respirando todos os esporos minúsculos e invisíveis. Estão no coração da casa. Todos vocês."

"A caligem está ferida. Você não pode..."

"Sofremos uma derrota hoje", continuou Virgil, e Noemí avistou gotículas de suor em sua testa e um brilho febril nos olhos azuis. "Mas eu controlo tudo agora, e você vai fazer o que eu digo."

Os dedos de Noemí ficaram doloridos e, de repente, parecia que ela estava segurando uma brasa. Ela deixou a faca cair no chão com um estrondo e um grito.

"Eu avisei", desdenhou Virgil.

Ela olhou para a faca, que aterrissara ao seu pé. Estava bem perto, mas Noemí não conseguia pegá-la. Ela sentiu alfinetes e agulhas pinicando seus braços, fazendo seus dedos se crisparem. Sua mão doía, uma dor terrível e uma ardência nos ossos quebrados.

"Olhe só este lugar", disse Virgil, observando o lustre com desgosto. "Howard era apegado ao passado, mas eu estou ansioso para o futuro. Teremos que reabrir a mina, providenciar móveis novos, energia elétrica. Precisaremos de empregados, é claro, carros novos e filhos. Imagino que você não terá problemas para me dar muitos filhos."

"Não", sussurrou ela, e Noemí podia sentir o domínio dele, como um toque invisível em seu ombro.

"Venha aqui", ordenou Virgil. "Você sempre foi minha."

Os cogumelos nas paredes oscilaram como se estivessem vivos, como anêmonas ondulando. Eles lançaram nuvens de poeira dourada e suspiraram. Ou foi ela quem suspirou, pois havia aquele sentimento doce, sombrio e familiar envolvendo-a mais uma vez, e de repente Noemí sentiu tontura. A dor incômoda na mão esquerda desapareceu.

Virgil estendia os braços para ela, e Noemí imaginou aqueles braços entrelaçados ao seu redor e pensou em como seria bom se render à vontade dele. No fundo, desejava ser dilacerada, desejava gritar de vergonha; queria a mão dele em sua boca, abafando aquele mesmo grito.

Os cogumelos brilharam com mais intensidade, e ela pensou que talvez pudesse tocá-los depois, deslizando as mãos pela parede e roçando o rosto na suavidade de sua carne. Seria bom descansar ali, com a pele comprimida contra seus corpos escorregadios, e talvez eles a cobrissem, aqueles fungos adoráveis, e se introduzissem em sua boca, suas narinas e órbitas até que ela não pudesse mais respirar, e então eles se aninhariam em sua barriga e brotariam de suas coxas. Seria penetrada por Virgil e o mundo se transformaria em um brilho dourado.

"Não faça isso", pediu Francis.

Ela dera um passo para descer do tablado, mas Francis esticara o braço, apertando seus dedos feridos. A dor do toque fez Noemí estremecer. Ela olhou para ele, piscou e se deteve.

"Não faça isso", sussurrou Francis, e Noemí percebeu que ele estava com medo. Mesmo assim, ele desceu os degraus que se estendiam para ela, como se pudesse protegê-la. Sua voz parecia frágil e tensa, pronta para estilhaçar.

"Deixe-as."

"Por que eu faria isso?", perguntou Virgil, com inocência.

"É errado. Tudo que fazemos está errado."

Virgil fez um gesto por cima do próprio ombro, apontando para o túnel que eles tinham percorrido.

"Está ouvindo isso? É o meu pai morrendo, e quando o corpo dele finalmente sucumbir, terei poder absoluto sobre a caligem. Vou precisar de um aliado. E nós somos parentes."

Noemí percebeu que de fato conseguia ouvir algo. Ao longe, Howard Doyle gemia e cuspia sangue, e o fluído preto vazava de seu corpo enquanto ele se esforçava para continuar respirando.

"Veja bem, Francis, não sou um homem egoísta. Podemos compartilhar", disse Virgil, complacente. "Você quer a garota, eu quero a garota. Não precisamos brigar, não é? E Catalina também é uma graça. Vamos lá, não seja chato."

Francis pegou a faca que Noemí tinha deixado cair e a ergueu.

"Você não vai machucá-las."

"Vai me esfaquear? Devo avisar que sou um pouco mais difícil de matar do que uma mulher. Sim, Francis, você conseguiu matar sua mãe. E por causa de quê? De uma garota? E agora? Vai ser a minha vez?"

"Vá para o inferno!"

Francis correu na direção de Virgil, mas estacou de repente, a mão paralisada no ar e a faca firme entre os dedos. Noemí não conseguia ver o rosto dele, mas podia imaginar seus contornos. Provavelmente era um reflexo de sua própria expressão, pois ela também tinha se tornado uma estátua, assim como Catalina, parada em completo silêncio.

As abelhas se agitaram, e o zumbido começou.

Olhe.

"Não me faça matar você", alertou Virgil, tocando a mão trêmula de Francis. "Desista."

Francis empurrou Virgil, chocando-o contra a parede com uma força que parecia impossível.

Por uma fração de segundo, Noemí sentiu a dor de Virgil, a descarga de adrenalina em suas veias, a fúria dele misturada com a dela.

Francis, seu merdinha.

Era a caligem, formando um elo entre eles por um instante, e ela gritou, quase mordendo a língua. Noemí recuou, e seus pés a obedeceram lentamente. Um, dois passos.

Virgil franziu a testa. Seus olhos pareceram adquirir um brilho dourado conforme ele dava um passo para a frente e limpava pequenos pedaços de cogumelos e poeira que tinham grudado na jaqueta.

O zumbido se intensificou, no começo ainda baixo, então retumbou, avivando-se, e ela estremeceu.

"Desista."

Francis resmungou uma resposta e se lançou contra Virgil mais uma vez. Seu primo o impediu com facilidade. Estava muito mais forte e preparado para um ataque. Ele desviou-se do soco desesperado de Francis, revidando com uma tranquilidade cruel e acertando Francis na cabeça. O mais jovem tropeçou, mas conseguiu recuperar o equilíbrio e contra-atacou. Atingiu com um soco a boca de Virgil, que arfou, zangado e surpreso.

Os olhos de Virgil se estreitaram enquanto ele limpava a boca.

"Vou fazer você arrancar um pedaço da própria língua", disse Virgil, com simplicidade.

Os homens mudaram de posição, e agora Noemí podia ver o rosto de Francis, o sangue escorrendo por sua têmpora enquanto ele se levantava e balançava a cabeça. Viu os olhos dele arregalados e as mãos tremendo e a boca abrindo e fechando como um peixe sem ar.

Meu Deus, Virgil ia forçar Francis a comer a própria língua.

Noemí ouviu o zumbido crescente de abelhas atrás dela.

Olhe.

Ela se virou e seus olhos encontraram o rosto de Agnes, cuja boca sem lábios formava um círculo eterno de dor. Noemí protegeu as orelhas com as mãos, perguntando-se desesperadamente por que ela não parava, por que aquele barulho não parava.

Noemí de repente se deu conta de um fato óbvio que passara despercebido: a caligem aterradora e distorcida que os rodeava era a manifestação de todo o sofrimento daquela mulher. Agnes. Levada à loucura, levada à raiva, levada ao desespero, e mesmo agora um vestígio daquela mulher ainda existia, e esse vestígio continuava gritando, atormentado.

Ela era a cobra mordendo a própria cauda.

Ela era uma sonhadora eternamente vinculada a um pesadelo, uma sonhadora cujos olhos permaneciam fechados mesmo quando eles tinham virado pó.

O zumbido era sua voz. Ela não conseguia mais se comunicar, mas ainda gritava sobre os horrores indescritíveis aos quais fora submetida, um passado de ruína e dor. Mesmo quando a lembrança coerente e o pensamento tinham sido tirados dela, a raiva abrasadora permaneceu, incinerando as mentes de qualquer um que vagasse ali por perto. O que ela desejava?

Ela só queria se ver livre daquele tormento.

Ela só queria acordar. Mas não conseguia. Ela nunca conseguiria acordar.

O zumbido ficava mais reverberante e ameaçava ferir Noemí mais uma vez, sobrecarregando sua mente. No entanto, ela se abaixou e agarrou a lamparina em um gesto bruto e rápido, e em vez de refletir sobre o que estava prestes a fazer, pensou na única frase que Ruth tinha proferido. *Abra os olhos, abra os olhos.* E ela andou depressa e com determinação, e a cada passo ela sussurrou *abra os olhos.*

Até que estava olhando para Agnes outra vez.

"Sonâmbula," sussurrou ela. "É hora de abrir os olhos."

Noemí atirou a lamparina no rosto do cadáver. A fonte de luz ateou fogo nos cogumelos ao redor da cabeça de Agnes, criando um halo de labaredas, e as chamas começaram a se espalhar depressa pela parede, a matéria orgânica queimando como lenha, e então os cogumelos escureceram e explodiram.

Virgil gritou. Foi um berro rouco e horrível, e ele caiu no chão e arranhou os ladrilhos, tentando se levantar. Francis também desabou. Agnes era a caligem e a caligem fazia parte deles, e o dano repentino em Agnes, na teia de cogumelos, era como se neurônios estivessem pegando fogo. Noemí sentia-se totalmente consciente, pois a caligem a estava afastando.

Ela desceu do tablado às pressas e foi ao encontro da prima.

"Você está bem?", perguntou ela, envolvendo o rosto de Catalina com a mão.

"Estou", respondeu Catalina, balançando a cabeça de forma enérgica. "Estou."

No chão, Virgil e Francis gemiam. Virgil tentou alcançá-la, fazendo força para se levantar, e Noemí chutou seu rosto. Ele conseguiu agarrá-la, fazendo de tudo para não largar sua perna. Noemí deu um passo para trás, e Virgil, de braços esticados, arrastava-se sem soltá-la, pois não conseguia andar. Rangendo os dentes, ele rastejou na direção dela.

Noemí recuou mais um pouco, temendo que Virgil fosse atacá-la. Catalina pegou a faca que Francis havia deixado cair, parou ao lado do marido e, quando ele se virou para encará-la, enterrou a faca em seu rosto, perfurando um olho e imitando o que tinha feito com Howard Doyle.

Virgil tombou com um gemido abafado, e Catalina, sem dizer uma palavra sequer nem ao menos soluçar, cravou a faca ainda mais. Ele se contorceu, abrindo a boca, cuspindo e arfando. Então não se mexeu mais.

As mulheres deram as mãos e olharam para Virgil. O sangue dele manchava a cabeça preta da cobra, tingindo-a de vermelho, e Noemí desejou que elas tivessem uma faca maior, pois teria cortado a cabeça dele se pudesse, como sua avó tinha cortado a cabeça do peixe.

Ela soube, pela forma como Catalina agarrara sua mão, que a prima nutria o mesmo desejo.

Então Francis murmurou uma palavra, e Noemí se ajoelhou ao lado dele para tentar fazê-lo se levantar.

"Vamos", encorajou ela, "precisamos nos apressar."

"Ela está morrendo, nós estamos morrendo", balbuciou Francis.

"Sim, vamos morrer se não sairmos logo daqui", concordou Noemí.

O recinto pegava fogo; aglomerados de cogumelos estavam em chamas, assim como as cortinas amarelas que ela tinha afastado.

"Não consigo ir embora."

"Consegue, sim", rebateu ela, rilhando os dentes e convencendo Francis a ficar em pé. Noemí, contudo, não conseguiu fazê-lo andar.

"Catalina, ajude-nos!", suplicou ela.

Elas meio ergueram, meio arrastaram Francis pelos braços e assim avançaram até o portão de metal. Não tiveram problemas para abri-lo, mas quando Noemí olhou a escada, se perguntou como eles iriam subir aquilo tudo. Mas não havia outro jeito. Ao olhar para trás, viu Virgil no chão, chispas perdidas derramando-se sobre o corpo, a câmara ardendo. Os cogumelos nas paredes da escadaria também pareciam estar pegando fogo. Não havia um minuto a perder.

Subiram o mais rápido possível, e Noemí precisou beliscar Francis para que ele abrisse os olhos e as ajudasse. Com o amparo delas, ele conseguiu subir vários degraus, mas elas precisaram arrastá-lo na reta final. Adentraram, então, uma câmara empoeirada com várias sepulturas. Noemí avistou placas de prata, caixões apodrecidos, vasos que outrora abrigaram flores. Alguns dos pequenos cogumelos brilhantes estavam espalhados no chão, clareando, muito sutilmente, o caminho.

A porta que levava ao mausoléu estava misericordiosamente aberta, graças a Virgil. Quando saíram, foram envolvidos pela névoa e pela noite, que tinham ficado à espera.

"O portão", disse ela a Catalina. "Você sabe como chegamos até o portão?"

"Está muito escuro... A névoa", respondeu a prima.

Sim, a névoa que assustara Noemí com seu misterioso brilho dourado, aquele zumbido que tinha sido Agnes. Mas Agnes não passava de uma coluna de fogo sob eles, e eles precisavam descobrir como sair daquele lugar.

"Francis, você precisa nos guiar até o portão", implorou Noemí. O jovem virou a cabeça e olhou para ela com os olhos semicerrados, mas conseguiu assentir e apontar para a esquerda. Eles se aventuraram naquela direção, Francis apoiado em Noemí e em Catalina, tropeçando a cada passo. As lápides se erguiam da terra como dentes quebrados, e ele grunhiu, indicando outra direção. Noemí não fazia ideia que caminho estavam tomando. Talvez estivessem andando em círculos. Não seria irônico? Círculos.

A névoa não lhes deu trégua até que Noemí viu os portões de ferro do cemitério assomando-se para eles, e a serpente que mordia a própria cauda saudou o trio. Catalina os abriu e logo eles se viram diante do caminho que levava para High Place.

"A casa está pegando fogo", disse Francis quando eles pararam perto do portão para retomar o fôlego.

Noemí contemplou a cena. Havia um brilho a distância, visível mesmo através da neblina. Ela não conseguia ver High Place, mas a imagem era clara em sua mente. Os livros antigos na biblioteca cercados por labaredas, papel e couro queimando com rapidez, móveis de mogno e cortinas pesadas com franjas fumegando, o crepitar das cristaleiras repletas de objetos preciosos de prata, a ninfa e seu balaústre envoltos em chamas enquanto pedaços do teto desmoronavam. O fogo, fluindo escada acima como um rio implacável, fazendo as tábuas do assoalho estalarem enquanto os servos dos Doyle permaneciam inertes nos degraus.

Noemí visualizou as pinturas antigas formando bolhas, as fotografias desbotadas se enrolando até se transformarem em nada, as soleiras arqueando com o vigor do fogaréu. Os retratos das esposas de Howard Doyle consumidos pelas chamas, a cama dele virando uma bola de fogo, seu corpo decadente sufocado pela fumaça. No chão, viu o médico imobilizado, viu as flamas lambendo as colchas, devorando cada centímetro de Howard Doyle. O velho gritou, mas ninguém iria ajudá-lo.

Invisível sob as pinturas e lençóis e pratos e vidros, Noemí imaginou um emaranhado de fios finos, micélio delicado, também queimando e se fragmentando, alimentando a conflagração.

A casa chamejava ao longe. E eles a deixaram queimar até que tudo virasse cinzas.

"Vamos embora daqui", murmurou Noemí.

GÓTICO MEXICANO

Silvia Moreno-Garcia

27

LE ESTAVA DORMINDO, COM AS COBERTAS ATÉ O QUEIXO. O cômodo era pequeno e mal havia espaço para uma cadeira e uma cômoda. Noemí estava sentada na cadeira, junto à cabeceira da cama. Em cima da cômoda, havia uma imagem de São Judas Tadeu, e ela se viu rezando para ele mais de uma vez e colocando um cigarro aos seus pés como oferenda. Estava fitando a imagem e movendo os lábios em silêncio quando a porta se abriu e Catalina entrou no quarto. Usava uma camisola de algodão de uma das amigas do dr. Camarillo e um grosso xale marrom.

"Vim ver se estava precisando de alguma coisa antes de me deitar."

"Estou bem."

"Deveria ir deitar também", aconselhou sua prima, apoiando a mão no ombro de Noemí. "Não descansou quase nada."

Noemí deu um tapinha na mão de Catalina.

"Não quero que ele esteja sozinho quando acordar."

"Dois dias já."

"Eu sei", respondeu Noemí. "Gostaria que fosse como nos contos de fada que você costumava ler para nós. Era tudo tão fácil naquelas histórias: bastava dar um beijo na princesa."

As duas olharam para Francis, cuja palidez do rosto mimetizava a brancura da fronha onde sua cabeça repousava. O dr. Camarillo cuidara de todos eles. Fizera curativos nas feridas, oferecera um lugar para que se lavassem e trocassem de roupa, preparara acomodações e pedira a Marta para trazer a tintura assim que Noemí explicou que precisavam dela. Depois de tomarem o líquido, sentiram dor de cabeça e náusea, mas o desconforto passou depressa para todos. Exceto Francis, que mergulhara em um sono profundo do qual não conseguiam despertá-lo.

"Todo esse desgaste não irá ajudá-lo em nada", ponderou Catalina. Noemí cruzou os braços.

"Eu sei, eu sei."

"Quer que eu te faça companhia?"

"Estou bem. Palavra de honra, vou me deitar daqui a pouquinho. Embora não esteja com vontade nenhuma. Não estou cansada."

Catalina assentiu com a cabeça. Ficaram em silêncio. O peito de Francis mantinha uma oscilação estável. Se estava sonhando, não deviam ser sonhos desagradáveis. Noemí quase lamentou desejar que ele acordasse.

A verdade era que temia dormir, com medo dos pesadelos que poderiam brotar na escuridão do sono. O que faziam as pessoas após presenciarem os horrores que eles haviam presenciado? Era possível voltar à normalidade, fingir que estava tudo bem e seguir em frente? Queria acreditar que sim, mas receava que seus sonhos fossem lhe roubar tal esperança.

"O doutor disse que dois policiais e um magistrado chegam amanhã de Pachuca, seu pai também." Catalina ajeitou o xale. "O que vamos falar para eles? Duvido que acreditem em nós."

Ao se deparar com dois fazendeiros que conduziam suas mulas, o trio ensanguentado, ferido e exausto não conseguira chegar a um consenso sobre a história que iriam contar, e os fazendeiros estavam muito perplexos para fazerem perguntas. Apenas os conduziram em silêncio até El Triunfo. Depois, quando entraram na casa do dr. Camarillo, foi necessário inventar algo, e Noemí simplificou a narrativa dizendo que Virgil enlouquecera e tentara repetir os atos homicidas da irmã, matando todos os moradores de High Place e ateando fogo na casa depois. A história, no entanto, não explicava por que Noemí estava usando um vestido de noiva e Francis um traje de noivo, nem por que as roupas das moças estavam tão manchadas de sangue. Noemí tinha certeza de que Camarillo não acreditara na versão que haviam contado, mas fingiu acreditar. Em seus olhos cansados, Noemí detectara um acordo tácito.

"Meu pai vai nos ajudar a resolver tudo isso."

"Assim espero", disse Catalina. "E se formos indiciados?"

Noemí duvidava muito que fossem detidos; não havia sequer uma cadeia em El Triunfo. Na pior das hipóteses, seriam encaminhados para Pachuca, mas não acreditava que isso fosse acontecer. Tomariam depoimentos, fariam um boletim de ocorrência, mas, de resto, não tinham provas.

"Amanhã voltaremos para casa", garantiu Noemí, com firmeza na voz.

Catalina sorriu e Noemí, embora exausta, ficou feliz ao vê-la sorrindo. Era o sorriso da jovem adorável que fora criada com ela. Era sua Catalina de volta.

"Bem, então vê se consegue dormir um pouco", disse Catalina, inclinando-se para beijar a prima. "Eles devem chegar bem cedo amanhã."

As duas se abraçaram, um abraço longo e apertado, mas Noemí conseguiu segurar o choro. Não era a hora. Catalina então afastou o cabelo do rosto e sorriu novamente.

"Estou no fim do corredor, se precisar de mim", disse ela, lançando um último olhar para Francis e fechando a porta.

Noemí enfiou a mão no bolso, em busca do isqueiro. Seu talismã. Por fim, pescou um abarrotado maço de cigarros que Camarillo lhe dera na véspera. Acendeu o cigarro, bateu os pés no chão e descartou as cinzas em uma taça vazia. Suas costas doíam. Estava sentada naquela cadeira desconfortável havia muito tempo, mas recusava-se a sair de perto de Francis, apesar da insistência primeiro de Camarillo e depois de Catalina. Mal começara a fumar quando notou que Francis se mexera; apagou o cigarro na taça e a colocou sobre a cômoda, à espera.

Não era a primeira vez que ele se mexia, um discreto movimento de cabeça, mas daquela vez parecia diferente. Ela tocou a mão dele.

"Abra os olhos", sussurrou. Ruth havia dito as mesmas palavras para ela muitas vezes em situações de medo e terror, mas o tom de Noemí era apaziguador.

Foi recompensada por um tremor nos olhos de Francis, que se abriram devagar e depois se fixaram nela.

"Olá", cumprimentou Noemí.

"Oi."

"Vou pegar água para você."

Havia uma garrafa sobre a cômoda. Ela encheu um copo e o ajudou a beber.

"Está com fome?", perguntou ela.

"Deus, não. Talvez mais tarde. Estou me sentindo péssimo."

"Você está parecendo péssimo."

Ele esboçou um sorriso, dando uma risada.

"Imagino."

"Você dormiu dois dias inteiros. Já estava achando que teria que tirar uma maçã da sua garganta, como em *A Bela Adormecida*."

"*Branca de Neve*."

"Você está branco como neve mesmo."

Ele sorriu outra vez e tentou se recostar melhor na cabeceira da cama. O sorriso desapareceu.

"Está tudo acabado mesmo?", perguntou ele em um sopro de voz, preocupado e ansioso.

"Uns moradores da cidade foram até lá, para ver se restava alguma coisa. Não há mais nada além de ruínas carbonizadas. High Place se foi e os fungos devem ter sido destruídos com a casa."

"Sim, acho que sim. Se bem que... micélios costumam ser bem resistentes ao fogo. Já ouvi que certos cogumelos... como o morel, por exemplo... brotam mais facilmente após um incêndio florestal."

"Não era um morel, nem tampouco um incêndio florestal", retrucou ela. "Se sobrasse alguma coisa, poderíamos encontrar e atear fogo também."

"Acho que sim."

A ideia pareceu acalmá-lo; ele estava agarrando as cobertas com força, mas aos poucos relaxou as mãos e suspirou fundo, fitando-a novamente.

"O que vai acontecer amanhã, então, quando seu pai chegar?", indagou ele.

"Seu danadinho. Estava ouvindo nossa conversa o tempo todo?"

Ele ficou envergonhado e balançou a cabeça.

"Não. Acho que vocês me acordaram ou eu já estava meio desperto. Seja como for, ouvi sua prima falando que seu pai chega amanhã."

"Isso. Ele deve vir bem cedo. Acho que você vai gostar dele. E vai amar a Cidade do México."

"Eu vou com vocês?"

"Não podemos deixar você aqui. Além do mais, eu te carreguei montanha abaixo. Acho que em casos como este, é meu dever cuidar de você. Deve ter alguma lei a respeito disso", disse ela, com seu peculiar tom bem-humorado. Há tempos não o usava. Soou enferrujado e pouco espontâneo, quase artificial, mas ela conseguiu abrir um sorriso e Francis pareceu contente.

Devia treinar mais, pensou. Tudo era a prática. Ela aprenderia a viver sem preocupações, sem medos, sem se sentir perseguida pelas trevas.

"Cidade do México, então", disse ele. "É uma cidade grande."

"Você vai se acostumar", respondeu ela, contendo um bocejo com a mão machucada.

Os olhos de Francis se fixaram nos dedos feridos de Noemí.

"Está doendo muito?", indagou ele.

"Um pouquinho. Nada de sonatas por um tempo. Talvez possamos tocar um dueto, se você me ajudar com a mão esquerda."

"Sério, Noemí."

"Sério? Tudo em mim dói. Mas vou ficar boa."

Talvez não ficasse, talvez nunca mais conseguisse tocar piano como antes, talvez nunca superasse aquela experiência, mas não queria dizer isso a ele. Não adiantaria em nada.

"Ouvi sua prima falando para você dormir. Parece uma boa ideia."

"Bah. Dormir é uma chatice", declarou ela, revirando o maço de cigarros.

"Você tem pesadelos?"

Noemí deu de ombros e não respondeu, tamborilando o indicador no maço.

"Não tive nenhum pesadelo com a minha mãe. Talvez sonhe com ela mais tarde", comentou Francis. "Mas sonhei que a casa se restaurava sozinha e que eu estava lá dentro e, dessa vez, não tinha como escapar. Não havia ninguém comigo e todas as portas estavam vedadas."

Noemí amassou o maço.

"Não sobrou nada da casa. Já te falei, nada mesmo."

"Estava mais suntuosa do que antes. Como foi há muito tempo, antes de ficar tão deteriorada; as cores eram vívidas, havia flores crescendo na estufa, mas também dentro de casa, e florestas de cogumelos escada acima, e também nos quartos", disse ele, com a voz infinitamente calma.

"E, a cada passo que eu dava, brotavam cogumelos sob os meus pés."

"Por favor, pare", pediu Noemí, que preferia que ele tivesse sonhado com assassinatos, sangue e vísceras. Aquele sonho era muito mais perturbador.

Ela deixou o maço de cigarros cair no chão. Os dois olharam para baixo, vendo-o entre a cadeira e a cama.

"E se não acabar nunca? E se estiver em mim?", indagou ele, com a voz embargada.

"Não sei", respondeu ela. Haviam feito tudo que era possível. Queimado todos os cogumelos, destruído a caligem, tomado a tintura de Marta. Já devia ter acabado. Ainda assim, *havia o sangue*.

Ele balançou a cabeça, expirando com força.

"Se continua em mim, preciso colocar um fim nisso tudo e você não deveria ficar tão perto, não é..."

"Foi só um sonho."

"Noemí..."

"Você não está me ouvindo. Foi só um sonho, sonhos não podem te fazer mal algum."

"Então por que você não quer dormir?"

"Porque não, mas não tem nada a ver com isso. Pesadelos não significam nada."

Francis estava prestes a discordar, mas ela se aproximou dele, sentou-se na cama e finalmente se acomodou sob as cobertas, acalmando-o com um abraço. Sentiu a mão dele pairando sobre seu cabelo, ouviu seu coração diminuindo a palpitação frenética e batendo em um ritmo mais sereno. Levantando a cabeça, olhou para ele. Os olhos de Francis estavam rasos d'água.

"Não quero ser como ele", sussurrou. "Talvez eu não demore muito para morrer. Talvez você possa me cremar."

"Não vai acontecer nada."

"Você não tem como prometer isso."

"Nós vamos ficar juntos", disse ela, com firmeza. "Vamos ficar juntos e você não estará sozinho. Isso eu posso prometer."

"Como pode fazer essa promessa?"

Ela sussurrou que a cidade era esplêndida e reluzente e que, em algumas regiões, estavam subindo construções novas em lugares que antes eram terrenos vazios, sem histórias secretas. Havia outras cidades também, onde o sol abrasava a terra e poderia tingir suas faces pálidas de cor. Poderiam morar perto da praia, em uma casa com janelas bem amplas, sem cortinas.

"Parece mais um conto de fadas", murmurou ele, colocando os braços em volta de Noemí. Era Catalina quem gostava de inventar histórias. Contos de éguas pretas com cavaleiros cobertos de joias, princesas em torres e mensageiros de Kublai Khan. Mas ele precisava de uma história e ela precisava inventar alguma coisa, então foi o que fez até ele não mais se importar se ela estava mentindo ou falando a verdade. Abraçou-a com mais força e alojou o rosto entre o ombro e o queixo de Noemí. Por fim, ela adormeceu e não teve nenhum sonho. Quando despertou na tênue claridade da alvorada, Francis virou seu rosto pálido para ela e fitou-a com seus olhos azuis. Ela se perguntou se um dia, se olhasse com bastante atenção, detectaria um brilho dourado. Ou talvez captasse seu próprio reflexo a fitando, com olhos de ouro fundido. O mundo podia ser de fato um círculo vicioso; a serpente devorando a cauda em um ciclo interminável de ruína eterna e voracidade infinita.

"Achei que você fosse um sonho", disse ele, ainda sonolento.

"Sou real", respondeu ela, num sopro.

Ficaram em silêncio. Lentamente, ela se inclinou, beijando-o nos lábios para que soubesse que ela estava mesmo ali. Francis suspirou, entrelaçando seus dedos nos dela e fechando os olhos.

O futuro, pensou ela, era imprevisível, bem como suas circunstâncias. Tentar adivinhar o que estava por vir era absurdo. Mas, naquela manhã, eram jovens e podiam agarrar a esperança com todas as forças. Esperança de que o mundo pudesse ser refeito, mais gentil, mais doce. Então Noemí o beijou pela segunda vez, para dar sorte. Quando ele a fitou novamente, havia uma alegria extraordinária em seu rosto. E o terceiro beijo foi um beijo de amor.

SILVIA MORENO-GARCIA nasceu no México e atualmente reside no Canadá. A autora tem mestrado em Ciência e Tecnologia pela Universidade da Colúmbia Britânica, compilou diversas antologias e é editora na Innsmouth Free Press. Ela também atua como colunista para o The Washington Post e faz críticas literárias para a National Public Radio. Além de *Gótico Mexicano*, é autora de *Gods of Jade and Shadow*, *Certain Dark Things*, *Untamed Shore* e vários outros livros.

DARKLOVE.

*Se miraron fijamente, insistentemente,
aislados del mundo en aquella recta paralela
de alma a alma que los mantenía inmóviles.*

— HORACIO QUIROGA —